DAVID & LEIGH EDDINGS

David Eddings, né en 1931 dans l'Etat de Washington, a publié son premier roman en 1973. D'abord employé chez Boeing, il démissionna, fit un petit détour par l'enseignement, puis se retrouva... directeur d'un supermarché à Denver. Refroidi par un hold-up suivi d'une fusillade, il abandonna son poste, revint chez lui, à Spokane, et décida de se consacrer à la littérature.

Leigh Eddings, son épouse, qui avait commencé une carrière dans l'armée de l'air, collaborait depuis toujours avec son mari. Elle s'occupait plus particulièrement des personnages féminins et de la fin des romans. Et cela fonctionnait à merveille puisque David Eddings est best-seller depuis 20 ans aux États-Unis et a également déclenché une véritable passion à l'étranger, notamment en France avec ses deux cycles cultes : *La Belgariade* et *La Mallorée*.

Le célèbre couple-roi de la fantasy a de nouveau figuré sur les listes des best-sellers avec la tétralogie *Les Rêveurs*.

Leigh Eddings s'est éteinte en février 2007 à l'âge de 69 ans.

D0681419

LA REINE
DES SORTILÈGES

DES MÊMES AUTEURS
CHEZ POCKET

LA GRANDE GUERRE DES DIEUX

LES PRÉQUELLES

LA BELGARIADE

LA MALLORÉE

LA PIERRE SACRÉE PERDUE

LA TRILOGIE DES JOYAUX

LA TRILOGIE DES PÉRILS

LES RÊVEURS

SCIENCE-FICTION
Collection dirigée par Bénédicte Lombardo

DAVID EDDINGS

CHANT II DE LA BELGARIADE

LA REINE
DES SORTILÈGES

Titre original :

QUEEN OF SORCERY

Traduit de l'américain par Dominique Haas

© 1982 by David Eddings
© Éditeur original Ballantine Books,
département de Random House inc.
La carte « Les royaumes du Ponant et les peuples anagaraks »
est de Shelly Shapiro, les autres sont de Chris Barbieri.
© 1990, Pocket, département d'Univers Poche
pour la traduction française.
ISBN 978-2-266-17439-8

Pour Helen,
qui m'a donné ce que j'ai de plus cher au monde.
Et pour Mike,
qui m'a appris à jouer.

ROYAUMES
DU PONANT
ET
TERRITOIRES
ANGARAKS

PROLOGUE

Où est relaté le combat des royaumes du Ponant contre la plus barbare des invasions et l'infamie de Kal-Torak.

D'après *La Bataille de Vo Mimbre*

Dans le matin du monde, Torak, le Dieu pervers, s'empara de l'Orbe d'Aldur avec laquelle il s'enfuit, car il était assoiffé de pouvoir. L'Orbe refusa de se soumettre à sa volonté, et son feu le marqua à jamais d'une terrible brûlure. Pourtant, l'Orbe lui était trop précieuse pour qu'il se résolût à la restituer.

Alors le sorcier Belgarath, disciple du Dieu Aldur, mena le roi des Aloriens et ses trois fils dans une quête qui les conduisit jusqu'à la tour de fer de Torak, où ils recouvrèrent l'Orbe. Torak tenta de les poursuivre, mais il fut contraint de battre en retraite devant la colère de l'Orbe, qui le repoussa.

Belgarath plaça Cherek et ses fils sur les trônes de quatre grands royaumes, afin qu'ils montent éternellement la garde contre Torak. Il investit Riva de la mission de veiller sur l'Orbe, et lui révéla qu'aussi longtemps que celle-ci serait détenue par l'un de ses descendants, le Ponant serait en sûreté.

Les siècles succédèrent aux siècles sans que Torak se manifeste, jusqu'au printemps de l'an 4865. Alors les Nadraks, les Thulls et les Murgos déferlèrent par vagues gigantesques sur la Drasnie. Au centre de cette marée humaine se dressait l'immense pavillon de fer de celui auquel on avait donné le nom de Kal-Torak, qui voulait dire Dieu et Roi. Les villes et les villages devaient être rasés et brûlés, car le but de Kal-Torak n'était pas la conquête mais la destruction. Ceux qui réchappaient aux massacres étaient livrés aux prêtres grolims avec leurs masques d'acier, pour être sacrifiés selon les rites innommables des Angaraks. Seuls survécurent ceux qui cherchèrent refuge en Algarie ou furent recueillis à l'embouchure de l'Aldur par les vaisseaux de guerre cheresques.

Se tournant vers le sud, les hordes s'abattirent ensuite sur l'Algarie, mais elles n'y trouvèrent pas de villes. Les Algarois étaient des nomades, de farouches cavaliers qui ne se replièrent devant les Angaraks que pour revenir à la charge par surprise, leur infligeant des pertes cruelles. Les rois d'Algarie avaient instauré leur trône à la Forteresse, une montagne de pierre érigée de main d'homme, aux murailles épaisses de trente pieds, contre lesquelles les Angaraks se heurtèrent en vain avant de se décider à assiéger la citadelle. Le siège se prolongea huit années, en pure perte.

Ce délai devait fournir au Ponant le temps de se mobiliser et de faire ses préparatifs. Les généraux s'assemblèrent à l'Ecole de guerre impériale de Tol Honeth pour affûter leur stratégie. Tous sentiments de rivalité nationale bannis, Brand, le Gardien de Riva, fut désigné pour assumer le commandement plein et entier des opérations. Il arriva accompagné de deux étranges conseillers : un homme d'âge vénérable, mais encore très vert, qui revendiquait la connaissance des royaumes angaraks même, et une femme d'une beauté stupéfiante, à l'allure altière, dont le front s'ornait d'une mèche d'argent. Brand leur accorda toute son attention et la plus grande déférence.

A la fin du printemps de 4875, Kal-Torak renonça à prendre la Forteresse et se tourna vers la mer, à l'ouest, toujours harcelé par les cavaliers algarois. Dans les montagnes, les Ulgos sortaient nuitamment de leurs cavernes et se déchaînaient sur les Angaraks, les massacrant sauvagement pendant leur sommeil. Mais les légions de Kal-Torak étaient innombrables. Après s'être regroupées, elles se dirigèrent vers la ville de Vo Mimbre en empruntant la vallée de la rivière Arend, dévastant tout sur leur passage, et dès le début de l'été, les multitudes angaraks se déployaient pour prendre la cité d'assaut.

Le troisième jour de la bataille, une trompe sonna par trois fois. Puis les portes de Vo Mimbre s'ouvrirent et les chevaliers mimbraïques attaquèrent de vive force les premières lignes des milices angaraks, leurs destriers broyant les morts comme les vivants sous leurs sabots ferrés. Au même instant, la cavalerie algaroise, l'infanterie drasnienne et les irréguliers ulgos sous leurs voiles surgirent sur le flanc gauche, tandis que les têtes brûlées cheresques et les légionnaires tolnedrains faisaient tout à coup irruption sur la droite.

Attaqué sur trois côtés, Kal-Torak engagea toutes ses forces dans la bataille. Mais les Riviens aux uniformes gris, les Sendariens et les archers asturiens fondirent sur ses troupes par l'arrière, et, sombrant dans la confusion, les Angaraks commencèrent à tomber comme fétus de paille sous la faux du grand moissonneur.

Alors l'Apostat, Zedar le Sorcier, se précipita en hâte vers le pavillon de fer noir hors duquel Kal-Torak n'avait pas encore paru. Et au Maudit, il annonça : « Seigneur, Tes ennemis nous encerclent en immenses nuées. En vérité, même les Riviens au ventre gris sont venus en nombre pour défier Ta puissance. »

Dans son ire, Kal-Torak se leva et déclara : « Je m'avancerai, de sorte que les détenteurs illicites de *Cthrag Yaska*, la pierre qui était mienne, me voient et prennent peur de ma personne. Envoie-moi mes rois.

— Puissant Seigneur, lui répondit Zedar, Tes rois ne sont plus. Le combat leur a coûté la vie, de même qu'à une multitude de Tes prêtres grolims. »

La colère de Kal-Torak n'eut plus de bornes à ces mots. Une langue de feu surgit de son orbite droite et de l'œil qui avait cessé d'être. Il ordonna à ses ordonnances de lier son bouclier au bras qui n'avait plus de main, il brandit l'épée noire, meurtrière, qui était la sienne et s'avança pour livrer combat.

C'est alors que s'éleva des lignes riviennes une voix qui disait : « Au nom de Belar, je te provoque en duel,

Torak. Au nom d'Aldur, je te crache mon mépris au visage. Que cesse ce bain de sang, et je te rencontrerai pour décider de l'issue de la bataille. Je suis Brand, le Gardien de Riva. Relève mon défi ou emmène avec toi tes hordes pestilentielles, et ne reviens plus dans les royaumes du Ponant. »

Kal-Torak se détacha de ses troupes et s'écria : « Où est-il, celui qui ose mesurer sa chair de mortel au Roi du Monde ? Qu'il prenne garde, car je suis Torak, le Roi des Rois, Dieu entre les Dieux. Je réduirai à néant ce Rivien qui hausse si fort la voix. Mes ennemis périront, et *Cthrag Yaska* sera de nouveau mienne. »

Le Gardien de Riva s'avança, brandissant une lourde épée et un bouclier voilé d'un linge. Un loup au poil blanchi marchait à son côté, et une chouette au plumage neigeux planait au-dessus de sa tête.

« Brand est mon nom, dit le Gardien de Riva, et je me battrai contre toi, Torak l'infâme et le contrefait. »

Mais alors Torak vit le loup, et lui dit :

« Va-t'en, Belgarath. Fuis si tu tiens à la vie ». Et à la chouette il dit : « Abjure ton père, Polgara, et vénère-moi. Je t'épouserai et ferai de toi la Reine du Monde. »

Mais le loup poussa un hurlement de défi, et la chouette rauqua son mépris.

Torak éleva alors son épée et l'abattit sur le bouclier de Brand. Longtemps, ils combattirent, se portant des coups innombrables, plus formidables les uns que les autres. Ceux qui se tenaient suffisamment près d'eux pour assister à la scène furent stupéfaits. Dans son ire qui allait croissant, Torak assena des coups redoublés de son épée sur le bouclier de Brand, tant et si bien que le Gardien recula sous les assauts du Maudit. Mais d'une seule voix, le loup se mit à hurler et la chouette poussa un ululement, et la force de Brand en fut régénérée.

D'un seul mouvement, le Gardien de Riva dévoila alors son bouclier au centre duquel était enchâssée une gemme ronde, de la taille du cœur d'un enfant. Comme Torak la regardait fixement, la pierre se mit à luire d'un éclat incandescent et à jeter des flammes. Le Maudit s'en détourna, laissant tomber son épée et son bouclier, et tenta de se soustraire au feu mortel de la pierre en se protégeant le visage de ses deux bras levés.

Brand frappa à nouveau, et son épée transperça le ventail du heaume de Torak pour, s'enfonçant dans l'œil qui n'était plus, plonger dans le crâne du Maudit. Torak recula avec un grand cri. Il arracha l'épée de son orbite et repoussa son casque. Tous ceux qui étaient présents s'écartèrent avec horreur, car son visage, cautérisé par un feu intense, était épouvantable à regarder. Pleurant des larmes de sang, Torak hurla à nouveau en contemplant le joyau qu'il avait nommé *Cthrag Yaska* et pour lequel il avait embrasé les royaumes du Ponant. Puis il s'effondra, et le monde entier retentit du bruit de sa chute.

Ce ne fut qu'une clameur lorsque les mercenaires angaraks virent devant quoi Kal-Torak avait succombé. Ils tentèrent de fuir, en proie à une panique prodigieuse, mais les armées du Ponant les poursuivirent sans merci, si bien que lorsque la brume se leva sur le matin du quatrième jour, les légions ennemies étaient anéanties.

Brand demanda qu'on lui apporte la dépouille du Maudit, de sorte qu'il pût contempler celui qui avait voulu être le Roi du Monde, mais on ne retrouva jamais son corps. La nuit venue, Zedar le Sorcier avait, grâce à un enchantement, franchi les lignes du Ponant, emportant celui qu'il s'était choisi pour maître.

Alors Brand s'entretint avec ses conseillers. Et Belgarath lui dit : « Torak n'est pas mort mais seulement plongé dans un profond sommeil. Car Dieu il est, et à un Dieu jamais l'arme d'un mortel n'ôtera la vie. »

— Quand s'éveillera-t-il ? demanda Brand. Car il me faut préparer le Ponant à son retour.

— Lorsqu'un roi de la lignée de Riva siégera à nouveau sur son trône septentrional, alors le Dieu des Ténèbres se réveillera pour lui livrer combat.

Ainsi parla Polgara, mais Brand s'assombrit et lui répondit : « Jamais, donc, l'aube ne se lèvera sur ce jour ! » Car tout le monde savait que le dernier roi de Riva et toute sa famille avaient été mis à mort dans le quatre mille et deuxième an, par des assassins nyissiens.

Mais voici quelles furent les paroles de la femme : « Lorsque les temps seront révolus, le roi de Riva fera valoir ses droits au trône. Tels sont les termes de l'ancienne Prophétie, et nul ne saurait en dire davantage. »

Brand se déclara satisfait, et à sa demande, ses armées entreprirent de réparer du champ de bataille les désastres infligés par les Angaraks. Cela étant fait, les rois du Ponant se réunirent devant la cité de Vo Mimbre et tinrent conseil. Nombreuses furent les voix qui s'élevèrent pour chanter bien haut les louanges de Brand.

Les hommes ne tardèrent pas à proclamer qu'il revenait désormais à Brand de veiller sur la destinée de tout le Ponant. Seul Mergon, l'ambassadeur de l'empire de Tolnedrie, déclara formellement son indignation au nom de son empereur, Ran Borune quatrième du nom. Brand refusa cet honneur, et la proposition fut abandonnée, de sorte que la paix régna à nouveau entre ceux qui étaient réunis en conseil. Mais pour prix de la concorde, une requête fut adressée à la Tolnedrie.

Le Gorim des Ulgos s'exprima le premier, d'une voix résolue. « Pour l'accomplissement de la Prophétie, une princesse tolnedraine doit être promise en mariage au roi de Riva qui viendra sauver le monde. Telle est l'exigence des Dieux. »

Mergon éleva à nouveau une protestation. « Vide et déserte est la cour du roi de Riva. Nul ne siège plus sur le trône de Riva. Comment une princesse impériale de Tolnedrie pourrait-elle épouser un fantôme ? »

Et voici la réponse qu'apporta la femme qui était Polgara : « Le roi de Riva reviendra ceindre sa couronne et prendre épouse. Et voici pourquoi, à compter de ce jour, chaque princesse de l'empire de Tolnedrie se présentera à la cour du roi de Riva le jour de son seizième anniversaire. Elle portera sa robe de mariage et attendra trois journées le retour du roi de Riva. S'il ne vient pas la chercher, alors elle sera libre de retourner auprès de son père et de se soumettre aux projets qu'il aura formés pour elle. »

Mergon se récria. « La Tolnedrie toute entière se révoltera contre cette infamie. Jamais cela ne sera ! »

Le Gorim des Ulgos, qui était un sage, prit de nouveau la parole. « Allez dire à votre empereur que telle est la volonté des Dieux, et faites-lui également connaître que si la Tolnedrie devait manquer à ses engagements, le Ponant prendrait les armes contre elle, disperserait les fils de Nedra aux quatre vents, et n'aurait point de cesse que la puissance de l'empire de Tolnedrie ne soit réduite à néant et que son existence même ne soit plus qu'un souvenir. »

A ces mots, reconnaissant la puissance des armées assemblées devant lui, l'ambassadeur dut s'incliner. Tous alors s'accordèrent et s'estimèrent liés par cet engagement.

Cela étant accompli, les nobles de l'Arendie déchirée par des luttes intestines vinrent vers Brand et lui dirent : « Le roi de Mimbre est mort, le duc d'Asturie n'est plus. Qui exercera désormais son autorité sur nous ? Depuis deux mille ans, la doulce Arendie vit au gré des conflits entre Mimbraïques et Asturiens. Que pourrions-nous faire pour ne plus former qu'un seul peuple à nouveau ? »

Brand réfléchit un instant. « Qui est l'héritier du trône mimbraïque ?

— Korodullin est le prince impérial de Mimbre » ; telle fut la réponse des nobles.

— Et quel est le successeur du duc d'Asturie ?

— Sa fille, Mayaserana, lui fut-il répondu.

— Qu'on les amène devant moi, dit Brand.

Et lorsqu'ils parurent devant lui, Brand leur tint ce langage : « Les effusions de sang entre Mimbre et l'Asturie doivent prendre fin. Telle est donc ma volonté, que vous unissiez vos destins, et que de la sorte se rapprochent enfin des familles qui se sont si longtemps opposées. »

Tous deux s'élevèrent vivement contre cet arrêt, car ils avaient été entretenus dans la haine ancestrale de l'autre, et étaient nourris de l'orgueil de leur propre postérité. Alors Belgarath prit Korodullin à part et s'entretint en privé avec lui. Puis Polgara se retira avec Mayaserana et lui parla longuement. Personne ne devait jamais connaître, ni alors ni par la suite, les propos qu'ils tinrent aux deux jeunes gens. Mais lorsque Mayaserana et Korodullin se présentèrent à nouveau devant Brand, ce fut pour consentir au mariage. Tel devait être le dernier acte du conseil qui se tint après la bataille de Vo Mimbre.

Brand s'adressa une dernière fois à tous les rois et à tous les nobles assemblés avant de repartir vers le nord.

« Bien des choses bonnes et qui connaîtront la pérennité auront été ébauchées ici. En vérité, je vous le dis, nous avons uni nos forces contre les Angaraks et nous les avons défaits. Torak le maléfique est vaincu. Et l'alliance que nous avons ici tous ensemble conclue prépare le Ponant au moment annoncé par la Prophétie où le roi de Riva reviendra et où Torak s'éveillera de son long sommeil pour revendiquer à nouveau la domination du monde et son assujettissement. Tout ce que nous pouvions faire à ce jour en vue de cet ultime et formidable combat a été fait. Nous ne pouvons aller plus loin. Peut-être l'occasion nous aura-t-elle en outre été donnée de guérir les blessures de l'Arendie et de voir la fin d'un conflit qui aura duré plus de deux mille ans. Pour ce qui me concerne, je me déclare satisfait de tout ceci.

Adieu, donc, à tous, et pour toujours-longtemps ! »

Il se détourna et prit la route du nord, accompagné de l'homme au poil blanchi qui était Belgarath et de la femme au port altier qui était Polgara. Ils embarquèrent à Camaar, en Sendarie, et mirent le cap sur Riva. Jamais Brand ne devait remettre le pied dans les royaumes du Ponant.

Mais on a raconté beaucoup d'histoires sur ses compagnons. Et dans tous ces contes, rares sont ceux qui sauraient démêler le vrai du faux.

PREMIERE PARTIE

EN ARENDIE

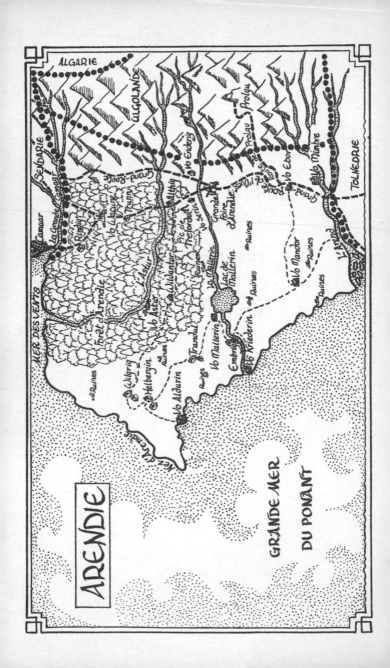

CHAPITRE PREMIER

Vo Wacune avait cessé d'exister. Vingt-quatre siècles avaient passé depuis le pillage du fief des Arendais wacites, et les interminables forêts noires du nord de l'Arendie avaient envahi les ruines. Les murailles détruites s'étaient effondrées et avaient été englouties par la mousse et les fougères brunes, luisantes d'humidité, sous lesquelles disparaissait le sol de la forêt. Seuls les chicots délabrés qui avaient jadis été de fières tours se dressaient désormais, comme autant de dents branlantes et pourrissantes, au milieu des arbres environnés de brume, pour témoigner de l'endroit où se trouvait jadis Vo Wacune. Une neige détrempée enveloppait les ruines noyées dans le brouillard, et des ruisselets d'eau couraient, telles des larmes, sur la face des antiques pierres.

Garion déambulait tout seul dans les artères de la ville morte, envahie par les arbres, en serrant étroitement autour de lui son épaisse houppelande de laine grise pour se protéger du froid, et en ruminant des pensées aussi lugubres que les pierres suintantes qui l'environnaient. La ferme de Faldor, avec ses champs d'émeraude étincelants au soleil, était tellement loin maintenant qu'elle lui donnait l'impression de se perdre dans une sorte de brume qui se dérobait devant lui, et il avait le cœur serré par une nostalgie désespérante. Quels que fussent ses efforts pour les retenir, les détails lui échappaient. Les odeurs délectables de la cuisine de tante Pol n'étaient plus qu'un vague souvenir ; le tintement du marteau de Durnik dans la forge s'évanouissait comme se meurt l'écho du dernier coup sonné par une cloche, et les visages clairs, nets, de ses camarades de jeu se troublaient dans sa mémoire, à tel point qu'il n'était plus sûr d'arriver à les reconnaître s'il les revoyait seulement un jour. Son enfance partait à la dérive, et quoi qu'il fît, il n'avait aucune prise sur elle.

Rien n'était plus comme avant; c'était là tout le problème. L'armature de sa vie, l'assise sur laquelle son enfance avait été bâtie, c'était tante Pol. Dans le monde simple de la ferme de Faldor, tout le monde avait toujours vu en elle Dame Pol, la cuisinière, et voilà que dans l'autre monde qui s'étendait au-delà du portail de la ferme de Faldor, elle était Polgara la Sorcière, qui avait vu passer quatre millénaires dans un but qui dépassait la compréhension des mortels.

Même sire Loup, le vieux conteur nomade, avait bien changé, lui aussi. Garion savait maintenant que son ami était en fait son arrière-arrière-grand-père — encore aurait-il fallu ajouter un nombre incalculable d'« arrière » pour faire bon poids — mais que, au-delà de ce vieux visage malicieux, c'était le regard inflexible de Belgarath le Sorcier qui l'observait depuis le premier jour, un homme qui attendait son heure en contemplant la folie des Dieux et des hommes depuis sept mille ans. Garion poussa un soupir et poursuivit son errance à travers le brouillard.

Leurs noms seuls le mettaient mal à l'aise. Garion n'avait jamais voulu croire à la sorcellerie et à la magie, noire ou blanche. Ces choses-là n'étaient pas normales, et elles violaient l'idée qu'il se faisait de la réalité tangible, concrète. Mais il s'était passé trop de choses pour qu'il pût se cramponner plus longtemps à ce scepticisme si confortable. Il avait suffi d'un instant, plus fulgurant que l'éclair, pour balayer, comme autant de fétus de paille, les derniers vestiges de son incrédulité. Pétrifié, il l'avait vue effacer d'un geste, d'un seul mot, la taie laiteuse qui masquait les yeux de Martje la sorcière, lui rendant la vue, mais lui retirant par la même occasion, avec une indifférence brutale, la faculté de voir dans l'avenir. Le souvenir du gémissement de désespoir de la vieille folle arracha un frisson à Garion. Ce cri marquait, en quelque sorte, le moment à partir duquel le monde avait perdu de sa réalité, de son sens, pour devenir infiniment moins sûr.

Arraché au seul endroit qu'il eût jamais connu, incertain de l'identité des deux personnes qui lui étaient les plus proches, toute notion de ce qui était possible, et de ce qui ne l'était pas, abolie, Garion se trouvait embarqué dans un mystérieux pèlerinage, sans la moindre idée de ce qu'ils faisaient dans cette cité naufragée, engloutie dans les arbres, ou de l'endroit où ils iraient ensuite. La seule certitude qui lui restait était la pensée sinistre à laquelle il se cramponnait désormais : un homme s'était glissé au cœur des ténèbres qui précèdent l'aube pour assassiner ses parents, dans leur petite maison, au fond de ce village oublié, et cet homme était là, quelque part, dans ce monde. Eh bien, il le retrouverait, lui, Garion, même s'il devait y passer le restant de ses jours, et ce jour là, il le tuerait. Aussi étrange que cela pût paraître, cette idée concrète recélait quelque chose d'un peu réconfortant.

Il escalada prudemment les éboulis d'une maison qui s'était écroulée dans la rue et poursuivit son exploration de la cité en ruine, mais il n'y avait, à vrai dire, pas grand-chose à voir. Les siècles inlassables avaient pour ainsi dire fait disparaître tout ce que la guerre n'avait pas détruit, et dont la neige fondante et le brouillard épais dissimulaient jusqu'aux dernières traces. Garion soupira à nouveau et entreprit de retourner sur ses pas, jusqu'au chicot à demi pourri de la tour où ils avaient passé la dernière nuit, tous ensemble.

Sire Loup et tante Pol devisaient calmement, non loin de la tour en ruine. Le vieil homme avait relevé sa capuche couleur de rouille sur sa tête, et tante Pol avait refermé sa cape bleue autour d'elle. Le regard qu'elle promenait sur les ruines envahies par la brume semblait accablé d'un regret éternel. Ses longs cheveux noirs ruisselaient sur son dos, et, au-dessus de son front, sa mèche blanche brillait d'un éclat plus pâle que la neige à ses pieds.

« Le voilà », dit sire Loup en voyant approcher Garion.

Elle hocha la tête en signe d'approbation.

— Où étais-tu? lui demanda-t-elle en le regardant d'un air grave.

— Nulle part, répondit Garion. Je réfléchissais, c'est tout.

— Je vois que tu as réussi à te tremper les pieds.

Garion leva une de ses bottes brunes, pleine d'eau, et regarda la boue qui y adhérait.

— La neige est plus mouillée que je ne pensais, avança-t-il pour se disculper.

— Tu te sens vraiment mieux avec ça? reprit sire Loup en indiquant l'épée que Garion ne quittait plus maintenant.

— Tout le monde n'arrête pas de dire que l'Arendie est une contrée dangereuse, se justifia Garion. Et puis, il faut bien que je m'y habitue.

L'épée, qui lui avait été offerte par Barak, était l'un des nombreux cadeaux qu'il avait reçus pour Erastide, qui avait eu lieu alors qu'ils étaient en mer. Il fit tourner le baudrier de cuir flambant neuf afin d'en dissimuler un peu la poignée de fer forgé.

— Je ne trouve pas que ça t'aille très bien, tu sais, déclara le vieil homme d'un ton quelque peu réprobateur.

— Fiche-lui la paix, père, laissa tomber tante Pol, presque distraitement. C'est la sienne, après tout; qu'il la porte si ça lui fait plaisir.

— Hettar devrait déjà être là, maintenant, non? demanda Garion, plus pour changer de sujet qu'autre chose.

— Il a peut-être été bloqué par la neige dans les montagnes de Sendarie, répliqua sire Loup. Il ne va pas tarder à arriver. On peut compter sur lui.

— Je me demanderai toujours pourquoi nous n'avons pas tout simplement acheté des chevaux à Camaar.

— Ils n'auraient pas été aussi bons, rétorqua sire Loup en grattant sa courte barbe blanche. Nous avons une longue route à faire, et je ne veux pas avoir à me demander si mon cheval ne va pas me lâcher au plus mauvais moment. Mieux vaut perdre un peu de temps maintenant que beaucoup par la suite. ˙

Garion fourra la main sous son col et se frotta la gorge à l'endroit où la curieuse amulette d'argent ciselé que sire Loup et tante Pol lui avaient donnée pour Erastide lui irritait la peau.

— N'y fais pas attention, mon chou, fit tante Pol.

— Je ne vois vraiment pas pourquoi tu ne veux pas que je la mette par-dessus mes vêtements, se lamenta-t-il. Personne ne la verrait sous ma tunique.

— Il faut qu'elle soit en contact avec ta peau.

— Je trouve ça quand même un peu pénible. Elle n'est pas vilaine, évidemment, mais il y a des moments où je la trouve froide, d'autres où j'ai l'impression qu'elle est très chaude, et de temps en temps, elle a l'air horriblement lourde. Et puis la chaîne me gratte le cou. Il faut croire que je n'ai pas l'habitude des fanfreluches.

— Ce n'est pas un simple bijou, chéri, riposta-t-elle. Tu verras que tu finiras par t'y habituer.

— Ça te consolera peut-être un peu de savoir que ta tante a mis dix ans à s'habituer à la sienne, révéla sire Loup en riant. Il fallait tout le temps que je lui dise de la remettre.

— Je ne pense pas que ce soit vraiment le moment, père, releva fraîchement tante Pol.

— Tu en as une aussi ? demanda Garion au vieil homme, très curieux, tout d'un coup.

— Evidemment.

— Ça veut dire quelque chose, alors, si on en a tous une ?

— C'est une coutume familiale, Garion, repartit tante Pol d'un ton sans réplique.

Un courant d'air glacial et humide s'engouffra furieusement dans les ruines, faisant tourbillonner le brouillard autour d'eux, l'espace d'un instant.

— Je voudrais bien que Hettar se dépêche d'arriver, déclara Garion, dans un soupir à fendre l'âme. Je ne serai pas fâché de partir. On se croirait dans un cimetière, ici.

— Ça n'a pas toujours été comme ça, souffla tante Pol.

— Comment c'était, avant ?

— J'ai été heureuse, ici. Les murailles étaient hautes

et les tours s'élevaient vers le ciel. Nous pensions tous que cela n'aurait pas de fin. Par-là, dit-elle en indiquant du doigt une touffe hirsute de fougères roussies par l'hiver qui rampaient sur les pierres tombées à terre, des jeunes gens venaient chanter la sérénade à des demoiselles vêtues de robes jaune paille, assises derrière un mur, dans un jardin plein de fleurs. Et si douce était leur voix que les jeunes filles soupiraient en leur lançant des roses vermeilles par-dessus le mur. Le long de cette avenue, les anciens s'en allaient vers une place aux dalles de marbre où ils se retrouvaient pour parler des guerres d'autrefois et de leurs compagnons du temps jadis. Et un peu plus loin, il y avait une maison avec une terrasse sur laquelle je m'asseyais le soir, avec des amis, pour regarder les étoiles s'allumer dans le ciel, tandis qu'un jeune garçon nous apportait des fruits rafraîchis et que les rossignols chantaient comme si leur cœur allait se briser.

Et la voix de tante Pol mourut dans le silence.

— Et il a fallu que les Asturiens viennent, reprit-elle, d'une voix changée. On ne croirait jamais comme cela va vite de détruire des choses qu'il a fallu des milliers d'années pour construire.

— Ne commence pas à ruminer, Pol, conseilla sire Loup. Ce sont des choses qui arrivent, et auxquelles nous ne pouvons rien.

— Mais j'aurais pu faire quelque chose, père, riposta-t-elle, le regard perdu dans les ruines. C'est toi qui n'as pas voulu me laisser intervenir, tu te souviens ?

— Cela ne va pas recommencer, Pol, fit sire Loup, d'un ton douloureux. Il faut que tu te fasses une raison. Le sort des Arendais wacites était scellé, de toute façon. Tu n'aurais réussi, au mieux, qu'à retarder l'inévitable de quelques mois. Nous ne sommes pas ce que nous sommes et qui nous sommes pour nous immiscer dans des problèmes insignifiants.

— C'est ce que tu dis toujours, répondit-elle en jetant un coup d'œil autour d'elle sur les armées d'arbres fantômatiques qui disparaissaient dans la brume, le long des rues désertes. Je n'aurais jamais cru que les arbres reviendraient aussi vite, dit-elle d'une voix quelque peu altérée. Il me semble qu'ils auraient pu attendre un peu.

— Ça fait près de vingt-cinq siècles, maintenant, Pol.

— Vraiment? J'ai l'impression que c'était l'année dernière...

— Ne ressasse donc pas comme cela. Tu te fais du mal inutilement. D'ailleurs, nous ferions mieux de rentrer. Le brouillard nous rend tous un peu mélancoliques.

Sans raison, tante Pol passa son bras autour des épaules de Garion, et ils reprirent le chemin de la tour. Son parfum, la conscience qu'il avait de sa proximité lui mirent une boule dans la gorge. A ce contact, l'écart qui s'était creusé entre eux au cours des derniers mois sembla un peu se combler.

La salle du bas de la tour dans laquelle ils avaient établi leur campement avait été érigée avec des pierres tellement énormes que ni le passage des siècles, ni les tentatives silencieuses mais inlassables des racines des arbres n'avaient réussi à les ébranler. De grandes arches de faible hauteur supportaient un plafond de pierre, lui conférant des allures de grotte. A l'autre bout de la pièce, du côté opposé à la porte étroite, une large fissure entre deux blocs de pierre brute faisait comme une cheminée naturelle. Durnik avait sobrement considéré la fente la veille au soir, lorsqu'ils étaient arrivés, trempés et transis de froid, et il ne lui avait pas fallu longtemps pour construire une cheminée rudimentaire mais efficace à l'aide de pierres éparses.

— Ça nous dépannera toujours, avait dit le forgeron. Il y a plus élégant, mais ça ira bien pour quelques jours.

Et lorsque sire Loup, Garion et tante Pol entrèrent dans cette caverne faite de main d'homme, un bon feu crépitait dans la cheminée, projetant des ombres inquiétantes sur les arches basses et rayonnant d'une chaleur accueillante. Durnik, dans sa tunique de cuir brun, empilait du bois à brûler le long du mur. Barak, immense, avec sa barbe rouge et sa cotte de mailles, astiquait son épée. Silk, en chemise de toile écrue et gilet de cuir noir, jouait négligemment avec une paire de dés, vautré sur l'un des balluchons.

— Toujours aucun signe de Hettar? demanda Barak en levant les yeux.

— Nous avons un jour ou deux d'avance, répondit

sire Loup en se rapprochant de la cheminée pour se réchauffer.

— Tu devrais changer de bottes, Garion, suggéra tante Pol en accrochant sa cape bleue à l'une des patères que Durnik avait réussi à fixer dans une fissure du mur.

Garion décrocha son paquetage, suspendu à une autre patère, et commença à fouiller dedans.

— Et tes chaussettes, aussi, ajouta-t-elle.

— Le brouillard ne fait pas mine de se lever, j'imagine ? demanda Silk à sire Loup.

— Aucune chance.

— Si je peux arriver à vous convaincre tous de vous éloigner un peu du feu, je pourrai peut-être m'occuper du dîner, déclara tante Pol, très sérieuse, tout à coup.

En fredonnant toute seule, comme elle faisait toujours quand elle se mettait aux fourneaux, elle commença à sortir un jambon, quelques pains de campagne, noirs, un sac de pois cassés et une douzaine peut-être de carottes parcheminées.

Le lendemain matin, après le petit déjeuner, Garion enfila un surcot fourré de peau de mouton, ceignit son épée et repartit guetter l'arrivée de Hettar dans les ruines ouatées de brouillard. C'était une tâche dont il s'était investi tout seul, et il appréciait qu'aucun de ses amis n'eût jugé à propos de lui signaler qu'elle n'avait pas vraiment d'utilité. Il pataugea tant bien que mal dans les rues pleines de neige fondue en direction de la porte ouest, effondrée, de la ville, en s'efforçant sciemment d'éviter la rumination sinistre qui avait assombri la journée précédente. Il ne pouvait absolument rien faire pour remédier au présent état de choses, et il n'avait rien à gagner à remâcher ses soucis ; ça lui laisserait un mauvais goût dans la bouche, un point, c'est tout. Aussi, bien que n'étant pas précisément d'humeur folâtre en arrivant au bout de mur abattu qui marquait l'emplacement de l'ancienne porte de l'ouest, n'était-il pas à proprement parler lugubre non plus.

Toutefois, si le mur le protégeait un peu du vent, il n'empêchait pas le froid humide de s'insinuer sous ses vêtements, et il commençait à avoir les pieds gelés. Il eut un frisson, mais il se résigna à attendre, et comme il n'aurait servi à rien de tenter de voir quoi que ce fût dans le brouillard, il se concentra sur les sons qui se faisaient entendre dans la forêt, de l'autre côté de la muraille. Au martèlement de l'eau coulant goutte à goutte des arbres faisait écho le tambourinement d'un pivert s'attaquant à une souche pourrie à une centaine de mètres de là, occasionnellement ponctué par le choc sourd de la neige détrempée glissant des ramures, et ses oreilles ne tardèrent pas à faire le tri entre ces différents bruits.

— C'est ma vache, fit tout d'un coup une voix s'élevant du brouillard.

Garion se redressa et s'immobilisa, tous les sens en éveil.

— Garde-là dans ta pâture, alors, répondit sèchement une autre voix.

— C'est toi, Lammer? demanda la première voix.

— En effet. Mais c'est Detton, n'est-ce-pas?

— Je ne t'avais pas reconnu. Ça fait un bout de temps, dis donc!

— Quatre ou cinq ans, au jugé, estima Lammer.

— Comment ça va, dans ton village? reprit le dénommé Detton.

— C'est la famine. Il n'y a plus rien à manger, depuis qu'ils ont levé les impôts.

— Par chez nous non plus. On en est réduits à manger des racines d'arbre bouillies.

— Tiens, on n'a pas encore essayé ça. Nous, c'est nos chaussures qu'on mange.

— Comment va ta femme? s'enquit poliment Detton.

— Elle est morte l'année dernière, répondit Lammer, d'une voix atone, totalement dénuée d'émotion. Le suzerain nous a pris notre fils. Il l'a enrôlé dans son armée, et il est allé se faire tuer au combat, je ne sais pas où. Ils lui ont versé de la poix bouillante dessus. Après cela, ma femme a arrêté de manger. Oh! la mort n'a pas mis longtemps à l'emporter.

— Je suis désolé, fit Detton, avec sympathie. Elle était très belle.

— Ils sont plus heureux comme ça, décréta Lammer. Là où ils sont, au moins, ils n'ont plus ni faim, ni froid. Qu'est-ce que vous mangez, comme racines?

— Le meilleur, c'est le bouleau, précisa Detton. Le sapin est trop résineux, et le chêne, trop dur. Il faut mettre des herbes dans l'eau pour leur donner un peu de goût.

— Il va falloir que j'essaie.

— Je dois y aller, déclara Detton. Mon seigneur m'a chargé de dégager un peu les arbres, et il me fera fouetter si je tarde.

— Nous nous reverrons peut-être un jour.

— Si le ciel nous prête vie.

— Au revoir, Detton.

— Au revoir, Lammer.

Les deux voix s'éloignèrent dans le brouillard. Garion resta un long moment sans bouger après leur départ, comme ébranlé par la commotion, les yeux pleins de larmes de compassion. Le plus terrible, c'était le fatalisme avec lequel les deux hommes acceptaient leur sort. Il se sentait embrasé par une colère formidable, tout d'un coup. Il avait envie de cogner.

C'est alors qu'un autre bruit se fit entendre dans le brouillard. Quelqu'un chantait, dans la forêt, non loin de là. Un homme qui venait vers lui. Garion entendait distinctement la voix claire, de ténor léger, qui évoquait des malheurs anciens, et le refrain était un appel à la vengeance. A côté du désespoir tranquille de Lammer et de Detton, Garion ne pouvait s'empêcher de trouver un peu obscène d'entendre brailler avec cette mièvrerie des préjudices aussi abstraits, et sa colère se cristallisa, d'une façon irrationnelle, sur le chanteur invisible. Sans réfléchir, il dégaina son épée et s'accroupit légèrement derrière le mur écroulé.

Le chant se rapprocha encore, et Garion entendit le bruit des sabots d'un cheval dans la neige fondante. Il passa prudemment la tête au-dessus du mur au moment où le chanteur surgissait du brouillard, à moins de vingt pas de lui. C'était un jeune homme vêtu de chausses jaunes, d'un pourpoint rouge vif et d'une houppelande doublée de fourrure, rejetée en arrière. Il portait un long arc incurvé derrière l'une de ses épaules, et une épée dans son fourreau à la hanche opposée. Ses cheveux d'or rouge, coiffés d'un chapeau pointu fièrement orné d'une plume, tombaient souplement sur ses épaules, et son visage juvénile, empreint d'une expression amicale, ouverte, qu'aucun froncement de sourcil semblait ne devoir jamais effacer, démentait la voix vibrante de passion avec laquelle il chantait sa sinistre ballade. Garion jeta un regard noir à ce jeune noble écervelé, bien certain que ce fou chantant ne s'était jamais contenté de racines d'arbre pour son déjeuner, pas plus qu'il n'avait porté le deuil d'une femme morte de faim et de chagrin. L'étranger fit tourner son cheval et se dirigea, sans cesser de chanter, tout droit vers l'arche brisée de la porte auprès de laquelle Garion se tenait en embuscade.

Garion n'était pas d'ordinaire du genre à chercher la bagarre, et il est probable qu'en d'autres circonstances, il aurait abordé la situation tout différemment. Seulement le jeune étranger à l'élégance tapageuse n'aurait pas pu se montrer à un plus mauvais moment. Garion conçut en un instant un plan qui présentait l'avantage de la simplicité. Et comme rien ne devait venir le compliquer, il se déroula admirablement — jusqu'à un certain point. Le jeune ménestrel n'avait pas plus tôt franchi la porte que Garion surgit de sa cachette, empoigna le bout de sa cape à laquelle il imprima une brusque traction, le faisant basculer de sa selle. Avec un cri de surprise et un grand bruit d'écrabouillement humide, l'étranger s'affala tout d'une masse et d'une façon fort peu protocolaire, les quatre fers en l'air, dans la gadoue, aux pieds de Garion. Mais la seconde partie de son plan ne se déroula pas du tout comme prévu. Au moment où il s'apprêtait à appliquer la pointe de son épée sur la gorge du cavalier tombé à terre pour bien marquer sa victoire, celui-ci avait roulé sur lui-même et s'était relevé, tirant sa propre épée, le tout dans un seul mouvement apparent. Ses yeux jetaient des éclairs de colère, et il brandissait son épée d'une façon très inquiétante.

Bien que n'étant pas un grand bretteur, Garion avait de bons réflexes, et les nombreuses corvées dont il s'était acquitté à la ferme de Faldor avaient eu au moins pour intérêt de lui faire les muscles. En dépit de la colère qui l'avait conduit à attaquer de prime abord, il n'avait pas le désir de faire vraiment du mal au jeune homme. Son adversaire semblait manier son épée d'une main légère, presque négligemment, et Garion se dit qu'un coup bien appliqué sur sa lame la lui ferait probablement lâcher. Il la toucha prestement, mais elle se déroba sous l'attaque de sa lourde épée et s'abattit dans un grand bruit d'acier sur sa propre lame. Garion fit un bond en arrière et tenta un nouvel assaut, tout aussi infructueux. Les épées se heurtèrent à nouveau. L'air résonnait maintenant de tintements et de cliquetis, comme les deux jeunes gens ferraillaient, parant et feintant avec leurs lames, leur arrachant un vacarme pareil à celui de deux bourdons. Il ne fallut qu'un moment à Garion pour se rendre compte que son adversaire était bien meilleur que lui à ce jeu-là, mais que le jeune homme avait déjà négligé plusieurs occasions de le frapper, et l'excitation de ce bruyant assaut lui arracha un sourire involontaire, auquel l'étranger répondit par un autre, ouvert, presque amical.

— En voilà assez!

C'était sire Loup. Le vieil homme s'avançait vers eux, Barak et Silk sur ses talons.

— Qu'est-ce que vous pensez faire au juste, vous deux?

L'adversaire de Garion baissa sa garde avec un regard surpris.

— Belgarath… commença-t-il.

— Eh bien, Lelldorin! aboya sire Loup, d'une voix âpre. Auriez-vous perdu le peu de bon sens qui vous restait?

Garion eut l'impression que plusieurs choses se mettaient en place simultanément dans sa cervelle, tandis que sire Loup le prenait à partie, d'un ton tout aussi cinglant.

— Alors, Garion, tu veux bien t'expliquer?

Garion décida instantanément de recourir à la ruse.

— Enfin, grand-père, riposta-t-il en insistant sur ce mot, et en jetant rapidement au jeune homme un coup d'œil d'avertissement. Tu ne pensais tout de même pas que nous nous battions vraiment? Notre ami Lelldorin, ici présent, était simplement en train de me montrer comment parer une attaque quand on brandit une épée vers toi, et voilà tout.

— Vraiment? rétorqua sire Loup, d'un ton sceptique.

— Mais bien sûr, reprit Garion, le plus innocemment du monde. Quelle raison aurions-nous d'essayer de nous faire du mal?

Lelldorin ouvrit la bouche, comme pour dire quelque chose, mais Garion lui marcha résolument sur le pied.

— Lelldorin est vraiment très bon, se hâta-t-il de dire en plaçant une main amicale sur l'épaule du jeune homme. Il m'a appris un tas de choses en quelques minutes à peine.

N'en rajoute pas trop, se mirent à faire les doigts de Silk, dans les petits gestes de la langue secrète drasnienne. *Les meilleurs mensonges sont toujours les plus simples.*

— Le petit est un excellent élève, Belgarath, intervint lamentablement Lelldorin, qui avait enfin compris.

— Oui, oh! il n'est pas trop raide, c'est tout, rétorqua sèchement sire Loup. A quoi pensiez-vous en vous affublant de la sorte? demanda-t-il en indiquant les vêtements criards de Lelldorin. Vous êtes déguisé en mât de cocagne, ou quoi?

— Les Mimbraïques se sont mis à emprisonner d'honnêtes Asturiens pour les interroger, exposa le jeune Arendais, et comme je savais que je devais passer devant plusieurs de leurs forteresses, je me suis dit qu'ils me laisseraient peut-être tranquilles si je m'habillais comme un de leurs chiens couchants.

— Il se pourrait que vous soyez plus futé que je ne pensais, accorda sire Loup, de mauvaise grâce, avant de se tourner vers Silk et Barak. Je vous présente Lelldorin, le fils du baron de Wildantor. Il va se joindre à nous.

— Il faut absolument que je vous parle, Belgarath, repartit précipitamment Lelldorin. Mon père m'a ordonné de venir ici, et je n'ai pas pu faire autrement, mais je suis impliqué dans une affaire de la plus extrême importance.

— Tous les jeunes nobles d'Asturie sont impliqués dans un minimum de deux ou trois affaires d'une importance au moins aussi considérable, répliqua sire Loup. Je regrette, Lelldorin, mais le problème qui nous intéresse est infiniment trop grave pour que nous attendions les bras croisés que vous ayez fini de tendre vos petites embuscades à de minables percepteurs mimbraïques.

C'est alors que tante Pol émergea du brouillard, Durnik à ses côtés comme s'il voulait la protéger. Elle s'approcha d'eux, ses yeux lançant des éclairs.

— Que font-ils avec ces épées, père? demanda-t-elle.

— Ils s'amusent, répondit brièvement sire Loup. Du moins est-ce ce qu'ils racontent. Je te présente Lelldorin. Je t'ai déjà parlé de lui, je crois.

Tante Pol toisa Lelldorin des pieds à la tête.

— Très pittoresque, lâcha-t-elle en haussant un sourcil.

— Mais non, ce n'est qu'un déguisement, expliqua sire Loup. Il n'est tout de même pas si farfelu que ça. Enfin, pas tout à fait... Mais c'est le meilleur tireur à l'arc de toute l'Asturie, et il se pourrait que nous soyons amenés à faire appel à ses compétences en ce domaine avant la fin de cette aventure.

— Je vois, dit-elle, d'un ton qui démentait ses paroles.

— Ce n'est évidemment pas la seule raison pour laquelle j'ai fait appel à lui, reprit sire Loup. Mais nous n'allons peut-être pas revenir sur cette histoire ici et en cet instant précis, n'est-ce pas?

— Tu penses toujours à ce passage, père? releva-t-elle d'un ton exaspéré. Le Codex Mrin est très abscons, et aucune des autres versions ne fait la moindre allusion aux personnages qui y sont mentionnés. Il ne s'agit peut-être que d'une image purement gratuite, tu le sais très bien.

— J'ai vu un peu trop d'allégories se révéler d'une réalité bien tangible pour commencer à prendre le pari aujourd'hui. Et si nous retournions plutôt à la tour? suggéra-t-il. Il fait un peu froid et humide dans le coin pour se livrer à un débat circonstancié sur les écarts de texte, non?

Intrigué par cet échange, Garion jeta un coup d'œil à Silk qui lui retourna son regard, l'air de n'y rien comprendre non plus.

— Tu veux bien m'aider à rattraper mon cheval, Garion? demanda courtoisement Lelldorin en remettant son épée au fourreau.

— Bien sûr, répondit Garion en rengainant la sienne à son tour. Je crois qu'il est parti par là.

Lelldorin ramassa son arc et tous deux suivirent la trace du cheval dans les ruines.

— Je te demande pardon de t'avoir fait vider les étriers, déclara Garion quand les autres furent hors de vue.

— Oh! ce n'est rien. J'aurais pu faire un peu plus attention, aussi, répliqua Lelldorin avec un rire gai et insouciant, avant de jeter un coup d'œil inquisiteur à Garion. Pourquoi as-tu raconté cette histoire à Belgarath?

— Ce n'était pas à proprement parler un mensonge, objecta Garion. Après tout, nous ne voulions pas vraiment nous faire de mal. Mais il faut parfois des heures pour expliquer ce genre de choses.

Lelldorin éclata à nouveau de rire. Un rire un peu contagieux, de sorte que Garion ne put s'empêcher de l'imiter, à son corps défendant.

Et c'est en riant tous les deux qu'ils poursuivirent leur chemin dans les rues envahies par la végétation, entre les monticules de neige fondante sous lesquels disparaissaient les décombres de la cité.

CHAPITRE II

Lelldorin de Wildantor avait dix-huit ans, mais sa parfaite ingénuité le faisait paraître bien plus jeune. Il ne pouvait se laisser effleurer par la moindre émotion sans que cela se traduise instantanément sur sa physionomie, et son visage rayonnait de sincérité comme un phare. Il était impulsif, se livrait à des déclarations extravagantes, et Garion en conclut à contrecœur qu'il ne devait pas être très intelligent. Pourtant, il était impossible de ne pas l'aimer.

Le lendemain matin, lorsque Garion enfila sa houppelande pour retourner guetter l'arrivée de Hettar, Lelldorin lui proposa immédiatement de se joindre à lui. Le jeune Arendais avait troqué l'épouvantable accoutrement de la veille contre une cape de laine sur des chausses marron et une tunique verte. Il avait pris son arc, ceint un carquois plein de flèches, et tout en traversant les rues pleines de neige en direction des vestiges du mur ouest, il s'amusait à décocher des traits sur des cibles à demi-invisibles.

— Tu es rudement fort, admira Garion, après une salve particulièrement réussie.

— Je suis asturien, répondit modestement Lelldorin. Il y a des milliers d'années que l'on tire à l'arc, chez nous. Mon père m'a fait tailler le mien le jour de ma naissance, et j'ai réussi à le bander dès l'âge de huit ans.

— J'imagine que vous chassez beaucoup, reprit Garion en songeant aux épaisses forêts qui les entouraient de toutes parts, et aux traces de gibier qu'il avait aperçues dans la neige.

— C'est notre passe-temps favori, renchérit Lelldorin en se baissant pour arracher la flèche qu'il venait de ficher dans un tronc d'arbre. Mon père s'enorgueillit du fait que l'on ne sert jamais de bœuf ni de mouton à sa table.

— Je suis allé à la chasse une fois, à Cherek.

— A la chasse au cerf ? releva Lelldorin.

— Non, au sanglier sauvage. Et pas à l'arc. Les Cheresques chassent avec des lances.

— Des lances ? Mais comment peut-on se rapprocher suffisamment pour tuer quoi que ce soit à la lance ?

Garion eut un rire un peu désenchanté en se remémorant ses côtes enfoncées et son crâne douloureux.

— Le problème, ce n'est pas de se rapprocher suffisamment de sa proie. C'est de s'en éloigner une fois qu'on l'a truffée de lances.

Lelldorin ne semblait pas se représenter clairement la chose.

— Les rabatteurs se mettent en rang, expliqua Garion, et ils avancent à travers bois en faisant le plus de bruit possible. Pendant ce temps-là, on prend sa lance et on attend à un endroit où les sangliers sont censés passer quand ils tenteront de fuir, chassés par le bruit. Seulement, ils n'aiment pas ça ; ça les met de mauvaise humeur, et quand ils voient quelqu'un sur leur chemin, ils se mettent à charger. C'est là qu'on leur envoie la lance.

— Ce n'est pas un peu dangereux ? s'étonna Lelldorin, en ouvrant de grands yeux.

— J'ai bien failli me faire écrabouiller les côtes, révéla Garion en hochant la tête.

Oh ! ce n'était pas à proprement parler de la vantardise, mais il devait bien s'avouer qu'il n'était pas mécontent de la réaction de Lelldorin au récit de ses exploits.

— Nous n'avons pas beaucoup d'animaux sauvages en Asturie, reprit Lelldorin, d'un ton quelque peu chagrin. Quelques ours, une horde de loups de temps en temps, c'est tout.

Il sembla hésiter un moment, en considérant attentivement Garion, et c'est avec une sorte de regard en dessous, lourd de mystère qu'il poursuivit.

— Mais il y a *des gens* qui pensent que l'on peut tirer un gibier plus intéressant que quelques cerfs.

— Oh-oh ? fit Garion, pas très sûr de ce qu'il devait entendre par là.

— Il se passe rarement une journée sans qu'un cheval mimbraïque rentre sans son cavalier.

Cette révélation fit à Garion l'effet d'un coup de poing dans l'estomac.

— Il y a *des gens* qui pensent qu'il y a trop de Mimbraïques en Asturie, insista lourdement Lelldorin.

— Je pensais que les guerres civiles arendaises avaient pris fin pour de bon.

— Nous sommes nombreux à ne pas voir les choses de cette façon. Pour beaucoup d'entre nous, la lutte ne cessera que le jour où l'Asturie sera libérée du joug mimbraïque.

La façon de s'exprimer de Lelldorin était sans équivoque quant à son point de vue sur la question.

— Mais je croyais que le pays avait été réunifié après la bataille de Vo Mimbre ? objecta Garion.

— Réunifié ? A qui veut-on faire croire une chose pareil-le ? L'Asturie est traitée comme une province soumise. La cour du roi se trouve à Vo Mimbre ; tous les gouverneurs, tous les percepteurs sont des Mimbraïques. On chercherait en vain un seul Asturien à un poste de commandement dans toute l'Arendie. Les Mimbraïques refusent même de reconnaître nos titres. Mon père, dont l'arbre généalogique remonte à un millier d'années, est considéré comme un *propriétaire terrien*. Jamais un Mimbraïque ne s'abaisserait à lui donner son titre de baron ; il se couperait plutôt la langue.

Le visage de Lelldorin était blême d'indignation.

— J'ignorais tout cela, répondit prudemment Garion, soucieux de ménager la susceptibilité du jeune homme.

— Mais l'humiliation de l'Asturie prendra bientôt fin, décréta avec ferveur Lelldorin. Il se trouve en Asturie des hommes pour lesquels le patriotisme n'est pas un vain mot, et l'heure approche où ces hommes partiront pour une chasse vraiment *royale*.

Il décocha une flèche sur un arbre éloigné, comme

pour ponctuer sa déclaration. Laquelle venait, hélas, confirmer les craintes de Garion. Lelldorin avait l'air un peu trop au courant des détails de l'opération pour ne pas y être intimement mêlé.

Comme s'il venait de se rendre compte qu'il était allé trop loin, Lelldorin jeta à Garion un coup d'œil consterné.

— Quel imbécile je fais, balbutia-t-il en regardant autour de lui d'un air coupable. Je n'ai jamais su tenir ma langue. Oublie tout ce que je t'ai dit, Garion. Je sais que tu es un ami, et que tu ne trahiras pas le secret que je t'ai confié dans un moment d'abandon.

C'était précisément ce que redoutait Garion. Par cette simple déclaration, Lelldorin lui scellait hermétiquement les lèvres. Il savait que sire Loup aurait dû être mis au courant du complot ébouriffant qui se tramait, mais la déclaration d'amitié de Lelldorin, la confiance dont il l'avait investi, lui interdisaient de parler. Il voyait le marteau se rapprocher de l'enclume, et son camarade l'avait mis dans l'incapacité de réagir. Il résista à l'envie de grincer des dents de frustration.

Ils poursuivirent leur chemin sans un mot, aussi embarrassés l'un que l'autre, jusqu'aux vestiges du mur où Garion avait attaqué Lelldorin par surprise la veille. Ils affectèrent pendant un moment de s'efforcer de percer l'énigme du brouillard, plus gênés à chaque seconde du silence qui s'était établi entre eux.

— Comment c'est, la Sendarie ? demanda tout à coup Lelldorin. Je n'y suis jamais allé.

— Il y a bien moins d'arbres, répondit Garion en regardant les troncs obscurs qui s'évanouissaient dans le brouillard, de l'autre côté du mur. C'est un endroit plutôt ordonné.

— Où vivais-tu, là-bas ?

— Chez Faldor. Dans une ferme, près du lac d'Erat.

— Il est noble ?

— Faldor ? répliqua Garion, en riant. Oh non, il est d'une banalité à pleurer. Ce n'est qu'un fermier, un brave et honnête fermier au cœur grand comme ça. Il me manque beaucoup.

— Un homme du peuple, alors, souligna Lelldorin,

qui s'apprêtait apparemment à le bannir de ses pensées, le comptant comme quantité négligeable.

— On n'attache guère d'importance au rang, en Sendarie, rétorqua Garion, non sans âpreté. Les actes comptent plus que la naissance. J'étais garçon de cuisine, ajouta-t-il avec une grimace plaisante. Ce n'était pas très marrant, mais je me dis qu'il faut bien que quelqu'un fasse ce genre de choses.

— Tu n'étais pas serf, tout de même ? se récria Lelldorin, estomaqué.

— Il n'y a pas de serfs en Sendarie.

— Pas de serfs ?

Le jeune Arendais le regardait d'un air ahuri.

— Non, répondit fermement Garion. Nous n'avons jamais éprouvé la nécessité d'avoir des serfs.

L'expression de Lelldorin montrait clairement que cette notion le dépassait. Garion serra les dents pour ne pas lui exprimer sa façon de penser sur le servage. Il n'avait pas oublié les voix qui s'étaient fait entendre la veille, dans le brouillard, mais il savait que Lelldorin ne comprendrait jamais, et ils étaient tous les deux très près de l'amitié ; or si Garion avait jamais eu besoin d'un ami, c'était bien en ce moment. Non, il ne pouvait pas se permettre de prendre le risque de tout gâcher en disant quelque chose qui risquerait d'offenser ce jeune homme si aimable.

— Quel genre de travail fait ton père ? interrogea aimablement Lelldorin.

— Il est mort. Ma mère aussi.

Garion s'était rendu compte que ça ne faisait pas trop mal quand il le disait très vite.

Les yeux de l'impulsif Lelldorin s'emplirent d'une sympathie aussi subite que sincère. Il plaça une main sur l'épaule de Garion dans un geste de réconfort.

— Je suis désolé, dit-il, la voix prête à se briser. Ça a dû être terrible pour toi.

— J'étais tout bébé, précisa Garion en haussant les épaules, dans un geste qu'il espérait dégagé. Je ne me souviens même plus d'eux.

Le sujet était encore très sensible, et il n'avait guère envie de s'étendre dessus.

— Ils ont attrapé quelque chose? s'enquit gentiment Lelldorin.

— Non, répondit Garion de la même voix atone. Ils ont été assassinés.

Lelldorin étouffa un hoquet et ouvrit de grands yeux.

— Un homme s'est introduit dans leur village, une nuit, et a mis le feu à leur maison, reprit Garion, sans émotion. Mon grand-père a bien essayé de le capturer, mais il a réussi à s'enfuir. D'après ce que j'ai compris, l'homme était un ennemi de ma famille, depuis toujours.

— Tu ne vas sûrement pas le laisser s'en tirer comme ça? s'indigna Lelldorin.

— Non, répliqua Garion, le regard toujours plongé dans le brouillard. Dès que je serai assez grand, je le retrouverai et je le tuerai.

— Brave garçon! s'exclama Lelldorin en étreignant subitement Garion dans une accolade un peu bourrue. Nous le retrouverons et nous le découperons en morceaux.

— *Nous*?

— Je ne te laisserai évidemment pas partir tout seul, annonça Lelldorin. Jamais un véritable ami ne ferait une chose pareille.

Il parlait de toute évidence sans réfléchir, mais il était tout aussi évidemment d'une parfaite sincérité.

— Je te jure, Garion, reprit-il en lui empoignant fermement la main, que je ne connaîtrai pas le repos tant que le meurtrier de tes parents ne se trouvera pas gisant mort à tes pieds.

Cette soudaine déclaration était si totalement prévisible que Garion se gourmanda intérieurement pour ne pas avoir su fermer son bec. Il entretenait, sur cette affaire, des sentiments très personnels, et n'était pas certain d'avoir envie de partir en bande à la recherche de cet ennemi sans visage. D'un autre côté, le soutien, un peu précipité, certes, mais sans réserve, de Lelldorin lui réchauffait le cœur. Il décida de ne pas insister. Il connaissait suffisamment Lelldorin, maintenant, pour se rendre compte que le jeune homme faisait sans aucun doute une douzaine de promesses solennelles par jour — autant de serments prêtés sans aucune arrière pensée, mais tout aussi rapidement oubliés.

Ils abordèrent alors d'autres sujets, plantés tout près du mur effondré, leurs sombres houppelandes étroitement serrées autour d'eux.

Il n'était pas loin de midi lorsque le bruit étouffé des sabots d'un groupe de chevaux se fit entendre dans la forêt. Quelques minutes plus tard, Hettar émergeait du brouillard, suivi d'une douzaine de chevaux à l'air à demi sauvages. Le grand Algarois portait une courte cape de cuir doublée de peau de mouton ; ses bottes étaient maculées de boue et ses vêtements, salis par la poussière des routes, mais il ne semblait pas autrement affecté par les deux semaines qu'il avait passées en selle.

— Garion, dit-il gravement en guise de salutation, comme Garion et Lelldorin venaient au-devant de lui.

— Nous vous attendions, déclara Garion, avant de lui présenter Lelldorin. Nous allons vous amener auprès de nos amis.

Hettar hocha la tête et suivit les deux jeunes gens à travers les ruines, jusqu'à la tour où sire Loup et les autres attendaient.

— Il y avait de la neige dans les montagnes, laissa tomber le laconique Algarois, en guise d'explication, tout en sautant à bas de sa monture. Ça m'a un peu retardé.

Il repoussa son capuchon et secoua la longue mèche noire qui ornait son crâne rasé.

— Pas de problème, assura sire Loup. Entrez vous asseoir près du feu et manger quelque chose. Nous avons à parler.

Hettar regarda les chevaux, et son visage tanné, buriné par les intempéries devint étrangement vide comme s'il se concentrait. Les chevaux lui rendirent son regard avec ensemble, l'œil vif et les oreilles pointées, puis ils se détournèrent et s'enfoncèrent entre les arbres.

— Ils ne risquent pas de s'égarer ? s'étonna Durnik.

— Non, répondit Hettar. Je leur ai demandé de ne pas s'éloigner.

Durnik prit l'air intrigué, mais ne releva pas.

Ils entrèrent tous dans la tour et s'assirent devant la cheminée improvisée. Tante Pol leur coupa du pain et des tranches de fromage jaune clair, pendant que Durnik remettait du bois sur le feu. Hettar enleva sa cape. Il portait une veste noire, à manches longues, en peau de cheval sur laquelle étaient rivetés des disques d'acier qui formaient une sorte d'armure flexible.

— Cho-Hag a fait prévenir les Chefs de Clan, rapporta-il. Ils vont se réunir à la Forteresse pour tenir conseil.

Il défit sa ceinture à laquelle était accroché son sabre incurvé, le posa et s'assit devant le feu pour manger.

Sire Loup hocha la tête.

— Quelqu'un a-t-il pensé à faire parvenir un message à Prolgu?

— J'ai personnellement envoyé des hommes au Gorim avant de partir, répondit Hettar. S'il y a moyen de passer, ils passeront.

— J'espère qu'ils y arriveront, lâcha sire Loup. Le Gorim est un de mes vieux amis, et j'aurai besoin de son aide avant la fin de cette aventure.

— Vos hommes ne craignent donc pas de mettre les pieds en Ulgolande? s'enquit poliment Lelldorin. J'ai entendu dire qu'il s'y trouvait des monstres avides de chair humaine.

— Ils ne quittent pas leur repaire en hiver, révéla Hettar en haussant les épaules. D'ailleurs, ils n'oseraient probablement pas s'attaquer à une troupe de cavaliers en armes. La Sendarie du sud grouille de Murgos, ajouta-t-il en regardant sire Loup. Mais vous le saviez peut-être?

— J'aurais dû m'en douter, rétorqua sire Loup. Ils avaient l'air de chercher quelque chose en particulier?

— Je n'ai pas l'habitude d'adresser la parole aux Murgos, riposta sèchement Hettar.

Son nez busqué et ses yeux de braise lui donnèrent l'espace d'un instant l'air d'un faucon impitoyable, prêt à s'abattre sur sa proie.

— Je m'étonne que vous n'ayez pas pris plus de retard, railla Silk. Tout le monde connaît les sentiments que vous inspirent les Murgos.

— Je me suis laissé aller une fois, admit Hettar. J'en ai rencontré deux, seuls sur une grand-route. Cela n'a pas pris beaucoup de temps.

— En voilà toujours deux dont nous n'aurons plus à nous inquiéter, grommela Barak d'un ton approbateur.

— Je crois qu'il est temps de parler sans détour, déclara sire Loup en époussetant les miettes qui jonchaient le devant de sa tunique. La plupart d'entre vous ont une idée de ce que nous avons entrepris, mais je ne tiens pas à ce que l'un de vous prenne de risques inconsidérés. Nous poursuivons un dénommé Zedar. C'est un ancien disciple de mon Maître qui est passé au service de Torak. Au début de l'automne dernier, il a réussi à s'introduire dans la salle du trône, à la cour de Riva, et à voler l'Orbe d'Aldur. Il faut que nous le rattrapions pour le lui reprendre.

— Mais il n'est pas sorcier, lui aussi? releva Barak en tiraillant distraitement l'une de ses grosses tresses rouges.

— Ce n'est pas le terme que nous employons, rétorqua sire Loup, mais il dispose en effet d'un certain pouvoir de ce genre. Comme chacun de nous : Beltira, Belkira, Belzedar et moi-même. C'est l'une des choses dont je voulais vous avertir.

— Vous portiez tous des noms très voisins, apparemment, remarqua Silk.

— Notre Maître nous a fait changer de nom quand il nous a pris pour ses disciples. Oh! ce n'était pas un changement considérable, mais il était chargé d'une profonde signification pour nous.

— On peut donc en déduire que votre nom original était Garath? poursuivit Silk, en plissant ses petits yeux de fouine.

Sire Loup eut l'air étonné, puis il se mit à rire.

— Il y a des milliers d'années que je n'avais pas entendu ce nom-là. Je m'appelle Belgarath depuis si longtemps que j'avais presque complètement oublié Garath. Ça vaut probablement mieux. Garath était un mauvais sujet — un gamin voleur et menteur, entre autres.

— Il y a des choses contre lesquelles on ne peut pas lutter, laissa tomber tante Pol.

— Nul n'est parfait, admit platement sire Loup.

— Pourquoi Zedar a-t-il volé l'Orbe? demanda Hettar en repoussant son assiette.

— Il l'a toujours convoitée à des fins personnelles. Mais ce n'est certainement pas le seul élément de la réponse. Il va en effet vraisemblablement tenter de le remettre entre les mains de Torak. L'homme qui livrera l'Orbe à Celui qui n'a qu'un œil deviendra son favori.

— Mais Torak est mort, objecta Lelldorin. Le Gardien de Riva l'a tué à Vo Mimbre.

— Non, répliqua sire Loup. Torak n'est pas mort mais seulement endormi. L'épée de Brand n'était pas celle qui était destinée à le tuer. Zedar a emporté sa dépouille après le combat et l'a cachée quelque part. Un jour, il s'éveillera — et ce jour approche, si je sais bien déchiffrer les présages. Il faut que nous remettions la main sur l'Orbe avant que cela ne se produise.

— Ce Zedar a causé bien des ennuis, grommela Barak. Vous auriez dû lui régler son compte depuis longtemps.

— Peut-être, convint sire Loup.

— Pourquoi ne le faites-vous pas disparaître d'un simple mouvement de la main ? suggéra Barak, avec un geste de ses gros doigts.

— Impossible, répondit sire Loup en secouant la tête. Même les Dieux en seraient incapables.

— Alors nous ne sommes pas sortis de l'auberge, riposta Silk en fronçant les sourcils. Tous les Murgos, d'ici à Rak Goska, vont tenter de nous empêcher de rattraper Zedar.

— Pas nécessairement, réfuta sire Loup. C'est Zedar qui détient l'Orbe, mais les Grolims prennent leurs ordres de Ctuchik.

— Ctuchik ? releva Lelldorin.

— Le Grand Prêtre des Grolims. Ils se détestent, Zedar et lui. Je pense que nous pouvons compter sur lui pour tenter d'empêcher Zedar d'approcher de Torak avec l'Orbe.

— Quelle différence ? objecta Barak en haussant les épaules. En cas de difficulté, vous avez toujours le recours de la magie, Polgara et vous, n'est-ce pas ?

— Il y a des limites à ce genre de choses, riposta sire Loup, un peu évasif.

— Je ne comprends pas, insista Barak, en se renfrognant.

— Très bien, répliqua sire Loup, en inspirant profondément. Puisque nous en sommes là, autant aborder le problème. La sorcellerie, comme vous dites, constitue une rupture dans l'ordre normal des choses. Elle a parfois des effets inattendus, et on ne peut pas faire n'importe quoi. D'autant que cela provoque... Il s'interrompit et fronça les sourcils. Disons que cela fait du bruit. Ce n'est pas exactement ainsi que les choses se passent, c'est juste une façon de parler, mais ce qu'il faut que vous compreniez, c'est que tous les individus dotés des mêmes facultés peuvent en quelque sorte entendre ce vacarme. En commençant à intervenir dans le cours des événements, Polgara et moi, nous donnerions à tous les Grolims de l'Ouest le moyen de nous localiser avec précision et de connaître nos projets. Et ils n'auraient rien de plus pressé que d'accumuler les obstacles sur notre route jusqu'à ce que nous soyons épuisés.

— Il faut presque autant d'énergie pour faire les choses de cette façon que pour en venir à bout physiquement, précisa tante Pol. C'est très fatigant.

Elle était assise près du feu où elle reprisait minutieusement un petit accroc dans l'une des tuniques de Garion.

— J'ignorais tout cela, admit Barak.

— Peu de gens le savent.

— Nous pouvons toujours prendre les mesures qui s'imposent, Pol et moi, reprit sire Loup, mais pas éternellement, bien sûr, et il n'est pas question de faire disparaître les choses comme cela. Je suis sûr que vous voyez pourquoi.

— Ben voyons, déclara hautement Silk, d'un ton qui réfutait ses paroles.

— Rien n'existe en dehors d'un contexte plus général, expliqua sobrement tante Pol. Si vous entreprenez de supprimer quelque chose, vous courez le risque d'anéantir tout le reste.

Quelque chose éclata dans le feu, et Garion eut un sursaut. La salle voûtée semblait tout à coup bien sombre, et les coins paraissaient grouiller d'ombres étrangement menaçantes.

— Ce n'est évidemment pas possible, continua sire

Loup. Si quelqu'un tentait de défaire ce qui a été créé, sa volonté se retournerait simplement contre lui, et au mot : « Disparais ! », c'est lui qui s'engloutirait dans le néant. Aussi faisons-nous bien attention aux paroles que nous prononçons.

— Je comprends ça, déclara Silk, en écarquillant légèrement les yeux.

— La majeure partie des difficultés que nous rencontrerons seront susceptibles de trouver une solution ordinaire, poursuivit sire Loup. C'est la raison pour laquelle nous vous avons réunis — ou tout au moins, l'une des raisons. Vous devriez, à vous tous, être en mesure de régler la plupart des problèmes qui se présenteront à nous. Une seule chose compte, c'est que Polgara et moi nous retrouvions Zedar avant qu'il ne parvienne à rejoindre Torak avec l'Orbe. Il a trouvé le moyen de toucher l'Orbe — j'ignore comment. S'il arrive à montrer à Torak comment faire, aucune puissance au monde ne pourra plus empêcher Celui qui n'a qu'un œil de devenir Dieu et Roi, et son règne d'arriver, sur Terre comme dans les Cieux.

Leurs visages graves s'éclairaient d'une lueur rougeoyante, tandis qu'ils méditaient cette sinistre perspective, assis autour des flammes vacillantes.

— Eh bien, je pense que nous avons à peu près épuisé le sujet, n'est-ce pas, Pol ?

— C'est ce que je dirais aussi, père, répondit-elle en lissant le devant de sa robe de grosse toile grise.

Plus tard, devant la tour, alors qu'un soir gris s'insinuait entre les ruines brumeuses de Vo Wacune et que l'odeur de l'épais ragoût que tante Pol leur mitonnait pour le dîner venait jusqu'à eux, Garion se tourna vers Silk.

— C'est vrai, tout ça ? lui demanda-t-il.

Le regard du petit homme se perdit dans le brouillard.

— Faisons semblant d'y croire, suggéra-t-il. Compte tenu des circonstances, je pense qu'il serait malavisé de commettre le moindre impair.

— Tu as peur, aussi, Silk ?

— Oui, admit Silk avec un soupir. Mais on peut toujours faire comme si on n'avait pas peur, n'est-ce pas ?

— On peut toujours essayer, en effet, reprit Garion.

Et tous deux se détournèrent pour rentrer dans la salle basse aménagée au pied de la tour, où la lueur du feu dansait sur les arches de pierre, faisant échec au brouillard et à la froidure.

CHAPITRE III

Le lendemain matin, Silk sortit de la tour revêtu d'un magnifique pourpoint marron, un bonnet pareil à un sac de velours noir incliné d'un air insolent sur une oreille.

— Qu'est-ce que c'est que cet accoutrement ? remarqua tante Pol.

— Je suis tombé sur un vieil ami en fouillant dans mes balluchons, raconta Silk, d'un petit air dégagé. Un dénommé Radek de Boktor.

— Serait-il arrivé quelque chose à Ambar de Kotu ?

— Ambar est un brave garçon, expliqua Silk d'un ton quelque peu dépréciatif, mais un Murgo du nom d'Asharak a déjà entendu parler de lui et a pu prononcer son nom dans certains milieux. A quoi bon chercher les ennuis quand on n'y est pas obligé ?

— Ce n'est pas une mauvaise idée, approuva sire Loup. Un marchand drasnien de plus ou de moins n'attirera pas l'attention sur la Grand-Route de l'Ouest — quel que soit son nom.

— Je vous en prie, objecta Silk, en prenant des airs de grand blessé. Le nom joue un rôle capital. C'est sur lui que repose toute l'identité d'emprunt.

— Je ne vois pas la différence, laissa tomber Barak, avec sa délicatesse coutumière.

— Ça fait toute la différence du monde. Enfin, tu vois tout de même bien qu'Ambar est un nomade qui n'attache guère de considération à l'éthique, alors que Radek est un homme intègre, dont la parole est respectée dans tous les comptoirs du Ponant. D'autant que Radek ne se déplacerait jamais sans sa suite.

— *Sa suite?*

L'un des sourcils de tante Pol fit un bond vers le haut.

— N'y voyez pas autre chose surtout que le légitime souci de parfaire le déguisement, ajouta Silk, avec empressement. Je stipule qu'en ce qui vous concerne, Dame Polgara, il ne me viendrait même pas à l'idée d'essayer de vous faire passer pour une servante.

— Grand merci.

— Oui, oh! c'est plutôt que personne ne voudrait jamais y croire. Vous serez ma sœur, venue avec moi pour voir les splendeurs de Tol Honeth.

— *Votre sœur?*

— A moins que vous ne préfériez être ma mère, suggéra Silk, toujours conciliant. Vous auriez pu entreprendre un pèlerinage à Mar Terrin dans l'espoir d'obtenir le rachat d'un passé tempestueux.

Tante Pol braqua un moment son regard inflexible sur le petit homme qui lui souriait sans vergogne.

— Un jour, votre sens de l'humour pourrait vous valoir de gros, gros ennuis, prince Kheldar.

— Je passe mon temps à avoir de gros, gros ennuis, Dame Polgara. Je ne saurais pas quoi faire si je n'en avais pas.

— Vous en avez encore pour longtemps, tous les deux? coupa sire Loup.

— Encore un petit détail, ajouta Silk. Au cas où nous serions amenés à fournir des explications à quelqu'un, vous, Lelldorin et Garion, vous êtes les serviteurs de Polgara. Hettar, Barak et Durnik, vous êtes les miens.

— Comme vous voudrez, acquiesça sire Loup, d'un ton las.

— J'ai mes raisons.

— Très bien.

— Vous n'avez pas envie de les connaître?

— Pas vraiment, non.

Silk eut l'air un tantinet froissé.

— Bon, ça y est, maintenant? demanda sire Loup.

— Il n'y a plus rien dans la tour, répondit Durnik. Oh! un instant : j'ai oublié d'éteindre le feu.

Il disparut au bas de la tour.

— Qu'est-ce que ça peut faire, je vous demande un

peu ? marmonna sire Loup en le suivant du regard, avec toutes les apparences de l'exaspération. Cet endroit est déjà en ruine, de toute façon.

— Fiche-lui la paix, père, riposta placidement tante Pol. C'est sa nature, qu'est-ce que tu veux.

Ils s'apprêtaient à mettre le pied à l'étrier lorsque la monture de Barak, un grand cheval gris à la croupe généreuse, poussa un soupir et jeta un regard de reproche à Hettar. L'Algarois eut un petit ricanement.

— Je ne vois pas ce qu'il y a de si drôle, fit Barak, ombrageux.

— C'est le cheval qui m'a dit quelque chose, expliqua Hettar. Ne faites pas attention.

Puis ils se mirent en selle et se frayèrent un chemin entre les ruines envahies par la brume, pour s'engager sur la piste étroite et sinueuse qui s'enfonçait dans la forêt au sol détrempé. Des plaques de neige achevaient de fondre sous les arbres dont les branches s'égouttaient sans discontinuer au-dessus de leurs têtes. Ils resserrèrent plus étroitement leurs houppelandes autour d'eux pour écarter le froid et l'humidité. Une fois qu'ils furent sous les arbres, Lelldorin amena son cheval à côté de celui de Garion, et ils chevauchèrent de conserve.

— Le prince Kheldar... euh, cherche-t-il toujours la petite bête comme cela ? s'enquit Lelldorin.

— Silk ? Oh ! oui. Il a l'esprit complètement tordu. Il est espion, tu comprends, alors les déguisements et les subterfuges compliqués sont une seconde nature chez lui.

— Espion, hein ? Vraiment ?

Son imagination s'empara de cette idée, et on pouvait la voir jouer avec au travers de ses yeux, qui s'étaient mis à briller.

— Il travaille pour son oncle, le roi de Drasnie, précisa Garion. Si j'ai bien compris, l'espionnage constitue l'activité favorite des Drasniens, depuis des siècles.

— Il va falloir que nous nous arrêtions pour récupérer les autres ballots, rappela Silk.

— Je n'ai pas oublié, répondit sire Loup.

— On doit encore retrouver quelqu'un ? demanda Lelldorin.

— Mais non ; ce sont des étoffes de laine que Silk a trouvées à Camaar, traduisit Garion. Il prétend que ça justifie notre présence sur la grand'route. Nous les avons cachées dans une grotte avant de bifurquer vers Vo Wacune.

— Il pense à tout, hein ?

— Il essaie. Nous avons pas mal de chance de l'avoir avec nous.

— Nous pourrions peut-être lui demander de nous apprendre certains trucs sur les déguisements, suggéra judicieusement Lelldorin. Ça pourrait être rudement utile quand nous partirons à la recherche de notre ennemi.

Garion pensait que Lelldorin avait oublié la mission dont il s'était impulsivement investi. Le jeune Arendais semblait avoir à peu près autant de suite dans les idées qu'un chiot de trois semaines, mais force était de reconnaître que Lelldorin n'oubliait pas tout ; c'était juste une impression qu'il donnait. Pour Garion, la perspective de partir à la recherche du meurtrier de ses parents en compagnie d'un jeune énergumène en train d'improviser des enjolivures à chaque tournant de la route commençait à appparaître sous de funestes auspices.

Vers le milieu de la matinée, après avoir récupéré les paquets de Silk et chargé les chevaux de bât, ils retrouvèrent la Grand-Route de l'Ouest, la voie impériale tolnedraine qui traversait le cœur de la forêt, et prirent la direction du sud. Ils mirent leurs chevaux à un galop allongé qui dévorait la route.

A un moment donné, ils passèrent à côté d'un serf au visage hâve, d'une maigreur squelettique sous les lambeaux de toile à sac attachés avec des bouts de ficelle qui lui tenaient lieu de vêtements. L'homme remonta sur le bas-côté de la route en ployant sous son fardeau, attendant avec appréhension qu'ils soient sortis de son champ de vision. Garion fut saisi d'une violente compassion à l'égard du pauvre hère aux haillons sales. Il eut une brève pensée pour Lammer et Detton, et se prit à s'interroger sur leur sort. Il ne savait pas pourquoi, mais ça lui semblait important.

— Est-il vraiment indispensable de les maintenir dans cette misère ? demanda-t-il à Lelldorin, incapable de se contenir plus longtemps.

— Qui ça ? releva Lelldorin avec un regard circulaire.

— Ces serfs.

Lelldorin jeta un coup d'œil par-dessus son épaule, en direction de l'homme en haillons.

— Tu ne l'avais même pas vu, reprit Garion, d'un ton accusateur.

— Il y en a tellement, répondit Lelldorin avec un haussement d'épaules.

— Et ils sont tous vêtus de sacs à navets, et ils meurent tous littéralement de faim.

— Les impôts mimbraïques, laissa tomber Lelldorin, comme si cela expliquait tout.

— Ça ne t'a apparemment jamais empêché de manger à ta faim, toi.

— Je ne suis pas un serf, Garion, rétorqua Lelldorin, d'un ton patient. Ce sont toujours les plus pauvres qui souffrent le plus. C'est ainsi que va le monde.

— Ce n'est pas normal, répliqua Garion.

— Tu ne comprends pas.

— Non. Et je ne comprendrai jamais.

— Bien sûr, fit Lelldorin, avec une insupportable fatuité. Tu n'es pas arendais.

Garion serra les dents pour retenir la réplique qui lui brûlait les lèvres.

A la fin de l'après-midi, ils avaient couvert dix lieues, et la neige avait presque entièrement déserté les bas-côtés de la route.

— Nous ferions peut-être aussi bien de commencer à réfléchir à l'endroit où nous allons passer la nuit, non, père ? suggéra tante Pol.

Sire Loup se gratta pensivement la barbe en jetant un coup d'œil en coulisse sur les ombres qui s'étendaient sous les arbres autour d'eux.

— J'ai un oncle qui habite non loin d'ici, proposa Lelldorin. Le comte Reldegen. Je suis sûr qu'il se ferait un plaisir de nous héberger.

— Un grand maigre ? demanda sire Loup. Aux cheveux noirs ?

— Ils sont gris, maintenant, répondit Lelldorin. Vous le connaissez?

— Il y a bien vingt ans que je ne l'ai pas vu. Si j'ai bonne mémoire, il ne reculait jamais devant une bonne bagarre.

— L'oncle Reldegen? Vous devez confondre avec quelqu'un d'autre, Belgarath.

— Peut-être, après tout. C'est encore loin d'ici?

— A une lieue et demie, guère plus.

— Eh bien, allons le voir, décida sire Loup.

Lelldorin imprima une secousse à ses rênes et prit la tête de la colonne pour leur indiquer le chemin.

— Comment ça se passe, avec ton nouvel ami? demanda Silk en s'insinuant à côté de Garion.

— Apparemment pas mal, répondit Garion, pas très sûr de ce que le petit homme à la tête de fouine entendait par là. Il a tout de même l'air un peu dur de la comprenette, à certains moments.

— Normal, observa Silk. Il n'est pas arendais pour rien.

— Il est honnête et très brave, riposta rapidement Garion, volant au secours de Lelldorin.

— Ils le sont tous. C'est justement le problème.

— Je l'aime bien, moi, décréta Garion.

— Moi aussi, Garion, mais ça ne m'empêche pas d'être lucide à son sujet.

— Si tu as quelque chose à me dire, pourquoi ne le dis-tu pas, au lieu de tourner autour du pot comme ça?

— Très bien, puisque tu me le demandes... Ne laisse pas l'amitié prendre le pas sur la raison. L'Arendie est un endroit très dangereux, et les Arendais ont une fâcheuse tendance à se fourrer sans arrêt dans des désastres sans nom. Fais attention à ne pas te retrouver embarqué par ce jeune chien fou dans une affaire qui ne te concerne pas.

Le regard de Silk était on ne peut plus direct, et Garion se rendit compte que le petit homme ne plaisantait pas.

— Je vais faire attention, promit-il.

— Je savais qu'on pouvait compter sur toi, déclara Silk d'un ton grave.

54

— Tu te moques de moi, là ?

— Comment peux-tu penser une chose pareille ? s'indigna Silk, d'un ton railleur.

Puis il éclata de rire et ils poursuivirent leur chemin de conserve, dans la lumière glauque de la fin de l'après-midi.

Le comte Reldegen vivait dans une maison de pierre grise tapie dans la forêt, à une lieue de la route, au centre d'une clairière dont le meilleur archer n'aurait pu atteindre les premiers arbres dans aucune direction. Elle n'était pas entourée de murailles, et malgré cela, on avait un peu l'impression de se trouver devant une forteresse. Les fenêtres qui donnaient sur l'extérieur étaient étroites et protégées par des grilles de fer, de lourdes tourelles garnies de créneaux étaient placées aux quatre coins, et le portail qui s'ouvrait sur la cour intérieure était constitué de troncs d'arbres entiers, équarris et réunis par des liens d'acier. Garion contempla le lugubre édifice tandis qu'ils approchaient dans les dernières lueurs du couchant. La bâtisse avait quelque chose de formidablement laid, d'inébranlablement funèbre qui semblait défier le temps.

— Pas très folichon comme décor, hein, Silk ? soufflat-il.

— L'architecture asturienne est le reflet de leur société, expliqua Silk. Les querelles de clocher ont parfois tendance à dégénérer, dans ce pays ; s'y faire construire une demeure fortifiée n'est pas forcément une mauvaise idée.

— Ils ont donc si peur que cela les uns des autres ?

— Disons que c'est de la prudence, Garion. Une prudence bien compréhensible.

Lelldorin mit pied à terre devant le lourd portail, et dit quelques mots, au travers d'un petit judas grillagé, à un interlocuteur invisible. Puis on entendit un bruit de chaînes, et le grincement de lourdes barres de fer glissant dans des supports.

— A ta place, je me garderais bien de faire des mouvements brusques quand nous serons à l'intérieur, conseilla tranquillement Silk. Il est probable que nous sommes guettés par des archers.

Garion lui jeta un coup d'œil acéré.

— Ils ont de drôles de coutumes, dans le coin, ajouta Silk.

Ils entrèrent dans une cour pavée et mirent pied à terre. A cet instant, le comte Reldegen apparut en haut d'un large perron. C'était un grand gaillard mince, aux cheveux et à la barbe gris fer, qui marchait en s'aidant d'une solide canne. Il était vêtu d'un pourpoint vert vif et de chausses noires, et bien qu'il fût dans sa propre maison, il portait une épée au côté. Il descendit les marches en traînant la jambe pour venir à leur rencontre.

— Mon oncle, fit Lelldorin, en s'inclinant respectueusement.

— Mon neveu, répondit civilement le comte.

— Nous passions dans le coin, mes amis et moi-même, déclara Lelldorin, et nous nous sommes dit que nous pourrions peut-être t'imposer notre présence pour la nuit.

— Mon neveu est toujours le bienvenu chez moi, répliqua Reldegen d'un ton grave et cérémonieux. Vous n'avez pas encore dîné, j'imagine ?

— Non, mon oncle.

— Eh bien, vous partagerez mon souper. Puis-je faire la connaissance de tes amis ?

— Nous nous connaissons déjà, Reldegen, annonça sire Loup en repoussant son capuchon et en faisant un pas en avant.

— Belgarath ? s'exclama le comte en ouvrant de grands yeux. Ce n'est pas possible !

— Oh ! si, répondit sire Loup avec un grand sourire. Je hante toujours le monde, en semant le trouble et la zizanie.

Reldegen éclata de rire et prit Belgarath par le gras du bras dans un geste chaleureux.

— Allons, entrez donc. Ne restez pas plantés là, par ce froid.

Il tourna les talons et entreprit de monter l'escalier qui menait vers la maison, en boitant de plus belle.

— Qu'est-il arrivé à votre jambe ? s'enquit sire Loup.

— Une flèche dans le genou, expliqua le comte en

haussant les épaules. Séquelle d'une vieille divergence d'opinion, depuis longtemps oubliée.

— Si je me souviens bien, vous n'arrêtiez pas d'avoir des divergences d'opinion avec toutes sortes de gens. Je me suis souvent dit que vous aviez dû vous fixer pour but de traverser l'existence flamberge au vent.

— J'ai eu une jeunesse passionnante, admit le comte.

Il ouvrit la large porte qui se trouvait en haut des marches et leur fit suivre un long couloir qui menait à une salle de dimensions imposantes, dotée à chacune de ses extrémités d'une vaste cheminée où pétillait un bon feu. Les dalles noires, luisantes, du sol couvert de fourrures, tranchaient sur le badigeon blanc des murs et du plafond, supporté par de grandes arches de pierre. Une douzaine de livres reliés de cuir étaient étalés sur la surface cirée d'une grande table placée non loin de l'une des cheminées et surmontée en son centre d'un candélabre de fer. De lourds fauteuils de bois sombre, sculpté, étaient disposés çà et là.

— Des livres, Reldegen ? remarqua avec effarement sire Loup. Vous vous êtes drôlement assagi, on dirait.

Cette remarqua arracha un sourire au vieil homme.

— J'en oublie mes bonnes manières, s'excusa sire Loup, en retirant sa houppelande et en la tendant, à l'instar de ses compagnons, aux serviteurs qui étaient immédiatement apparus. Ma fille, Polgara. Pol, je te présente le comte Reldegen, un vieil ami.

— Gente dame, répondit le comte, avec une révérence cérémonieuse. Ma maison est fort honorée de votre présence.

Tante Pol était sur le point de répondre quand deux jeunes gens firent irruption dans la pièce, en se disputant avec emportement.

— Tu n'es qu'un crétin, Berentain ! cracha le premier, jeune homme aux cheveux bruns, vêtu d'un pourpoint écarlate.

— Torasin peut penser ce qu'il veut, rétorqua le second, jeune homme plus rondouillard aux cheveux blonds, bouclés, qui portait une tunique à rayures vertes et jaunes, mais que cela lui agrée ou non, les Mimbraïques tiennent l'avenir de l'Asturie entre leurs mains, et ce ne sont point ses critiques fielleuses et sa rhétorique sulfureuse qui y changeront quelque chose.

— Arrête un peu de me parler à la troisième personne, Berentain, railla le jeune homme brun. Cette parodie de courtoisie mimbraïque me lève le cœur.

— En voilà assez, Messires ! tonna le comte Reldegen en frappant le sol de pierre du bout de sa canne ferrée. Si vous persistez à discuter politique, je me verrai obligé d'arbitrer le litige, et je n'hésiterai par à recourir à la force, si nécessaire.

Les deux jeunes gens filèrent chacun vers un coin de la pièce où ils restèrent à se regarder en chiens de faïence.

— Mon fils, Torasin, reconnut le comte, d'un ton d'excuse, en désignant le jeune homme aux cheveux bruns. Et son cousin, Berentain, le fils du frère de ma défunte femme. Cela fait maintenant deux semaines qu'ils passent leur temps à se chamailler ainsi. Le lendemain de l'arrivée de Berentain, j'ai été obligé de leur confisquer leurs épées.

— Les discussions politiques sont bonnes pour la circulation, Messire, observa Silk. Surtout l'hiver. la chaleur empêche le sang de cailler dans les veines.

Cette idée arracha un ricanement au comte.

— Le prince Kheldar, de la maison royale de Drasnie, reprit sire Loup, en continuant les présentations.

— Votre Grandeur, répondit le comte, en s'inclinant.

Silk eut un petit froncement de sourcils.

— Je vous en prie, Messire. J'ai passé ma vie à fuir les obséquiosités, et je suis sûr que mes attaches avec la famille royale contrarient mon oncle presque autant que moi-même.

Le comte éclata à nouveau d'un rire bon enfant.

— Et si nous passions à la salle à manger ? suggéra-t-il. Deux gros cerfs tournent depuis le lever du jour sur des broches, aux cuisines, et j'ai réussi tout récemment à faire venir un fût de vin rouge du sud de la Tolnedrie. Si je me rappelle bien, vous aviez un faible pour la bonne chère et les bons vins, à l'époque, n'est-ce pas Belgarath ?

— Il n'a pas changé, Messire, confirma tante Pol. Mon père est affreusement prévisible, une fois que l'on a compris son fonctionnement.

Le comte lui offrit son bras avec un sourire, et ils se dirigèrent tous ensemble vers une porte, à l'autre bout de la salle.

— Dites-moi, Messire, demanda tante Pol, cette maison serait-elle, par un heureux hasard, dotée d'une baignoire ?

— Il est dangereux de se baigner en hiver, Dame Polgara, l'avisa le comte.

— Messire, rétorqua-t-elle gravement, je me baigne été comme hiver depuis un nombre d'années que vous ne pourriez imaginer.

— Laissez-la faire Reldegen, pressa sire Loup. Son caractère a une fâcheuse tendance à s'envenimer quand elle se sent sale.

— Un bon bain ne te ferait pas de mal non plus, vieux Loup solitaire, riposta tante Pol, d'un ton acerbe. Tu commences à répandre une odeur un peu envahissante sous le vent.

Sire Loup prit un air offensé.

Beaucoup plus tard, lorsqu'ils se furent régalés de venaison, de pain trempé de sauce et de somptueuses tartes aux cerises, tante Pol s'excusa et alla superviser la préparation de son bain avec une servante tandis que les hommes se consolaient avec leurs coupes de vin, le visage baigné par la lumière dorée des innombrables chandelles qui ornaient la salle à manger de Reldegen.

— Je vais vous montrer vos chambres, suggéra Torasin à ses deux plus jeunes compagnons.

Il repoussa son fauteuil et quitta la salle sur un dernier regard chargé de mépris à Berentain. Lelldorin et Garion lui emboîtèrent le pas.

— Ne le prends pas mal, Tor, fit Lelldorin, comme ils gravissaient l'immense escalier qui menait à l'étage, mais ton cousin Berentain a tout de même des idées particulières.

— Il en tient vraiment une couche, tu veux dire, renchérit Torasin avec un reniflement dédaigneux. Il croit qu'il va impressionner les Mimbraïques en imitant leur façon de parler et en leur léchant les bottes.

La lumière de la bougie qu'il tenait pour leur éclairer le chemin révélait la colère qui s'imprimait sur son visage sombre.

— Pourquoi fait-il ça ? demanda Lelldorin.

— Il donnerait n'importe quoi pour pouvoir dire qu'il a une terre à lui, répondit Torasin. Le frère de ma mère n'a pas grand-chose à lui laisser. Cette grosse andouille fait des yeux de flétan crevé à la fille de l'un des barons du coin où il habite, et comme le baron ne voudra jamais d'un prétendant sans terre, Berentain fait des bassesses au gouverneur mimbraïque dans l'espoir de lui soutirer un domaine. Il prêterait serment d'allégeance au fantôme de Kal-Torak en personne s'il pensait que ça pouvait lui rapporter un bout de terrain.

— Il ne se rend pas compte qu'il n'a aucune chance ? s'enquit Lelldorin. Le gouverneur doit être tellement assailli de demandes analogues émanant de chevaliers mimbraïques qu'il ne lui viendra jamais à l'idée de faire ce genre de fleur à un Asturien.

— C'est bien ce que je lui ai dit, déclara Torasin, avec un mépris écrasant, mais il n'y a pas moyen de discuter avec lui. Son comportement est un déshonneur pour toute la famille.

Lelldorin hocha la tête avec compassion comme ils arrivaient à un vaste palier sur lequel il jeta un coup d'œil circulaire.

— Il faut que je te parle, Tor, souffla-t-il.

Torasin lui adressa un regard inquisiteur.

— Mon père m'a chargé d'assister Belgarath dans une affaire de la plus haute importance, lâcha précipitamment Lelldorin, de la même voix à peine audible. Je ne sais pas pour combien de temps nous en avons, alors il faudra que vous supprimiez Korodullin sans moi, toi et les autres.

Les yeux de Torasin s'écarquillèrent d'horreur.

— Nous ne sommes pas seuls, Lelldorin ! s'étrangla-t-il.

— Je vais vous attendre au bout, là-bas, proposa très vite Garion.

— Non, répondit fermement Lelldorin en prenant Garion par le bras. Garion est mon ami, Tor. Je n'ai pas de secrets pour lui.

— Je t'en prie, Lelldorin, protesta Garion. Je ne suis pas asturien. Je ne suis même pas arendais. Je ne veux pas savoir ce que vous manigancez.

— Je vais pourtant te le dire, Garion, pour te prouver la confiance que j'ai en toi, déclara Lelldorin. L'été prochain, lorsque Korodullin partira pour la cité en ruine de Vo Astur afin d'y tenir sa cour pendant six semaines, entretenant ainsi le mirage de l'unité arendaise, nous lui tendrons un guet-apens sur la grand-route.

— Lelldorin! hoqueta Torasin, le visage blême.

Mais Lelldorin n'allait pas s'arrêter en si bon chemin.

— Ce ne sera pas un simple attentat, Garion. Ce sera un coup fatal porté au cœur de Mimbre. Nous tendrons notre embuscade revêtus d'uniformes de légionnaires tolnedrains, et nous l'immolerons avec des épées tolnedraines. Notre attaque forcera Mimbre à déclarer la guerre à l'Empire tolnedrain, qui l'écrasera comme une coquille d'œuf. Et Mimbre détruite, l'Asturie sera enfin libre!

— Nachak te fera tuer pour ce parjure, Lelldorin, s'écria Torasin. Il nous avait fait prêter le serment du sang de ne rien dire.

— Tu diras au Murgo que je crache sur son serment, annonça Lelldorin avec chaleur. Quel besoin ont les patriotes asturiens d'un acolyte murgo?

— Il nous procure de l'or, espèce d'abruti! tempêta Torasin, fou de rage. Nous aurons besoin de son bon or rouge pour acheter les uniformes et les épées, et pour affermir la volonté des moins résolus.

— Je n'ai que faire de partisans indécis à mes côtés, décréta Lelldorin avec véhémence. La seule raison d'agir d'un vrai patriote doit être l'amour de sa patrie, pas une poignée d'or angarak.

Le premier instant de stupeur passé, l'esprit de Garion fonctionnait maintenant à toute vitesse.

— Il y avait un homme à Cherek, insinua-t-il d'un ton songeur. Le comte de Jarvik. Lui aussi, il avait accepté l'or d'un Murgo et comploté la mort d'un roi...

Les deux autres le regardèrent, déconcertés.

— C'est terrible ce qui se passe quand on tue un roi, reprit Garion. Même s'il était très mauvais, et aussi bonnes que soient les intentions de ceux qui ont mis fin à ses agissements, lorsqu'il n'y a plus personne pour indiquer la direction à suivre, le pays sombre pendant un moment dans le chaos et la confusion. Le fait de déclencher en même temps une guerre entre ce pays et un autre ne ferait qu'ajouter à la panique générale. Je crois que si j'étais un Murgo, c'est juste le genre de désarroi que je voudrais voir s'installer dans tous les royaumes du Ponant.

Garion s'écouta parler avec une sorte de stupeur, mais sa voix recélait une sécheresse, une absence de passion, qu'il reconnut instantanément. Aussi loin que remontaient ses souvenirs, cette voix avait toujours été en lui, dans son esprit, tapie dans un recoin inaccessible, à lui dire quand il avait tort ou quand il faisait une bêtise. Mais jamais encore elle n'avait joué un rôle actif dans ses relations avec autrui. Et voilà qu'elle s'était adressée directement à ces deux jeunes gens, pour leur expliquer patiemment la situation.

— L'or angarak n'est pas ce que l'on pourrait croire à le voir, poursuivit-il. Il recèle une sorte de pouvoir qui corrompt l'individu. C'est peut-être pour cela qu'il a la couleur du sang. A votre place, j'y réfléchirais à deux fois avant d'accepter l'or rouge de ce Nachak. Pourquoi pensez-vous qu'un Murgo vous offre tant d'argent et se donne tant de mal pour vous aider à mener votre plan à bien ? Il n'est pas asturien, ce n'est donc pas par patriotisme, n'est-ce pas ? J'essaierais aussi de répondre à cette question, si j'étais vous.

Lelldorin et son cousin parurent tout à coup quelque peu troublés.

— Je ne dirai rien à personne, reprit Garion. Vous m'avez fait confiance en me parlant de ces choses qui, de toute façon, n'auraient jamais dû me venir aux oreilles. Mais rappelez-vous qu'il se passe en ce moment des événements très graves, dans le monde entier, et pas seulement en Arendie. Maintenant, je crois que j'aimerais aller me coucher. Si vous voulez bien me montrer mon lit, vous avez la nuit devant vous pour discuter de tout ça, si le cœur vous en dit.

L'un dans l'autre, Garion pensait qu'il n'avait pas trop mal manœuvré. Quand il ne serait arrivé qu'à cela, il avait au moins réussi à semer le doute dans quelques cervelles. Il connaissait suffisamment les Arendais, maintenant, pour savoir que cela ne suffirait probablement pas à faire changer d'avis ces deux têtes brûlées, mais c'était toujours un début.

CHAPITRE IV

Des voiles de brume étaient encore accrochés dans les arbres lorsqu'ils reprirent la route, tôt le lendemain matin. Le comte Reldegen était venu, enroulé dans une cape sombre, leur dire au revoir auprès du portail. Debout à côté de son père, Torasin semblait incapable de détourner ses yeux de Garion, qui affectait la plus grande impassibilité. Le jeune et fougueux Asturien semblait fort perplexe, et peut-être ses doutes l'empêcheraient-ils de foncer tête baissée dans quelque désastre. Ce n'était pas grand'chose, Garion était tout prêt à en convenir, mais il ne pouvait pas faire davantage dans les circonstances présentes.

— J'espère que vous reviendrez vite me voir, Belgarath, dit Reldegen. Et que vous pourrez rester un peu plus longtemps, la prochaine fois. Nous sommes très isolés, ici, et j'aime bien savoir ce qui se passe dans le monde. Nous resterons assis un mois ou deux au coin du feu, à bavarder.

— Quand j'en aurai fini avec ce que j'ai entrepris, pourquoi pas, Reldegen? répondit sire Loup, en hochant gravement la tête.

Puis il fit faire une volte à son cheval et prit la tête de la colonne pour traverser la vaste clairière qui entourait la demeure de Reldegen et regagner la sinistre forêt.

— Le comte n'est pas un Arendais ordinaire, déclara Silk d'un ton léger, comme ils chevauchaient l'un à côté de l'autre. Je pense même avoir détecté chez lui une ou deux idées astucieuses, hier soir.

— Il a beaucoup changé, acquiesça sire Loup.

— Sa table n'est pas médiocre, renchérit Barak. Je ne me suis pas senti la panse aussi pleine depuis que nous avons quitté le Val d'Alorie.

— C'est la moindre des choses, répliqua tante Pol. Vous avez mangé presque tout ce cerf à vous seul.

— Vous exagérez, Polgara, objecta Barak.

— Pas vraiment, observa Hettar, de sa voix calme.

Lelldorin s'était rapproché de Garion, mais il n'avait pas encore dit un mot. Il paraissait aussi troublé que son cousin. Il était évident qu'il avait envie de dire quelque chose, et tout aussi clair qu'il ne savait pas par où commencer.

— Allez, vas-y, fit enfin Garion, gentiment. Nous sommes assez bons amis pour que je ne m'offusque pas si ça sort un peu abruptement.

— Je suis aussi transparent que ça ? releva Lelldorin, un peu penaud.

— Honnête serait un terme plus approprié, rétorqua Garion. Tu n'as jamais appris à dissimuler tes sentiments, voilà tout.

— C'était vrai ? balbutia Lelldorin. Je ne voudrais pas mettre ta parole en doute, mais il y avait vraiment un Murgo à Cherek qui complotait contre le roi Anheg ?

— Demande à Silk, suggéra Garion. A Barak, à Hettar ou à qui tu voudras. Nous y étions tous.

— Mais Nachak n'est pas comme ça, lui, reprit précipitamment Lelldorin, sur la défensive.

— Comment peux-tu en être sûr ? C'est lui qui a eu l'idée le premier, n'est-ce pas ? Comment avez-vous fait sa connaissance ?

— Nous étions allés tous ensemble à la Grande Foire, avec Torasin et quelques autres. Nous avions fait des achats auprès d'un marchand murgo, et Tor a fait des réflexions sur les Mimbraïques — tu connais Tor. Le marchand a dit qu'il connaissait quelqu'un que nous aimerions peut-être rencontrer, et c'est comme ça qu'il nous a présentés à Nachak. Et plus nous parlions avec lui, et plus nous nous sommes rendu compte qu'il partageait nos idées.

— Ben voyons.

— Il nous a révélé les projets du roi. Tu ne voudras jamais me croire.

— Ça, j'en doute, en effet.

Lelldorin lui jeta un rapide coup d'œil, un peu ébranlé.

— Il va diviser nos domaines et les donner à des nobles mimbraïques sans terre, annonça-t-il d'un ton accusateur.

— Tu as vérifié ça auprès de quelqu'un d'autre ?

— Et comment voulais-tu que nous fassions ? Les Mimbraïques n'auraient jamais admis une chose pareille, quand bien même nous le leur aurions demandé, mais c'est tellement le genre de chose qu'ils sont capables de faire.

— Alors vous n'aviez que la parole de Nachak. Comment l'idée de ce complot vous est-elle venue ?

— Nachak a dit qu'à la place des Asturiens, il ne se laisserait jamais dépouiller de sa terre, mais que ce n'est pas quand les Mimbraïques viendraient avec leurs cavaliers et leurs soldats qu'il faudrait tenter de résister ; il serait trop tard, à ce moment-là. Il a dit que lui, il frapperait avant qu'ils ne soient prêts, et de telle sorte qu'ils ne puissent jamais deviner qui avait fait le coup. C'est pour cela qu'il a suggéré les uniformes tolnedrains.

— A partir de quel moment a-t-il commencé à vous donner de l'argent ?

— Je ne sais plus très bien. C'est Tor qui s'est occupé de ça.

— Il vous a expliqué pourquoi il finançait l'opération ?

— Il a dit que c'était par amitié.

— Et ça ne vous a pas semblé un peu bizarre ?

— Je donnerais bien de l'argent par amitié, moi, protesta Lelldorin.

— Oui, mais tu es un Asturien, toi. Tu donnerais ta vie par amitié. Seulement Nachak est un Murgo, lui, et je n'ai jamais entendu dire que les Murgos étaient si généreux que ça. Finalement, si j'ai bien compris, un étranger vous a raconté que le roi projetait de vous prendre vos terres ; puis il vous a fourni un plan pour tuer le roi et déclencher les hostilités avec la Tolnedrie, et, pour être bien certain que vous n'échoueriez pas dans vos petits projets, par-dessus le marché il vous a encore donné de l'argent. C'est bien ça?

Lelldorin hocha la tête en silence, avec un regard halluciné.

— Et ça ne vous a pas mis la puce à l'oreille, tous autant que vous étiez?

Il avait l'impression que pour un peu, Lelldorin se serait mis à pleurer.

— C'était un si bon plan, parvint-il enfin à articuler. Ça ne pouvait pas rater.

— C'est bien ce qui le rend si dangereux.

— Garion, qu'est-ce que je vais faire? questionna Lelldorin, d'une voix angoissée.

— Je crois que tu ne peux rien faire pour l'instant. Mais j'aurai peut-être une idée, un peu plus tard, quand nous aurons le temps d'y réfléchir, et si je ne vois rien, nous pourrons toujours en parler à mon grand-père. Il trouvera bien un moyen d'arrêter ça.

— Nous ne pouvons en parler à personne, lui rappela Lelldorin. Nous avons juré de ne rien dire.

— Il se pourrait que nous soyons amenés à rompre ce serment, insinua Garion, à son corps défendant. Je me demande vraiment ce que nous devons aux Murgos, toi et moi. Mais c'est à toi d'en décider; je n'en parlerai à personne sans ta permission.

— C'est toi qui vois, implora alors Lelldorin. Moi, je ne peux pas, Garion.

— Il faudra tout de même bien que tu te prononces un jour, répondit Garion. Je suis sûr que si tu prends la peine d'y réfléchir, tu verras tout de suite pourquoi.

Mais sur ces entrefaites, ils arrivèrent à la Grand-Route de l'Ouest, et Barak leur fit prendre un trot allègre qui interdisait désormais toute discussion.

Ils avaient peut-être parcouru une lieue lorsqu'ils passèrent le long d'un village terreux, constitué d'une douzaine de huttes au toit de tourbe et aux murs faits de claies recouvertes de boue. Les champs qui entouraient ces pauvres masures étaient pleins de souches d'arbres, et quelques vaches étiques pâturaient en lisière de la forêt. Garion ne put retenir son indignation au spectacle de la misère implicite dans ce ramassis de tanières sordides.

— Regarde, Lelldorin! dit-il non sans aigreur.

— Quoi? Où ça?

Le jeune homme sortit rapidement de ses préoccupations personnelles comme s'il s'attendait à un danger.

— Le village, précisa Garion. Regarde-moi un peu ça.

— Ce n'est qu'un village de serfs, répondit Lelldorin avec indifférence. J'en ai vu des centaines comme celui-ci.

Cela dit d'un ton indiquant qu'il entendait retourner illico à ses tempêtes subcrâniennes.

— En Sendarie, nous ne garderions même pas les cochons dans un endroit pareil, déclara Garion, d'une voix véhémente.

Si seulement il pouvait lui ouvrir les yeux!

Deux serfs dépenaillés taillaient languissamment une souche, non loin de la route, pour en faire du bois à brûler. En voyant approcher le petit groupe, ils laissèrent tomber leurs haches et se précipitèrent dans la forêt en proie à une panique incontrôlable.

— Tu es fier de toi, Lelldorin? s'exclama Garion. Tu es fier de savoir que les paysans de ton pays ont peur de toi au point de prendre leurs jambes à leur cou quand ils te voient?

Lelldorin eut l'air sidéré.

— Ce sont des serfs, Garion, répéta-t-il comme si c'était une explication.

— Ce sont des hommes, Lelldorin, pas des animaux. Les hommes méritent tout de même d'être traités avec un peu plus d'égards.

— Mais qu'est-ce que tu veux que j'y fasse? Ce ne sont pas mes serfs.

Sur ces mots, Lelldorin se referma comme une coquille et se remit à chercher un moyen de sortir du dilemme dans lequel Garion l'avait enfermé.

A la fin de l'après-midi, ils avaient parcouru dix lieues et le ciel nuageux s'assombrissait progressivement à l'approche du soir.

— Je crois que nous allons être obligés de dormir dans

la forêt, Belgarath, annonça Silk en jetant un coup d'œil aux alentours. Nous n'avons aucune chance d'arriver à la prochaine hôtellerie tolnedraine avant la nuit.

Sire Loup, qui somnolait à moitié sur sa selle, leva les yeux en clignant un peu les paupières.

— Très bien, répondit-il, mais éloignons-nous un peu de la route. Notre feu pourrait attirer l'attention, et trop de gens savent déjà que nous sommes en Arendie.

— Voilà justement une piste de bûcherons, déclara Durnik en indiquant une trouée dans les arbres. Nous n'aurons qu'à la suivre pour nous retrouver au milieu des bois.

— D'accord, acquiesça sire Loup.

Ils empruntèrent la piste étroite qui serpentait entre les arbres, le bruit des sabots de leurs chevaux étouffé par les feuilles détrempées qui tapissaient le sol de la forêt. Ils avaient peut-être parcouru une demi-lieue sans dire un mot lorsqu'une clairière s'ouvrit enfin devant eux.

— Que dites-vous de cet endroit ? suggéra Durnik en tendant le doigt vers un ruisseau qui babillait gaiement entre des pierres couvertes de mousse, sur l'un des côtés de la clairière.

— Ça devrait faire l'affaire, répondit sire Loup.

— Il va falloir nous abriter, observa le forgeron.

— J'avais acheté des tentes à Camaar, révéla Silk. Elles sont dans les ballots.

— Vous avez été fort prévoyant, approuva tante Pol.

— Ce n'est pas la première fois que je viens en Arendie, gente dame. Je connais le climat.

— Nous allons chercher du bois pour le feu, Garion et moi, déclara Durnik en descendant de cheval et en prenant la hache attachée à sa selle.

— Je vais vous aider, proposa Lelldorin, dont le visage trahissait encore le trouble.

Durnik eut un hochement de tête et les emmena avec lui. Les arbres étaient gorgés d'eau, mais le forgeron semblait avoir un sixième sens pour trouver du bois sec. Ils s'affairèrent rapidement dans la lumière qui déclinait très vite maintenant, et en un rien de temps, ils avaient réuni trois gros fagots de branchages et de petit bois, avec lesquels ils regagnèrent la clairière où Silk et les autres dressaient plusieurs tentes brunes. Durnik laissa tomber sa brassée de bois et déblaya avec son pied l'espace nécessaire pour construire le feu, puis il s'agenouilla et entreprit d'arracher des étincelles à un morceau de silex avec la lame de son couteau pour les communiquer à une mèche d'amadou bien sèche qui ne le quittait pas. En peu de temps, il eut allumé une belle petite flambée, à côté de laquelle tante Pol aligna ses chaudrons tout en fredonnant doucement.

Hettar revint après s'être occupé des chevaux, et ils regardèrent, à distance respectable, tante Pol préparer le souper, à partir des provisions que le comte Reldegen avait insisté pour leur faire emporter ce matin-là.

Lorsqu'ils eurent mangé, ils restèrent assis autour du feu à parler tranquillement.

— Combien de chemin avons-nous fait aujourd'hui? s'enquit Durnik.

— Une douzaine de lieues, estima Hettar.

— Et nous en avons encore pour longtemps avant de sortir de la forêt?

— Il y a quatre-vingts lieues de Camaar à la plaine du centre, répondit Lelldorin.

— Ça fait encore au moins une semaine, soupira Durnik. J'espérais que nous n'en aurions plus que pour quelques jours.

— Je te comprends, Durnik, renchérit Barak. C'est sinistre, tous ces arbres.

Les chevaux, qui étaient au piquet près du ruisseau, se mirent à hennir doucement, comme s'ils avaient été dérangés. Hettar se leva d'un bond.

— Quelque chose qui ne va pas? demanda Barak en se redressant à son tour.

— Ils ne devraient pas... (Hettar s'interrompit brusquement.) « Reculez! s'exclama-t-il précipitamment. Éloignez-vous du feu. Les chevaux disent qu'il y a des hommes par ici. Beaucoup. Avec des armes.

Il s'écarta brusquement du feu en dégainant son sabre.

Lelldorin lui jeta un coup d'œil surpris et fila, tel l'éclair, à l'intérieur de l'une des tentes. La soudaine déception qu'éprouva Garion devant le comportement de son ami lui fit l'effet d'un coup de poing dans l'estomac. C'est alors qu'une flèche siffla dans la lumière et vint s'écraser sur la cotte de mailles de Barak.

— Aux armes ! rugit le grand bonhomme en tirant son épée.

Garion agrippa la manche de tante Pol et tenta de l'éloigner du foyer.

— Lâche-moi ! cracha-t-elle en se dégageant brutalement.

Une seconde flèche jaillit avec un sifflement des bois brumeux. Tante Pol eut un geste de la main, pareil à celui que l'on fait pour écarter une mouche importune, et marmonna un seul mot. La flèche rebondit comme si elle avait heurté un corps solide et tomba à terre.

Puis, avec un hurlement rauque, une bande de sombres brutes surgit, l'arme au clair, de la lisière des arbres et traversa le ruisseau en pataugeant. Au moment où Barak et Hettar se précipitaient à leur rencontre, Lelldorin émergea de la tente en bandant son arc et entreprit de décocher des flèches, si rapidement que ses mains semblaient floues tout à coup. Garion se sentit instantanément tout honteux d'avoir douté du courage de son ami.

L'un de leurs assaillants retomba en arrière avec un cri étranglé, une flèche plantée dans la gorge. Un autre se plia en deux d'un seul coup, les mains crispées sur son estomac, et s'écroula en gémissant. Un troisième, très jeune et dont les joues s'ornaient d'un duvet clair, tomba lourdement sur le sol où il resta assis à tenter d'enlever les plumes des flèches qui dépassaient de sa poitrine, un étonnement indicible inscrit sur son visage enfantin. Puis il poussa un soupir et s'affaissa sur le côté, tandis qu'un flot de sang lui jaillissait du nez.

Les hommes en haillons marquèrent une hésitation sous la pluie de flèches de Lelldorin, mais trop tard : Barak et Hettar étaient déjà sur eux. Dans le même mouvement, la lourde épée de Barak pulvérisa une lame qui se tendait vers lui et s'abattit dans l'angle formé par le cou et l'épaule de l'individu aux favoris noirs qui la brandissait. L'homme s'écroula. Hettar feinta rapidement avec son sabre, puis embrocha en douceur une brute au visage marqué par la vérole. L'homme se raidit, et un jet de sang vermeil s'échappa de sa bouche lorsque Hettar dégagea sa lame. Durnik fonça en avant avec sa hache tandis que Silk tirait sa longue dague de sous son gilet et se précipitait sur un homme à la barbe brune, hirsute. Au dernier moment, il plongea en avant, roula sur lui-même et atteignit le barbu en pleine poitrine avec ses deux pieds. Il se releva aussitôt et fendit le ventre de l'homme avec sa dague, de bas en haut, dans un horrible bruit de déchirure, humide et crissant à la fois. L'homme éventré se cramponna à son estomac avec un hurlement en tentant de retenir les boucles et les méandres bleuâtres de ses entrailles, qui semblaient couler entre ses doigts comme un fleuve bouillonnant.

Garion plongea sur les ballots pour tirer sa propre épée, mais sentit tout à coup qu'on l'empoignait brutalement par-derrière. Il se débattit un instant, puis prit sur la tête un coup qui l'étourdit et lui emplit les yeux d'un éclair éblouissant.

— C'est lui, fit une voix rauque tandis que Garion basculait dans l'inconscience.

Quelqu'un le portait dans ses bras — de cela au moins, il était certain : il sentait les muscles robustes sous son corps. Il ne savait pas combien de temps s'était écoulé depuis qu'il avait pris ce coup sur la tête. Il en avait encore les oreilles qui tintaient et il se retenait pour ne pas vomir. Il ne se raidit pas mais ouvrit prudemment un œil. Il avait la vision brouillée et incertaine, mais il parvenait à distinguer Barak penché sur lui dans l'obscurité, et comme la dernière fois, dans les bois neigeux du Val d'Alorie, il lui sembla voir la face hirsute d'un ours énorme confondue avec son visage. Il ferma les yeux, frissonna et tenta faiblement de se débattre.

— Tout va bien, Garion. C'est moi, dit Barak, d'une voix qui lui parut accablée de désespoir.

Lorsque Garion rouvrit les yeux, l'ours semblait avoir disparu. Il n'était même pas certain de l'avoir vraiment vu.

— Ça va ? demanda Barak en le posant à terre.

— Ils m'ont flanqué un coup sur la tête, marmonna Garion en palpant la bosse qu'il avait derrière l'oreille.

— Ils n'auront pas l'occasion de recommencer, grommela Barak d'un ton toujours aussi désespéré.

Puis le grand bonhomme se laissa tomber par terre et enfouit son visage dans ses mains. Il faisait noir, et on n'y voyait pas très bien, mais on aurait dit que les épaules de Barak étaient secouées, comme sous l'effet d'une terrible douleur rentrée, par une série de sanglots convulsifs, d'autant plus déchirants qu'ils étaient silencieux.

— Où sommes-nous? questionna Garion en tentant de percer les ténèbres qui les entouraient.

Barak se mit à tousser et s'essuya le visage.

— Assez loin des tentes. Il m'a fallu un petit moment pour rattraper les deux gaillards qui s'étaient emparés de toi.

— Qu'est-ce qui s'est passé?

Garion se sentait encore un peu hébété.

— Ils sont morts. Tu peux te lever?

— Je n'en sais rien.

Garion tenta de se redresser, mais un vertige s'empara de lui, et son estomac se rappela à son plus mauvais souvenir.

— Ça ne fait rien, je vais te porter, proposa Barak d'un ton de féroce efficacité, maintenant.

Avec un cri perçant, une chouette s'abattit d'une branche, non loin de là, et sa forme blanche, fantomatique, plana entre les arbres, devant eux. Mais Barak le souleva, et Garion ferma les yeux pour se concentrer sur son estomac, tout à la tâche d'essayer de le ramener à la raison.

Il ne leur fallut guère de temps pour rejoindre la clairière et son cercle de lumière.

— Il n'a pas de mal? demanda tante Pol en relevant les yeux du bras de Durnik, sur lequel elle pansait une entaille.

— Juste une bosse sur le crâne, répondit Barak en reposant Garion à terre. Tu les as mis en fuite?

Sa voix charriait des accents rauques, impitoyables.

— Oui. Enfin, ceux qui pouvaient encore courir, raconta Silk, tout excité, ses petits yeux de fouine brillant comme du jais. Il y en a quelques-uns qui sont restés sur le carreau.

Il eut un mouvement du menton en direction d'un certain nombre de formes immobiles gisant à la limite de la zone éclairée par les flammes.

Lelldorin regagna la clairière en regardant constamment par-dessus son épaule, son arc encore à demi levé. Il était à bout de souffle, et il avait le visage livide et les mains tremblantes.

— Ça va ? demanda-t-il en apercevant Garion.

Garion hocha la tête en palpant délicatement la bosse derrière son oreille.

— J'ai essayé de rattraper les deux scélérats qui t'ont enlevé, déclara le jeune homme, mais ils couraient trop vite pour moi. Il y a un genre d'animal, par là-bas. Je l'ai entendu pousser des grognements pendant que je te cherchais. Des grognements horribles.

— La bête est repartie, maintenant, annonça platement Barak.

— Qu'est-ce que tu as ? s'enquit Silk.

— Rien du tout.

— Qui étaient ces hommes ? demanda Garion.

— Des voleurs, probablement, conjectura Silk en rangeant sa dague. C'est l'un des avantages des sociétés qui tiennent les hommes en esclavage. Quand ils en ont marre d'être serfs, ils peuvent toujours aller dans la forêt, chercher un peu de distraction et un petit bénéfice.

— J'ai l'impression d'entendre Garion, objecta Lelldorin. Vous ne voulez pas comprendre que le servage fait partie de l'ordre des choses, ici ? Nos serfs ne seraient pas capables de se débrouiller seuls. Il faut bien que ceux qui occupent une position sociale plus élevée acceptent la responsabilité de prendre soin d'eux.

— Mais bien sûr, acquiesça Silk, d'un ton sarcastique. Ils sont moins bien nourris que vos porcs, pas aussi bien traités que vos chiens, mais vous vous occupez d'eux, hein ?

— Ça suffit, Silk, coupa fraîchement tante Pol. Ne commençons pas à nous disputer entre nous.

Elle acheva de nouer le bandage de Durnik et vint examiner la tête de Garion. Elle effleura légèrement la

74

bosse avec ses doigts, lui arrachant une grimace de douleur.

— Ça n'a pas l'air bien grave, conclut-elle.

— Ça fait tout de même mal, se plaignit-il.

— C'est normal, mon chou, rétorqua-t-elle calmement, en trempant un linge dans un seau d'eau froide et en l'appliquant sur sa bosse. Il serait tout de même temps que tu apprennes à garer ton crâne, Garion. Si tu n'arrêtes pas de prendre des coups sur la tête comme ça, tu vas te ramollir la cervelle.

Garion s'apprêtait à répliquer lorsque Hettar et sire Loup reparurent dans le cercle lumineux.

— Ils courent toujours, annonça Hettar.

Les disques de métal qui ornaient sa veste en peau de cheval jetaient des éclairs rutilants dans la lueur vacillante des flammes, et la lame de son sabre était encore rouge de sang.

— La course à pied est leur spécialité, apparemment, commenta sire Loup. Tout le monde va bien?

— Quelques plaies et bosses, c'est à peu près tout, répondit tante Pol. C'aurait pu être bien pire.

— Nous n'allons pas commencer à spéculer sur ce qui aurait pu arriver.

— On pourrait peut-être faire place nette, non? grommela Barak en indiquant les corps qui jonchaient le sol, non loin du ruisseau.

— Ne devrions-nous pas leur offrir une sépulture? suggéra Durnik, la voix un peu tremblante et le visage livide.

— On ne va quand même pas se crever la paillasse pour ça, répliqua Barak, sans ambages. Que leurs amis reviennent s'en charger, si ça leur chante.

— Ça manque un peu d'humanité, non? objecta Durnik.

— Peut-être, mais c'est comme ça, conclut Barak en haussant les épaules.

Sire Loup retourna l'un des morts sur le dos, et examina avec soin son visage gris.

— On dirait un vulgaire brigand arendais, grommela-t-il. Mais bien malin qui pourrait le certifier.

Lelldorin extirpait soigneusement ses flèches des cadavres pour les remettre dans son carquois.

— Allez, on va les empiler par là, dit Barak à Hettar. Je commence à en avoir assez de contempler ce spectacle.

Durnik détourna le regard. Garion vit qu'il avait deux grosses larmes dans les yeux.

— Tu as mal, Durnik? demanda-t-il gentiment, en s'asseyant sur le rondin à côté de son ami.

— J'ai tué un homme, Garion, répondit le forgeron d'une voix tremblante. Je lui ai donné un coup de hache en plein visage. Il a poussé un cri affreux, son sang a giclé sur moi. Et puis il est tombé et il a frappé le sol avec ses talons jusqu'à ce qu'il soit mort.

— Tu n'avais pas le choix, Durnik. C'était eux ou nous.

— Je n'avais jamais tué personne de ma vie, reprit Durnik, maintenant en pleurs. Il a frappé le sol si longtemps avec ses pieds — si terriblement longtemps.

— Tu devrais aller te coucher, Garion, suggéra fermement tante Pol, sans quitter des yeux le visage ruisselant de larmes de Durnik.

Garion comprit le message.

— Bonne nuit, Durnik, dit-il en se levant.

Mais avant d'entrer dans sa tente, il jeta un coup d'œil par-dessus son épaule. Tante Pol était allée s'asseoir sur le tronc d'arbre, à côté du forgeron, et elle lui parlait doucement, un bras passé autour de ses épaules dans une attitude réconfortante.

CHAPITRE V

Le feu s'était réduit à une petite lueur orange qui tremblotait dehors, devant la tente, et on n'entendait pas un bruit dans la forêt, autour de la clairière. Garion était allongé dans le noir. La tête l'élançait et il n'arrivait pas à dormir. Finalement, bien après minuit, il y renonça, et, repoussant ses couvertures, se glissa au-dehors pour aller trouver sa tante Pol.

La pleine lune s'était levée au-dessus du brouillard argenté, l'irradiant d'une lumière surnaturelle. L'air semblait phosphorescent, tout autour de lui. Il traversa le camp en faisant bien attention où il mettait les pieds, et vint grattouiller au rabat de la tente de Polgara.

— Tante Pol? souffla-t-il.

Pas de réponse.

— Tante Pol? chuchota-t-il un peu plus fort. C'est moi, Garion. Je peux entrer?

Rien, pas le moindre frémissement. Il écarta précautionneusement le rabat et jeta un coup d'œil à l'intérieur. La tente était vide.

Surpris, un peu inquiet peut-être, il se retourna pour embrasser la clairière du regard. Enroulé dans sa cape, son profil d'oiseau de proie braqué vers la forêt noyée de brume, Hettar montait la garde non loin des chevaux au piquet. Garion hésita un moment, puis il se glissa sans bruit derrière les tentes et obliqua à travers les arbres et le brouillard impalpable, lumineux, en direction du ruisseau. Il se disait que cela le soulagerait peut-être un peu de tremper sa tête douloureuse dans l'eau froide. Il était à une cinquantaine de mètres des tentes lorsqu'il perçut un petit mouvement dans les bois, droit devant lui. Il s'arrêta net.

Un immense loup gris sortit du brouillard, les coussinets de ses pattes amortissant tout bruit, et s'arrêta au milieu d'un petit espace dégagé entre les arbres. Garion retint son souffle et se figea à côté d'un grand chêne tordu. Le brouillard luminescent éclairait des détails qu'il n'aurait jamais pu voir par une nuit ordinaire. Le loup s'assit sur les feuilles humides comme s'il attendait quelque chose. Il avait le museau et le poitrail argentés, et son museau était piqueté du givre des ans. Mais il arborait son âge avec une formidable dignité, et ses yeux jaunes semblaient comme illuminés par une profonde paix intérieure et une infinie sagesse.

Garion resta parfaitement immobile. Il savait que s'il faisait le moindre bruit, avec son ouïe fine, le loup le percevrait instantanément, mais il y avait autre chose. Le coup qu'il avait pris derrière l'oreille lui avait vidé la tête, et dans l'étrange luminosité du brouillard qui diffusait les rayons de la lune, cette rencontre prenait quelque chose d'irréel. Il se rendit compte qu'il en oubliait de respirer.

Une grande chouette d'un blanc de neige plongea sur ses ailes fantômatiques vers la trouée entre les arbres et se percha sur une branche basse où elle resta à contempler sans ciller le loup gris, en dessous d'elle. Celui-ci rendit calmement son regard à l'oiseau, puis, bien qu'il n'y eût pas un souffle de vent, Garion eut l'impression que des remous venaient soudain troubler la brume luminescente, brouillant les silhouettes de la chouette et du loup. Lorsqu'elles redevinrent nettes, sire Loup était debout au centre de l'éclaircie, et tante Pol, vêtue de sa robe grise, posément assise sur la branche, au-dessus de lui.

— Il y a bien longtemps que nous n'avions chassé ensemble, Polgara, dit le vieil homme.

— Oui, père, bien longtemps.

Elle leva les bras et passa ses doigts dans la lourde masse de ses cheveux d'ébène.

— J'avais presque oublié cette sensation, reprit-elle,

comme vibrant encore d'un étrange plaisir. Quelle nuit splendide !

— Un peu humide, peut-être, objecta-t-il en levant un pied pour le secouer.

— Il fait très clair au-dessus des arbres, et les étoiles sont particulièrement brillantes. C'était la nuit idéale pour voler.

— Je suis heureux que tu en aies bien profité. Tu n'as pas oublié ce que tu étais censée faire ?

— Epargne-moi tes sarcasmes, père.

— Alors ?

— Il n'y a personne dans les parages. Que des Arendais, presque tous endormis.

— Tu es sûre ?

— Absolument. Il n'y a pas un Grolim à cinq lieues à la ronde. As-tu retrouvé ceux que tu cherchais ?

— Ils n'étaient pas difficiles à repérer, répondit sire Loup. Ils se sont réfugiés dans une grotte, à trois lieues dans la forêt. L'un des leurs est resté en chemin ; mort. Et il y en a encore quelques uns qui ne verront probablement pas le jour se lever. Les autres semblent éprouver une certaine amertume quant à la tournure prise par les événements.

— Ça, j'imagine. As-tu pu te rapprocher suffisamment pour entendre ce qu'ils se disaient ?

Il hocha la tête en signe d'approbation.

— Ils ont un homme à eux, dans l'un des villages, non loin de là ; il surveille les routes et les prévient lorsqu'il passe quelqu'un qui lui semble digne d'être dévalisé.

— Ce seraient donc de vulgaires voleurs ?

— Pas tout à fait. Ils en avaient spécialement après nous. Quelqu'un leur avait donné de nous une description assez précise.

— Je crois que je vais aller parler à ce villageois, déclara-t-elle d'un ton sinistre, en s'assouplissant les doigts d'une manière évocatrice.

— Tu perdrais ton temps, annonça sire Loup en se grattant pensivement la barbe. Tout ce qu'il pourrait te dire, c'est qu'un Murgo lui a offert de l'or. Tu vois un Grolim se donner la peine de fournir des explications à un homme de main, toi ?

— Il faut lui régler son compte, père, insista-t-elle. Tu ne tiens pas à ce que nous continuions à le traîner à nos basques pendant qu'il tentera de soudoyer tous les brigands d'Arendie pour qu'ils nous courent après, je suppose ?

— Après cette nuit, il n'aura plus l'occasion de soudoyer grand monde, répliqua sire Loup, avec un rire bref. Ses amis projettent de l'attirer dans les bois au petit matin, et de lui couper la gorge, entre autres joyeusetés.

— Parfait. Mais je voudrais tout de même bien savoir qui est ce Grolim.

— Qu'est-ce que ça peut faire ? riposta sire Loup, en haussant les épaules. Ils sont des douzaines à fomenter tous les troubles qu'ils peuvent dans le nord de l'Arendie. Ils savent aussi bien que nous ce qui se prépare. Nous ne pouvons tout de même pas espérer qu'ils vont rester tranquillement assis sur leur derrière en attendant que nous soyons passés.

— Je persiste à penser que nous ferions mieux d'essayer de le mettre hors d'état de nuire.

— Nous n'avons pas le temps. Il faut des siècles pour tenter de faire comprendre quelque chose aux Arendais. Si nous allons assez vite, nous parviendrons peut-être à leur échapper avant que les Grolims ne soient prêts.

— Et si nous n'y arrivons pas ?

— Alors nous serons bien obligés de nous y prendre autrement. Il faut que je rattrape Zedar avant qu'il n'entre en Cthol Murgos. Si trop d'obstacles se dressent sur mon chemin, je serai contraint et forcé de me montrer plus direct.

— C'est ce que tu aurais dû faire depuis le début, père. Il y a des moments où tu es trop pusillanime.

— Ça ne va pas recommencer ? Tu n'as pas d'autres mots à la bouche, Polgara. Tu passes ton temps à régler des problèmes qui s'arrangeraient tout seuls si tu laissais faire les choses, et à intervenir dans des événements dont tu ferais mieux de ne pas te mêler.

— Ne te fâche pas, père. Aide-moi plutôt à descendre.

— Pourquoi ne voles-tu pas jusqu'en bas ? suggéra-t-il.

— Ne dis donc pas de bêtises.

Garion repartit entre les arbres couverts de mousse en tremblant de tous ses membres, puis tante Pol et sire Loup regagnèrent la clairière à leur tour et réveillèrent tout le monde.

— Je crois que nous ferions mieux de repartir tout de suite, déclara sire Loup. Nous ne sommes pas en sûreté, ici. Nous serons beaucoup moins vulnérables sur la grand-route, et je ne serai pas fâché de sortir de cette partie de la forêt en particulier.

Il ne leur fallut pas une heure pour lever le camp et reprendre, en sens inverse, le chemin forestier qui menait à la Grand-Route de l'Ouest. L'aube ne devait pas se lever avant plusieurs heures, mais le brouillard baigné par les rayons de la lune inondait la nuit d'une clarté laiteuse, et ils avaient un peu l'impression de chevaucher dans un nuage opalescent qui se serait posé dans la sombre futaie. En arrivant à la voie impériale, ils prirent à nouveau la direction du sud.

— J'aimerais que nous soyons loin d'ici lorsque le soleil se lèvera, annonça calmement sire Loup. Mais je ne tiens pas à tomber dans une embuscade, alors ouvrez bien les yeux et les oreilles.

Ils avaient couvert trois bonnes lieues à un petit galop rapide lorsque le brouillard commença de prendre une couleur gris-perle à l'approche du matin. Puis, dans une large courbe de la route, Hettar leva soudain la main, leur faisant signe d'arrêter.

— Qu'est-ce qu'il y a? s'enquit Barak.

— Des chevaux, droit devant, répondit Hettar. Ils viennent vers nous.

— Vous êtes sûr? Je n'entends rien.

— Au moins quarante, précisa fermement Hettar.

— Là, confirma Durnik, la tête penchée sur le côté. Vous entendez?

Ils distinguèrent en effet dans le lointain un bruit de sabots et un tintement métallique assourdis par le brouillard.

— Nous pourrions nous cacher dans les bois en attendant qu'ils passent, suggéra Lelldorin.

— Je préfère ne pas quitter la route, objecta sire Loup.

— Laissez-moi faire, intervint Silk, d'un ton assuré, en prenant la direction des opérations. J'ai l'habitude de ce genre de situation.

Ils repartirent à une allure modérée.

Les cavaliers qui émergèrent du brouillard étaient entièrement revêtus d'acier. Ils portaient des armures d'apparat étincelantes et des casques ronds au ventail pointu qui leur donnaient des allures d'insectes étranges. Ils brandissaient de longues lances dont la pointe était ornée de flammes de couleurs vives, et leurs palefrois, de robustes animaux, étaient également caparaçonnés.

— Des chevaliers mimbraïques, gronda Lelldorin, en étrécissant les yeux.

— Gardez-vous bien de trahir vos sentiments, recommanda sire Loup. Si l'on s'adresse à vous, répondez de telle sorte que l'on puisse penser que vous êtes un sympathisant mimbraïque. Comme le jeune Berentain, chez votre oncle.

Le visage de Lelldorin se durcit.

— Faites ce qu'il vous dit, Lelldorin, conseilla tante Pol. Ce n'est pas le moment de jouer au héros.

— Halte-là! ordonna d'un ton péremptoire le chef de la colonne. Que l'un de vous s'approche, de sorte que je puisse m'entretenir avec lui.

Il abaissa sa lance, en braquant la pointe sur eux.

Silk avança vers l'homme à la cuirasse d'acier, un sourire propitiatoire inscrit sur la figure.

— Heureux de vous rencontrer, Messire chevalier, mentit-il d'un ton patelin. Nous avons été attaqués par une bande de pillards, la nuit dernière, et nous avons dû prendre la fuite, pour notre salut.

— Quel est ton nom, voyageur? interrogea le chevalier en relevant la visière de son casque, et quels sont ceux qui t'accompagnent?

— Je m'appelle Radek de Boktor, Messire, répondit Silk en s'inclinant et en ôtant son béret de velours. Je suis un marchand drasnien et je vais à Tol Honeth avec des lainages sendariens, dans l'espoir de me tailler une part du marché d'hiver.

L'homme en armure plissa les yeux d'un air soupçonneux.

— Ta suite, ô honorable marchand, semble bien imposante pour une si modeste entreprise.

— Ces trois hommes sont mes serviteurs, expliqua Silk en désignant Barak, Hettar et Durnik. Le vieillard et le garçon sont au service de ma sœur, douairière de son état, et qui a manifesté le désir de visiter Tol Honeth.

— Et l'autre ? insista le chevalier. L'Asturien ?

— Un jeune noble qui fait le voyage de Vo Mimbre afin de rendre visite à des amis. Il a consenti de bonne grâce à nous guider à travers la forêt.

La méfiance du chevalier sembla se relâcher quelque peu.

— Tu as, ô estimable voyageur, fait allusion à des voleurs, reprit-il. Où cette embuscade a-t-elle eu lieu ?

— A trois ou quatre lieues d'ici. Ils se sont jetés sur nous alors que nous avions dressé notre campement pour la nuit. Nous avons réussi à leur échapper, mais ma sœur a été terrorisée.

— Cette province d'Asturie est un repaire de rebelles et de brigands, déclara le chevalier, d'un ton rigoureux. Nous allons, mes hommes et moi, mettre fin à ces offenses. Que l'Asturien s'approche.

Les narines de Lelldorin se mirent à palpiter, mais il s'avança d'un air empressé.

— Comment t'appelles-tu, ô Asturien ?

— Lelldorin est mon nom, Messire chevalier. En quoi puis-je t'être utile ?

— Ces voleurs dont ont parlé tes amis, ô Asturien, étaient-ils des manants ou des hommes de qualité ?

— C'étaient des serfs, Messire, répondit Lelldorin. Des barbares en haillons, qui ont sans nul doute rompu le serment d'allégeance pour se livrer au brigandage dans la forêt.

— Comment pourrait-on espérer que les serfs s'obligent à la fidélité et à l'obéissance quand les nobles entretiennent une détestable sédition contre la Couronne ? releva le chevalier.

— Voilà, Messire, qui est bien parlé, acquiesça Lelldorin avec une nostalgie quelque peu excessive. Les Dieux seuls savent combien de fois j'ai pu faire valoir ce même point de vue auprès d'individus qui n'avaient que l'oppression mimbraïque et l'arrogance des vainqueurs à la bouche. Et eux seuls pourraient témoigner de la dérision et du glacial mépris qui accueillent pourtant, plus souvent qu'à leur tour, mes appels à la raison et au respect dû à Sa Majesté notre Roi.

Il poussa un soupir.

— Ta sagesse t'honore, ô jeune Lelldorin, approuva le chevalier. Mais je me dois, hélas, de te retenir, ainsi que tes compagnons, afin de procéder aux vérifications d'usage.

— Messire chevalier ! protesta vigoureusement Silk. Le moindre changement de temps, et mes marchandises pourraient être détériorées et leur valeur marchande, réduite à néant. Ne nous retardez pas, noble chevalier, je vous en conjure ardemment.

— Je regrette de devoir en passer par là, ô honorable marchand, répondit le chevalier, mais l'Asturie est pleine de traîtres et de comploteurs. Je ne puis permettre à personne de passer sans une vérification approfondie.

Une certaine animation se fit sentir au bout de la colonne mimbraïque. En file indienne, resplendissants sous leurs cuirasses d'acier étincelantes, leurs casques à plumes et leurs capes écarlates, une cinquantaine de légionnaires tolnedrains défilèrent lentement le long de la rangée de chevaliers en armures de parade. Le commandant du détachement, un homme maigre, d'une quarantaine d'années peut-être, au visage tanné, immobilisa son cheval non loin de celui de Silk.

— Que se passe-t-il ? demanda-t-il avec urbanité.

— L'assistance de la légion n'a pas été requise dans cette affaire, que je sache, décréta fraîchement le chevalier. Nous recevons nos ordres de Vo Mimbre, qui nous a investis de la mission de rétablir l'ordre en Asturie, et nous étions en train d'interroger ces voyageurs à cette fin.

— J'ai le plus grand respect pour l'ordre, Messire chevalier, répondit le Tolnedrain, mais c'est à moi qu'incombe la sécurité de la grand-route.

Il jeta un coup d'œil inquisiteur à Silk.

— Radek de Boktor, capitaine, déclara Silk à son

intention. Je suis marchand, et je vais à Tol Honeth. J'ai des documents pour prouver mes dires, si vous le désirez.

— Il n'est pas difficile de falsifier des documents, insinua le chevalier.

— C'est une affaire entendue, acquiesça le Tolnedrain, mais j'ai pour règle d'accorder foi aux documents que l'on me présente; cela fait gagner du temps. Un marchand drasnien avec des marchandises dans ses ballots a une raison légitime de se trouver sur une grand-route impériale, Messire chevalier. Rien ne justifie que nous l'empêchions de poursuivre son chemin, ce me semble?

— Nous nous efforçons d'écraser le banditisme et la sédition, affirma le chevalier, non sans chaleur.

— Ecrasez, répéta le capitaine, écrasez. Mais pas sur la grand-route, si vous n'y voyez pas d'inconvénient. La grand-route impériale se trouve, par convention, en territoire tolnedrain. Ce que vous faites à cinquante pas de là, dans les fourrés, vous regarde; ce qui se passe sur cette route est de mon ressort. Je suis certain que jamais un chevalier mimbraïque digne de ce nom ne voudrait humilier son roi en violant sciemment un traité solennel entre la Couronne arendaise et l'empereur de Tolnedrie, n'est-ce pas?

Le chevalier le regarda, réduit à quia.

— Poursuivez votre route, honorable marchand, décida le Tolnedrain, à l'attention de Silk. Tol Honeth tout entier attend votre arrivée en retenant son souffle, j'en suis sûr.

Silk lui dédia un large sourire et s'inclina du haut de son cheval en une révérence extravagante. Puis il fit signe aux autres, et la petite troupe passa lentement devant le chevalier mimbraïque fulminant. Après leur passage, les légionnaires refermèrent les rangs sur la grand-route, s'opposant, de fait, à toute poursuite.

— Un bien brave homme, commenta Barak. Je n'ai jamais eu une très haute opinion des Tolnedrains, mais celui-ci n'est pas comme les autres.

— Avançons, ordonna sire Loup. J'aimerais autant éviter à ces chevaliers la tentation de nous rattraper lorsque les Tolnedrains auront tourné bride.

Ils mirent leurs chevaux au galop, augmentant à chaque foulée la distance qui les séparait des chevaliers, plongés dans une discussion animée avec le commandant du détachement de légionnaires, au beau milieu de la route.

Ils passèrent la nuit dans une hôtellerie tolnedraine aux épaisses murailles, et pour la première fois de sa vie, peut-être, Garion se baigna sans que sa tante ait eu à insister, ou même simplement à le lui suggérer. Bien que ne s'étant pas trouvé directement impliqué dans le combat dans la clairière, la nuit précédente, il avait un peu l'impression d'être couvert de sang, sinon pire. Il ne s'était encore jamais rendu compte de la barbarie avec laquelle les hommes pouvaient se mutiler au cours d'un combat rapproché. Le spectacle de ces êtres humains aux tripes à l'air ou au crâne ouvert l'avait comme empli d'une honte insondable à l'idée que les secrets les plus intimes du corps humain puissent être aussi bestialement exhibés. Il se sentait sali. Une fois dans la salle d'eau hantée par les courants d'air, il retira ses vêtements et même, sans réfléchir, l'amulette en argent que sire Loup et tante Pol lui avaient donnée, puis il grimpa dans le baquet fumant où il se frotta la peau avec du savon et une brosse en chiendent, bien plus fort que ne l'aurait normalement exigé l'obsession la plus maniaque de la propreté.

Pendant les quelques jours qui suivirent, ils avancèrent vers le sud à une allure régulière, s'arrêtant toutes les nuits dans les hôtelleries tolnedraines régulièrement espacées le long de la route, et dans lesquelles la présence des légionnaires au visage peu amène venait leur rappeler constamment que toute la puissance de l'Empire tolnedrain répondait de la sécurité des voyageurs qui y cherchaient refuge.

Mais le sixième jour après le combat dans la forêt, le cheval de Lelldorin se mit à boiter, et Durnik et Hettar durent passer plusieurs heures à préparer, sur un petit feu improvisé le long de la route, des emplâtres qu'ils appliquaient, tout fumants, sur la jambe de l'animal, conformément aux instructions de tante Pol. Pendant ce temps-là, sire Loup rongeait son frein en pensant au retard qu'ils prenaient. Et lorsque le cheval fut prêt à reprendre sa route, force leur fut d'admettre qu'ils n'avaient aucune chance d'arriver à l'hôtellerie suivante avant la nuit.

— Eh bien, vieux Loup solitaire, commença tante Pol lorsqu'ils furent remontés en selle, que faisons-nous ? Allons-nous poursuivre notre route de nuit, ou tenter à nouveau de chercher refuge dans la forêt ?

— Je n'ai encore rien décidé, répondit sèchement sire Loup.

— Si je me souviens bien, il y a un village, pas très loin d'ici, déclara Lelldorin, maintenant monté sur un cheval algarois. C'est un endroit bien misérable, mais je pense qu'il s'y trouve une auberge — ou quelque chose dans ce genre-là, du moins.

— Ça promet, dit Silk. Qu'entendez-vous par « quelque chose dans ce genre-là » ?

— Le seigneur de l'endroit est d'une rapacité féroce, expliqua Lelldorin. Il écrase son peuple sous les impôts, et ne leur laisse pas grand-chose pour vivre. L'auberge n'est pas très bonne.

— Il faudra nous y résigner, décida sire Loup, avant de leur faire adopter un trot rapide.

Au moment où ils arrivaient en vue du village, le soleil coula quelques timides rayons entre les lourds nuages qui commençaient enfin à s'écarter, éclairant un spectacle encore plus lamentable que la description de Lelldorin ne le leur avait laissé supposer. Ils furent accueillis par une demi-douzaine de mendiants en haillons, plantés, les pieds dans la boue, à l'entrée du village, et qui tendaient les mains vers eux dans une attitude implorante, en leur adressant des supplications d'une voix perçante. Les maisons n'étaient que de misérables huttes de terre d'où s'échappait la maigre fumée du pauvre feu qui brûlait à l'intérieur, et il régnait une puanteur épouvantable dans les rues, où des cochons étiques fouillaient la boue avec leur groin.

Une procession funéraire se dirigeait lentement vers le cimetière, à l'autre bout du village. Les porteurs peinaient sous la pauvre planche où reposait le cadavre enroulé dans une couverture brune, toute rapiécée, qui offrait un contraste saisissant avec les robes somptueuses des prêtres de Chaldan, le Dieu d'Arendie. Ceux-ci chantaient, la tête couverte d'un capuchon, une hymne immémoriale où il était beaucoup question de bataille et de vengeance, mais guère de réconfort. Un enfant gémissant à son sein, la veuve suivait le corps, le visage vide et les yeux éteints.

L'auberge sentait la bière aigre et la pourriture. Un incendie avait détruit l'un des murs de la salle commune, calcinant le plafond aux poutres basses. Un bout de toile de jute à moitié moisi avait été accroché, pour la forme, devant le trou béant. Un feu brûlait dans une fosse, au centre de la salle enfumée, et l'aubergiste au visage dur était rien moins qu'aimable. Pour le souper, il n'avait à leur proposer que des bols de gruau à l'eau, mélange d'avoine et de navets.

— Charmant, commenta sardoniquement Silk en repoussant son bol sans y toucher. Vous m'étonnez un peu, Lelldorin. Vous qui vous posez en grand redresseur de torts, il semble que cet endroit ait échappé à votre vigilance. Puis-je vous suggérer, lors de votre prochaine croisade, de programmer une petite visite au seigneur du lieu ? Il y a longtemps qu'il aurait dû se balancer au bout d'une corde.

— Je ne m'étais pas rendu compte que cela allait si mal, répondit Lelldorin, d'une voix sourde.

Il jeta un coup d'œil autour de lui comme s'il prenait conscience de certaines choses pour la première fois. On pouvait lire sur son visage l'horreur indicible qui commençait à se faire jour dans son esprit.

— Je crois que je vais faire un tour, annonça Garion, dont l'estomac se révoltait.

— Ne t'éloigne pas trop, l'avertit tante Pol.

L'air du dehors sentait tout de même un peu moins mauvais, et Garion alla se promener jusqu'aux limites du village, en s'efforçant d'éviter les endroits les plus boueux.

— Par pitié, Messire, l'implora une petite fille aux yeux immenses, n'auriez-vous pas une croûte de pain à me donner ?

Garion la regarda d'un air désolé.

— Je regrette.

Il commença à fouiller dans ses poches, à la recherche de quelque chose à manger, n'importe quoi, mais l'enfant se mit à pleurer et fit volte-face.

Dans les champs pleins de souches d'arbres abattus, par-delà les rues puantes, un garçon en loques, de l'âge de Garion à peu près, surveillait quelques vaches étiques en soufflant dans une flûte de bois. La mélodie, d'une pureté à briser le cœur, planait sur les ailes du vent, s'insinuant sans qu'on y prît garde dans les masures tapies sous les rayons obliques du pâle soleil. Le garçon le vit, mais ne s'arrêta pas de jouer. Quand leurs regards se croisèrent, quelque chose passa entre eux, mais ils n'échangèrent pas un mot.

A la lisière de la forêt, par-delà les champs, un cavalier vêtu d'une robe sombre, la tête couverte d'un capuchon, sortit des arbres et observa longuement le village, perché sur son cheval noir. La silhouette ténébreuse avait quelque chose de terriblement menaçant et en même temps de vaguement familier. Garion avait comme l'impression qu'il aurait dû savoir qui c'était, mais en dépit de tous ses efforts, il n'arrivait pas à se rappeler son nom. C'était agaçant. Il resta un bon moment à le regarder, remarquant sans même en prendre conscience que, bien que le cheval et son cavalier fussent en plein dans les rayons du soleil couchant, ils ne projetaient pas d'ombre. Tout au fond de lui, quelque chose aurait voulu pousser un hurlement pour l'avertir du danger, mais il se contentait de regarder, comme égaré. Il ne parlerait pas à tante Pol ou aux autres de la silhouette qui était sortie du bois, parce qu'il n'aurait rien à en dire ; sitôt le dos tourné, il l'aurait oubliée.

Enfin, comme la lumière déclinait pour de bon maintenant et qu'il commençait à frissonner, il se décida à regagner l'auberge tandis que les sanglots de la flûte du jeune garçon montaient vers le ciel, au-dessus de sa tête.

CHAPITRE VI

Démentant les promesses du bref coucher de soleil, l'aube du lendemain se leva sur un jour froid et cafardeux. Un crachin glacial s'infiltrait entre les arbres, et les bois ruisselaient mélancoliquement. Ils quittèrent l'auberge de bon matin et pénétrèrent bientôt dans une partie de la forêt qui leur parut plus ténébreuse et angoissante que les zones pourtant bien rébarbatives qu'ils avaient déjà traversées. Les arbres y étaient gigantesques et des chênes immenses, difformes, levaient leurs ramures dénudées entre les frondaisons des sapins et des épicéas qui rivalisaient de noirceur. Le sol de la forêt était couvert d'une sorte de mousse grise, infecte et répugnante.

Lelldorin n'avait pas dit grand-chose de toute la matinée, et Garion pensa que son ami devait encore ressasser l'affaire du complot de Nachak. Le jeune Asturien avançait seul, enroulé dans sa grande houppelande verte, ses cheveux d'or rouge, détrempés, pendouillant lamentablement dans le crachin qui tombait sans discontinuer. Garion se rapprocha de son ami, et ils chevauchèrent de conserve pendant un moment.

— Qu'est-ce qui ne va pas, Lelldorin? demanda-t-il enfin.

— Je crois que j'ai été aveugle toute ma vie, Garion, répondit Lelldorin.

— Allons, comment cela? fit prudemment Garion, dans l'espoir que son ami s'était finalement décidé à tout raconter à sire Loup.

— Je n'ai voulu voir que la tyrannie mimbraïque sur l'Asturie ; je ne m'étais pas rendu compte que nous opprimions notre propre peuple.

— C'est bien ce que j'ai essayé de te dire, remarqua Garion. Qu'est-ce qui a fini par t'ouvrir les yeux ?

— Le village où nous avons passé la nuit, expliqua Lelldorin. Je n'ai jamais vu un endroit aussi pauvre et misérable, des gens écrasés par une telle détresse. Comment peuvent-ils endurer cela ?

— Tu crois qu'ils ont le choix, peut-être ?

— Au moins, mon père s'occupe de ses gens, affirma le jeune homme, sur la défensive. Sur ses terres, personne ne reste le ventre vide et tout le monde a un toit au-dessus de sa tête. Mais ces gens sont moins bien traités que des animaux. Jusqu'à présent, j'avais toujours été fier de mon rang, mais maintenant, j'en ai honte.

Et des larmes brillaient dans ses yeux.

Garion ne savait pas trop comment prendre la soudaine prise de conscience de son ami. D'un côté, il était heureux que Lelldorin ait enfin compris ce qui avait toujours été évident pour lui ; mais de l'autre, il n'était pas très rassuré sur les initiatives que cette nouvelle façon de voir risquait de suggérer à son belliqueux compagnon.

— Je renoncerai à mon titre, déclara soudain Lelldorin, comme s'il avait lu dans les pensées de Garion, et quand je rentrerai de cette quête, je rejoindrai mes serfs pour partager leur vie et leur chagrin.

— Ça leur ferait une belle jambe. En quoi le fait de partager leurs souffrances soulagerait-il les leurs ?

Lelldorin jeta sur lui un regard pénétrant. Une demi-douzaine d'émotions se succédèrent sur son visage ouvert, et il se mit enfin à sourire, mais on pouvait lire la détermination dans ses yeux bleus.

— Mais bien sûr. Tu as raison, comme toujours. Tu as une façon stupéfiante d'aller droit au cœur des choses, Garion.

— Qu'est-ce que tu mijotes, au juste ? s'enquit Garion, qui s'attendait au pire.

— Je mènerai leur révolte. Je parcourrai l'Arendie à

la tête d'une armée de serfs, décréta Lelldorin d'une voix claire et sonore, son imagination s'embrasant à cette idée.

— Enfin, Lelldorin, observa Garion, pourquoi faut-il toujours que tu réagisses comme cela, quel que soit le problème ? Premièrement, les serfs sont complètement désarmés, ils ne sauraient ni comment, ni avec quoi se battre. Tu pourrais leur raconter n'importe quoi, tu n'arriverais jamais à les décider à te suivre. Deuxièmement, même s'ils se laissaient convaincre, tous les nobles d'Arendie se ligueraient contre toi pour réduire tes hommes en chair à pâtée, et les choses seraient dix fois pires pour eux, après. Et troisièmement, tout ce que tu gagnerais, ce serait de déclencher une guerre civile, faisant précisément le jeu des Murgos.

Lelldorin cligna plusieurs fois des yeux comme les paroles de Garion s'insinuaient dans sa conscience. Son visage retrouva sa morosité initiale.

— Je n'avais pas réfléchi à tout cela, avoua-t-il.

— C'est bien ce qu'il me semblait. Tu n'arrêteras pas de faire ce genre de bourdes, tant que tu rengaineras ta cervelle dans le même fourreau que ton épée, Lelldorin.

A ces mots, Lelldorin s'empourpra, puis il éclata d'un rire tonitruant.

— Qu'en termes percutants ces choses-là sont dites, Garion, réprouva-t-il.

— Je suis désolé, s'excusa promptement Garion. Je n'aurais peut-être pas dû te dire ça aussi abruptement.

— Mais non, voyons. Je suis un Arendais. Si on ne m'explique pas clairement les faits, ils ont une fâcheuse tendance à m'échapper.

— Ce n'est pas une question de bêtise, Lelldorin, protesta Garion. C'est l'erreur que tout le monde commet. Les Arendais sont loin d'être stupides ; ce serait plutôt de l'impulsivité.

— Ce n'est pas seulement de l'impulsivité, ça, insista tristement Lelldorin avec un ample geste qui englobait la mousse humide sous les arbres.

— Quoi donc ? demanda Garion avec un regard circulaire.

— Nous sommes aux confins de la grande plaine

d'Arendie centrale, expliqua Lelldorin. Ce coin de forêt constitue la frontière naturelle entre Mimbre et l'Asturie.

— Et alors? C'est un bois comme les autres, répliqua Garion en regardant autour de lui.

— Pas vraiment, objecta sombrement Lelldorin. C'était l'endroit rêvé pour tendre une embuscade. Le sol de la forêt est couvert de vieux ossements. Regarde.

Il tendit le doigt. Garion crut d'abord que son ami lui montrait simplement deux branches tordues qui sortaient de la mousse, et dont les rameaux se mêlaient à ceux d'un buisson touffu. Puis il se rendit compte avec horreur que c'étaient les os verdis par le temps d'un homme qui s'était cramponné aux broussailles dans les derniers spasmes de l'agonie.

— Pourquoi ne l'ont-ils pas enterré? s'indigna-t-il, révulsé.

— Il faudrait un millier d'années à un millier d'hommes pour rassembler tous les os qui gisent ici et les enfouir dans la terre, débita Lelldorin d'un ton morbide. Des générations entières d'Arendais reposent ici, des Mimbraïques, des Asturiens, des Wacites, tous figés dans la mort à l'endroit où ils sont tombés, et qui dorment de leur dernier sommeil sous leur couverture de mousse.

Garion eut un frémissement et détourna le regard de l'appel silencieux de ce bras naufragé, dressé au-dessus de l'océan vert-de-gris qui ondulait, houleux, sur le sol de la forêt. Car le tapis de mousse faisait de drôles de bosses et de monticules, évocateurs de l'horreur qui pourrissait en dessous, et, ainsi qu'il s'en rendit compte en levant les yeux, cette surface mouvementée s'étendait à perte de vue.

— A combien sommes-nous encore de la plaine? demanda-t-il d'une voix étouffée.

— Deux jours, sûrement.

— Deux jours? Et c'est partout comme ça?

Lelldorin hocha la tête.

— Mais *pourquoi*? éclata Garion, d'un ton accusateur, plus agressif qu'il ne l'aurait souhaité.

— Au départ, pour l'honneur — ou par gloriole,

expliqua Lelldorin. Ensuite, sous le coup de la douleur, et par vengeance. Après, c'était tout simplement parce que nous ne savions pas nous arrêter. Comme tu le disais tout à l'heure, les Arendais ne sont pas forcément très brillants.

— Mais très courageux, s'empressa de dire Garion.

— Oh! ça oui, toujours, admit Lelldorin. C'est notre fléau national.

— Belgarath, annonça calmement Hettar, derrière eux. Les chevaux ont flairé quelque chose.

Sire Loup émergea du demi-sommeil auquel il se laissait généralement aller quand il était à cheval.

— Hein?

— Les chevaux, répéta Hettar. Ils ont peur de je ne sais quoi.

Belgarath plissa les yeux et devint étrangement pâle. Puis au bout d'un moment, il inspira profondément et poussa un juron étouffé.

— Des Algroths, cracha-t-il.

— Qu'est-ce que c'est que ça? demanda Durnik.

— Des créatures non-humaines, un peu comme les Trolls.

— J'en ai vu un, une fois — un Troll, dit Barak. C'était une grosse chose horrible, tout en serres et en crocs.

— Vous croyez qu'ils vont nous attaquer? reprit Durnik.

— C'est plus que probable, pronostiqua sire Loup, d'une voix tendue. Hettar, il va falloir que vous empêchiez les chevaux de prendre le mors aux dents. Nous ne devons surtout pas nous séparer.

— Mais d'où viennent-ils? questionna Lelldorin. Je croyais qu'il n'y avait plus de monstres dans la forêt.

— La faim les fait parfois descendre des montagnes d'Ulgolande, répondit sire Loup. Et ils ne laissent pas de survivants pour raconter ce qui leur est arrivé.

— Tu serais bien inspiré de faire quelque chose, père, suggéra tante Pol. Ils nous encerclent.

Lelldorin jeta un rapide coup d'œil autour de lui, comme pour se repérer.

— Nous ne sommes pas loin de la Dent d'Elgon, annonça-t-il.

— La Dent d'Elgon ? répéta Barak, qui avait déjà tiré sa lourde épée.

— C'est un monticule assez élevé, couvert de gros blocs de pierre, précisa Lelldorin. Une vraie forteresse. Elgon a tenu cette position pendant un mois contre une armée mimbraïque.

— Ça s'annonce bien, commenta Silk. Comme ça, au moins, on sortirait des arbres.

Il jetait des regards anxieux en direction de la forêt qui semblait les lorgner d'un air menaçant, sous la pluie fine et pénétrante.

— Nous pouvons toujours tenter le coup, approuva sire Loup. Ils ne sont apparemment pas encore décidés à nous attaquer, et la pluie doit être préjudiciable à leur odorat.

Un étrange aboiement se fit entendre dans les profondeurs de la forêt.

— C'est ça ? s'inquiéta Garion, d'une voix qui rendit un son strident à ses propres oreilles.

— Ils s'appellent entre eux, confirma sire Loup. Ceux qui nous ont repérés préviennent les autres. Prenons un peu de vitesse, mais n'accélérons l'allure que lorsque nous serons en vue de la dent.

Ils talonnèrent leurs chevaux nerveux pour les mettre au trot, et commencèrent à gravir la route boueuse qui amorçait une longue montée.

— Une demi-lieue, annonça Lelldorin, tendu. Plus qu'une demi-lieue et nous devrions arriver en vue de la Dent.

Leurs chevaux roulaient des yeux terrifiés en direction des bois qui les entouraient, et ils étaient de plus en plus difficiles à tenir. Garion avait le cœur qui battait à tout rompre, et il se sentit brusquement la bouche sèche. La pluie se mit à redoubler. Un mouvement furtif attira son regard. A une centaine de pas dans la forêt, parallèlement à la route, une immense silhouette humanoïde, d'un gris répugnant, courait, à moitié pliée en deux, les mains traînant par terre.

— Là ! s'écria Garion.

— Je l'ai vu, gronda Barak. Moins grand qu'un Troll.

— Toujours assez pour moi, remarqua Silk, avec une grimace.

— S'ils nous attaquent, faites attention à leurs griffes, prévint sire Loup. Elles sont empoisonnées.

— Charmant, grommela Silk.

— Voilà la Dent, annonça calmement tante Pol.

— Allez, au galop, maintenant ! aboya sire Loup.

Ils lâchèrent la bride à leurs chevaux terrorisés, qui bondirent sur la route, frappant le sol de toute la force de leurs sabots. Un hurlement de rage leur parvint des bois, dans leur dos, puis les glapissements se firent plus forts, tout autour d'eux.

— Nous allons y arriver ! hurla Durnik, en manière d'encouragement.

Mais tout d'un coup, une demi-douzaine d'Algroths leur barrèrent la route de leurs pattes de devant étendues, des bras simiesques, terminés par des griffes en guise de doigts. Les petites cornes qui leur surmontaient le crâne conféraient quelque chose de caprin à leur faciès, ils exhibaient de longs crocs jaunes dans des gueules hideusement béantes, et leur peau grise était couverte d'écailles reptiliennes.

Les chevaux se cabrèrent en poussant des hennissements stridents et tentèrent de se dérober. Garion se cramponna à sa selle d'une main en tirant sur les rênes de l'autre.

Barak frappa la croupe de son cheval du plat de sa lame et lui administra de furieux coups de talons dans les flancs, jusqu'à ce que sa monture, plus terrorisée, finalement, par lui que par les Algroths, se décide à charger. De deux grands coups d'épée, un de chaque côté, Barak tua deux des bêtes et fonça en avant. Une troisième tenta bien de bondir en croupe, toutes griffes dehors, mais se raidit et tomba à plat ventre dans la boue, l'une des flèches de Lelldorin plantée entre les épaules. Barak fit faire une volte à son cheval et hacha les trois créatures survivantes.

— Allons-y ! tonna-t-il.

Garion entendit Lelldorin pousser un hoquet étouffé et se retourna précipitamment. Avec une horreur insurmontable, il vit qu'un Algroth isolé s'était traîné hors des bois qui bordaient la route et avait enfoncé ses griffes dans les chairs de son ami pour tenter de le désarçonner.

Lelldorin assénait des coups d'arc sur la tête de chèvre, sans grand résultat. Garion dégaina son épée dans une tentative désespérée pour l'aider, mais surgissant de derrière eux, Hettar plongea son sabre incurvé au travers du corps de l'Algroth ; la créature poussa un hurlement et tomba à terre où elle resta à se tortiller sous les sabots des chevaux de bât qui la piétinaient.

En proie à une panique irrépressible maintenant, les chevaux gravirent au grand galop la pente de l'éminence rocheuse jonchée de blocs de pierre. Garion jeta un coup d'œil par-dessus son épaule. Lelldorin était gravement blessé ; il chancelait et semblait prêt à tomber. Garion tira sauvagement sur ses rênes et fit faire volte-face à son cheval.

— Sauve-toi, Garion ! hurla Lelldorin, le visage d'une pâleur mortelle, la main pressée sur son flanc ensanglanté.

— Non !

Garion rengaina son épée, se rapprocha de son ami et lui prit le bras pour l'aider à conserver son assiette. Ils galopèrent vers la Dent de conserve, Garion s'efforçant de maintenir son jeune ami en selle.

La Dent était un immense amas de terre et de pierres qui dominait de toute sa hauteur les plus élevés des arbres qui les entouraient. Les chevaux escaladèrent péniblement les blocs de roche humides, dans le vacarme des cailloux qui roulaient sous leurs sabots. En arrivant au sommet aplati de la Dent, où les chevaux de bât se serraient les uns contre les autres, tout tremblants sous la pluie, Garion n'eut que le temps de mettre pied à terre pour retenir Lelldorin, qui s'affaissait lentement sur le côté.

— Par ici, appela sèchement tante Pol, en sortant son petit paquet d'herbes et de bandages de l'un des ses balluchons. Durnik, il va me falloir du feu, tout de suite.

Durnik jeta un coup d'œil désespéré sur les brindilles détrempées qui gisaient dans la boue, au sommet de la butte.

— Je vais faire ce que je peux, dit-il d'un air dubitatif.

Lelldorin respirait trop vite, d'un souffle creux. Son visage était d'une pâleur mortelle, et il ne tenait pas sur ses jambes. Garion l'aida à se redresser, l'estomac tordu par une angoisse atroce. Hettar prit le blessé par l'autre bras, et ils l'emmenèrent tant bien que mal près de l'endroit où tante Pol était agenouillée, en train d'ouvrir son paquet.

— Il faut que j'élimine immédiatement le poison, annonça-t-elle. Donne-moi ton couteau, Garion.

Celui-ci tira sa dague de son fourreau et la lui tendit. Elle fendit délicatement le côté de la tunique brune de Lelldorin, révélant les horribles blessures que les serres de l'Algroth y avait provoquées.

— Ça va faire mal, déclara-t-elle. Tenez-le bien.

Garion et Hettar prirent chacun un bras et une jambe de Lelldorin, le maintenant à terre.

Tante Pol inspira profondément et incisa prestement chacune des blessures enflées. Le sang jaillit et Lelldorin poussa un grand cri, puis il sombra dans un oubli miséricordieux.

— Hettar! cria Barak, du haut de l'un des blocs de pierre, non loin de l'amorce de la pente. Nous avons besoin de vous!

— Allez-y! dit tante Pol, à l'adresse de l'Algarois au visage de faucon. Nous y arriverons tout seuls, Garion et moi. Toi, tu restes ici.

Elle réduisit des feuilles sèches en minuscules fragments, pour en saupoudrer les entailles qui saignaient encore.

— Le feu, Durnik! commanda-t-elle.

— Il ne veut pas prendre, Dame Pol, répondit Durnik, d'un air accablé. Le bois est trop mouillé.

Elle jeta un rapide coup d'œil aux branches humides que le forgeron avait entassées, puis elle plissa les yeux et fit un geste rapide. Une curieuse vibration emplit les oreilles de Garion, suivie d'un sifflement soudain. Un nuage de vapeur jaillit des brindilles et de grandes flammes crépitantes s'en échappèrent bientôt. Durnik recula précipitamment, surpris.

— Le petit chaudron, Garion, ordonna tante Pol. Et de l'eau. Vite!

Elle retira sa cape bleue et l'étendit sur Lelldorin.

Silk, Barak et Hettar étaient campés au bord de la

plateforme, d'où ils expédiaient de gros blocs de pierre sur la pente. Garion les entendait dégringoler, se fracasser sur les rocs, en dessous, et arracher de temps en temps un glapissement de douleur aux Algroths.

Il prit la tête de son ami entre ses bras, le cœur étreint par une mortelle inquiétude.

— Il va s'en sortir ? demanda-t-il d'un ton implorant.

— C'est encore trop tôt pour le dire, répondit tante Pol. Et ne m'ennuie pas avec tes questions ; ce n'est vraiment pas le moment.

— Ils s'enfuient ! hurla Barak.

— Oui, mais ils ont encore faim, commenta sire Loup, d'un ton sinistre. Ils vont revenir.

A cet instant, le son d'une trompette de cuivre retentit dans les profondeurs de la forêt.

— Il ne manquait plus que ça. Qu'est-ce que ça peut bien être ? grommela Silk, tout essoufflé de l'effort qu'il avait fourni en soulevant les lourdes pierres par-dessus le bord de la plateforme.

— Quelqu'un que j'attendais, répondit sire Loup avec un drôle de sourire.

Il porta ses mains à ses lèvres et émit un sifflement strident.

— Je pourrai me débrouiller toute seule, maintenant, Garion, dit tante Pol, en malaxant une bouillie épaisse dans une compresse de linges humides et fumants. Va avec Durnik, aider les autres.

Garion reposa à contrecœur la tête de Lelldorin sur le sol humide et courut rejoindre sire Loup. La pente, en-dessous d'eux, était jonchée d'Algroths morts, ou qui ne valaient guère mieux, écrasés par les rochers que Barak et ses compagnons avaient précipités sur eux.

— Ils vont faire une nouvelle tentative, annonça Barak, en soulevant un autre rocher. Aucun risque qu'ils nous attaquent par-derrière ?

— Non, assura Silk en hochant la tête. L'autre versant de la colline est à la verticale.

Les Algroths ressortirent des bois par bonds maladroits, montrant les dents et clabaudant. Une avant-garde avait déjà traversé la route lorsque la trompe se fit entendre à nouveau, beaucoup plus proche cette fois.

C'est alors qu'un homme en armure de parade, juché sur un immense coursier, surgit des arbres et s'abattit sur les créatures qui se préparaient à donner l'assaut. Le cavalier se pencha sur sa lance et chargea droit sur le petit groupe d'Algroths, pétrifiés. Le grand cheval poussa un formidable hennissement et ses sabots ferrés soulevèrent de grosses mottes de terre. La lance rentra de plein fouet dans la poitrine de l'un des plus gros Algroths, et se cassa en deux sous l'impact. Le bout rompu en atteignit encore un autre en pleine face, puis, d'un seul geste du bras, le chevalier jeta la lance rompue au loin et tira sa large épée. Par d'amples mouvements sur la droite et sur la gauche, il se fraya un chemin à travers la meute, son destrier piétinant les corps vivants comme les cadavres, les enfonçant sous ses sabots dans la boue de la route. Sa charge terminée, il décrivit une volte et replongea sur la horde, s'ouvrant à nouveau la voie à la pointe de son épée. Les Algroths tournèrent les talons et se replièrent précipitamment dans les bois en hurlant.

— Mandorallen ! hurla sire Loup. Par ici !

Le chevalier en armure releva le ventail de son heaume éclaboussé de sang et leva les yeux vers le haut de la colline.

— Permets-moi d'abord, ô ami chargé d'ans, de disperser cette vermine, déclara-t-il d'un ton allègre, avant de rabattre son ventail dans un grand claquement de métal pour replonger dans les bois trempés de pluie, à la poursuite des Algroths.

— Hettar ! appela Barak, qui s'ébranlait déjà.

Hettar eut un bref hochement de tête, et les deux hommes coururent vers leurs chevaux, bondirent en selle et foncèrent au bas de la colline, prêter main-forte à l'étranger.

— Votre ami témoigne d'un manque de jugeote tout à fait prodigieux, fit observer Silk, au profit de sire Loup, en essuyant son visage ruisselant. Ces sales bêtes vont se retourner sur lui d'une seconde à l'autre, maintenant.

— Il ne lui est probablement pas venu à l'esprit un seul instant qu'il pouvait être en danger, remarqua sire Loup. Il ne faut pas oublier que c'est un Mimbraïque, et qu'ils se croient tous invulnérables.

Il leur sembla que le combat dans les bois n'en finirait jamais. Ils entendirent des cris et des coups sonores, puis les hurlements de terreur des Algroths, et enfin Hettar, Barak et l'étrange chevalier émergèrent à nouveau des arbres et remontèrent au petit trot le versant incliné de la Dent.

— Quelle cérémonie de bienvenue, palsambleu! s'exclama le chevalier d'une voix tonitruante à l'attention de sire Loup. Tes amis, ô valeureux compagnon, se sont montrés des plus gaillards.

Son armure luisait d'un éclat mouillé sous la pluie.

— Je suis heureux que vous vous soyez bien amusé, laissa sèchement tomber sire Loup.

— Je les entends encore, rapporta Durnik. Je crois qu'ils n'ont pas fini de courir.

— Leur couardise nous aura privés d'une distraction qui eût été des mieux venues ce tantôt, observa le chevalier en retirant son heaume et en rengainant son épée comme à regret.

— Nous sommes tous amenés à faire des sacrifices, fit Silk avec une nonchalance affectée.

— Ce n'est que trop vrai, hélas, soupira le chevalier. Tu me parais, ô ami, montrer beaucoup de philosophie.

Il secoua la plume blanche qui ornait son heaume pour l'égoutter.

— Permettez-moi, reprit sire Loup, de vous présenter Mandorallen, baron de Vo Mandor, qui sera désormais des nôtres. Mandorallen, voici le prince Kheldar de Drasnie, et Barak, comte de Trellheim et cousin du roi Anheg de Cherek. Et voilà Hettar, le fils de Cho-Hag, le chef des Chefs de Clan d'Algarie. Ce brave homme est Durnik, un Sendarien, et ce jeune garçon s'appelle Garion. C'est mon arrière-petit-fils, à quelques générations près.

Mandorallen se fendit d'une profonde révérence devant chacun d'eux.

— Je vous salue bien bas, ô amis, déclama-t-il de sa voix de stentor. Notre aventure aura débuté sous d'heureux auspices. Mais pourriez-vous, j'en appelle à votre amitié, me dire qui est cette dame dont la beauté ravit mes yeux?

— Que voilà un beau discours, Messire chevalier, dit tante Pol.

Elle éclata d'un rire chaleureux, en portant presque inconsciemment la main à ses cheveux trempés.

— Je crois qu'il va beaucoup me plaire, père.

— Vous êtes la légendaire Dame Polgara? Ma vie aura connu ce jour son apothéose, déclara Mandorallen, avec une profonde révérence, quelque peu déparée, toutefois, par le craquement intempestif de son armure.

— Notre ami blessé est Lelldorin, le fils du baron de Wildantor, poursuivit sire Loup. Vous avez sûrement entendu parler de lui.

— C'est un fait, confirma Mandorallen, dont le visage s'assombrit quelque peu. La rumeur, qui parfois nous précède tel un chien courant, voudrait que ledit sieur Lelldorin de Wildantor se soit plu à soulever contre l'autorité de la couronne maintes rébellions des plus pernicieuses.

— C'est sans importance à présent, décréta sire Loup, d'un ton sans réplique. L'affaire qui nous réunit ici aujourd'hui est infiniment plus grave. Il faudra que vous oubliez toutes vos dissensions.

— Il en sera selon le bon plaisir du noble Belgarath, acquiesça immédiatement Mandorallen, qui ne pouvait détacher ses yeux de Lelldorin, toujours inconscient.

— Grand-père! s'écria Garion, en indiquant du doigt la silhouette d'un cavalier qui venait d'apparaître sur le flanc de l'éminence rocheuse.

L'homme était entièrement vêtu de noir et montait un noir coursier. Il repoussa son capuchon, révélant un masque d'acier poli, à la fois beau et étrangement repoussant, qui épousait la forme de son visage. Une voix profondément enfouie dans l'esprit de Garion lui disait que ce curieux personnage recélait quelque chose d'important, quelque chose dont il aurait dû se souvenir, mais qui lui échappait, quoi que ce fût.

— Renonce à ta quête, Belgarath.

La voix qui s'élevait du masque rendait un son étrangement creux.

— Tu me connais trop bien pour croire une seconde que je pourrais faire une chose pareille, Chamdar, répondit calmement sire Loup, qui avait de toute évidence reconnu le cavalier. Cet enfantillage avec les Algroths était-il une de tes inventions?

— Tu devrais suffisamment me connaître pour le savoir, répondit la silhouette d'un ton railleur. Lorsque je me dresserai sur ton chemin, tu peux t'attendre à quelque chose d'un peu plus sérieux. Pour l'instant, nous disposons de suffisamment de séides pour te retarder. C'est tout ce dont nous avons réellement besoin. Lorsque Zedar aura rapporté *Cthrag Yaska* à mon Maître, tu pourras toujours tenter de t'opposer à la puissance et la volonté de Torak, si cela te chante.

— Alors comme ça, tu fais les commissions de Zedar, maintenant? demanda sire Loup.

— Je ne fais les commissions de personne, riposta la silhouette avec un insondable mépris.

Le cavalier semblait bien réel, aussi concret que n'importe lequel d'entre eux sur le sommet de cette dent de pierre, mais Garion pouvait voir le crachin imperceptible tomber sur les rochers, juste en dessous de l'homme et de sa monture. Quels qu'ils fussent, il leur pleuvait au travers.

— Que fais-tu là, alors, Chamdar? s'enquit sire Loup.

— Appelons cela de la curiosité, Belgarath. Je voulais voir de mes propres yeux comment tu avais réussi à traduire les termes de la Prophétie dans la réalité de tous les jours.

La silhouette parcourut du regard le petit groupe assemblé au sommet du pic.

— Pas bête, convint-il du bout des lèvres. Où es-tu allé les chercher?

— Je n'ai pas eu besoin d'aller les chercher, comme tu dis, Chamdar, répondit sire Loup. Ils ont été là de toute éternité. Si la Prophétie se vérifie en partie, alors tout doit être vrai, n'est-ce pas? Nulle intervention humaine n'est en cause dans tout cela. Chacun est venu à moi au terme de générations plus nombreuses que tu ne pourras jamais l'imaginer.

La silhouette sembla inspirer profondément.

— Tous les termes de la Prophétie ne sont pas encore remplis, vieillard, siffla-t-elle.

— Ils le seront, Chamdar, rétorqua sire Loup, avec assurance. J'ai déjà pris des mesures en ce sens.

— Quel est celui qui vivra deux fois ? demanda tout à coup la silhouette.

Sire Loup eut un sourire glacial, mais ne répondit pas.

— Salut à toi, ma reine, dit alors la silhouette, d'un ton moqueur.

— La courtoisie grolim m'a toujours laissée de marbre, riposta tante Pol d'un ton cinglant. Et je ne suis pas ta reine, Chamdar.

— Bientôt, Polgara. Bientôt. Mon Maître l'a toujours dit : sa femme tu deviendras sitôt qu'il aura retrouvé son royaume. Tu seras la Reine du Monde.

— Ce qui n'est pas à proprement parler un avantage pour toi, Chamdar. Si je dois être ta reine, tu ne pourras plus t'opposer à moi, n'est-ce pas ?

— Je saurai passer outre, Polgara. Au demeurant, quand tu seras devenue l'épouse de Torak, sa volonté se substituera à la tienne, et je suis sûr qu'à ce moment-là, tu ne nourriras plus de rancune à mon endroit.

— En voilà assez, Chamdar, décréta sire Loup. Tes discours oiseux commencent à m'importuner. Tu peux récupérer ton ombre. Va-t'en, ordonna-t-il, en faisant un geste négligent de la main, comme pour chasser une mouche.

Une fois de plus, Garion eut l'impression d'être submergé par une force étrange, accompagnée d'un rugissement silencieux. Le cavalier disparut.

— Vous ne l'avez tout de même pas anéanti ? hoqueta Silk, estomaqué.

— Non. Ce n'était qu'une illusion, un truc puéril que les Grolims trouvent impressionnant. On peut, à condition de s'en donner la peine, projeter son ombre à une distance considérable. Je me suis contenté de lui renvoyer la sienne, expliqua sire Loup, dont les lèvres se tordirent alors en un sourire inquiétant. Evidemment, je n'ai pas choisi le chemin le plus direct. Elle mettra peut-être quelques jours à faire le voyage. Cela ne le fera pas à proprement parler souffrir, mais il ne devrait pas être très à l'aise — et ça lui donnera l'air un peu bizarre.

— Un spectre des plus malséants, fit observer Mandorallen. A qui était ce simulacre malappris ?

— A un certain Chamdar, répondit tante Pol en se consacrant à nouveau au blessé. Un grand prêtre grolim. Nous avons déjà eu affaire à lui, père et moi.

— Je crois que nous ferions mieux de redescendre d'ici, déclara sire Loup. Dans combien de temps peut-on espérer que Lelldorin pourra à nouveau monter à cheval?

— Pas avant une semaine, répondit tante Pol. Et encore...

— Il est hors de question que nous restions ici aussi longtemps.

— Il est incapable de se tenir en selle, annonça-t-elle fermement.

— Nous pourrions peut-être lui confectionner une sorte de litière? suggéra Durnik. Je suis sûr que je devrais arriver à fabriquer un genre de brancard assujetti entre deux chevaux, de façon à pouvoir le déplacer sans trop le chahuter.

— Eh bien, Pol? Qu'en dis-tu? demanda sire Loup.

— Ça devrait faire l'affaire, convint-elle d'un air quelque peu dubitatif.

— Eh bien, allons-y. Nous sommes beaucoup trop vulnérables, ici, et nous avons assez perdu de temps comme ça.

Durnik hocha la tête et alla chercher des cordes dans leurs ballots afin de confectionner la litière.

CHAPITRE VII

Messire Mandorallen, baron de Vo Mandor, était d'une taille un peu supérieure à la moyenne. Il avait les cheveux noirs et bouclés, des yeux d'un bleu profond, et il exprimait des opinions bien arrêtées d'une voix tonitruante. Il ne plaisait guère à Garion. L'assurance inébranlable du chevalier lui paraissait constituer la quintessence de l'égotisme tout en lui conférant une sorte de naïveté, et semblait confirmer les préjugés les plus sombres de Lelldorin sur les Mimbraïques. En outre, Garion trouvait presque choquante l'extravagante galanterie dont Mandorallen faisait preuve envers tante Pol, et qui, selon lui, passait les bornes de la simple courtoisie. D'autant que, pour tout arranger, tante Pol prenait apparemment les flatteries du chevalier au pied de la lettre, et leur réservait le meilleur accueil.

Tandis qu'ils avançaient sous la pluie qui tombait sans discontinuer le long de la Grand-Route de l'Ouest, Garion remarqua avec satisfaction que ses compagnons avaient l'air de partager son opinion. L'expression de Barak en disait plus long qu'un discours ; les sourcils de Silk se haussaient sardoniquement à chacune des déclarations du chevalier ; et Durnik s'était passablement renfrogné.

Mais Garion ne devait guère avoir le loisir de s'appesantir sur les sentiments mitigés que lui inspirait le Mimbraïque. Il accompagnait la litière sur laquelle Lelldorin se laissait péniblement ballotter tandis que le venin de l'Algroth embrasait ses blessures, et il offrait à son ami tout le réconfort possible, en échangeant maints regards angoissés avec tante Pol, qui chevauchait non loin d'eux. Lorsque la douleur atteignait son paroxysme, Garion prenait la main du jeune homme, incapable de quoi que ce soit d'autre, impuissant à le soulager.

— Mets toute Ta force d'âme à supporter Ton mal, ô aimable jouvenceau, l'exhorta jovialement Mandorallen, après une crise particulièrement pénible dont Lelldorin émergea tout plaintif et pantelant. La souffrance qui est la Tienne n'est qu'illusion. Que Ton esprit la mette au repos si telle est Ton aspiration.

— Et quel autre réconfort pouvais-je espérer d'un Mimbraïque, aussi ? marmonna entre ses dents le jeune Asturien blessé. Je crois que j'aimerais autant que vous ne me serriez pas de si près. Vos idées puent presque autant que votre armure.

Le visage de Mandorallen s'empourpra légèrement.

— Le venin qui guerroie dans le corps de notre ami blessé semble l'avoir tant dépossédé d'urbanité que de sens commun, laissa-t-il tomber fraîchement.

Lelldorin tenta de se redresser sur la litière comme pour répondre avec emportement, mais ce mouvement brusque sembla réveiller sa douleur, et il replongea dans l'inconscience.

— Fort grave est son état, déclara Mandorallen. Tes emplâtres, ô gente Polgara, ne suffiront peut-être pas à lui sauver la vie.

— Il a surtout besoin de repos, dit-elle. Tâchez plutôt de ne pas trop me l'agiter.

— Je vais faire en sorte de me trouver hors de sa vue, répondit Mandorallen. Ah ! sans que j'en sois le moindrement responsable, ma face semble lui être haïssable et le faire frémir d'une ire énorme.

Il mit son destrier au petit galop, le temps de prendre un peu d'avance sur le groupe.

— Non, mais ils parlent vraiment tous comme ça, avec des ô et des ah ! et tout ce qui s'ensuit ? demanda Garion, d'un ton quelque peu fielleux.

— Les Mimbraïques ont parfois un peu tendance au formalisme, expliqua tante Pol. Mais tu t'y habitueras, tu verras.

— Je trouve ça complètement idiot, oui, grommela Garion en braquant un regard noir sur le dos du chevalier.

— Allons, allons; ça ne peut pas te faire de mal de te frotter un peu de temps en temps à des gens qui ont du savoir-vivre.

Mais déjà le soir investissait la forêt aux frondaisons éplorées qui s'épanchaient sur les cavaliers.

— Tante Pol? reprit enfin Garion.

— Oui, mon chou?

— De quoi est-ce qu'il parlait, le Grolim, quand il a raconté ça à propos de Torak et de toi?

— C'est une chose que Torak a dite un jour, dans son délire, et que les Grolims ont prise au sérieux, voilà tout.

Elle resserra plus étroitement sa cape bleue autour d'elle.

— Ça ne t'ennuie pas?

— Pas spécialement.

— Qu'est-ce que c'est que cette Prophétie à laquelle le Grolim a fait allusion? Je n'ai rien compris à tout ça.

Le mot de « Prophétie » remuait, il n'aurait su dire pourquoi, quelque chose de très profond en lui.

— Ah! le Codex Mrin! C'est un texte très ancien, presque indéchiffrable. Il y est question de compagnons — l'ours, la fouine, et l'homme qui vivra deux fois —, mais c'est la seule version qui en parle, et personne ne peut affirmer avec certitude que cela veuille dire quelque chose.

— Mais grand-père pense que ça a une signification, n'est-ce pas?

— Ton grand-père a parfois de drôles d'idées. Les choses du passé l'impressionnent beaucoup. Cela vient peut-être du fait qu'il est lui-même tellement chargé d'ans.

Garion était sur le point de s'enquérir plus avant de cette Prophétie dont il existait apparemment plusieurs versions, lorsque Lelldorin se mit à gémir. Ils se tournèrent immédiatement vers lui.

Ils arrivèrent peu après à une hôtellerie tolnedraine aux épaisses murailles blanchies à la chaux, et au toit de tuiles rouges. Tante Pol veilla à ce que Lelldorin dispose d'une chambre bien chauffée, et elle passa la nuit à son chevet. Trop inquiet pour dormir, Garion alla voir son ami une bonne douzaine de fois avant le lever du jour, arpentant en chaussettes le couloir plongé dans les ténèbres, mais son état semblait stationnaire.

Lorsqu'ils repartirent, dans le petit matin grisâtre, la pluie avait cessé. Ils atteignirent enfin la lisière de la forêt ténébreuse; devant eux s'étendait l'interminable plaine d'Arendie centrale, avec sa terre brun sombre, comme brûlée par les derniers frimas. Mandorallen, qui les devançait toujours, s'arrêta alors et attendit, le visage assombri, qu'ils le rejoignent.

— Il y a quelque chose qui ne va pas? demanda Silk.

Mandorallen tendit gravement le doigt en direction d'une colonne de fumée noire qui s'élevait à quelques lieues de là, dans la vaste plaine.

— Qu'est-ce que c'est? interrogea Silk, et sa tête de fouine arborait une expression intriguée.

— Fumée dans la plaine d'Arendie n'a qu'un sens, je vous le dis, répondit le chevalier en coiffant son heaume emplumé. Restez ici, ô mes bons amis. Je vais voir ce qu'il en est au juste, mais grande est ma crainte.

Il éperonna son destrier qui fit un bond en avant, ses sabots frappant la route dans un bruit de tonnerre.

— Attendez! hurla Barak, dans son dos, mais Mandorallen n'y prit pas garde. L'imbécile! fulmina le grand Cheresque. Je ferais peut-être mieux de l'accompagner, pour le cas où il y aurait du grabuge.

— Inutile, souffla Lelldorin, depuis sa litière. Une armée n'oserait pas se mettre en travers de sa route.

— Je croyais que vous ne l'aimiez guère? objecta Barak, un peu surpris.

— Je ne l'aime pas, admit Lelldorin, mais personne n'est plus redouté que lui en Arendie. La réputation de messire Mandorallen est parvenue jusqu'en Asturie. Il ne viendrait jamais à l'idée d'un homme sain d'esprit de faire obstacle à ses visées.

Ils se retirèrent sous le couvert des arbres en attendant le retour du chevalier. Lorsqu'il revint, son visage était furieux.

— Mes appréhensions se sont révélées justifiées,

annonça-t-il. Notre chemin est tissé de violence. Deux barons s'affrontent en une guerre dénuée de sens, puisqu'ils sont frères de sang, et les meilleurs amis du monde.

— Ne pouvons-nous contourner le champ de bataille? suggéra Silk.

— Que non point, ô prince Kheldar, réfuta Mandorallen. Leur conflit s'étend sur une telle étendue que nous tomberions dans une embuscade avant d'avoir parcouru trois lieues. Il semblerait qu'obligation me soit faite d'acheter notre passage.

— Vous croyez qu'ils nous laisseront passer pour de l'argent? releva Durnik, d'un ton dubitatif.

— L'on dispose, en Arendie, d'autres moyens de payer ce genre de choses, rétorqua Mandorallen. Serais-Tu assez bon, l'ami, pour me faire tenir six ou huit pieux suffisamment résistants, d'une vingtaine de pieds de longueur peut-être, et à l'extrémité aussi épaisse que mon poignet à peu près?

— Mais bien sûr, répondit Durnik en prenant sa hache.

— Vous, vous avez une idée derrière la tête, gronda Barak.

— Je m'en vais les provoquer en combat singulier, annonça calmement Mandorallen. Un seul, ou tous les deux. Nul chevalier digne de ce nom ne saurait prendre le risque de refuser mon défi sans être taxé de couardise. Me feras-Tu l'honneur, ô Messire Barak, d'accepter d'être mon écuyer et de jeter le gantelet pour moi?

— Et si vous perdez? émit Silk.

— Perdre? fit Mandorallen, l'air estomaqué. Moi, perdre?

— Passons, passons, fit Silk.

Lorsque Durnik revint avec ses pieux, Mandorallen avait fini de resserrer les sangles de son armure. Prenant l'une des perches, il sauta en selle et caracola allégrement en direction de la colonne de fumée, Barak à son côté.

— Est-ce bien nécessaire, père? demanda tante Pol.

— Il faut bien que nous passions, Pol. Ne t'inquiète pas. Mandorallen sait ce qu'il fait.

Quelques lieues plus loin, ils parvinrent au sommet d'une colline et plongèrent le regard sur la bataille qui se déroulait en dessous d'eux. Deux châteaux noirs, d'allure sinistre, encadraient une large vallée semée de hameaux que reliait une route au beau milieu de laquelle s'affrontaient, comme aveuglés par une cruauté aveugle, des serfs armés de faux et de fourches. Le village le plus proche était en flammes ; il s'en élevait une colonne de fumée graisseuse qui montait vers le ciel gris, plombé. A quelque distance de là, des hallebardiers s'apprêtaient à donner l'assaut, et l'air grouillait de flèches. Sur deux collines qui se faisaient face, des groupes de chevaliers en armure observaient le déroulement des opérations en brandissant des lances ornées d'oriflammes aux vives couleurs. De grandes machines de guerre projetaient dans l'air des boulets de pierre qui venaient s'écraser sur la piétaille, tuant indifféremment amis et ennemis, pour autant que Garion pût en juger, et la vallée était jonchée de morts et de mourants.

— Absurde, marmonna sire Loup, atterré.

— Je ne connais personne qui ait jamais taxé les Arendais d'un excès d'intelligence, commenta Silk.

Mandorallen porta l'embouchure de sa trompe à ses lèvres et en tira une sonnerie assourdissante. Le combat cessa un instant, comme tous, serfs et hallebardiers, s'arrêtaient net pour lever les yeux vers lui. Il souffla une nouvelle fois dans sa trompe, puis encore et encore, chaque note cuivrée constituant un défi en elle-même. Tandis que les deux groupes de chevaliers adverses galopaient à travers l'herbe haute, jaunie par l'hiver, pour venir aux renseignements, Mandorallen se tourna vers Barak.

— Veuille, ô Messire, le requit-il fort civilement, leur faire connaître mon défi sitôt qu'ils seront à portée de voix.

Barak haussa les épaules.

— C'est votre carcasse, après tout, laissa-t-il tomber.

Il regarda avancer les chevaliers, et lorsqu'ils lui parurent à distance suffisante, éleva sa voix, qui tonna comme la foudre.

— Messire Mandorallen, baron de Vo Mandor, est en

quête de divertissement, déclama-t-il, et il lui siérait que chacun des belligérants sélectionne un champion pour jouter avec lui. Toutefois, si vous êtes si couards que vous n'ayez point l'estomac de relever un tel défi, cessez ces criailleries, chiens que vous êtes, et écartez-vous pour laisser passer ceux qui vous surpassent.

— Magnifiquement parlé, ô Messire Barak, admira Mandorallen.

— J'ai toujours su parler aux gens, répondit modestement Barak.

Les deux groupes de plénipotentiaires se rapprochèrent avec circonspection.

— Honte à vous, ô Messeigneurs, les gourmanda Mandorallen. Vous ne retirerez nulle gloire de cette lamentable échauffourée. Quelle est, ô Messire Derigen, la raison de ce conflit ?

— Une insulte, Messire Mandorallen, répondit le noble, un grand bonhomme dont le heaume d'acier poli s'adornait au-dessus du ventail d'un étroit bandeau d'or riveté. Une injure si vile que l'on ne saurait la laisser passer sans représailles.

— C'est moi qui ai été offensé, rétorqua avec chaleur un chevalier de la partie adverse.

— Quelle est la nature de cette insulte, ô Messire Oltorain ? s'enquit Mandorallen.

Les deux hommes détournèrent le regard, l'air mal à l'aise, et aucun des deux n'ouvrit la bouche.

— Vous guerroyez pour une insulte dont vous n'avez point seulement conservé le souvenir ? s'écria Mandorallen, incrédule. Je vous croyais, ô Messeigneurs, des hommes de raison, mais je prends maintenant conscience de la gravité de mon erreur.

— Les nobles d'Arendie n'ont-ils donc rien de mieux à faire ? s'exclama Barak, d'une voix chargée de mépris.

— De Messire Mandorallen, le bâtard, nous avons tous entendu parler, railla un chevalier au teint boucané, revêtu d'une armure noire, émaillée. Mais quel est cet orang-outang à la barbe rouge qui s'y entend si bien à calomnier ses maîtres ?

— Vous allez laisser passer ça ? demanda Barak à Mandorallen.

— Il y a du vrai dans ses paroles, admit Mandorallen, le cœur meurtri. De fait, les circonstances de ma naissance furent entourées de certaines irrégularités conjoncturelles qui font que l'on peut encore aujourd'hui s'interroger sur ma légitimité. Ce chevalier, Messire Haldorin, est mon cousin issu de germain — au septième degré, à la mode d'Arendie. Comme il passe pour malséant, en Arendie, de verser le sang de ses collatéraux, il se taille une réputation de bravoure à peu de frais en me jetant la chose à la figure.

— Coutume ridicule, grommela Barak. A Cherek, on s'étripe dans sa parentèle avec plus d'enthousiasme encore que l'on ne massacre de vulgaires étrangers.

— Hélas, soupira Mandorallen, nous ne sommes pas à Cherek, ici.

— Prendriez-vous ombrage de me voir régler ce différend à votre place? demanda courtoisement Barak.

— Nullement.

Barak se rapprocha du chevalier au visage basané.

— Je suis Barak, comte de Trellheim, hoir du roi Anheg de Cherek, proclama-t-il d'une voix de stentor. Et force m'est de constater que certains nobles arendais ont encore moins d'usages que de cervelle.

— Les seigneurs d'Arendie ne se laissent pas impressionner par les prétendus titres que l'on s'adjuge dans les porcheries qui tiennent lieu de royaumes au nord de la frontière, répondit le nommé Haldorin, d'un ton fruité.

— Je me considère comme offensé par ces paroles, l'ami, répondit Barak, d'un ton menaçant.

— Je me considère quant à moi comme fort diverti par Ta face de singe mal rasé, rétorqua Messire Haldorin.

Barak ne se donna même pas la peine de dégainer son épée. Il fit décrire un demi-cercle au formidable poing qui terminait son immense bras et l'abattit avec une force stupéfiante sur le côté du heaume du chevalier au faciès sombre. L'on vit les yeux de Messire Haldorin devenir vitreux comme il vidait les étriers et s'écrasait au sol dans un grand bruit de quincaillerie.

— Quelqu'un a un commentaire à ajouter au sujet de ma barbe? s'enquit Barak.

— Tout doux, Messire, recommanda Mandorallen en jetant un coup d'œil plutôt satisfait à la forme inconsciente du téméraire qui se tortillait dans l'herbe haute.

— Accepterons-nous docilement cette agression perpétrée à l'encontre de notre brave compagnon ? protesta, d'une voix fortement accentuée, l'un des chevaliers qui se trouvaient du côté du baron Derigen. Sus à ces vils provocateurs ! vociféra-t-il en portant la main à son épée.

— A l'instant où Ta lame quittera son fourreau, c'est la vie qui T'abandonnera, ô Messire chevalier, l'informa froidement Mandorallen.

La main du chevalier se figea sur la garde de son arme.

— Honte à vous, Messeigneurs, poursuivit Mandorallen d'un ton accusateur. Comment pouvez-vous faire fi des usages, ainsi que des lois les plus élémentaires de la courtoisie, qui garantissent mêmement ma sécurité et celle de mes compagnons jusqu'à ce que vous ayez relevé mon défi ? Choisissez vos champions ou retirez-vous. De tout ceci j'ai grande lassitude, sans compter que la moutarde commence à me monter au nez.

Les deux groupes de chevaliers s'écartèrent pour conférer entre eux, tandis que des écuyers venaient du sommet de la colline chercher le sire Haldorin.

— Celui qui allait dégainer son épée était un Murgo, souffla Garion.

— J'avais remarqué, murmura Hettar, dont les yeux sombres s'étaient mis à jeter des éclairs.

— Les revoilà, avertit Durnik.

— Je relève Ton défi, ô Mandorallen, déclara hautement le baron Derigen, en revenant. Je ne doute pas que Ta réputation soit méritée, mais j'ai moi aussi remporté la victoire en un nombre respectable de tournois, et je serai honoré de rompre quelques lances avec Toi.

— Je me mesurerai également à Toi, Sire chevalier, déclara le baron Oltorain. Mon bras s'est lui aussi acquis d'estoc et de taille une certaine réputation en diverses régions d'Arendie.

— Fort bien, acquiesça Mandorallen. Choisissons un terrain égal et allons-y. La journée tire à sa fin, et nous avons à faire au sud, mes compagnons et moi.

Tous dévalèrent alors la colline jusqu'au champ de bataille qui s'étendait en dessous d'eux, et les deux groupes de chevaliers se répartirent de chaque côté d'un terrain qui avait été rapidement dégagé dans les hautes herbes jaunes. Derigen partit au galop vers l'une des extrémités de l'enceinte du tournoi, fit volte-face et attendit, le bout émoussé de sa lance reposant sur son étrier.

— Ton courage Te fait honneur, ô Messire Derigen, lança Mandorallen en prenant l'un des pieux que Durnik avait coupés. Je m'efforcerai de ne pas Te blesser trop gravement. Es-Tu prêt à résister à mon assaut ?

— On ne peut plus prêt, rétorqua le baron en abaissant son ventail.

Mandorallen referma le sien, abaissa sa lance improvisée et éperonna son palefroi.

— Ce n'est peut-être pas très opportun, compte tenu des circonstances, murmura Silk, mais je dois avouer que je ne serais pas fâché que notre présomptueux ami connaisse une défaite un tantinet humiliante.

— N'y songez même pas ! riposta sire Loup, en le foudroyant du regard.

— Il est si bon que ça ? questionna Silk, quelque peu marri.

— Regardez et vous verrez, répliqua sire Loup avec un haussement d'épaules.

Les deux chevaliers se heurtèrent de plein fouet au centre du champ clos improvisé. On entendit un vacarme retentissant et leurs lances se rompirent toutes deux sous l'impact, jonchant d'éclats l'herbe piétinée. Ils se croisèrent dans un bruit de tonnerre, puis firent demi-tour et reprirent chacun sa place d'origine. Garion remarqua que Derigen semblait avoir un peu perdu de son assiette.

Les chevaliers chargèrent pour la seconde fois, et leurs nouvelles lances se fendirent derechef.

— J'aurais dû couper davantage de pieux, marmonna Durnik, songeur.

Mais lorsqu'il regagna son point de départ pour la troisième fois, le baron Derigen semblait à peine tenir sur sa selle, et au troisième assaut, sa pique mal assurée dérapa sur le bouclier de Mandorallen. Celle de Mandorallen, toutefois, ne manqua pas son but, et percuta le baron avec une force telle qu'il vida les étriers.

Mandorallen retint son palefroi et baissa les yeux vers lui.

— Es-Tu, ô Messire Derigen, en mesure de poursuivre cette joute ? s'enquit-il courtoisement.

Derigen se releva. Il tenait à peine sur ses jambes.

— Je ne me rendrai pas, hoqueta-t-il en tirant son épée.

— Magnifique ! Je craignais de T'avoir fait mal, ô Messire.

Mandorallen se laissa glisser à terre, tira son épée et visa directement la tête. Le coup fut dévié par le bouclier que le baron haussa en hâte, pour se garder, mais Mandorallen frappa à nouveau, sans merci. Derigen réussit à assener un ou deux coups, que son adversaire para sans peine avant de lui porter un coup du plat de l'épée, en plein sur le côté du heaume. Il fit un tour complet sur lui-même avant de tomber face contre terre.

— Holà, Messire Derigen ? questionna Mandorallen avec sollicitude.

Il se pencha, fit rouler de son côté son opposant à terre et releva le ventail dentelé du heaume du baron.

— Alors, on ne se sent pas bien ? Souhaites-Tu poursuivre cet assaut, ô Messire ?

Derigen ne répondit pas. Il avait le visage cyanosé, les yeux révulsés, de son nez s'échappait un flot de sang, et le côté droit de son corps était agité de soubresauts.

— Puisque ce preux chevalier est dans l'incapacité de s'exprimer par lui-même, proclama Mandorallen, je le déclare défait !

Il jeta un coup d'œil autour de lui, sa latte toujours au clair.

— Quelqu'un souhaite-t-il m'apporter un démenti ?

Un silence immense lui répondit.

— Dans ce cas, certains d'entre vous ne pourraient-ils l'emporter hors de la lice ? suggéra Mandorallen. Ses blessures ne paraissent pas très sérieuses. Quelques mois au lit devraient le voir de nouveau sur pied.

Il se tourna vers le baron Oltorain, qui avait visiblement blêmi.

— Eh bien, Messire, reprit-il d'un ton jovial, si nous y allions ? Nous sommes impatients, mes compagnons et moi-même, de poursuivre notre route.

Sire Oltorain fut projeté à terre au premier assaut et se cassa la jambe en tombant.

— La chance n'était pas avec Toi, ô Messire, observa Mandorallen, en s'approchant de lui à pied, l'épée dégainée. Demandes-Tu merci ?

— Je ne tiens plus debout, répondit Oltorain entre ses dents serrées. Je n'ai donc pas le choix ; je demande grâce.

— Aussi pouvons-nous, mes compagnons et moi-même, poursuivre notre chemin ?

— Vous pouvez partir librement, acquiesça doulou-reusement l'homme à terre.

— Pas si vite, éleva une voix rauque.

Le Murgo en armure fendit la foule des chevaliers sur son palefroi et vint se placer juste devant Mandorallen.

— Je pensais bien qu'il ne pourrait pas s'empêcher d'intervenir, celui-là, murmura tante Pol.

Elle mit pied à terre et s'avança sur le terrain battu par les sabots des chevaux.

— Ecartez-vous de là, Mandorallen, ordonna-t-elle au chevalier.

— Je n'en ferai rien, gente dame, protesta Mandoral-len.

— Fichez le camp, Mandorallen ! aboya sire Loup.

Mandorallen obtempéra, tout ébaubi.

— Alors, Grolim ? défia tante Pol en repoussant sa capuche.

Les yeux de l'homme à cheval s'écarquillèrent quand il vit la mèche blanche dans ses cheveux, puis il leva une main, dans un geste presque désespéré, et se mit à marmonner très vite, entre ses dents.

Une fois de plus, Garion se sentit comme envahi par cette force étrange, et le rugissement silencieux lui emplit la tête.

L'espace d'un instant, la silhouette de tante Pol sem-bla entourée d'une sorte de lueur verte, puis elle agita la main avec désinvolture, et la lumière disparut.

— Tu dois manquer d'entraînement, conjectura-t-elle. Tu veux faire un autre essai ?

Le Grolim leva les deux bras, cette fois, mais il n'eut pas le temps d'en faire plus. Durnik, qui s'était subrepticement approché, à cheval, derrière l'homme en noir, prit sa hache à deux mains, l'éleva en l'air et l'abattit tout droit sur le heaume du Grolim.

— Durnik! hurla tante Pol. Partez! Ne restez pas là!

Mais le forgeron frappa à nouveau, avec une expression redoutable, et le Grolim glissa à bas de sa selle et s'écrasa à terre, inconscient.

— Espèce d'abruti! ragea tante Pol. Vous savez ce que vous êtes en train de faire?

— Il vous attaquait, Dame Pol, expliqua Durnik, les yeux encore pleins de flammes.

— Descendez de ce cheval!

Il mit pied à terre.

— Vous avez une idée du danger que vous couriez? s'écria-t-elle, furieuse. Il aurait pu vous tuer.

— Je vous protégerai, Dame Pol, s'entêta Durnik. Je ne suis ni un guerrier, ni un magicien, mais je ne permettrai à personne de vous faire du mal.

L'espace d'un instant, les yeux de tante Pol s'agrandirent sous l'effet de la surprise, puis son regard s'adoucit. Garion, qui la connaissait depuis sa plus tendre enfance, reconnut les changements d'émotion aussi rapides qu'imprévisibles auxquels il était accoutumé. Sans prévenir, impulsivement, elle embrassa le pauvre Durnik, tout étonné.

— Espèce de cher grand imbécile maladroit, déclara-t-elle. Ne faites plus jamais ça, jamais! J'ai cru que mon cœur allait s'arrêter de battre.

Garion détourna le regard, une drôle de boule dans la gorge, et vit le bref sourire rusé qui effleurait le visage de sire Loup.

Un changement particulier s'était fait sentir dans les rangs des chevaliers alignés le long du terrain. Plusieurs d'entre eux regardaient maintenant alentour d'un air hébété, comme s'ils venaient de sortir d'un terrible rêve, tandis que d'autres semblaient tout à coup absorbés dans une profonde réflexion. Messire Oltorain faisait de vains efforts pour se relever.

— Oh! que non, Messire, décréta Mandorallen en lui

appuyant sur la poitrine, l'obligeant à se rallonger. Tu vas aggraver Ta blessure.

— Qu'est-ce qui nous a pris ? grommela le baron, le visage plein d'angoisse.

Sire Loup mit pied à terre à son tour et s'agenouilla à côté du chevalier à terre.

— Vous n'y êtes pour rien, lui confia-t-il. Cette guerre fratricide était le résultat des agissements du Murgo. C'est lui qui, vous pervertissant l'esprit, vous a contraints à vous battre.

— Par sorcellerie ? hoqueta Oltorain, en blêmissant.

Sire Loup hocha la tête en signe d'assentiment.

— Ce n'est pas vraiment un Murgo. C'est un prêtre grolim.

— Et le charme est rompu, maintenant ?

Sire Loup hocha la tête à nouveau en jetant un coup d'œil au Grolim inconscient.

— Que l'on enchaîne le Murgo ! ordonna le baron aux chevaliers assemblés, avant de reporter son regard sur sire Loup. Nous réserverons à ce sorcier le traitement qu'il mérite, reprit-il d'un ton qui en disait long. Et nous profiterons de l'occasion pour fêter comme il convient la fin de cette guerre contre nature. Ce sorcier grolim a jeté son dernier sort.

— Parfait, approuva sire Loup avec un sourire sans joie.

Le baron Oltorain changea sa jambe blessée de position en réprimant une grimace.

— O Messire Mandorallen, s'écria-t-il, comment pourrons-nous jamais vous remercier, Tes compagnons et Toi-même, d'avoir réussi à nous ramener à la raison ?

— La paix qui vient d'être restaurée est ma plus belle récompense, déclara Mandorallen, d'un ton quelque peu pompeux. Car, ainsi que tout le monde le sait, il n'y a pas dans tout le royaume de plus grand amoureux de la paix que ma personne.

Puis il jeta un coup d'œil à Lelldorin, qui gisait non loin de là sur sa litière posée à terre, et une pensée sembla lui traverser l'esprit.

— Je Te demanderai toutefois une faveur. Il se trouve parmi nous un brave jeune homme asturien de noble origine qui a souffert de graves blessures. Nous aimerions Te le confier, si cela était possible.

— Sa présence sera un honneur pour nous, ô Messire Mandorallen, acquiesça immédiatement Oltorain. Les femmes de ma maisonnée l'entoureront des soins les plus tendres et les plus attentifs.

Il adressa quelques mots à l'un de ses écuyers. L'homme monta promptement en selle et se dirigea à vive allure vers l'un des châteaux tout proches.

— Vous n'allez pas m'abandonner ici ? protesta faiblement Lelldorin. Je serai capable de remonter à cheval d'ici un jour où deux.

Il se mit à tousser comme un perdu.

— Tu ne m'en feras pas accroire, le contredit froidement Mandorallen. Le mal induit par Tes blessures n'est pas encore à son terme.

— Je ne resterai pas une minute chez des Mimbraïques, décréta Lelldorin. Je préfère encore affronter les périls de la route.

— Lelldorin, mon jeune ami, rétorqua, sans ambages, sinon brutalement, Mandorallen, je connais Ton peu de goût pour les hommes de Mimbre. Toutefois, Tes blessures vont bientôt commencer à enfler et à suppurer, puis Tu seras affligé d'une fièvre dévorante, après quoi Tu Te mettras à délirer, et Ta présence constituera un fardeau pour nous. Nous n'avons pas le temps de nous occuper de Toi, et les soins qu'exigerait Ton état ne pourraient que nous retarder dans notre quête.

Les paroles abruptes du chevalier arrachèrent un hoquet à Garion, qui jeta à Mandorallen un regard noir, voisin de la haine. Mais Lelldorin était devenu plus blanc qu'un linge.

— Merci d'avoir éclairé ma lanterne, Messire Mandorallen, reprit-il non sans raideur. Je n'avais pas vu les choses sous cet angle. Si vous voulez bien m'aider à me mettre en selle, je partirai immédiatement.

— Vous allez rester où vous êtes, oui, lâcha platement tante Pol.

L'écuyer du baron Oltorain revint avec une meute de servantes et une jeune fille blonde de dix-sept ans peut-être, vêtue d'une robe rose d'épais brocart et d'une cape de velours bleu canard.

— Ma jeune sœur, Dame Ariana, annonça Oltorain. La jouvencelle est pleine d'ardeur et de raison, et, bien que très jeune, déjà fort au fait des soins à donner aux malades.

— Je ne serai pas un fardeau pour elle bien long-temps, Messire, déclara Lelldorin. Je serai reparti pour l'Asturie d'ici une semaine.

Dame Ariana posa une main compétente sur son front.

— Que non pas, beau damoiseau, le détrompa-t-elle. Ta visite, je le crains, se prolongera bien au-delà de ce délai.

— Je partirai dans la semaine, répéta obstinément Lelldorin.

— Comme il Te plaira, concéda-t-elle en haussant les épaules. J'espère que mon frère pourra mettre quelques serviteurs à mon service afin de Te suivre et de Te fournir la sépulture décente que, si j'en juge bien, tu requerras avant d'avoir fait dix lieues.

Lelldorin accusa le coup.

Tante Pol prit Dame Ariana à part et s'entretint avec elle un instant, lui remettant un petit paquet d'herbes et quelques instructions. Lelldorin fit signe à Garion, qui vint immédiatement s'agenouiller près de sa litière.

— C'est ici que nos routes se séparent, murmura le jeune homme. J'aurais tant voulu pouvoir t'accompa-gner jusqu'au bout.

— Tu seras sur pied en un rien de temps, lui assura Garion, qui savait bien que ce n'était pas vrai. Tu pourras sûrement nous rattraper plus tard.

— Je crains fort que non, haleta-t-il en se remettant à tousser, secoué par des spasmes qui semblaient vouloir lui déchirer la poitrine. Nous n'avons plus beaucoup de temps devant nous, mon ami, hoqueta-t-il faiblement, alors écoute-moi bien.

Garion lui prit la main, au bord des larmes.

— Tu te souviens de ce dont nous avons parlé, l'autre matin, en repartant de chez mon oncle ?

Garion hocha la tête en signe d'assentiment.

— Tu sais que c'était à moi de décider si je devais rompre la promesse que nous avions faite à Torasin et aux autres de garder le silence.

— Je m'en souviens.

— Très bien, articula Lelldorin. J'ai pris ma décision. Je te relève de ton serment. Fais ce qui doit être fait.

— Il vaudrait mieux que tu en parles toi-même à mon grand-père, Lelldorin, protesta Garion.

— J'en serais bien incapable, Garion, grommela Lelldorin. Les mots me resteraient dans la gorge. Je regrette, mais je suis comme ça. Je sais que Nachak se sert de nous à des fins inavouables, mais j'ai donné ma parole aux autres, et je la tiendrai. Je sais bien que j'ai tort, mais je ne suis pas arendais pour rien, Garion. Alors c'est à toi de jouer. A toi d'empêcher Nachak de mettre mon pays à feu et à sang. Je veux que tu ailles trouver le roi en personne.

— Le roi ? Mais il ne me croira jamais.

— Débrouille-toi pour qu'il te croie. Raconte-lui tout.

Garion secoua la tête avec fermeté.

— Je ne prononcerai pas ton nom, déclara-t-il, ni celui de Torasin. Tu sais ce qu'il te ferait si je le lui disais.

— Nous n'avons aucune importance dans cette affaire, insista Lelldorin, secoué par une nouvelle quinte de toux.

— Je lui parlerai de Nachak, répéta obstinément Garion, mais pas de toi. Où puis-je lui dire qu'il trouvera le Murgo ?

— Il le connaît, avoua Lelldorin, d'une voix maintenant très faible. Nachak est ambassadeur à la cour de Vo Mimbre. C'est l'émissaire personnel de Taur Urgas, le roi de Murgos.

Garion fut soufflé par les implications de ses paroles.

— Tout l'or des mines insondables de Cthol Murgos est à sa disposition, poursuivit Lelldorin. Le guet-apens qu'il nous a suggéré à mes amis et à moi-même n'est peut-être qu'un complot parmi des douzaines, sinon davantage, de machinations, toutes destinées à la destruction de l'Arendie. Il faut que tu mettes fin à ses agissements, Garion. Promets-le-moi.

Le jeune homme était maintenant livide, et ses yeux brûlaient de fièvre. Il étreignit plus fortement la main de Garion.

— Je ne le laisserai pas faire, Lelldorin, jura Garion. Je ne sais pas encore comment, mais d'une façon ou d'une autre, je l'empêcherai de nuire à tout jamais.

Lelldorin se laissa aller languissamment sur sa litière, comme à bout de forces. On aurait dit que seule la nécessité impérieuse d'arracher cette promesse à Garion l'avait soutenu jusque-là.

— Au revoir, Lelldorin, dit doucement Garion, les yeux pleins de larmes.

— Au revoir, mon ami, souffla Lelldorin d'une voix à peine perceptible.

Puis ses yeux se fermèrent malgré lui, et la main qui tenait celle de Garion devint toute molle. Garion le dévisagea, le cœur étreint d'une peur mortelle, puis il distingua le faible battement d'une veine sur la gorge du jeune homme. Ce n'était peut-être pas brillant, mais au moins Lelldorin était encore en vie. Garion reposa doucement la main de son ami et resserra la couverture grise, rêche, autour de ses épaules avant de se relever et de s'éloigner rapidement, des larmes roulant sur ses joues.

Les adieux des autres furent brefs, après quoi ils remontèrent tous en selle et repartirent au trot vers la Grand-Route de l'Ouest. Il y eut quelque acclamations, au moment où ils passèrent devant les serfs et les hallebardiers, mais, déjà, d'autres clameurs se faisaient entendre dans le lointain. Les femmes des villageois étaient venues chercher leurs hommes parmi les corps qui jonchaient le champ de bataille, et leurs hurlements et leurs gémissements de désespoir tournaient les cris de joie en dérision.

Garion talonna son cheval afin de venir à la hauteur de Mandorallen.

— J'ai quelque chose à vous dire, annonça-t-il avec emportement. Ça ne va sûrement pas vous plaire, mais je m'en fiche pas mal.

— Oh-oh ? répondit doucement le chevalier.

— Je pense que la façon dont vous avez parlé à Lelldorin, tout à l'heure, était indigne et répugnante, déclara Garion tout de go. Vous vous prenez peut-être pour le chevalier le plus brave du monde, mais je pense, moi, que vous êtes un matamore doublé d'une grande gueule, et que vous n'avez pas plus de compassion qu'un bloc de pierre. Maintenant, si vous n'êtes pas content, quelles sont vos intentions ?

— Tiens donc, commença Mandorallen. Je pense que Tu m'as mal compris, mon jeune ami. C'était nécessaire pour son propre salut. La jeunesse asturienne est d'une telle bravoure qu'elle ignore le danger. Si je ne lui avais pas tenu ce langage, il aurait sans nul doute insisté pour nous accompagner, au péril de sa vie, et en serait bientôt mort.

— Mort ? railla Garion. Tante Pol aurait pu le soigner.

— C'est la gente dame Polgara elle-même qui m'a informé que ses jours étaient en danger, confia Mandorallen. Son honneur, qui lui interdisait de s'assurer les soins appropriés à son état, ne pouvait que lui imposer de rester en arrière, de crainte de nous retarder. Je doute qu'il me soit plus reconnaissant que Toi de mes paroles, mais il demeurera en vie, et c'est tout ce qui importe, n'est-ce pas ? conclut le chevalier, en grimaçant un sourire.

Garion dévisagea le Mimbraïque qui lui avait naguère paru si arrogant. Sa colère semblait désormais sans objet. Il se rendit compte avec une clarté lumineuse qu'il venait une fois de plus de se couvrir de ridicule.

— Je regrette, lâcha-t-il du bout des lèvres. Je n'avais pas compris vos intentions.

— C'est sans importance, rétorqua Mandorallen en haussant les épaules. J'ai l'habitude de ne pas être compris. Peu me chaut, tant que je suis sûr d'agir pour le bon motif. Cela dit, je suis heureux d'avoir eu l'occasion de m'expliquer avec Toi sur ce sujet. Tu vas être mon compère, et il ne sied point que des compagnons de route se méprennent les uns sur les autres.

Tandis qu'ils chevauchaient de conserve en silence, Garion s'efforçait de revoir son opinion. Tout compte

fait, Mandorallen n'était peut-être pas aussi monoli-
thique qu'il lui était tout d'abord apparu.

Ils rejoignirent la grand-route et prirent à nouveau la
direction du sud sous le ciel menaçant.

CHAPITRE VIII

La plaine arendaise était une vaste terre d'herbages mamelonnée, à la population clairsemée. Un vent âpre et glacial soufflait sur l'herbe sèche, chassant à vive allure les nuages pareils à des moutons sales qui passaient au-dessus de leurs têtes. L'obligation dans laquelle ils s'étaient trouvés d'abandonner en route le pauvre Lelldorin les avait tous plongés dans une profonde mélancolie et ils poursuivirent leur chemin, les jours suivants, sans presque échanger une parole. Garion, qui faisait de son mieux pour éviter Mandorallen, fermait la marche avec Hettar et les chevaux de bât.

L'Algarois au profil de faucon était un homme taciturne, qui ne craignait apparemment pas de passer des heures à cheval sans dire un mot ; mais au bout du deuxième jour de ce régime, Garion fit un effort délibéré pour le tirer de son silence.

— Pourquoi détestez-vous tellement les Murgos, Hettar ? demanda-t-il, faute de meilleure entrée en matière.

— Tous les Aloriens détestent les Murgos, répondit calmement Hettar.

— Bien sûr, admit Garion, mais on dirait que vous en faites une affaire personnelle. Pourquoi ?

Hettar changea de position sur sa selle, arrachant un craquement à ses vêtements de cuir.

— Ils ont tué mes parents, reprit-il enfin.

Cette réponse fut un choc pour Garion, chez qui elle éveillait un écho tout particulier.

— Que s'est-il passé ? lâcha-t-il avant de songer que Hettar ne tenait peut-être pas à en parler.

— J'avais sept ans, commença Hettar, imperturbable. Nous allions chez les parents de ma mère, qui était d'un autre clan, et nous passions non loin du grand escarpement de l'est lorsque nous sommes tombés dans une embuscade tendue par un groupe de Murgos en maraude. Le cheval de ma mère a fait un écart. Elle a vidé les étriers, et nous n'avons pas eu le temps de l'aider à se remettre en selle, mon père et moi, que les Murgos étaient déjà sur nous. Ils ont pris leur temps, pour les tuer. Je me rappelle que ma mère a poussé un cri, vers la fin.

Le visage de l'Algarois était aussi impassible qu'un rocher, et sa voix atone, sereine, semblait encore ajouter à l'horreur de son histoire.

— Une fois mes parents morts, les Murgos ont pris une corde et m'ont attaché par les pieds à l'un de leurs chevaux. Quand la corde a fini par casser, ils ont dû croire que j'étais mort, parce qu'ils se sont tous enfuis sans demander leur reste. Je me souviens encore de leur rire. Cho-Hag m'a trouvé quelques jours plus tard.

Aussi clairement que s'il avait assisté à la scène, Garion imagina, l'espace d'un instant, l'enfant grièvement blessé, errant tout seul dans l'immensité déserte de l'Algarie orientale, et que seuls retenaient à la vie un terrible chagrin et une haine inextinguible.

— J'ai tué mon premier Murgo à l'âge de dix ans, reprit Hettar, de la même voix imperturbable. Il tentait de nous échapper, mais je l'ai poursuivi et je lui ai planté un javelot entre les deux épaules. Il a poussé un grand cri au moment où la lance l'a traversé. Cela m'a fait du bien. Cho-Hag s'était dit que peut-être le fait de le regarder mourir me guérirait de ma haine, mais il se trompait.

Pas un trait du grand Algarois ne bougeait ; seule sa mèche crânienne bondissait et tressautait au gré du vent. On éprouvait à son contact un sentiment de vide, d'absence, comme s'il était incapable d'éprouver quoi que ce soit en dehors de cet élan impérieux.

L'espace d'un instant, Garion comprit vaguement ce que sire Loup avait voulu dire lorsqu'il l'avait mis en garde contre le danger de se laisser obséder par la vengeance, mais il écarta cette notion. Si Hettar pouvait vivre avec, pourquoi pas lui ? Il éprouva tout à coup une admiration forcenée pour ce chasseur solitaire vêtu de cuir noir.

Sire Loup et Mandorallen étaient si bien absorbés par leur conversation qu'ils se laissèrent rattraper par Hettar et Garion, et ils chevauchèrent de compagnie pendant un moment.

— C'est notre nature, disait le chevalier à l'armure étincelante, d'une voix mélancolique. Nous sommes victimes de notre orgueil démesuré, qui condamne notre pauvre Arendie à des guerres intestines.

— Ce n'est pas irrémédiable, répliqua sire Loup.

— Qu'y faire ? Nous avons cela dans le sang. Je suis personnellement l'homme le plus pacifique du monde, mais cela ne m'empêche pas d'être atteint par le fléau national. Par ailleurs, nos dissensions sont trop graves, leurs racines plongent trop profondément dans notre mémoire collective pour que nous parvenions jamais à les en extirper. En cet instant précis, des flèches asturiennes vibrent dans l'air des forêts, en quête de cibles mimbraïques, tandis que, par mesure de représailles, Mimbre brûle des maisons asturiennes et met des otages à mort. Nous sommes voués à la ruine, je le crains.

— Non, le contredit sire Loup. La ruine n'est pas inéluctable.

— Comment l'empêcher ? soupira Mandorallen. Qui nous guérira de notre folie ?

— Moi, s'il le faut, décréta tranquillement sire Loup en repoussant son capuchon gris.

Mandorallen eut un pâle sourire.

— J'apprécie Tes bonnes intentions, ô Belgarath, mais c'est impossible, même pour Toi.

— Rien n'est impossible, en vérité, Mandorallen, déclara sire Loup d'un ton dégagé. J'ai pour règle d'éviter de me mêler des distractions d'autrui, mais je ne puis me permettre de laisser l'Arendie se transformer en bûcher ardent en ce moment précis. Si les circonstances m'y obligent, je prendrai les mesures qui s'imposent pour mettre fin à toutes ces absurdités.

— Serait-ce réellement en Ton pouvoir, ô Belgarath ? fit Mandorallen, d'un air mélancolique, comme s'il ne parvenait pas à le croire.

— Oui, laissa tomber sire Loup d'un petit ton anodin, en grattant sa courte barbe blanche. Il se trouve que oui.

Mandorallen parut troublé, pour ne pas dire terrifié par la déclaration tranquille du vieil homme, que Garion ne trouva pas très rassurante non plus. Si son grand-père était réellement capable de mettre fin à une guerre à la seule force du poignet, il pouvait dire adieu à ses projets de vengeance : sire Loup n'aurait aucun mal à les réduire à néant. Autre sujet de préoccupation pour lui.

C'est alors que Silk se rapprocha d'eux.

— La Grande Foire est droit devant nous, annonça l'homme à la tête de fouine. Voulez-vous vous arrêter, ou préférez-vous passer au large ?

— Autant nous arrêter, décida sire Loup. Il va bientôt faire nuit, et il nous faudrait des provisions.

— Les chevaux auraient bien besoin de se reposer un peu aussi, déclara Hettar. Ils commencent à rechigner.

— Vous auriez dû me le dire, maugréa sire Loup en jetant un coup d'œil vers les chevaux de bât qui fermaient la marche.

— Oh ! ils ne sont pas encore au bout du rouleau, précisa Hettar, ils commencent juste à s'apitoyer sur leur sort. Ils en rajoutent, bien sûr, mais un peu de repos ne leur fera pas de mal.

— Comment cela, ils en rajoutent ? releva Silk, sidéré. Vous ne voulez pas dire que les chevaux peuvent mentir, tout de même ?

— Oh ! que si, rétorqua Hettar en haussant les épaules. Ils passent leur temps à bluffer. Ils sont très bons à ce jeu-là, d'ailleurs.

L'espace d'un instant, Silk donna l'impression de trouver cette idée révoltante, puis, tout d'un coup, il éclata de rire.

— Voilà qui rétablit ma foi dans l'ordre de l'univers, déclara-t-il.

— On ne vous a jamais dit que vous aviez un mauvais fond, Silk ? reprit sire Loup, d'un ton caustique.

— On fait ce qu'on peut, répliqua Silk d'un ton moqueur.

La Foire Arendaise se trouvait à l'intersection de la Grand'Route de l'Ouest et de la sente montagneuse qui descendait d'Ulgolande. C'était une véritable ville de toile qui étendait sur plus d'une lieue à la ronde, au milieu du brun foncé de la plaine, ses tentes bleues, rouges et jaunes, ses pavillons aux larges rayures et ses oriflammes multicolores, claquant sans relâche dans le vent immuable, sous la chape du ciel.

— J'espère que j'aurai le temps de faire quelques affaires, confia Silk comme ils descendaient la longue colline qui menait à la Foire. Je commence à perdre la main, moi.

Et le nez du petit homme frémissait d'excitation.

Une demi-douzaine de mendiants tendaient leur sébile, misérablement accroupis dans la boue du bas-côté de la route. Mandorallen s'arrêta pour leur distribuer quelques pièces de monnaie.

— Vous ne devriez pas les encourager, gronda Barak.

— La charité est un devoir autant qu'un privilège, ô Messire Barak, riposta Mandorallen.

— Dis, Silk, commença Garion, comme ils se dirigeaient vers le centre de la Foire, pourquoi ne construisent-ils pas plutôt des maisons ?

— Personne ne reste assez longtemps pour que ça vaille le coup, expliqua Silk. La Foire ne bouge pas, mais la population n'arrête pas d'aller et de venir, elle. Et puis il faut dire que les bâtiments sont imposés, et pas les tentes.

La plupart des marchands qui sortaient des tentes pour regarder passer le petit groupe semblaient connaître Silk, et certains d'entre eux le saluèrent, avec une prudence et une circonspection manifestes.

— Je vois que ta réputation t'a précédé, Silk, observa sèchement Barak.

— La rançon de la gloire, allégua Silk avec un haussement d'épaules.

— Ne risques-tu pas que quelqu'un reconnaisse en toi cet autre marchand ? intervint Durnik. Celui qui est recherché par les Murgos ?

— Ambar, tu veux dire ? C'est peu probable. Ambar ne vient pas très souvent en Arendie, et Radek et lui ne se ressemblent guère.

— Mais c'est le même homme, objecta Durnik. C'est toujours toi.

— Ah-ah, commença Silk en levant un doigt, ça, c'est ce que nous savons tous les deux, mais eux, ils l'ignorent. Pour toi, j'ai toujours l'air d'être moi-même, mais pour les autres, je ne me ressemble pas.

Durnik n'eut pas l'air convaincu.

— Radek, mon vieil ami! appela un marchand drasnien au crâne dégarni, planté sous l'auvent d'une tente voisine.

— Delvor! s'exclama Silk, aux anges. Eh bien, dites donc, ça fait des années!

— Les affaires ont l'air de marcher pour vous, remarqua le chauve.

— Ça ne va pas trop mal, répondit modestement Silk. Dans quoi êtes-vous maintenant?

— Je fais dans le tapis mallorien, révéla Delvor. Les notables du coin ne crachent pas dessus. La seule chose qu'ils n'aiment pas, ce serait plutôt les prix!

Mais ses mains tenaient déjà une tout autre conversation.

Ton oncle nous a fait dire de t'aider si nécessaire. Pouvons-nous faire quelque chose pour toi?

— Qu'avez-vous dans vos ballots? poursuivit-il à haute voix.

— Du drap de laine de Sendarie, répondit Silk, et quelques babioles.

Il y a des Murgos, ici, à la Foire?

Un seul, et encore, il est reparti pour Vo Mimbre il y a une semaine. Mais il y a quelques Nadraks à l'autre bout de la Foire.

Ils ne sont pas tout près de chez eux, remarqua Silk, toujours par gestes. *Ils sont vraiment là pour affaires?*

Difficile à dire, répondit Delvor.

Tu pourrais nous héberger un jour ou deux?

Je suis sûr que nous arriverons bien à un arrangement, insinua Delvor, une étincelle rusée dans les yeux.

Les doigts de Silk se hâtèrent de traduire l'indignation que lui inspirait cette suggestion.

Les affaires sont les affaires, après tout, ajouta Delvor, toujours par gestes. « Je ne vous laisserai pas repartir, reprit-il tout haut, avant que vous ne soyez venus chez moi boire un canon et manger un morceau. Nous avons des années de bavardage à rattraper.

— Avec grand plaisir, accepta un peu aigrement Silk.

— Se pourrait-il que vous ayez trouvé votre maître, prince Kheldar ? susurra tante Pol, avec un petit sourire, comme il l'aidait à mettre pied à terre devant le pavillon aux vives couleurs de Delvor.

— Delvor ? Ça lui ferait trop plaisir ! Il y a des années qu'il essaie de me damer le pion, depuis certaine affaire de concession minière à Yar Gorak qui lui a coûté les yeux de la tête. Mais je vais lui laisser croire pendant un petit moment qu'il m'a possédé. Il ne se sentira plus de joie, et ce sera encore plus drôle quand je lui tirerai la carpette sous les pieds.

— Vous êtes impayable, s'exclama-t-elle en riant.

Il lui fit un clin d'œil.

L'intérieur du pavillon principal de Delvor rougeoyait à la lueur de plusieurs brasiers incandescents qui répandaient une chaleur hospitalière. Le sol était couvert d'un tapis d'un bleu profond, et de grands coussins écarlates disposés çà et là semblaient tendre les bras aux visiteurs. Silk fit rapidement les présentations.

— C'est un grand honneur, vénérable Belgarath, murmura Delvor en s'inclinant bien bas, devant sire Loup, d'abord, puis devant tante Pol. Que puis-je faire pour vous ?

— Pour l'instant, c'est surtout d'informations que nous avons besoin, répondit sire Loup, en ôtant sa lourde houppelande. Nous sommes tombés sur un Grolim qui semait la zizanie, à quelques jours au nord d'ici. Pourriez-vous essayer de savoir ce qui nous attend, d'ici à Vo Mimbre ? J'aimerais éviter les rivalités d'intérêt local, dans toute la mesure du possible.

— Je vais me renseigner, promit Delvor.

— Je vais aussi me livrer à certaines investigations de mon côté, proposa Silk. C'est bien le diable si, à nous deux, nous n'arrivons par à glaner la plupart des informations disponibles dans le périmètre de la Foire.

Sire Loup braqua sur lui un regard inquisiteur.

— Radek de Boktor ne manque jamais une occasion

de faire des affaires, ajouta-t-il, peut-être un petit peu trop pressé de se justifier. Il paraîtrait très étrange qu'il reste terré dans la tente de Delvor.

— Je vois, répondit sire Loup.

— Nous ne voudrions pas que notre identité soit percée à jour, n'est-ce pas ? insinua innocemment Silk, mais son nez pointu frémissait plus violemment que jamais.

Sire Loup se rendit.

— Très bien. Mais pas d'excentricités. Je ne tiens pas à être réveillé par une foule de clients enragés venus me réclamer votre tête au bout d'une pique.

Les porteurs de Delvor débarrassèrent les chevaux de bât de leur chargement, et l'un d'eux indiqua à Hettar où trouver les enclos, à la périphérie de la Foire. Silk se mit à fouiner dans les ballots, et au fur et à mesure que ses mains prestes plongeaient dans les coins et les recoins des pièces d'étoffe, tout un bric-à-brac d'objets précieux commençait à apparaître sur le tapis de Delvor.

— Je me demandais aussi pourquoi vous aviez besoin de tant d'argent à Camaar, commenta sèchement sire Loup.

— C'était juste pour parfaire le déguisement, expliqua suavement Silk. Radek ne partirait jamais en voyage sans quelques bibelots à négocier en cours de route.

— Pas mal trouvé, observa Barak en connaisseur. Mais à ta place, je me garderais bien d'insister.

— Si je n'arrive pas à doubler la mise de notre ami dans l'heure qui vient, je prends ma retraite, promit Silk. Oh, j'allais oublier. J'aurai besoin de Garion, comme porteur. Radek ne se déplacerait jamais sans au moins un porteur.

— Essayez de ne pas trop me le pervertir, conseilla tante Pol.

Silk lui dédia une révérence extravagante et replaça sa faluche de velours noir selon un angle impertinent, puis il s'engagea, tel un soldat partant guerroyer, dans la Grande Foire d'Arendie, suivi de Garion, chargé d'un gros sac empli de ses trésors.

A trois tentes de là, un gros Tolnedrain particulièrement teigneux parvint à extorquer à Silk une dague incrustée de pierreries pour seulement trois fois son prix, mais deux marchands arendais achetèrent coup sur coup des gobelets d'argent parfaitement identiques pour des sommes qui, bien que très différentes, comblèrent plus que largement ce petit manque à gagner. Silk jubilait.

— J'adore traiter avec les Arendais, exultait-il, comme ils poursuivaient leur chemin dans les artères boueuses qui séparaient les pavillons.

Le rusé petit Drasnien parcourut la Foire, semant la ruine et la désolation sur son passage. S'il n'arrivait pas à faire la vente, il achetait ; ce qu'il ne pouvait pas acheter, il l'échangeait ; et lorsque le troc se révélait impossible, il soutirait ragots et informations. Certains marchands, plus malins que leurs confrères, s'empressaient de disparaître lorsqu'ils le voyaient approcher. Emporté par l'enthousiasme contagieux de son ami, Garion commençait à comprendre sa fascination pour ce jeu où le profit passait après la satisfaction d'avoir réussi à rouler l'adversaire dans la farine.

Silk n'était pas sectaire ; dans une largesse proprement œcuménique, il était prêt à flouer tout le monde et à rencontrer indifféremment sur leur propre terrain non seulement les Drasniens, ses frères, mais aussi les Tolnedrains, les Arendais, les Cheresques et les Sendariens. Et tous étaient obligés de rendre les armes devant lui. Dès le milieu de l'après-midi, de tout ce qu'il avait acheté à Camaar, il ne restait plus rien. Sa bourse pleine tintinnabulait, et si le sac que Garion portait sur son épaule pesait toujours aussi lourd, les marchandises qu'il renfermait étaient maintenant entièrement nouvelles.

Pourtant, Silk avait l'air maussade. Il marchait en faisant sauter dans la paume de sa main une petite bouteille de verre exquisément soufflé qu'il avait échangée contre des recueils de poésie wacite reliés d'ivoire.

— Qu'est-ce qui ne va pas ? demanda Garion alors qu'ils retournaient vers le pavillon de Delvor.

— Je ne suis pas sûr de savoir qui l'a emporté, répondit laconiquement Silk.

— Hein ?

— Je n'ai pas idée de ce que ça peut valoir.

— Pourquoi l'as-tu prise, alors ?

— Je ne voulais pas qu'il sache que j'en ignorais la valeur.

— Revends-la à quelqu'un d'autre.

— Comment veux-tu que je la vende si je n'en connais pas le prix ? Si j'en demande trop cher, personne ne voudra plus m'adresser la parole, et si je la laisse partir pour rien, on en fera des gorges chaudes dans toute la Foire.

Garion se mit à ricaner.

— Je ne vois pas ce que ça a de drôle, Garion, repartit Silk, quelque peu froissé.

Il resta sombre et maussade jusqu'à ce qu'ils regagnent le pavillon.

— Voilà le bénéfice que je vous avais promis, déclarat-il sans trop d'amabilité, en déversant le contenu de sa bourse dans la main de sire Loup.

— Qu'est-ce qui vous turlupine ? s'enquit sire Loup en observant le visage chagrin du petit bonhomme.

— Rien du tout, répondit brièvement Silk.

Puis son regard tomba sur tante Pol et un large sourire illumina alors sa face. Il se dirigea vers elle.

— Gente Polgara, déclama-t-il en s'inclinant devant elle, veuillez accepter ce modeste témoignage de ma considération.

Dans un grand geste emphatique, il lui présenta le petit flacon de parfum.

Le regard de tante Pol exprima un curieux mélange de plaisir et de défiance. Elle prit la petite bouteille et la déboucha précautionneusement, puis elle effleura délicatement la saignée de son poignet avec le minuscule bouchon de verre et la porta à son visage pour en humer le parfum.

— Eh bien, Kheldar, s'exclama-t-elle avec toutes les apparences du ravissement, c'est un cadeau véritablement princier que vous me faites là !

Silk se mit à sourire un peu jaune et la regarda attentivement en se demandant si c'était du lard ou du cochon. Puis il poussa un soupir et sortit en marmonnant d'un air accablé des choses où il était question de la duplicité des Riviens.

Delvor revint sur ces entrefaites, laissa tomber sa

houppelande rayée dans un coin et tendit ses mains au-dessus de l'un des braseros rougeoyants.

— Pour autant que je puisse me faire une opinion, tout est tranquille d'ici à Vo Mimbre, rapporta-t-il à sire Loup, mais cinq Murgos viennent d'arriver à la Foire avec une escorte de deux douzaines de Thulls.

Hettar leva rapidement les yeux, tous ses sens en alerte.

— Venaient-ils du nord ou du sud? demanda sire Loup en fronçant les sourcils.

— Ils prétendent venir de Vo Mimbre, mais les bottes des Thulls sont pleines de boue rouge. Or, si je ne me trompe, la terre n'est pas argileuse entre Vo Mimbre et ici.

— Non, déclara fermement Mandorallen. La seule région du pays où l'on trouve de la glaise se trouve au nord.

Sire Loup hocha la tête d'un air entendu.

— Dites à Silk de rentrer, ordonna-t-il à Barak, qui se dirigea aussitôt vers le rabat de la tente.

— Il ne s'agit peut-être que d'une simple coïncidence, émit Durnik.

— Je ne pense pas que nous ayons envie de courir ce risque, rétorqua sire Loup. Nous allons attendre que la Foire se soit endormie et leur fausser compagnie.

Silk réapparut, et Delvor le mit rapidement au courant de la situation.

— Il ne faudra pas longtemps aux Murgos pour découvrir que nous sommes passés par ici, gronda Barak, en tiraillant sa barbe d'un air pensif. Et à partir de ce moment-là, ils ne nous lâcheront plus d'une semelle jusqu'à Vo Mimbre. Ne serait-il pas plus simple que nous provoquions une petite bagarre, Hettar, Mandorallen et moi? Cinq Murgos morts, ça en ferait toujours autant de moins à nos trousses…

Hettar hocha la tête avec une ardeur terrifiante.

— Je ne suis pas sûr que les légionnaires tolnedrains qui font la police sur la Foire apprécieraient vraiment, laissa tomber Silk d'une voix traînante. Les forces de l'ordre sont généralement allergiques aux morts subites. Ça n'est pas tout à fait compatible avec leur vision du maintien de l'ordre et de la sécurité publique.

— C'était juste une suggestion, reprit Barak en haussant les épaules.

— Je crois que j'ai une idée, intervint Delvor, en reprenant sa cape. Ils ont dressé leurs tentes tout près de celle des Nadraks, et je vais en profiter pour traiter quelques affaires avec eux.

Il était sur le point de sortir lorsqu'il s'arrêta net.

— Au fait, reprit-il, je ne sais pas si c'est important, mais leur chef serait un Murgo du nom d'Asharak.

A la seule évocation de ce nom, Garion se sentit l'âme transie. Barak poussa un sifflement.

— Il faudra bien que nous lui réglions son compte un jour ou l'autre, à celui-là, Belgarath, décréta-t-il, la mine sévère.

— Vous le connaissez?

Delvor n'avait pas l'air très étonné.

— Nous avons déjà eu affaire à lui une fois ou deux, répliqua Silk, d'un petit ton désinvolte.

— Il commence à devenir passablement agaçant, renchérit tante Pol.

— J'y vais, décida Delvor.

Garion souleva le rabat de la tente pour laisser sortir Delvor; mais après un bref coup d'œil au-dehors, il étouffa un hoquet de surprise et rabattit précipitamment le pan de toile.

— Que se passe-t-il? demanda Silk.

— Je crois que je viens de voir Brill là, dans la rue.

— Laisse-moi voir, fit Durnik.

Il écarta légèrement le rabat, et Garion et lui regardèrent furtivement au-dehors. Une silhouette débraillée rôdait dans la rue boueuse, devant la tente. Brill n'avait pas beaucoup changé depuis qu'ils avaient quitté la ferme de Faldor. Sa tunique et son pantalon rapiécés étaient pleins de taches, comme autrefois; il n'était pas mieux rasé, et le blanc de son œil torve luisait toujours du même éclat malsain.

— C'est bien Brill, en effet, confirma Durnik. D'ailleurs, je le sens d'ici.

Delvor lui lança un regard interrogateur.

— Brill est fâché avec l'eau, expliqua Durnik, et il fleure bon le terrier de renard.

— Puis-je? sollicita poliment Delvor.

Il jeta un coup d'œil par-dessus l'épaule de Durnik.

— Ah! commença-t-il. Ce gars-là. Il travaille pour les Nadraks. Je trouvais bien ça un peu bizarre, mais comme ce n'était, de toute évidence, qu'un second couteau, je n'ai pas pris la peine de poursuivre mes investigations.

— Durnik, ordonna rapidement sire Loup, allez faire un petit tour dehors. Assurez-vous qu'il vous a bien vu, mais débrouillez-vous pour qu'il ne se doute pas que vous l'avez repéré, lui, et revenez tout de suite après. Depêchez-vous. Je ne tiens pas à ce qu'il nous fausse compagnie.

Durnik eut l'air un peu surpris, mais il souleva le rabat de la tente et sortit.

— Quelle idée as-tu encore derrière la tête, père? questionna tante Pol, d'un ton plutôt sec. Ne reste pas planté là, avec ce rictus accroché à la figure comme une espèce de vieux gamin. C'est très agaçant, à la fin.

— Impeccable, ricana sire Loup en se frottant les mains avec allégresse.

Durnik revint, l'air préoccupé.

— Il m'a vu, rapporta-t-il. Vous êtes sûr que c'était une bonne idée?

— Absolument, assura sire Loup. Si Asharak est ici, c'est évidemment pour nous, et il va nous chercher dans toute la Foire.

— Pourquoi lui faciliter la tâche? objecta tante Pol.

— Oh! mais non, je n'ai pas spécialement l'intention de lui mâcher la besogne, repartit sire Loup. Asharak a déjà fait appel aux services de Brill, à Murgos, tu te souviens? S'il l'a fait venir ici, c'est parce qu'il est capable de nous reconnaître, Durnik, Garion, toi et moi; et peut-être même Barak et Silk, par-dessus le marché. Il est toujours là?

Garion écarta légèrement le rabat et coula un regard par la fente. Au bout d'un moment, il vit le peu ragoûtant Brill, à demi dissimulé entre deux tentes, de l'autre côté de la rue.

— Il n'a pas bougé, confirma-t-il.

— Il ne faut surtout pas qu'il s'en aille, recommanda sire Loup. Nous allons faire en sorte de lui procurer suffisamment de distractions pour qu'il ne soit pas tenté d'aller raconter à Asharak qu'il nous a repérés.

Silk jeta un coup d'œil à Delvor, et les deux hommes se mirent à rire.

— Je ne vois pas ce que ça a de si drôle, releva Barak, d'un ton soupçonneux.

— Il faut presque être drasnien pour apprécier toute la subtilité de ce plan, répliqua Silk, en jetant un regard admiratif à sire Loup. Vous m'étonnerez toujours, mon cher.

Sire Loup lui fit un clin d'œil.

— Votre plan m'échappe encore, avoua Mandorallen.

— Vous permettez ? demanda Silk à sire Loup, avant de se tourner vers le chevalier. Voilà de quoi il retourne, Mandorallen. Asharak compte sur Brill pour nous retrouver, mais tant que Brill sera suffisamment intéressé par nos faits et gestes, il retardera le moment d'aller raconter à Asharak où nous nous trouvons. Nous avons capté l'attention de l'espion d'Asharak, à nous d'en tirer avantage.

— Mais ce fouineur de Sendarien nous emboîtera le pas sitôt que nous tenterons de sortir de la tente, fit Mandorallen. Et lorque nous quitterons la Foire, nous aurons les Murgos aux trousses.

— Le fond de la tente est en toile, Mandorallen, expliqua patiemment Silk. Une lame aiguisée, et le tour est joué.

Delvor sembla accuser légèrement le coup, mais il poussa un soupir résigné.

— Je vais aller voir les Murgos, déclara-t-il. Je devrais arriver à les retarder encore un moment.

— Nous allons sortir avec toi, Durnik et moi, annonça Silk à son ami au crâne dégarni. Pars par-là, nous irons de l'autre côté. Brill nous suivra, et nous le ramènerons ici.

Delvor acquiesça d'un hochement de tête, et les trois hommes quittèrent la tente.

— Tout ceci n'est-il pas inutilement compliqué ? demanda aigrement Barak. Brill ne connaît pas Hettar. Pourquoi ne pas lui demander de quitter la tente discrètement par le fond, de faire le tour, de se glisser dans son dos et de lui enfoncer quelques pouces d'acier entre les côtes ? Après cela, nous pourrions toujours le fourrer dans un sac et l'abandonner dans un fossé, n'importe où, une fois sortis de la Foire.

Sire Loup secoua la tête en signe de dénégation.

— Asharak se rendrait bien compte de sa disparition, expliqua-t-il. Je préfère qu'il aille dire aux Murgos où nous sommes. Avec un peu de chance, ils monteront la garde devant la tente pendant une bonne journée, peut-être deux, avant de se rendre compte que nous leur avons faussé compagnie.

Au cours des heures qui suivirent, les membres du groupe s'aventurèrent à tour de rôle hors de la tente et firent un petit tour dans la rue, comme s'ils vaquaient à des affaires aussi brèves qu'imaginaires, afin de retenir l'attention de Brill, toujours aux aguets. Lorsque Garion sortit dans le soir tombant, il lui joua le grand air de l'indifférence, quoique la seule idée de son regard lui donnât la chair de poule, puis il entra dans la tente maintenant plongée dans l'obscurité où Delvor stockait ses marchandises et y resta plusieurs minutes à écouter, pas trop rassuré quand même, le vacarme qui s'élevait d'une taverne située à quelques rangées de là, et qui semblait formidable dans le silence qui s'installait sur la Foire. Finalement, il inspira profondément et ressortit, un bras plié comme s'il portait quelque chose.

— Je l'ai trouvé, Durnik, dit-il en réintégrant la tente principale.

— Inutile d'en rajouter, mon chou, remarqua tante Pol.

— Je voulais seulement que ça ait l'air naturel, répondit-il innocemment.

Delvor revint peu après, et ils attendirent tous dans la chaleur de la tente que l'obscurité se fasse plus dense au dehors, et que les allées entre les tentes se vident. Une fois la nuit complètement tombée, les porteurs de Delvor tirèrent leurs ballots par une fente à l'arrière de la tente, et Silk, Delvor et Hettar les accompagnèrent jusqu'aux enclos où étaient parqués les chevaux, à la périphérie de la Foire, tandis que les autres s'attardaient encore un peu, le temps que Brill cesse de s'intéresser à eux. Dans une ultime tentative pour l'envoyer sur une fausse piste, sire Loup et Barak sortirent pour discuter de l'état probable de la route de Prolgu, en Ulgolande.

— Ça ne marchera peut-être pas, admit sire Loup en rentrant avec le grand homme à la barbe rouge. Asharak ne peut pas ignorer que nous suivons Zedar vers le sud, mais si Brill lui raconte que nous allons vers Prolgu, il divisera peut-être ses forces pour couvrir les deux routes. Eh bien, allons-y, annonça-t-il enfin, en jetant un coup d'œil circulaire sur l'intérieur de la tente.

L'un après l'autre, ils se faufilèrent par la fente pratiquée au fond de la tente et sortirent en rampant dans l'allée de derrière, puis ils se dirigèrent vers les enclos des chevaux, à une allure normale, comme de braves gens vaquant à d'honnêtes occupations. Ils passèrent devant la taverne, où des hommes chantaient à tue-tête. Il n'y avait presque plus personne entre les tentes, maintenant, et la brise nocturne caressait la cité de toile, faisant flotter fanions et bannières.

Ils atteignirent enfin les limites de la Foire où Silk, Delvor et Hettar les attendaient avec leurs montures.

— Bonne chance, leur dit Delvor comme ils s'apprêtaient à mettre le pied à l'étrier. Je retarderai les Murgos tant que je pourrai.

— Je voudrais quand même bien savoir où tu as eu ces pièces de plomb, lui confia Silk en lui serrant la main.

Delvor lui fit un clin d'œil.

— Qu'est-ce que c'est que cette histoire ? s'inquiéta sire Loup.

— Delvor a fait estamper et dorer des couronnes tolnedraines en plomb, lui expliqua Silk, et il en a caché quelques-unes dans la tente des Murgos. Demain matin, il va aller voir les légionnaires avec quelques échantillons et dénoncer les Murgos pour trafic de fausse monnaie. Lorsque les légionnaires fouilleront la tente des Murgos, ils tomberont forcément sur les autres.

— Les Tolnedrains attachent une extrême importance à l'argent, observa Barak. Si les légionnaires commencent à s'exciter sur cette affaire de fausses pièces, il se pourrait que certaines personnes se balancent au bout d'une corde avant longtemps.

— Ce serait vraiment affreux, vous ne trouvez pas? fit Delvor, la bouche en cœur.

Ils montèrent alors en selle et reprirent la direction de la grand-route, laissant derrière eux l'enclos aux chevaux et la Foire qui brillait de tous ses feux, comme une grande ville. Des nuages hantaient le ciel nocturne, et la brise leur parut bien fraîche lorsqu'ils se retrouvèrent en rase campagne. Garion referma sa houppelande autour de lui. Il se sentait terriblement seul, sur cette route ténébreuse battue par les vents de la nuit, alors que tout le monde était bien au chaud chez soi, entre ses quatre murs, à proximité d'un bon lit. Puis ils rejoignirent la Grand-Route de l'Ouest, pâle étendue déserte sur la plaine arendaise aux sombres ondulations, et ils repartirent une nouvelle fois vers le sud.

CHAPITRE IX

Le vent reprit de la vigueur peu avant l'aube, et lorsque le ciel commença à s'éclaircir au-dessus des collines émoussées, à l'est, c'étaient de véritables rafales qui soufflaient, faisant filer les nuages bas, au-dessus de leurs têtes. A ce moment-là, Garion ne se sentait plus de fatigue, et son esprit s'égarait dans une sorte de transe hypnotique. Il ne reconnaissait pas le visage de ses compagnons dans les ténèbres qui commençaient à se dissiper. Il lui arrivait même par instants de ne plus savoir ce qu'il faisait à cheval, et de se demander pourquoi il se retrouvait sur cette route qui ne menait nulle part, au milieu de ce paysage lugubre et morne, en compagnie, surtout, de ces inconnus aux faciès inquiétants dont les houppelandes claquaient dans le vent. Une idée étrange lui passa alors par la tête. Ces étrangers avaient dû l'enlever, et ils l'emmenaient loin de ses vrais amis. Plus ils avançaient, plus cette notion s'ancrait en lui, et il commença à prendre peur.

Tout d'un coup, sans savoir pourquoi, il cabra son cheval et prit la fuite, ne faisant qu'un bond par-dessus le bas-côté de la route pour s'engager dans les terres qui la bordaient.

— Garion ! appela une voix de femme, dans son dos.

Mais il enfonça ses talons dans les flancs de sa monture et fila à bride abattue à travers les champs au sol accidenté.

Quelqu'un le pourchassait. Un homme terrifiant, vêtu de cuir noir, dont le crâne rasé arborait une unique mèche noire qui flottait dans le vent de sa course. Pris de panique, Garion talonna son cheval dans l'espoir de l'amener à accélérer son allure, mais le cavalier effrayant qui le poursuivait raccourcit rapidement la distance qui les séparait et lui prit les rênes des mains.

— Qu'est-ce qui te prend? demanda-t-il d'un ton âpre.

Garion le dévisagea, incapable de répondre.

Puis la femme en cape bleue fut là, et les autres aussi, non loin derrière elle. Elle mit rapidement pied à terre et le regarda d'un air austère. Elle était grande pour une femme, et son visage arborait une expression froide et impérieuse. Elle avait les cheveux très noirs, striés d'une mèche blanche, juste au-dessus du front.

Garion se mit à trembler. La femme lui faisait incroyablement peur.

— Descends de ce cheval, ordonna-t-elle.

— Doucement, Pol, dit un homme aux cheveux d'argent et au visage inquiétant.

Un immense géant à la barbe rouge se rapprocha à son tour sur son cheval, menaçant, et Garion glissa à bas de sa monture, en sanglotant presque de peur.

— Viens ici, commanda la femme.

Garion s'approcha, d'un pas incertain.

— Donne-moi ta main, dit-elle.

Il tendit sa main en hésitant et elle lui prit fermement le poignet. Elle lui ouvrit les doigts, révélant la vilaine marque qu'il avait dans la paume et qu'il lui semblait avoir toujours détestée, et elle la plaça sur la mèche blanche qui striait sa chevelure.

— Tante Pol, hoqueta-t-il, comme le cauchemar se dissipait tout à coup.

Elle l'entoura de ses bras, le serra très fort contre elle, et le garda un moment contre sa poitrine. Chose étrange, il n'était même pas embarrassé par cette démonstration d'affection en public.

— C'est grave, père, déclara-t-elle.

— Que s'est-il passé, Garion? demanda sire Loup de sa voix calme.

— Je n'en sais rien, répondit Garion. C'était comme si je ne vous connaissais plus; vous étiez des ennemis et je n'avais qu'une idée en tête, fuir loin de vous et retrouver mes vrais amis.

— Tu portes toujours ton amulette ?

— Oui.

— L'as-tu enlevée à un moment quelconque, depuis que je te l'ai donnée ?

— Une seule fois, admit Garion. Quand j'ai pris un bain, à l'hôtellerie tolnedraine.

Sire Loup poussa un soupir.

— Tu ne dois pas l'ôter, reprit-il. Jamais, à aucun prix. Sors-la de sous ta tunique.

Garion extirpa le pendentif d'argent orné de son curieux dessin, tandis que le vieil homme dégageait de sous ses vêtements un médaillon qui brillait d'un éclat surnaturel, et où était fièrement campé un loup si criant de vérité qu'il semblait prêt à bondir.

Tante Pol, un bras toujours passé autour des épaules de Garion, dégagea de son corsage une amulette semblable, mais à l'effigie d'une chouette.

— Prends-la dans ta main droite, mon chou, dit-elle, en refermant étroitement les doigts de Garion sur le médaillon.

Puis, étreignant le sien de la main droite, elle posa la gauche sur le poing fermé du jeune garçon. Sire Loup, tenant aussi son talisman d'une main, plaça l'autre sur les leurs.

La paume de Garion se mit à le picoter comme si le pendentif s'animait soudain d'une vie propre. Sire Loup et tante Pol se regardèrent pendant un long moment, et le fourmillement dans la main de Garion devint tout à coup très fort. Il eut l'impression que son esprit s'ouvrait, et des visions aussi étranges que fugitives défilèrent devant ses yeux. Il vit une salle ronde, quelque part, dans un endroit très élevé. Un feu brûlait dans la cheminée, et pourtant il n'y avait pas de bois dedans. Un vieil homme était assis à une table. Il ressemblait un peu à sire Loup, mais c'était évidemment quelqu'un d'autre. Il semblait regarder Garion droit dans les yeux, d'un bon regard doux, presque affectueux, et Garion se sentit tout à coup empli d'un amour dévorant pour lui.

— Ça devrait suffire, jugea sire Loup en lâchant la main de Garion.

— Qui était ce vieux monsieur? s'enquit Garion.

— Mon Maître, expliqua sire Loup.

— Que s'est-il passé? intervint Durnik, le visage tendu par l'inquiétude.

— Mieux vaut ne pas en parler, trancha tante Pol. Pensez-vous que vous pourriez faire un peu de feu? Il serait temps de manger quelque chose.

— Il y a des arbres, là-bas; au moins, nous serions à l'abri du vent, suggéra le forgeron.

Ils remontèrent tous en selle et se dirigèrent vers le bosquet.

Après avoir pris leur petit déjeuner, ils restèrent un moment assis autour du feu. Ils étaient fatigués, et la perspective d'affronter à nouveau les bourrasques du matin ne leur souriait guère. Garion se sentait particulièrement épuisé, et il aurait donné n'importe quoi pour être encore d'âge à s'asseoir tout contre sa tante Pol et, pourquoi pas, mettre sa tête sur ses genoux et s'endormir comme il faisait quand il était tout petit. La chose étrange qui lui était arrivée l'emplissait d'un sentiment de solitude terrifiant.

— Qu'est-ce que c'est que cet oiseau, Durnik? questionna-t-il, plus pour chasser ces sinistres pensées que par réelle curiosité.

Il tendait le doigt vers les nuages.

— Un corbeau, répondit Durnik, en regardant le volatile qui décrivait des cercles dans le ciel au-dessus d'eux.

— C'est bien ce qu'il me semblait aussi, reprit Garion. Mais ils ne volent pas en rond, d'habitude, non?

— Il a peut-être repéré quelque chose par terre, reprit Durnik en fronçant les sourcils.

— Il y a longtemps qu'il est là? intervint sire Loup avec un regard oblique en direction du gros oiseau.

— Je crois que je l'ai vu pour la première fois quand nous avons traversé le champ, répliqua Garion.

— Qu'en penses-tu? demanda sire Loup, avec un coup d'œil en direction de tante Pol.

Elle leva les yeux de l'une des chaussettes de Garion qu'elle était en train de repriser.

— Je vais voir.

Son visage prit une expression étrange, comme si elle réfléchissait intensément.

Garion éprouva à nouveau un curieux picotement. Répondant à une impulsion, il tenta d'atteindre mentalement l'oiseau.

— Arrête ça, Garion, ordonna tante Pol, sans le regarder.

— Pardon, dit-il très vite, et son esprit réintégra ses limites.

Sire Loup le regarda d'un drôle d'air, puis lui fit un clin d'œil.

— C'est Chamdar, annonça calmement tante Pol.

Elle piqua calmement l'aiguille dans la chaussette, la reposa et se leva en défroissant sa robe bleue.

— Toi, tu mijotes quelque chose, fit sire Loup.

— Je crois que je vais avoir une petite explication avec lui, décréta-t-elle en crispant ses doigts en forme de serres.

— Tu n'arriveras jamais à le rattraper, objecta sire Loup. Tes plumes sont trop souples pour un vent de cette force. Il y a mieux à faire.

Le vieil homme braqua un regard scrutateur sur le ciel.

— Par là, dit-il en indiquant du doigt un point à peine visible au-dessus des collines, à l'ouest. Je préfère te laisser faire, Pol. Je n'ai guère d'affinités avec les oiseaux.

— Bien sûr, père, acquiesça-t-elle.

Elle braqua un regard intense sur la tache et déploya son esprit. Garion sentit une nouvelle fois sa peau le picoter, puis le petit point se mit à son tour à décrire des cercles en s'élevant de plus en plus haut, tant et si bien qu'il finit par disparaître.

Le corbeau ne vit l'aigle qui fondait sur lui qu'au dernier moment, lorsque les serres de l'immense oiseau s'abattirent sur lui. Il y eut un soudain jaillissement de plumes noires, un cri strident, et le corbeau fou de terreur prit la fuite en battant furieusement des ailes, l'aigle dans son sillage.

— Bien joué, Pol, approuva sire Loup.

— Voilà qui devrait lui donner à réfléchir. Mais ne me regardez donc pas ainsi, Durnik, reprit-elle en souriant.

Durnik la dévisageait, bouche bée.

— Comment avez-vous fait ça ? interrogea-t-il.

— Vous voulez vraiment que je vous le dise ?

Durnik eut un frisson et détourna promptement le regard.

— En tout cas, je crois que ça règle un problème, continua sire Loup. Inutile, apparemment, de tenter plus longtemps de donner le change. Je ne suis pas sûr des intentions de Chamdar, mais ce que je sais, c'est qu'à partir de maintenant, il ne nous lâchera plus d'une semelle, quoi que nous fassions. Autant nous y faire et foncer tout droit vers Vo Mimbre.

— Nous ne suivons plus la trace ? questionna Barak.

— Elle mène vers le sud, répliqua sire Loup. Je n'aurai aucun mal à la retrouver lorsque nous serons entrés en Tolnedrie. Mais d'abord, je veux m'arrêter pour dire un mot au roi Korodullin. Il y a des choses qu'il doit savoir.

— Korodullin ? répéta Durnik, étonné. J'ai l'impression d'avoir déjà entendu ce nom-là. N'est-ce pas ainsi que s'appelait le premier roi d'Arendie ?

— Tous les rois d'Arendie prennent le nom de Korodullin, lui expliqua Silk. De même que toutes les reines s'appellent Mayaserana. Ça fait partie de la chimère que la famille royale de ce pays entretient pour empêcher le royaume de partir à vau-l'eau. Les membres de la famille sont tenus de se marier entre eux, dans toute la mesure du possible, afin de préserver l'illusion d'unité entre les maisons de Mimbre et d'Asturie. Ça débilite bien un peu la race, mais on n'y peut rien, compte tenu des spécificités de la politique arendaise.

— Ça suffit, Silk, coupa tante Pol, d'un ton réprobateur.

Mandorallen avait l'air pensif.

— Se pourrait-il que ce Chamdar, qui à nos pas si bien s'attache, revête une grande importance dans la sombre société des Grolims ? releva-t-il.

— C'est ce qu'il voudrait, rétorqua sire Loup. Torak n'a que deux disciples, Zedar et Ctuchik, mais Chamdar, qui a toujours été l'instrument de Ctuchik, aimerait bien faire partie du lot. Il se peut qu'il croie enfin tenir sa chance de grimper dans la hiérarchie grolim. Ctuchik est très vieux ; il ne sort pour ainsi dire plus du temple de Torak, à Rak Cthol. Peut-être Chamdar s'est-il avisé qu'il serait temps pour quelqu'un d'autre de devenir Grand'Prêtre.

— Où est le corps de Torak ? A Rak Cthol ? demanda très vite Silk.

— Personne ne le sait avec certitude, repartit sire Loup en haussant les épaules, mais je ne crois pas. Quand Zedar est venu rechercher son corps sur le champ de bataille de Vo Mimbre, je doute fort que ç'ait été pour le remettre entre les mains de Ctuchik. Il se trouve peut-être en Mallorie, ou quelque part dans les marches du sud de Cthol Murgos. C'est difficile à dire.

— Quoi qu'il en soit, pour l'instant, c'est Chamdar qui nous préoccupe, conclut Silk.

— Pas si nous continuons à avancer, objecta sire Loup.

— Nous ferions mieux de reprendre la route, alors, déclara Barak, en se levant.

Vers le milieu de la matinée, les lourds nuages avaient commencé à s'éclaircir, et des taches de ciel bleu apparaissaient maintenant çà et là. D'énormes piliers de lumière enjambaient les ondulations de terrain qui attendaient, détrempées, offertes, les premières caresses du printemps. Comme Mandorallen, qui ouvrait la marche, leur avait fait mener bon train, ils avaient bien couvert six lieues, et ils ralentirent enfin l'allure pour permettre à leurs chevaux fumants de se reposer un peu.

— A combien sommes-nous de Vo Mimbre, grand-père ? demanda Garion, en amenant son cheval près de celui de sire Loup.

— Au moins soixante lieues, répondit celui-ci. Et probablement plutôt quatre-vingts.

— C'est loin.

— Oui.

Garion changea de position sur sa selle en réprimant une grimace.

— Je suis désolé de m'être enfui comme ça, tout à l'heure, s'excusa-t-il, navré.

— Ce n'était pas ta faute. C'est Chamdar qui s'amusait.

— Mais pourquoi avec moi ? Il n'aurait pas pu faire ça à Durnik, ou à Barak ?

Sire Loup le regarda.

— Tu es plus jeune, plus vulnérable.

— Ce n'est pas la seule raison, hein ? fit Garion, d'un ton accusateur.

— Non, en effet, admit sire Loup. Mais c'en est une tout de même.

— Ça fait encore partie de ces choses dont tu ne veux pas me parler, n'est-ce pas ?

— J'imagine que c'est ce que tu pourrais dire, rétorqua platement sire Loup.

Garion se mit à ruminer, mais sire Loup continua imperturbablement sa route, comme indifférent au silence réprobateur du jeune garçon.

Ils s'arrêtèrent pour la nuit dans une hôtellerie tolnedraine pareille à toutes les autres : simple mais correcte, et très chère. Le lendemain matin, le ciel était complètement dégagé, à l'exception de la houle blanche des nuages qui déferlaient, chassés par le vent vif. La vue du soleil leur remit à tous du baume au cœur, et Barak et Silk firent même assaut d'esprit tout en chevauchant, chose que Garion n'avait pas entendue depuis qu'ils s'étaient engagés sous les cieux sinistres du nord de l'Arendie, des semaines auparavant.

Pourtant, Mandorallen, qui n'avait pas dit grand-chose ce matin-là, s'assombrissait à chaque lieue. Il ne portait plus son armure, mais une cotte de mailles et un surcot bleu. Il était tête nue, et le vent jouait dans les boucles de ses cheveux.

Ils passèrent non loin d'un château perché sur une colline, et qui semblait les lorgner d'un air hautain du haut de ses sinistres murailles. Mandorallen parut l'éviter du regard, et son visage se rembrunit encore.

Garion n'arrivait pas à se faire une opinion sur Mandorallen. Il était assez honnête avec lui-même pour reconnaître que ses sentiments étaient encore, dans une large mesure, affectés par les préjugés de Lelldorin, et qu'il n'avait pas vraiment envie d'aimer Mandorallen ; cela dit, en dehors de la mélancolie qui lui était coutumière — et qui semblait, d'ailleurs, être le lot des

Arendais —, du langage ampoulé, plein d'archaïsmes, qu'il affectait, et de l'aplomb inébranlable du personnage, peu de choses semblaient réellement détestables en lui.

Une demi-lieue plus loin, les vestiges d'un unique mur, percé en son centre d'une haute arcade encadrée de pilastres brisés, se dressaient au sommet d'une colline élevée. Une femme attendait, juchée sur son cheval, près des ruines, sa cape rouge sombre flottant au vent.

Sans un mot, comme sans réfléchir, Mandorallen fit quitter la route à son destrier et grimpa la pente à vive allure, à la rencontre de la femme qui le regarda approcher, apparemment sans surprise, mais sans plaisir particulier non plus.

— Mais où va-t-il? s'étonna Barak.

— C'est une de ses connaissances, répliqua sèchement sire Loup.

— Faut-il que nous l'attendions?

— Il arrivera bien à nous rattraper.

Mandorallen arrêta son cheval près de la femme et mit pied à terre. Il s'inclina devant elle et lui tendit les mains pour l'aider à descendre de cheval. Ils se dirigèrent ensemble vers les ruines, sans se toucher, mais très près l'un de l'autre, puis ils s'arrêtèrent sous l'arc de pierre et se mirent à parler. Derrière les ruines, des nuages filaient dans le ciel tourmenté, et leurs ombres énormes balayaient, indifférentes, la morne glèbe arendaise.

— Nous aurions dû prendre une autre route. Je n'ai pas réfléchi, ronchonna sire Loup.

— Il y a un problème? s'inquiéta Durnik.

— Rien d'extraordinaire, pour l'Arendie, du moins, rétorqua sire Loup. C'est ma faute, j'en conviens. Il y a des moments où j'oublie ce qui peut arriver aux jeunes gens.

— Ne fais pas tant de mystères, père, riposta tante Pol. C'est très agaçant. Y a-t-il quelque chose que nous devrions savoir?

— Ce n'est pas un secret, convint sire Loup en haussant les épaules. La moitié du pays est au courant. Une génération entière de vierges arendaises se sera endormie toutes les nuits en pleurant sur cette histoire.

— Père ! cracha tante Pol, exaspérée.

— Très bien, reprit sire Loup. Quand Mandorallen avait à peu près l'âge de Garion, il promettait beaucoup : il était fort, courageux, pas trop malin — il disposait de toutes les qualités qui font un grand chevalier. Son père m'ayant demandé conseil, j'ai pris mes dispositions pour que le jeune homme passe un certain temps chez le baron de Vo Ebor — c'est devant son château que nous sommes passés, tout à l'heure. Le baron, qui jouissait d'une réputation formidable, lui donna la meilleure éducation possible, et étant sensiblement plus âgé que Mandorallen, il fut bientôt comme un second père pour lui. Tout allait pour le mieux dans le meilleur des mondes lorsque le baron prit pour épouse une femme beaucoup plus jeune que lui ; de l'âge de Mandorallen, à quelque chose près.

— Je vois d'ici comment ça a fini, déclara Durnik d'un ton réprobateur.

— Eh bien, vous n'y êtes pas, le contredit sire Loup. Après la lune de miel, le baron retrouva les occupations propres à tout chevalier et laissa sa jeune épouse tourner en rond toute la journée dans son château, en proie à un ennui mortel. La situation offrait toutes sortes de possibilités d'un romantisme exacerbé. Bref, Mandorallen et la jeune femme se sont mis à échanger des regards, puis des paroles, le genre de choses habituelles, quoi.

— Ça arrive aussi en Sendarie. Mais je suis sûr que le nom que cela porte chez nous est différent de celui que l'on emploie ici, observa Durnik, d'un ton critique, pour ne pas dire offusqué.

— Vous sautez trop vite aux conclusions, Durnik, le rembarra sire Loup. Les choses ne sont jamais allées plus loin. Cela aurait peut-être mieux valu. L'adultère n'est pas un crime, au fond, et avec le temps, ça leur aurait passé. Tandis que là... Ils aimaient et respectaient bien trop le baron pour flétrir son honneur, aussi Mandorallen quitta-t-il le château avant de perdre le contrôle de la situation. Et maintenant ils souffrent tous les deux en silence. Enfin, tout ça est peut-être très touchant, mais ça me fait l'effet d'un immense gâchis. Cela dit, je n'ai plus leur âge, évidemment.

152

— Il y a longtemps que tu n'as plus l'âge de personne, père, dit tante Pol.

— Tu n'avais pas besoin de me le rappeler, Pol.

Silk eut un rire sardonique.

— Je suis bien aise de constater que notre prodigieux ami a tout de même eu le mauvais goût de s'amouracher de la femme d'un autre. Sa majesté commençait à devenir un tantinet nauséeuse.

Le visage du petit homme arborait cette expression amère et désabusée que Garion y avait déjà vue au Val d'Alorie, quand il avait parlé avec la reine Porenn.

— Le baron est-il au courant? demanda Durnik.

— Et comment, répondit sire Loup. C'est bien pour cela que leur histoire émeut les citoyens de ce pays jusqu'à l'écœurement. Un chevalier encore plus stupide apparemment que la moyenne des Arendais s'étant jadis permis une mauvaise plaisanterie à ce sujet, le baron le provoqua en duel, et lui passa à l'instant une lance au travers du corps. Depuis ce jour, très peu de gens s'amusent de la situation.

— C'est tout de même révoltant, décréta Durnik.

— Leur comportement est au-dessus de tout reproche, Durnik, déclara fermement tante Pol. Il n'y a rien de honteux là-dedans, tant que ça ne va pas plus loin.

— Les honnêtes gens ne se laissent pas entraîner dans ce genre d'aventures, d'abord, affirma Dunik.

— Vous n'arriverez jamais à la convaincre, Durnik, reprit sire Loup. Polgara a passé de trop nombreuses années aux côtés des Arendais wacites, qui étaient aussi gravement atteints, sinon plus, que les Mimbraïques. On ne peut pas baigner indéfiniment dans l'eau de rose sans que ça finisse par se sentir. Par bonheur, ça n'a pas *totalement* étouffé son bon sens. Elle ne succombe qu'occasionnellement à un sentimentalisme miévrasse, et à condition d'arriver à éviter sa compagnie au cours de ces crises, on pourrait presque dire qu'elle n'a pas de défaut.

— Le temps que j'y ai passé, je l'ai toujours mieux employé que toi, père, observa tante Pol d'un ton acide. Pour autant que je me souvienne, pendant toutes ces années-là, toi, tu menais une vie de bâton de chaise dans les bouges du front de mer, à Camaar. Après quoi il y a eu cette période d'une grande élévation que tu as consacrée à t'ébaudir avec les ribaudes de Maragor. Je suis sûre que ces expériences ont ineffablement contribué à élargir ton sens de l'éthique.

Sire Loup eut une petite toux gênée et détourna le regard.

Derrière eux, Mandorallen s'était remis en selle et avait entrepris de redescendre la colline. Campée sous l'arcade, la dame le regardait s'éloigner, et le vent s'engouffrait dans sa cape rouge, qu'il gonflait comme une voile.

Il leur fallut encore cinq jours pour atteindre l'Arend, qui marquait la frontière entre Arendie et Tolnedrie. Le temps était allé en s'améliorant au fur et à mesure qu'ils avançaient vers le sud, et il faisait presque chaud lorsqu'ils arrivèrent au sommet de la colline qui surplombait la rivière. Le soleil brillait de tous ses feux, et quelques nuages duveteux filaient au-dessus de leurs têtes, dans la brise du matin.

— C'est de là, sur la gauche, que part la grand'route de Vo Mimbre, remarqua Mandorallen.

— Oui, acquiesça sire Loup. Descendons faire un brin de toilette dans ce vallon, près de la rivière. On attache une grande importance aux apparences à Vo Mimbre, et nous n'avons pas envie de passer pour des vagabonds.

Trois silhouettes encapuchonnées dans des robes de bure étaient plantées au carrefour dans une attitude pleine d'humilité, la tête basse et les mains tendues en un geste implorant. Sire Loup mit son cheval au pas et s'approcha d'eux. Ils échangèrent quelques mots, puis il leur donna une pièce à chacun.

— Qui sont ces hommes ? s'enquit Garion.

— Des moines de Mar Terrin, expliqua Silk.

— Mar Terrin ? Qu'est-ce que c'est ?

— Un monastère du sud-est de la Tolnedrie. C'est là que se trouvait jadis Maragor. Le moines s'efforcent de consoler les esprits des Marags.

Sire Loup leur fit un signe de la main et ils passèrent à leur tour devant les trois humbles silhouettes plantées sur le bord de la route.

— Ils disent qu'ils n'ont pas vu un seul Murgo depuis deux semaines.

— Vous êtes sûr de pouvoir leur faire confiance ? demanda Hettar.

— A peu près. Les moines ne mentent jamais.

— Alors ils raconteront à tous ceux qui le leur demanderont qu'ils nous ont vus passer par ici ? releva Barak.

— Ils répondront à toutes les questions qu'on voudra bien leur poser, confirma sire Loup, en hochant la tête.

— Que voilà une vilaine habitude ! grommela Barak, d'un air sombre.

Sire Loup haussa les épaules et prit la tête de la colonne pour les mener entre les arbres, le long de la rivière.

— Voilà qui devrait faire l'affaire, décida-t-il en mettant pied à terre dans l'herbe épaisse d'une clairière.

Il attendit que les autres soient également descendus de cheval.

— Parfait, commença-t-il alors. Nous allons donc à Vo Mimbre. Je veux que vous fassiez tous très attention à ce que vous direz. Les Mimbraïques sont très susceptibles, et des propos tout à fait anodins pourraient être reçus comme des insultes.

— Je pense que tu devrais mettre la robe blanche que Fulrach t'a donnée père, coupa tante Pol en ouvrant l'un des balluchons.

— Je t'en prie, Pol, protesta sire Loup. Je suis en train d'essayer d'expliquer quelque chose.

— Ils ont compris, père. Tu as toujours tendance à délayer, commenta-t-elle en étalant la robe blanche devant elle et en la regardant d'un œil critique. Tu aurais tout de même pu faire un peu attention en la pliant ; elle est toute chiffonnée.

— Ne compte pas sur moi pour mettre ce truc-là, déclara-t-il d'un ton péremptoire.

— Allons, père, reprit-elle d'un ton suave. Tu sais bien comment ça va se terminer : nous en discuterons peut-être pendant une heure ou deux, mais tu finiras par la mettre, alors pourquoi ne pas nous dispenser de ces formalités fastidieuses qui en plus font perdre du temps ?

— C'est complètement idiot, se lamenta-t-il.

— Il y a tant de choses complètement idiotes, père... Je connais les Arendais mieux que toi. Autant avoir le physique de l'emploi ; tu n'en seras que plus respectueusement traité. Mandorallen, Hettar et Barak vont revêtir leur armure ; Durnik, Silk et Garion porteront les pourpoints que Fulrach leur a donnés en Sendarie ; moi, je vais mettre ma robe bleue, et toi, ta robe blanche. Si, père, j'insiste.

— Tu *quoi* ? Non, mais enfin, Polgara...

— Allons, père, du calme, le rasséréna-t-elle distraitement, en examinant le pourpoint bleu de Garion.

Le visage de sire Loup devint d'un rouge inquiétant, et on aurait dit que les yeux allaient lui sortir de la tête.

— Il y a quelque chose qui ne va pas ? reprit-elle avec un regard indifférent.

Sire Loup préféra ne pas relever.

— Il est aussi sage qu'on le dit, observa Silk.

Une heure plus tard, ils chevauchaient sur la grand-route de Vo Mimbre, sous un ciel ensoleillé. C'était Mandorallen qui menait la marche, revêtu de son armure, un étendard bleu et argent à la pointe de sa lance. Barak était juste derrière lui, en cotte de mailles étincelante et cape de peau d'ours brun. Sur l'insistance de tante Pol, le grand Cheresque avait démêlé sa barbe rouge et même refait ses tresses. Sire Loup ruminait tout seul dans sa robe blanche, tante Pol imperturbable à son côté, sous sa courte cape doublée de fourrure, la lourde masse de ses cheveux d'ébène retenue par un bonnet de satin bleu. Garion et Durnik n'étaient pas très à l'aise dans leurs beaux atours, mais Silk arborait son pourpoint et son bonnet de velours noir avec une sorte d'arrogance jubilante. La seule concession de Hettar à ce cérémonial résidait dans le remplacement par un anneau d'argent martelé du lien de cuir avec lequel il nouait habituellement sa mèche crânienne.

Les serfs et même les rares chevaliers qu'ils croisaient le long de la route s'écartaient respectueusement pour les saluer. C'était une belle journée, la route était bonne, et leurs chevaux avançaient bien. Au milieu de l'après-midi, ils arrivèrent au sommet d'une colline qui descendait doucement vers les portes de Vo Mimbre.

CHAPITRE X

La cité des Arendais mimbraïques s'élevait, pareille à une montagne, au bord de la rivière étincelante. Le soleil de l'après-midi arrachait des reflets d'or aux immenses tours et aux flèches acérées, ornées de bannières multicolores, qui s'élançaient vers les cieux de l'intérieur des remparts hauts et épais, garnis de créneaux massifs.

— Çà, que l'on admire Vo Mimbre, la reine des cités, proclama Mandorallen avec fierté. Sur ce roc, le raz-de-marée des hordes angaraks s'est écrasé, a reflué et s'est brisé à nouveau. Cette grève a contemplé la consommation de leur ruine. Dans cette forteresse résident en vérité l'âme et la fierté de toute l'Arendie, et sur elle jamais le pouvoir de l'Esprit des Ténèbres n'établira son empire.

— Ce n'est pas la première fois que nous venons ici, Mandorallen, lâcha aigrement sire Loup.

— Ne sois pas grossier, père, protesta tante Pol.

Puis elle se tourna vers Mandorallen et, à la grande surprise de Garion, s'adressa à lui dans un idiome qu'il ne lui avait jamais entendu employer.

— Veuille, ô Messire chevalier, nous conduire sur l'heure au palais de Ton roi. Il faut en effet nous entretenir avec lui d'affaires de la plus haute importance. Pour autant que Tu sois le plus puissant chevalier au monde, nous nous remettons sous la protection de Ton bras puissant.

Elle prononça ces paroles de la façon la plus naturelle

qui soit, comme si cette formulation archaïque lui venait spontanément.

Le premier instant de surprise passé, Mandorallen se laissa glisser à bas de son cheval dans un grand bruit de ferraille et mit les deux genoux en terre devant elle.

— Gente dame Polgara, commença-t-il d'une voix palpitante de respect, sinon d'adoration, j'accepte la mission dont Tu m'investis, et Te mènerai saine et sauve en présence du roi Korodullin. Que nul n'ose disputer à Ton chevalier le droit de se présenter devant son suzerain, car sur son corps je lui prouverai sa déraison.

Tante Pol lui dédia un sourire encourageant, et il se remit en selle avec force vacarme, pour les guider à un trot alerte, tout son être rayonnant d'une volonté farouche de livrer bataille.

— Qu'est-ce que c'est que ce charabia ? demanda sire Loup.

— Mandorallen avait besoin qu'on lui fasse oublier ses ennuis, répondit-elle. Je le trouve un peu démoralisé depuis quelques jours.

En se rapprochant de la ville, Garion distingua les cicatrices que les lourdes pierres projetées par les catapultes angaraks avaient gravées dans le roc inébranlable, à l'endroit où elles étaient venues frapper les remparts qui dominaient les passants de toute leur hauteur. Les créneaux qui coiffaient ces prodigieuses murailles étaient ébréchés et endommagés par les pointes d'acier d'un déluge de flèches. Ils eurent la révélation de l'incroyable épaisseur du mur d'enceinte en passant sous l'arcade de pierre par laquelle on entrait dans la ville, et que fermait une impressionnante porte bardée de fer. Les sabots de leurs chevaux arrachèrent des échos à la voûte, avant de claquer sur les pavés des ruelles étroites et tortueuses. C'est à peine si les gens devant lesquels ils passaient, des manants pour la plupart, à en juger par les tuniques brunes des hommes et les robes rapiécées des femmes, leur jetaient un regard morne, rigoureusement dépourvu de curiosité, avant de s'écarter précipitamment devant eux.

— Ils ne donnent pas l'impression de beaucoup s'intéresser à nous, commenta tout bas Garion, au profit de Durnik.

— Je ne pense pas que les roturiers et la noblesse se vouent mutuellement un grand intérêt, repartit Durnik. Ils vivent côté à côte, mais ils ne savent plus rien les uns des autres. C'est peut-être ça qui ne va pas en Arendie.

Garion hocha sobrement la tête.

Si les gens du peuple semblaient indifférents, les nobles du palais paraissaient en revanche dévorés de curiosité. La nouvelle de leur arrivée en ville les avait apparemment précédés à la vitesse de l'éclair, car des personnages vêtus de vives couleurs se pressaient aux fenêtres et aux parapets du palais.

Un grand bonhomme aux cheveux et à la barbe noire, en surcot de velours noir sur une cotte de mailles étincelante, les héla depuis le parapet comme ils s'engageaient à grand bruit sur la vaste place qui s'étendait devant le palais.

— Holà, sire chevalier, interpella-t-il Mandorallen. Modère Ton allure, et soulève Ton ventail, que je puisse Te reconnaître.

Mandorallen s'arrêta, sidéré, devant le portail fermé et souleva le ventail de son heaume.

— Quel est ce manque d'usages? s'indigna-t-il. Je suis, nul ne l'ignore, Mandorallen, baron de Vo Mandor. Tu vois assurément les armoiries qui ornent mon écu.

— N'importe qui peut s'arroger les armes d'autrui, déclara dédaigneusement l'individu, au-dessus d'eux.

Le visage de Mandorallen s'assombrit.

— N'es-Tu pas au fait que nul n'oserait usurper ma semblance? reprit-il d'un ton menaçant.

— Messire Andorig, intervint un autre chevalier qui se trouvait sur le parapet, à côté de l'homme aux cheveux sombres, celui-ci est bien Messire Mandorallen. Nous nous sommes mesurés dans la lice, lors du grand tournoi de l'an dernier, lequel m'a coûté une épaule brisée et laissé les oreilles vibrantes encore d'un bourdonnement qui ne veut point cesser.

— Ah-ah, rétorqua le sieur Andorig, puisque Tu Te portes garant de lui, Messire Helbergin, j'admets que celui-ci est bien le bâtard de Vo Mandor.

— Il faudra que vous vous occupiez de cet animal un

jour ou l'autre, suggéra tranquillement Barak à Mandorallen.

— C'est ce qu'il semble, convint Mandorallen.

— Mais quels sont ceux qui T'accompagnent et demandent à entrer, ô Messire chevalier ? reprit Andorig. Onc ne ferai ouvrir les portes devant des étrangers.

Mandorallen se redressa sur sa selle.

— Oyez tous ! annonça-t-il d'une voix que l'on entendit probablement à l'autre bout de la ville. C'est d'un honneur sans limites que je vous fais la grâce. Que s'ouvrent grandes les portes du palais et que tout un chacun se prépare à rendre hommage. Vous contemplez la sainte face de l'Eternel Belgarath, le Sorcier, et la divine prestance de sa fille, Dame Polgara, tous deux venus à Vo Mimbre pour s'entretenir avec le roi d'Arendie.

— Tu ne trouves pas qu'il en fait un peu trop, là ? chuchota Garion à l'adresse de tante Pol.

— C'est l'usage, chéri, répondit-elle placidement. Un peu d'extravagance est de mise lorsqu'on s'adresse aux Arendais, si l'on souhaite retenir leur attention.

— Et d'où tiens-Tu qu'il s'agit bien là du Seigneur Belgarath ? railla Andorig. Je ne mettrai pas le genou en terre devant un vagabond que nul ne connaît.

— Mettrais-Tu ma parole en doute, Messire chevalier ? rétorqua Mandorallen avec un calme effrayant. Te plairait-il de descendre et d'en faire l'épreuve ? A moins peut-être que Tu ne préfères rester embusqué derrière ton créneau, tel un chien poltron, et lancer Ton aboi vers qui Te surpasse ?

— Ah, ça, c'était rudement bien, fit Barak, admiratif.

Mandorallen dédia un sourire crispé au grand bonhomme.

— Je vois ce que c'est, marmonna sire Loup. Nous n'arriverons jamais nulle part comme ça. Si je veux réussir à voir un jour ce satané Korodullin, il va falloir que je prouve quelque chose à ce sceptique.

Il se laissa glisser à terre, l'air pensif, et retira de la queue de son cheval une brindille ramassée en chemin. Puis il se campa au centre de la place, dans sa robe étincelante de blancheur, pour interpeller Andorig.

— Messire chevalier, héla-t-il de sa voix douce, vous êtes un homme circonspect, à ce que je vois. C'est une qualité précieuse, mais qu'il ne faut pas pousser trop loin.

— Je ne suis plus un enfant, vieillard, riposta le chevalier aux cheveux noirs, d'un ton qui frisait l'insulte. Et l'on ne me fera point accroire ce que mes yeux n'auront point vu.

— Il doit être bien triste de ne croire que si peu de choses, observa sire Loup.

Il se pencha alors, et inséra entre deux dalles de granit, à ses pieds, la brindille qu'il tenait entre ses doigts, puis faisant un pas en arrière, il tendit la main au-dessus, et son visage s'éclaira d'un sourire étrangement doux.

— Je vais vous faire une faveur, Messire Andorig, annonça-t-il. Je vais vous rendre la foi. Regardez bien.

Puis il dit tout bas un mot que Garion ne comprit pas, mais qui déclencha un rugissement assourdi et cette force impétueuse qui lui était maintenant familière.

On aurait dit, au départ, qu'il ne se passait rien du tout. Puis les deux dalles de pierre commencèrent à s'incurver vers le haut avec un crissement sous la poussée du rameau qui se développait à vue d'œil, s'élevant vers la main tendue de sire Loup. Des hoquets de surprise se firent entendre aux balcons du palais, comme des branches surgissaient du rameau qui grandissait toujours. Sire Loup haussa un peu la main, et la brindille s'allongea encore, obéissant à son ordre, tandis que ses branches s'étendaient. C'était maintenant un jeune arbuste en pleine croissance. L'une des dalles se fendit avec un claquement sec.

Un silence absolu s'était établi; tous les regards étaient maintenant braqués sur l'arbre, dans une fascination terrifiée. Sire Loup tendit les deux mains, les paumes tournées vers le ciel. Il prononça encore un mot, et le bout des branches s'enfla et se mit à bourgeonner, puis l'arbre se couvrit de fleurs d'un délicat rose pâle.

— On dirait un pommier, tu ne crois pas, Pol? suggéra sire Loup, par-dessus son épaule.

— C'est bien ce qu'il semblerait, père, confirmat-elle.

Il tapota affectueusement l'arbuste et se retourna vers le chevalier, maintenant livide sous ses cheveux noirs, et qui s'était laissé tomber sur les genoux en tremblant.

— Eh bien, Messire Andorig, que croyez-vous, maintenant?

— Pardonne-moi, je T'en prie, ô glorieux Belgarath, supplia Andorig, d'une voix étranglée.

Sire Loup se redressa de toute sa hauteur et c'est d'un ton rigoureux qu'il s'exprima, les paroles coulant de sa bouche selon le rythme mesuré de l'idiome mimbraïque, avec la même aisance que chez tante Pol, un peu plus tôt.

— Je Te charge, ô Sire chevalier, de T'occuper de cet arbre. Il a poussé ici pour restaurer la foi et la confiance qui T'avaient abandonné. De Ta dette Tu T'acquitteras en lui accordant Tes soins les plus fervents et les plus assidus. En son temps, de fruits il sera porteur, que Tu recueilleras et gracieusement bailleras à quiconque T'en priera. Pour le salut de Ton âme, à personne, aussi humble soit-il, Tu n'en dénieras. De ce que l'arbre prodigue avec libéralité, de même Tu disposeras.

— Très joli, approuva tante Pol.

Sire Loup lui fit un clin d'œil.

— Il en sera ainsi que Tu me l'ordonnes, auguste Belgarath, hoqueta Andorig. Sur ma foi, je m'y engage.

Sire Loup retourna vers son cheval.

— Comme ça, au moins, il pourra dire qu'il aura fait une chose utile dans sa vie, marmonna-t-il.

Après cela, il n'y eut plus de discussion. Les grilles du palais s'ouvrirent en grinçant, ils entrèrent tous dans la cour intérieure et mirent pied à terre. Emboîtant le pas à Mandorallen, ils défilèrent devant des nobles à genoux, certains en sanglots, qui tendaient timidement la main au passage de sire Loup pour effleurer l'ourlet de sa robe, puis, une foule sans cesse croissante sur leurs talons, ils traversèrent les immenses salles aux murs tendus de tapisseries jusqu'aux portes de la salle du trône d'Arendie, qui s'écartèrent devant eux.

Ils pénétrèrent dans la vaste salle voûtée sur les murs de laquelle se détachaient des pilastres qui se rejoignaient au plafond, encadrant de hautes et étroites fenêtres. Celles-ci, garnies de vitraux multicolores, diapraient la lumière qui ruisselait sur le sol de marbre poli, pareille à une rivière coulant sur un lit de gemmes. Le double trône d'Arendie se dressait à l'autre bout de la pièce, sur une estrade de pierre couverte de tapis, devant un mur tendu d'épaisses draperies violettes, flanqué des antiques armes de vingt générations de monarques arendais : des lances, des masses, des épées plus grandes qu'aucun homme au monde, qu'entouraient les bannières éraillées de ces rois oubliés.

Korodullin d'Arendie était un jeune homme à l'air maladif, vêtu d'une robe pourpre brodée d'or, et qui portait sa couronne d'or comme si elle était trop lourde pour lui. A côté de lui, sur l'autre trône, était assise sa belle et pâle épouse. Ils braquèrent le même regard quelque peu anxieux sur la foule immense qui accompagnait sire Loup vers les larges marches du trône.

— O mon Roi, commença Mandorallen en se laissant tomber sur un genou, j'amène en Ta présence l'auguste Belgarath, disciple d'Aldur, et pilier de soutènement des royaumes du Ponant depuis le commencement des temps.

— Il sait qui je suis, Mandorallen, coupa sire Loup en faisant un pas en avant, accompagné d'une brève révérence. Salut à vous, Korodullin et Mayaserana, dit-il aux deux souverains. Je regrette de n'avoir pas eu l'occasion de vous rencontrer plus tôt.

— Tout l'honneur est pour nous, noble Belgarath, répondit le jeune roi dont la voix bien timbrée démentait la frêle apparence.

— Notre père nous a souvent parlé de Toi, reprit la reine.

— Nous étions bons amis, lui expliqua sire Loup. Permettez-moi de vous présenter ma fille, Polgara.

— Gente dame, salua le roi avec une inclination respectueuse de la tête. Le monde entier est au fait de Tes pouvoirs, mais les hommes ont oublié de parler de Ta beauté.

— Je sens que nous allons bien nous entendre, répliqua tante Pol avec un sourire chaleureux.

— Notre cœur tremble à la vue du fleuron de la gent féminine, déclara la reine.

164

Tante Pol regarda la reine d'un air pensif.

— Il faut que je vous parle, Mayaserana, annonça-t-elle gravement. En privé. Et très vite.

La reine eut l'air surpris. Sire Loup leur présenta les membres de sa suite, et chacun s'inclina à son tour devant le jeune roi.

— Bienvenue à tous, Messires et Gentilshommes, déclara Korodullin. Notre indigne cour s'honore infiniment d'une si noble compagnie.

— Le temps presse, Korodullin, reprit sire Loup. La courtoisie du trône d'Arendie fait l'admiration du monde entier, et je ne voudrais pas que vous vous formalisiez, votre charmante épouse et vous-même, si je coupe court à ces usages si raffinés qui sont l'âme et l'ornement de votre cour, mais il faut que je vous fasse part, en privé, de certaines nouvelles d'une extrême urgence.

— Considère-nous, dans ce cas, comme à Ta disposition sur l'heure, repartit le roi en quittant son trône. Veuillez nous excuser, bien chers amis, annonça-t-il aux courtisans assemblés, mais les informations que ce vieil ami de notre royal lignage doit nous communiquer ne peuvent l'être qu'à nos seules oreilles, et avec la plus grande diligence. Permettez-nous, nous vous en prions, de nous retirer un court moment afin de recevoir ses instructions. Nous serons de retour à l'instant.

— Polgara? appela sire Loup.

— Vas-y, père. Pour l'instant, il faut que j'entretienne Mayaserana d'une affaire de la plus grande importance pour elle.

— Cela ne peut-il attendre?

— Non, père. Cela ne peut attendre.

Sur ces mots, elle s'approcha de la reine et s'éloigna avec elle bras dessus, bras dessous. Sire Loup la suivit des yeux un instant; puis il haussa les épaules et Korodullin et lui quittèrent à leur tour la salle du trône. Un silence presque scandalisé suivit leur départ.

— Fort malséant, décréta, d'un ton critique, un vieux courtisan aux cheveux blancs duveteux.

— Hâte amplement justifiée, Messire, lui expliqua Mandorallen. Ainsi que l'a signifié le révéré Belgarath, de l'aboutissement de notre mission dépend la destinée de tous les royaumes du Ponant. Il se pourrait que l'Ennemi Immémorial qui est le nôtre soit à nouveau à nos portes. Les chevaliers mimbraïques n'auront guère, je le crains, à attendre pour relever le flambeau d'une guerre titanesque.

— Bénie soit alors la langue qui apporte cette nouvelle, déclara le vieillard aux cheveux blancs. Je redoutais d'avoir mené mon dernier combat et de mourir dans mon lit, fin gâteux. Je rends grâces au grand Chaldan de la vigueur qui est encore la mienne, et que le passage de près de quatre-vingts années n'ait point amoindri ma vaillance.

Garion se retira un peu à l'écart, sur le côté de la salle, pour débattre d'un problème. Les événements avaient voulu qu'il se retrouve à la cour du roi Korodullin avant d'avoir eu le temps de se préparer au pénible devoir qui l'attendait. Il avait donné sa parole à Lelldorin de porter certains faits à la connaissance du roi, mais il n'avait pas la moindre idée de la façon dont il allait s'y prendre. Les discours ampoulés de la cour arendaise l'intimidaient. On était à Vo Mimbre, c'est-à-dire aux antipodes de la familiarité un peu bourrue de la cour du roi Anheg, au Val d'Alorie, ou de la bonhomie qui était de règle à celle du roi Fulrach de Sendarie, et la perspective de divulguer le projet concocté par un groupe de boutefeux asturiens comme il avait raconté l'histoire du comte de Jarvik, à Cherek, lui paraissait rigoureusement inenvisageable.

La pensée soudaine des circonstances dans lesquelles ces événements s'étaient déroulés lui fit l'effet d'un coup violent. La situation d'alors était tellement similaire à la présente qu'il lui sembla tout d'un coup n'être qu'un pion dans un jeu élaboré. Les mouvements des pièces sur l'échiquier étaient presque identiques ; dans les deux cas, il s'était retrouvé dans une position difficile, obligé de faire échec à un coup fatal, faute de quoi un roi mourrait et un royaume s'effondrerait. Il se sentait étrangement impuissant, comme si sa vie entière était entre les mains de deux joueurs sans visage qui déplaçaient des pièces sur un gigantesque échiquier, répétant inlassablement la même partie. Partie qui, pour ce qu'il en savait, durait depuis le commencement des temps, et dont le prochain mouvement ne faisait aucun doute. Quant au moyen de l'effectuer, les joueurs semblaient se borner à le lui laisser découvrir.

Le roi Korodullin paraissait ébranlé lorsqu'il regagna son trône avec sire Loup, une demi-heure plus tard, et il avait de toute évidence du mal à se contrôler.

— Pardonnez-nous, nobles gentilshommes, s'excusa-t-il, mais nous avons appris des nouvelles troublantes. Pour l'heure, toutefois, nous allons écarter nos préoccupations et fêter dignement cette visite historique. Que l'on appelle les musiciens et que l'on fasse préparer un banquet !

Il y eut un mouvement de foule, près de la porte, et un homme en robe noire fit son entrée, suivi de près par une demi-douzaine de chevaliers mimbraïques en armure de parade, les yeux étrécis par la méfiance, la main sur la garde de l'épée comme s'ils défiaient qui que ce soit de tenter de se mettre en travers du chemin de leur maître. Alors que l'homme se rapprochait, Garion reconnut l'angle inhabituel de ses yeux et ses joues couturées de cicatrices. C'était un Murgo.

Barak posa une main ferme sur le bras de Hettar.

Le Murgo donnait l'impression de s'être habillé en hâte, et semblait quelque peu essoufflé par la précipitation qu'il avait mise à gagner la salle du trône. Il s'inclina profondément devant Korodullin.

— Je viens, ô Majesté, haleta-t-il de sa voix âpre, d'être avisé que des visiteurs étaient arrivés à la Cour, et je me suis empressé de venir ici les saluer au nom de mon roi, Taur Urgas.

Le visage de Korodullin se ferma.

— Nous ne nous rappelons pas T'avoir fait appeler, Nachak, déclara-t-il.

— Mes craintes se trouvent donc bien justifiées, ô royale Majesté, riposta le Murgo. Ces messagers se seront exprimés au sujet de ma race en termes désobligeants, dans le but de mettre fin à l'amitié bien établie entre les trônes d'Arendie et de Cthol Murgos. Je suis consterné de découvrir que Tu prêtes l'oreille à des ragots sans m'offrir l'occasion d'exercer mon droit de réponse. Est-ce là l'idée que Tu Te fais, ô Majesté auguste, de la justice ?

— Qui est cet homme ? demanda sire Loup à l'adresse de Korodullin.

— Nachak, l'ambassadeur de Cthol Murgos, expliqua le roi. Souhaites-Tu lui être présenté, ô vénérable Belgarath ?

— Ce ne sera pas nécessaire, rétorqua sire Loup avec un morne sourire. Il n'y a pas un Murgo au monde qui ne sache qui je suis. Toutes les mères de Cthol Murgos menacent leurs enfants désobéissants de m'appeler à la rescousse.

— Mais je ne suis plus un enfant, vieillard, railla Nachak. Tu ne me fais pas peur.

— C'est peut-être une erreur fatale, commenta Silk.

Le nom du Murgo avait fait à Garion l'effet d'un coup de poing. En regardant le visage couturé de cicatrices de l'homme qui avait si bien abusé Lelldorin et ses amis, il se rendit compte que les joueurs venaient d'avancer leurs pièces, le plaçant à nouveau dans une position décisive, et que l'issue de la partie dépendait cette fois encore entièrement de lui.

— Quels mensonges as-tu racontés au roi, vieillard ? questionna Nachak.

— Aucun, Nachak, objecta sire Loup. Je me suis contenté de lui dire la vérité, ce qui est bien suffisant.

— Je m'insurge, ô royale Majesté. Je proteste aussi énergiquement que possible, et j'en appelle à votre jugement. Le monde entier est au fait de la haine de cet homme envers mon peuple. Comment pouvez-vous lui permettre de vous empoisonner ainsi l'esprit ? Il vous dresse contre nous !

— Tiens, il a oublié ses Tu et ses Toi, cette fois, observa finement Silk.

— Il est trop excité pour ça, expliqua Barak. Les Murgos perdent tous leurs moyens quand ils sont énervés. C'est l'une de leurs moindres imperfections.

— Ah ! ces Aloriens, cracha l'ambassadeur.

— Parfaitement, espèce de Murgo, repartit froidement Barak, sans lâcher le bras de Hettar.

Nachak se tourna vers eux. Il ouvrit de grands yeux comme s'il voyait Hettar pour la première fois, et réprima un mouvement de recul sous le regard haineux de l'Algarois. La demi-douzaine de chevaliers qui formaient son escorte se rapprochèrent aussitôt de lui, dans une attitude défensive.

— Votre Majesté, grinça-t-il, je connais cet homme. C'est un Algarois du nom de Hettar, un meurtrier tristement célèbre. J'exige que vous le fassiez arrêter.

— Tu *exiges*, Nachak ? releva le roi, une lueur inquiétante dans le regard. Tu oses imposer Tes exigences dans notre propre cour ?

— Que Votre Majesté daigne me pardonner, s'excusa promptement Nachak. La vue de cet individu m'aura tellement perturbé que je me serai oublié.

— Tu serais mieux avisé de ficher le camp, Nachak, recommanda sire Loup. On sait bien qu'il n'est pas prudent de rester tout seul en présence de tant d'Aloriens quand on est un Murgo. Un accident est si vite arrivé...

— Grand-père, commença Garion, d'un ton pressant.

Il aurait été bien incapable de dire exactement pourquoi, mais il savait que le moment était venu de parler. Il ne fallait pas que Nachak quitte la salle du trône. Les joueurs sans visage avaient joué leur dernier coup; c'était la fin de la partie.

— Grand-père, répéta-t-il, j'ai quelque chose à te dire.

— Ce n'est pas le moment, Garion.

Sire Loup tenait toujours le Murgo sous son regard implacable.

— C'est important, Grand-père. *très* important.

Sire Loup se retourna. Il s'apprêtait sûrement à répondre sèchement, mais quelque chose dut lui apparaître — quelque chose que personne d'autre dans la salle du trône ne pouvait voir sans doute, car il écarquilla les yeux, comme en proie à une surprise aussi vive que passagère.

— Très bien, Garion, acquiesça-t-il d'une voix étrangement calme. Vas-y.

— Il y a des gens qui complotent d'assassiner le roi d'Arendie, et Nachak trempe dans la conjuration.

Mais Garion avait parlé plus fort qu'il ne l'aurait voulu, et à ses paroles, un silence subit s'abattit sur la salle du trône.

Le visage de Nachak blêmit et sa main amorça un mouvement involontaire en direction de la garde de son épée, sur laquelle elle se figea. Garion eut tout à coup une vision pénétrante de la présence de Barak, dressé, telle une montagne, dans son dos, tandis que Hettar, plus sinistre que la mort avec son cuir noir, surgissait à côté de lui. Nachak fit un pas en arrière, esquissa un geste rapide, et ses chevaliers bardés d'acier lui offrirent promptement un rempart de leur corps, en portant la main à leur arme.

— Je ne resterai pas un instant de plus en butte à de pareilles calomnies, décréta le Murgo.

— Nous ne T'avons pas signifié ton congé, Nachak, rétorqua froidement Korodullin. Nous requérrons Ta présence pendant un moment, encore.

Le visage du jeune roi arborait un air sévère. Il soutint un moment le regard du Murgo, puis se tourna vers Garion.

— Nous voudrions en entendre davantage. Parle en Ton âme et conscience, mon garçon, et n'aie crainte. Nul ne saurait exercer de représailles à Ton endroit.

Garion inspira profondément.

— Je suis loin de connaître tous les détails, Votre Majesté, expliqua-t-il en pesant ses mots. Ce que j'en sais, je l'ai découvert par hasard.

— Parle sans T'émouvoir, répéta le roi.

— Pour autant que je sache, Votre Majesté, un groupe d'hommes ont formé le projet de vous tuer, quelque part sur la grand-route, lorsque vous vous rendrez à Vo Astur, l'été prochain.

— Des renégats asturiens, sans le moindre doute, suggéra un courtisan aux cheveux gris.

— Ils se considèrent comme des patriotes, répliqua Garion.

— Bien évidemment, railla le courtisan.

— De telles tentatives ne sont pas rares, déclara le

roi. Nous prendrons les mesures nécessaires pour nous en prémunir. Grâces Te soient rendues pour cette information.

— Ce n'est pas tout, Majesté, ajouta Garion. Lors de l'attaque, ils devraient porter des uniformes de légionnaires tolnedrains.

Silk laissa échapper un sifflement aigu.

— Leur grande idée est de faire croire à vos nobles que vous avez été tué par les Tolnedrains, poursuivit Garion. Les conjurés sont persuadés que Mimbre déclarera aussitôt la guerre à l'Empire, et que ses légions entreront en Arendie dès cet instant. Après quoi, quand le pays sera à feu et à sang, ils proclameront que l'Asturie n'est plus assujettie à la couronne d'Arendie, et à partir de là, ils s'affirment sûrs du soutien de l'Asturie tout entière.

— Fort bien, repartit pensivement le roi. Ce plan n'est pas mal conçu, quoique sa subtilité ne ressemble guère à ces égarés d'Asturiens, nos frères. Mais nous ne voyons point encore ce que l'émissaire de Taur Urgas vient faire dans cette félonie.

— C'est lui qui l'a mise au point, Votre Majesté. C'est lui qui en a fourni tous les détails, ainsi que l'or nécessaire à l'achat des uniformes tolnedrains et au ralliement d'autres conjurés.

— Il ment ! éclata Nachak.

— Tu auras l'occasion de faire valoir Ton point de vue, Nachak, lui signifia le roi avant de se retourner vers Garion. Poursuivons sur ce sujet. Comment as-Tu eu connaissance de ce complot ?

— Je ne puis vous le dire, Majesté, s'excusa Garion, d'un ton douloureux. J'ai donné ma parole. L'un des hommes me l'a révélé en gage d'amitié. Il a remis sa vie entre mes mains pour me prouver sa confiance. Je ne puis le trahir.

— Ta loyauté Te fait honneur, jeune Garion, approuva le roi, mais l'accusation que Tu portes contre l'ambassadeur murgo est des plus graves. Peux-Tu, sans violer Ton serment, prouver Tes dires ?

Garion secoua la tête, impuissant.

— Cette affaire est des plus graves, votre Majesté,

déclara Nachak. Je suis l'émissaire personnel de Taur Urgas. Ce sale morveux est l'instrument de Belgarath, et son histoire aberrante, que rien, au surplus, ne vient étayer, constitue de toute évidence une tentative de discrédit à mon endroit, doublée d'un effort de déstabilisation des relations entre les trônes d'Arendie et de Cthol Murgos. Je ne puis laisser passer cette accusation. Le garçon doit être contraint et forcé d'identifier ces comploteurs imaginaires ou d'admettre qu'il ment.

— Il a prêté serment, Nachak, rétorqua le roi.

— C'est lui qui le dit, Votre Majesté, accusa Nachak avec un rictus railleur. Soumettons-le à la question. Une heure de chevalet, et il sera peut-être plus disert.

— Nous n'accordons guère de foi aux confessions obtenues par la torture, confia Korodullin.

— S'il plaît à Votre Majesté, intervint Mandorallen, il se pourrait que je sois en mesure de lui permettre de résoudre ce problème.

Garion jeta sur le chevalier un regard meurtri. Mandorallen connaissait Lelldorin; la vérité était à sa portée. En outre, Mandorallen étant un Mimbraïque, Korodullin était son roi. Non seulement rien ne l'obligeait à garder le silence, mais encore son devoir le contraignait pratiquement à parler.

— O Messire Mandorallen, reprit gravement le roi, Toi dont la dévotion au devoir et à la vérité est légendaire, se pourrait-il que Tu puisses nous aider à identifier ces comploteurs ?

Tout le problème était là.

— Point du tout, ô noble Sire, démentit formellement Mandorallen. Mais je connais Garion et je sais que c'est un garçon honnête et sincère. Je me porte garant de lui.

— Piètre corroboration, rétorqua Nachak. Je déclare quant à moi qu'il ment; où cela nous mène-t-il ?

— Ce garçon est mon compagnon, déclara Mandorallen. Je ne serai pas l'instrument d'un parjure; son honneur m'est aussi précieux que le mien propre. Mais selon nos lois, ce que l'on ne peut prouver, on peut le remettre au jugement des armes. Je me déclare le champion de ce garçon, et j'atteste devant cette assemblée que le dénommé Nachak ici présent n'est qu'un scélérat qui s'est associé à divers individus pour assassiner mon roi. Relève mon défi, Murgo, ordonna froidement Mandorallen, en retirant son gantelet d'acier et en le jetant sur le sol de pierre luisante où il s'écrasa avec un vacarme retentissant. Ou bien laisse l'un de ces chevaliers sans foi ni loi le ramasser pour Toi. Peu m'importe de prouver Ta vilenie sur Ton corps ou celui de Ton champion.

Nachak commença par regarder le gantelet de mailles d'acier, puis le grand chevalier qui l'accusait, fermement planté devant lui. Il passa nerveusement la pointe de sa langue sur ses lèvres et jeta un coup d'œil circulaire sur la salle du trône. En dehors de Mandorallen, aucun des nobles mimbraïques présents n'était en armes. Le Murgo plissa les yeux, comme à bout.

— Tuez-le ! commanda-t-il aux six hommes en armure qui l'entouraient, en découvrant les dents dans un rictus hargneux.

Les chevaliers se regardèrent d'un air dubitatif, pour le moins indécis sur la conduite à tenir.

— Tuez-le ! répéta Nachak, d'un ton impérieux. Un millier de pièces d'or à celui qui lui ôtera la vie !

A ces mots, les six chevaliers retrouvèrent leur impassibilité, tirèrent leur épée comme un seul homme et se déployèrent, le bouclier levé, pour encercler Mandorallen. Nobles et dames de haut parage élargirent le cercle autour d'eux en poussant des hoquets étouffés et des cris alarmés.

— Quelle est cette traîtrise ? s'exclama Mandorallen. Etes-vous épris de ce Murgo et de son or au point de tirer les armes en présence du roi, en violation de toutes les lois ? Rengainez vos épées.

Mais ils ignorèrent ses paroles et continuèrent d'avancer sur lui, menaçants.

— Défends-Toi, ô Messire Mandorallen, le pressa Korodullin, en se levant à moitié de son trône. Je Te libère des contraintes de la loi.

Mais Barak n'était pas resté inactif. Remarquant que Mandorallen n'avait pas emporté son bouclier dans la salle du trône, l'homme à la barbe rouge décrocha une énorme épée à deux mains de la panoplie d'armes et de bannières qui ornait l'un des côtés du trône.

— Mandorallen ! hurla-t-il.

Dans un grand geste, il fit glisser l'immense lame en direction du chevalier, sur les dalles de pierre du sol inégal. Mandorallen tendit l'un de ses pieds chaussés de mailles d'acier, arrêta l'arme dans sa course et se baissa pour la ramasser.

Les chevaliers qui s'approchaient de lui eurent tout à coup l'air un peu moins sûrs d'eux en voyant Mandorallen soulever la lame de six pieds avec ses deux mains.

Avec un formidable sourire, Barak tira, d'un côté, son épée, de l'autre, une hache d'armes. Sabre au clair, la garde basse, Hettar faisait silencieusement le tour des chevaliers, beaucoup moins fringants tout à coup. Instinctivement, Garion porta la main à son épée, mais les doigts de sire Loup se refermèrent sur son poignet.

— Ne te mêle pas de ça, toi, siffla le vieil homme, en l'écartant du combat qui se préparait.

Mandorallen assena son premier coup sur un bouclier promptement levé, pulvérisant le bras d'un chevalier en armure et surcot écarlate, le précipitant à dix pieds de là, tel un vulgaire tas de ferraille. Barak para avec sa hache le coup d'épée que tentait de lui porter un chevalier trapu, avant d'abattre sa propre lame sur le bouclier levé de l'homme. Hettar se joua avec dextérité d'un chevalier en armure émaillée de vert, esquivant avec une aisance dérisoire les coups maladroits de son adversaire et dardant la pointe de son sabre devant son heaume d'acier.

La salle du trône de Korodullin retentissait du tintement des épées, tandis que les lames s'entrechoquaient dans des gerbes d'étincelles. Mandorallen abattit un second adversaire d'un coup formidable. Il plongea son épée à deux mains sous le bouclier du chevalier qui poussa un cri terrible, lorsque, traversant son armure, la vaste lame s'enfonça dans son flanc. Puis l'homme s'écroula, un flot vermeil jaillissant d'une déchirure béante à mi-corps.

D'un preste revers de sa hache d'armes, Barak ouvrit le côté du heaume d'un chevalier corpulent, qui fit un tour sur lui-même avant de s'écrouler sur le sol. Hettar feinta rapidement, puis il introduisit la pointe de son sabre au défaut du ventail du chevalier en armure verte, qui se raidit comme le sabre lui pénétrait dans le cerveau.

Tandis que la mêlée faisait rage sur le sol luisant, les nobles et leurs dames fuyaient d'un côté puis de l'autre pour éviter d'être renversés par les combattants. Nachak assista avec consternation à la déroute de ses chevaliers qui s'écroulaient les uns après les autres, puis, tout d'un coup, il fit volte-face et s'enfuit.

— Il s'en va ! hurla Garion.

Mais Hettar était déjà sur ses talons, et son visage n'était pas beau à voir. Courtisans et belles dames se volatilisaient en poussant des cris stridents devant l'Algarois qui s'élançait pour couper la route à Nachak en brandissant son sabre dégoulinant de sang. Le Murgo avait presque réussi à atteindre l'autre bout de la salle, mais, traversant la foule à grandes enjambées, Hettar fut devant la porte avant lui. L'ambassadeur dégaina son épée avec un cri de désespoir, et, curieusement, Garion éprouva un instant de pitié pour lui.

Au moment où le Murgo s'apprêtait à lever son épée, Hettar le frappa une première fois au-dessus de chaque épaule, faisant claquer la lame de son sabre comme si c'était un fouet. Nachak tenta désespérément de soulever ses bras morts pour se protéger la tête, mais Hettar le prit au dépourvu. Abaissant sa lame, l'Algarois au visage implacable lui traversa le corps de part en part, délibérément, avec une grâce fluide très particulière. Garion vit la pointe du sabre ressortir entre les épaules du Murgo selon un angle qui lui parut étrange. L'ambassadeur poussa un hoquet, lâcha son épée et se cramponna des deux mains au poignet de Hettar, mais, tordant inexorablement la main, l'homme au profil d'oiseau de proie fit tourner le tranchant de sa lame incurvée dans le corps du Murgo. Nachak émit une sorte de grognement, il fut secoué par un horrible frisson, puis ses deux mains glissèrent sur le poignet de son bourreau, ses jambes se dérobèrent sous son corps et il tomba à la renverse dans un soupir gargouillant, dégageant mollement la lame du sabre.

CHAPITRE XI

Après la mort de Nachak, un silence terrible régna pendant un moment dans la salle du trône, puis ses deux derniers gardes du corps encore debout jetèrent avec fracas leurs armes sur le sol ruisselant de sang. Mandorallen releva le ventail de son heaume et se tourna vers le trône.

— O Majesté auguste, commença-t-il respectueusement, l'issue de ce jugement par les armes prouve la traîtrise de Nachak.

— En effet, acquiesça le roi. Notre seul regret est que l'enthousiasme que Tu as mis à défendre cette cause nous aura privés de l'occasion de pousser plus avant nos investigations sur la duplicité de Nachak.

— Je pense que l'on peut s'attendre à ce que les complots qu'il a fomentés avortent d'eux-mêmes, sitôt que la nouvelle des événements se sera répandue audehors, observa sire Loup.

— Peut-être, admit le roi. Mais nous aurions bien aimé avoir quelques détails sur cette affaire. Il nous aurait plu de savoir si Nachak était l'instigateur de cette vilenie, ou s'il fallait aller chercher plus loin, en direction de Taur Urgas lui-même, insinua-t-il en fronçant les sourcils d'un air pensif, avant de secouer la tête comme pour écarter de sombres spéculations. L'Arendie Te doit beaucoup, vénérable Belgarath. Tes braves compagnons ici présents nous auront gardés de voir se rallumer une guerre de triste mémoire. Ma salle du trône est devenue un champ de bataille, soupira-t-il, après un coup d'œil navré au sol souillé de sang et aux corps qui le jonchaient. La malédiction qui frappe l'Arendie n'aura même pas épargné ces lieux. Que l'on fasse disparaître ce carnage ! ordonna-t-il sèchement avant de détourner les yeux de l'horrible spectacle du nettoyage.

Nobles et gentes dames se remirent à jaboter tandis que l'on déblayait les cadavres et que l'on épongeait rapidement les mares de sang qui avaient commencé à figer sur le sol de pierre.

— Belle bagarre, commenta Barak en essuyant soigneusement la lame de sa hache.

— Je Te suis infiniment redevable, ô Messire Barak, de Ton aide fort opportune, déclara gravement Mandorallen.

— Elle semblait de mise, répondit Barak en haussant les épaules.

Hettar les rejoignit. Une expression de sinistre satisfaction se lisait sur son visage.

— Beau boulot, le complimenta Barak. Vous lui avez proprement réglé son compte.

— C'est le fruit d'une longue habitude, acquiesça Hettar. Nachak a commis la même erreur que tous les Murgos quand ils livrent un combat. Il doit y avoir une faille dans leur éducation.

— C'est vraiment dommage, tout de même, glissa Barak avec une mauvaise foi scandaleuse.

Garion s'éloigna d'eux. Il savait pertinemment que c'était absurde, mais il n'en éprouvait pas moins le sentiment aigu d'assumer une responsabilité personnelle dans le carnage auquel il venait d'assister. Tout ce sang, toutes ces morts violentes procédaient de ce qu'il avait dit. S'il n'avait pas ouvert la bouche, ces hommes ne seraient pas passés de vie à trépas. Ses paroles avaient beau se justifier, sinon s'imposer — et combien —, il était, qu'il le voulût ou non, en proie aux affres de la culpabilité. Il ne se sentait pas en mesure de discuter avec ses amis pour l'instant. Il aurait donné n'importe quoi pour pouvoir parler avec tante Pol, mais elle n'était pas encore revenue, et il se retrouvait seul face à sa conscience meurtrie.

Il s'était réfugié dans l'une des embrasures formées

par les pilastres qui soutenaient le mur sud de la salle du trône afin de ruminer tranquillement ces sombres pensées, lorsqu'une jeune fille, de deux ans plus âgée que lui peut-être, fondit sur lui. Elle avait les cheveux sombres, presque noirs, la peau crémeuse, et le corsage de sa robe écarlate, dont le brocart épais bruissait quand elle marchait, était si profondément décolleté que Garion eut un peu de mal à trouver sur elle un endroit qui offrît au regard toutes les garanties d'innocuité voulues.

— J'ajouterai, ô Messire Garion, mes remerciements à ceux de toute l'Arendie, souffla-t-elle, d'une voix vibrante d'un cocktail d'émotions qui échappèrent totalement à Garion. La révélation du funeste complot ourdi par le Murgo est venue à point nommé pour sauver la vie de notre souverain.

Ces mots ne pouvaient que mettre du baume au cœur de Garion.

— Je n'ai pas fait grand-chose, gente damoiselle, répondit-il, dans une belle démonstration de fausse modestie. Le combat fut livré par mes amis.

— Mais c'est Ta courageuse intervention qui a permis de démasquer le félon, insista-t-elle. Et les vierges chanteront la noblesse avec laquelle Tu as celé l'identité de Ton ami, aussi anonyme que mal inspiré.

La notion de virginité n'était pas de celles avec lesquelles Garion était prêt à se colleter avec désinvolture. Il devint cramoisi et se mit à bafouiller lamentablement.

— Es-Tu en vérité, noble Garion, le petit-fils de Belgarath l'Eternel?

— Nos liens ne sont pas aussi étroits que cela, mais c'est ainsi que nous présentons les choses, pour simplifier.

— Tu descends néanmoins de lui en droite ligne? précisa-t-elle, et ses yeux violets étincelaient.

— D'après lui, oui.

— Et Dame Polgara serait-elle, d'aventure, Ta mère?

— Ma tante.

— Une proche parente, donc, approuva-t-elle avec chaleur, en posant ses mains comme deux oiseaux sur son poignet. Le sang qui coule, ô Messire Garion, dans Tes veines, est le plus noble du monde. Dis-moi, ne serais-Tu, par chance, encore promis à personne?

Les yeux de Garion se mirent à papilloter, et ses oreilles franchirent un nouveau degré dans l'écarlate.

— Ah! Garion, tonna la voix cordiale de Mandorallen, rompant un moment on ne peut plus pénible. Je Te cherchais. Daigneras-Tu, comtesse, nous excuser?

La jeune comtesse jeta à Mandorallen un regard venimeux, mais la main ferme du chevalier empoignait déjà celle de Garion, l'entraînant au loin.

— Il faudra que nous ayons un autre entretien, ô Messire Garion, s'écria-t-elle comme il s'éloignait.

— J'espère bien, gente damoiselle, acquiesça Garion, par-dessus son épaule.

Puis Mandorallen et lui se fondirent dans la foule des courtisans qui se pressaient vers le centre de la salle du trône.

— Je vous dois des remerciements, Mandorallen, articula enfin Garion, sans trop d'enthousiasme.

— Et pour quoi donc, mon jeune ami?

— Vous saviez qui je protégeais quand j'ai parlé de Nachak au roi, n'est-ce pas?

— Evidemment, confirma le chevalier, d'un petit ton désinvolte.

— Vous auriez pu le dire au roi. En fait, il était de votre devoir de le lui dire, si je ne m'abuse?

— Oui, mais Tu avais fait vœu de garder le secret.

— Moi oui, mais pas vous.

— Nous sommes compères, Toi et moi. Ton serment me liait tout autant que Toi. Ne le savais-Tu donc point?

Garion était dépassé. Les raffinements de subtilité de l'éthique arendaise avaient quelque chose d'effarant.

— Alors vous avez préféré vous battre pour moi?

— Et comment! assura Mandorallen avec un rire bon enfant. Bien que je doive T'avouer honnêtement, ô Garion, que mon empressement à prendre Ta défense n'était point entièrement le fait de l'amitié. En vérité, je te le dis, ce Murgo, Nachak, m'avait paru moult agressif, et je ne goûtais guère la froide arrogance de ses séides. L'idée de ce combat me tentait déjà fortement avant que le besoin de me faire Ton champion ne m'en offre l'occasion. C'est peut-être moi qui devrais Te remercier de me l'avoir fournie.

— Je ne vous comprends vraiment pas, Mandorallen, avoua Garion. Il y a des moments où je me dis que je n'ai jamais rencontré personne d'aussi compliqué que vous de toute ma vie.

— Moi ? Mais je suis l'homme le plus simple du monde, déclara Mandorallen, stupéfait, avant de jeter un coup d'œil alentour. Je me dois de Te conseiller de prendre garde à Tes paroles lorsque Tu converses avec la comtesse Vasrana, lui confia-t-il en se penchant vers lui. C'est ce qui m'a déterminé à Te prendre à part.

— Qui ça ?

— L'accorte damoiselle avec qui Tu t'entretenais. Elle se prend pour la plus grande beauté du royaume et cherche un époux digne de sa personne.

— Un époux ? répéta Garion, d'une voix défaillante.

— Mon jeune ami constitue une proie de choix. Son sang est plus noble qu'aucun autre par suite de sa parenté avec Belgarath. Il concrétiserait le summum des ambitions de la comtesse.

— Un époux ? croassa à nouveau Garion, dont les genoux commençaient à trembler. Moi ?

— Je ne sais ce qu'il en est dans la brumeuse Sendarie, expliqua Mandorallen, mais en Arendie, Tu es, ô Garion, d'âge à Te marier. Que mon compère prenne garde à ses paroles. La plus anodine des remarques pourrait passer pour une promesse, si une noble dame choisissait de l'interpréter comme telle.

Garion déglutit péniblement et jeta autour de lui un coup d'œil plein d'appréhension, après quoi il s'efforça de se faire oublier. Il avait l'impression que ses nerfs le lâcheraient au premier incident.

Mais la traque de ce genre de gibier à deux pattes n'avait pas de secret pour une chasseresse aussi rouée que la comtesse Vasrana. Avec une détermination consternante, elle le débusqua, le rabattit et l'accula dans une autre embrasure, braquant sur lui ses yeux de braise et son sein palpitant.

— Peut-être pourrons-nous maintenant, par chance, continuer cette intéressante conversation, ô Messire Garion, ronronna-t-elle.

Garion était aux abois et supputait fébrilement ses

chances d'évasion lorsque tante Pol réintégra la salle du trône, accompagnée par la reine Mayaserana, maintenant rayonnante. Mandorallen lui adressa rapidement quelques mots, et elle traversa immédiatement la salle en direction de la comtesse aux yeux violets qui tenait Garion dans ses rets.

— Garion, mon chou, dit-elle en approchant, c'est l'heure de ton médicament.

— Mon médicament ? articula-t-il, ne voyant pas où elle voulait en venir.

— Il est tellement distrait, le pauvre, confia tante Pol à la comtesse. Il sait pourtant bien que s'il ne prend pas sa potion toutes les trois heures, il va avoir une nouvelle crise. Enfin, c'est probablement l'excitation...

— Une crise ? répéta la comtesse Vasrana, d'une voix stridente.

— C'est une malédiction qui pèse sur toute la famille, soupira tante Pol. Ils sont tous fous — tous les enfants mâles. La potion agit un moment, mais son effet n'est que temporaire, évidemment. Il faudra que nous trouvions sans tarder une jeune femme patiente et dotée d'un bel esprit de sacrifice si nous voulons qu'il se marie et donne le jour à des enfants avant que son cerveau ne commence à se ramollir. Après cela, son infortunée épouse sera condamnée à s'occuper de lui jusqu'à la fin de ses jours. Je me demandais justement quelque chose, fit-elle en regardant la jeune femme d'un air spéculatif. Se pourrait-il que *vous* ne soyez pas encore promise ? Vous semblez avoir l'âge voulu... Hmm, d'une agréable fermeté, approuva-t-elle, en tendant la main et en tâtant rapidement le bras rond de Vasrana. Il faut que j'en parle tout de suite à sire Belgarath, mon père.

La comtesse commença à reculer, les yeux écarquillés.

— Allons, ne partez pas, supplia tante Pol. Nous avons bien quelques minutes devant nous avant sa prochaine crise.

La jeune fille s'éloigna ventre à terre.

— Mais quand est-ce que tu resteras tranquille, à la fin ? soupira tante Pol en entraînant fermement Garion.

— Mais je n'ai rien fait, moi, objecta-t-il.

Mandorallen les rejoignit, un sourire qui allait d'une oreille à l'autre accroché à la face.

— Je constate, ô gente dame, que Tu es parvenue à faire lâcher prise à notre agressive comtesse. Je l'aurais crue plus accrocheuse.

— Je lui ai fourni matière à réflexion. Il se peut que j'aie quelque peu tempéré son enthousiasme pour la vie matrimoniale.

— De quoi vous êtes-vous entretenue avec notre reine? reprit-il. Il y a des années que l'on ne l'avait vue sourire ainsi.

— Mayaserana avait des problèmes typiquement féminins. Je ne pense pas que vous comprendriez.

— Son incapacité à mener une grossesse à terme?

— Les Arendais n'ont donc vraiment rien de mieux à faire que de gloser sur des choses qui ne les regardent pas? Pourquoi n'iriez-vous pas provoquer quelqu'un d'autre en duel, au lieu de poser des questions indiscrètes?

— La question nous préoccupe tous beaucoup, gente dame, expliqua Mandorallen, d'un ton d'excuse. Si notre reine ne donne pas un héritier au trône, nous courons le risque d'une nouvelle guerre dynastique. Toute l'Arendie pourrait s'embraser à nouveau.

— L'incendie n'aura pas lieu, Mandorallen. Je suis arrivée à temps, par bonheur — mais nous avons senti les brandons passer bien près. Vous aurez un prince couronné avant l'hiver.

— Est-ce possible?

— Vous aimeriez peut-être que je vous donne des précisions? suggéra-t-elle d'un ton caustique. J'avais pourtant cru remarquer que les hommes préféraient généralement ignorer le détail des mécanismes mis en œuvre dans la gestation de leurs héritiers.

Le visage de Mandorallen s'empourpra.

— Je me contenterai de votre assurance, Dame Polgara, déclara-t-il avec empressement.

— Vous m'en voyez fort aise.

— Il faut que je fasse part au roi de tout ceci, annonça-t-il.

— Occupez-vous plutôt de vos affaires, Messire Mandorallen. La reine se chargera elle-même de dire à Korodullin, son époux, ce qu'il a besoin de savoir. Vous feriez mieux d'aller nettoyer votre armure. On dirait que vous avez passé la journée dans un abattoir.

Il s'inclina, plus rouge que jamais, et battit en retraite.

— Ah! les hommes, soupira-t-elle en le suivant du regard, avant de se rabattre sur Garion. Je me suis laissé dire que tu ne t'étais pas ennuyé, toi.

— Il fallait bien que je mette le roi au courant, bredouilla-t-il.

— On dirait que tu as vraiment le génie de te fourrer dans des situations invraisemblables. Pourquoi ne nous as-tu pas avertis, ton grand-père ou moi-même?

— J'avais juré de me taire.

— Garion, commença-t-elle fermement, dans les circonstances présentes, il est très dangereux de garder des secrets. Ce que Lelldorin t'avait confié était très grave, tu le savais n'est-ce pas?

— Je n'ai pas dit que c'était Lelldorin.

— Garion, mon chou, reprit-elle froidement, en le foudroyant du regard, ne commets jamais l'erreur de me croire stupide.

— Oh! mais non, balbutia-t-il. Ça ne me serait jamais venu à l'esprit. Je... tante Pol, j'avais donné ma parole de ne rien dire à personne.

Elle poussa un soupir.

— Il ne faut pas que tu restes en Arendie, déclara-t-elle. Cet endroit a manifestement un effet néfaste sur tes facultés. Enfin, la prochaine fois que tu te sentiras obligé de faire une de ces déclarations publiques à sensation, parle-m'en un peu avant. D'accord?

— Oui, M'dame, marmonna-t-il, un peu penaud.

— Oh! mon Garion, mais qu'est-ce que je vais bien pouvoir faire de toi?

Puis elle éclata d'un grand rire chaleureux, lui passa un bras autour des épaules, et tout alla bien à nouveau.

La soirée se déroula sans autre incident. Le banquet fut mortel, ponctué de toasts interminables, les nobles arendais s'étant sentis obligés de se lever chacun à son tour pour rendre hommage à sire Loup et à tante Pol en tenant des discours aussi fleuris qu'ampoulés. Ils allèrent se coucher à une heure impossible, et Garion dormit mal, d'un sommeil troublé par des cauchemars dans lesquels la comtesse aux yeux de braise le poursuivait le long d'interminables couloirs jonchés de fleurs.

Ils se levèrent tôt le lendemain matin, et après le petit déjeuner, tante Pol et sire Loup s'entretinrent à nouveau en privé avec le roi et la reine. Garion, qui n'était pas tranquille depuis son escarmouche avec la comtesse Vasrana, ne quittait pas Mandorallen d'une semelle. C'était le chevalier mimbraïque au surcot bleu qui semblait le mieux armé pour l'aider à éviter ce genre d'aventure. Ils attendirent dans une antichambre, juste à côté de la salle du trône, et pour passer le temps, Mandorallen lui expliqua en long et en large une tapisserie compliquée qui couvrait tout un pan de mur.

Vers le milieu de la matinée, Messire Andorig, le seigneur aux cheveux noirs auquel sire Loup avait ordonné de passer le restant de ses jours à s'occuper de l'arbre de la place, vint trouver Mandorallen.

— Messire chevalier, commença-t-il d'un ton respectueux, le baron de Vo Ebor est arrivé du nord, accompagné de sa dame. Ils ont demandé de Tes nouvelles et m'ont chargé de Te mener près d'eux.

— C'est fort aimable de Ta part, ô Messire Andorig, répondit Mandorallen en se levant promptement du banc où ils s'étaient assis, Garion et lui. Je reconnais bien dans cette courtoisie le noble Andorig.

Andorig poussa un soupir.

— Il n'en a pas toujours été ainsi, hélas. J'ai monté la garde, cette nuit, auprès de l'arbre miraculeux que le vénérable Belgarath a confié à mes soins vigilants. Cela m'a donné le loisir de jeter un regard rétrospectif sur mon existence. Je n'ai pas mené la vie d'un homme de bien, mais je me repens amèrement de mes fautes et m'efforcerai honnêtement d'en mériter le pardon.

Sans un mot, Mandorallen étreignit la main du chevalier et le suivit, le long d'un interminable corridor, jusqu'à l'antichambre où l'on avait introduit les visiteurs.

Ce n'est qu'au moment d'entrer dans la pièce baignée de soleil que Garion se rappela que la baronne de Vo Ebor était la femme avec qui Mandorallen avait parlé, quelques jours auparavant, sur cette colline battue par les vents, le long de la Grand-Route de l'Ouest.

Le baron était un homme de belle prestance, en surcot vert. Il était sensiblement plus âgé que Mandorallen. Ses cheveux et sa barbe avaient des reflets d'argent, et ses yeux, enfoncés dans son visage, recélaient comme une insondable tristesse.

— Mandorallen, dit-il en donnant chaleureusement l'accolade au chevalier. Il y a trop longtemps que Tu nous délaisses; ce n'est pas gentil.

— Le devoir, Messire, répondit Mandorallen d'une voix altérée.

— Allons, Nerina, ordonna le baron à sa femme. Venez saluer notre ami.

La baronne Nerina était bien plus jeune que son mari. Elle avait les cheveux longs, d'un noir de jais. Elle portait une robe rose, et elle était très belle — quoique pas plus, songea Garion, qu'une demi-douzaine d'autres femmes qu'il avait vues à la cour d'Arendie.

— Ce cher Mandorallen, déclara-t-elle en accordant au chevalier une brève et chaste accolade. Sa présence nous a beaucoup manqué à Vo Ebor.

— Le monde n'est plus pour moi qu'un endroit désolé loin de ses murs tant aimés.

Sire Andorig s'était discrètement éclipsé après une inclination du buste, laissant Garion planté près de la porte, un peu incertain sur la conduite à tenir.

— Et quel est ce jeune garçon d'aimable tournure qui accompagne mon fils? s'enquit le baron.

— Un jeune Sendarien du nom de Garion, l'informa Mandorallen. Il s'est joint à moi, ainsi que divers autres compagnons, dans une quête périlleuse.

— C'est avec joie que je salue le compagnon de mon fils, déclara le baron.

Garion s'inclina, mais son esprit fonctionnait à toute vitesse. Il s'efforçait de trouver un prétexte pour s'éloigner. La situation était terriblement embarrassante, et il n'avait pas envie de s'éterniser.

— Il faut que j'aille attendre le roi, annonça le baron. Les règles de la courtoisie exigent que je me présente à lui dès mon arrivée à la cour. Daigneras-Tu, ô Mandorallen, tenir compagnie à ma chère et tendre épouse jusqu'à mon retour?

— Je n'y manquerai pas, Messire.

— Je vais vous emmener à l'endroit où le roi confère avec ma tante et mon grand-père, Messire, s'empressa Garion.

— Non, mon garçon, déclina le baron. Tu dois rester, Toi aussi, bien que je n'aie nul sujet d'inquiétude, étant parfaitement au fait, comme je le suis, de l'indéfectible loyauté de ma femme et de mon plus cher ami. Mais les mauvaises langues auraient vite fait de crier au scandale si on les laissait seuls tous les deux. La prudence commande que l'on veille à ne point prêter le flanc aux méchantes rumeurs et aux vils sous-entendus.

— Je resterai donc, Messire, accepta promptement Garion.

— Brave garçon, approuva le baron.

Puis il quitta la pièce en silence, le regard quelque peu hanté.

— Ma dame souhaiterait-elle s'asseoir? proposa Mandorallen, en indiquant à la baronne Nerina un banc sculpté placé à côté d'une fenêtre.

— Volontiers, acquiesça-t-elle. Notre voyage a été moult éprouvant.

— Il est bien long, le chemin qui mène d'ici à Vo Ebor, renchérit Mandorallen en prenant place sur un autre banc. Les routes furent-elles clémentes à ma dame et à son seigneur?

— Peut-être pas tout à fait assez sèches pour que le voyage fût parfaitement agréable, précisa-t-elle.

Ils parlèrent un moment des routes et du temps, assis non loin l'un de l'autre, mais pas suffisamment près pour que, si quelqu'un venait à passer par la porte ouverte, il pût se méprendre sur la totale innocence de leur conversation. Pourtant, les messages qu'échangeaient leurs yeux étaient sensiblement plus intimes. Terriblement embarrassé, Garion affecta de regarder par une fenêtre, après s'être assuré qu'on le voyait bien de la porte.

Comme la conversation s'éternisait, les silences se faisaient de plus en plus longs et embarrassants, et Garion se tordait intérieurement de douleur à chaque fois, redoutant que, poussés à bout par leur amour sans espoir, Mandorallen ou Dame Nerina ne transgresse cette frontière non dite et ne laisse échapper le mot, la phrase ou le vocable qui provoqueraient la ruine de l'honneur et de la dignité, menant leur vie au désastre. Et pourtant, dans un petit coin de son esprit, il aurait donné n'importe quoi pour que ce mot, cette phrase ou ce vocable soit enfin prononcé et que la flamme de leur amour s'embrase, aussi brièvement que ce soit.

C'est là, dans cette petite chambre tranquille, baignée de lumière, que Garion franchit une sorte de ligne de démarcation. Le ressentiment qu'il nourrissait à l'encontre de Mandorallen, et qui lui avait été instillé par Lelldorin, avec ses préjugés sans nuance, finit par s'effriter et disparaître. Il se mit à éprouver pour le couple des sentiments puissants, qui n'étaient pas de la pitié — car ils n'auraient pas accepté de pitié —, mais plutôt de la compassion. Et surtout, il commençait à comprendre, bien qu'encore timidement et quoi qu'il y vît essentiellement la marque d'un égoïsme sans bornes, le sens de l'honneur et l'orgueil transcendant dans lesquels plongeaient les racines de la tragédie qui marquait le destin de l'Arendie depuis des siècles innombrables.

Pendant encore une demi-heure peut-être, Mandorallen et Dame Nerina restèrent ainsi l'un près de l'autre, les yeux dans les yeux, échangeant à peine quelques paroles, tandis que Garion, au bord des larmes, montait près d'eux une garde vigilante. Et puis Durnik vint leur annoncer que tante Pol et sire Loup s'apprêtaient à partir.

DEUXIEME PARTIE

EN TOLNEDRIE

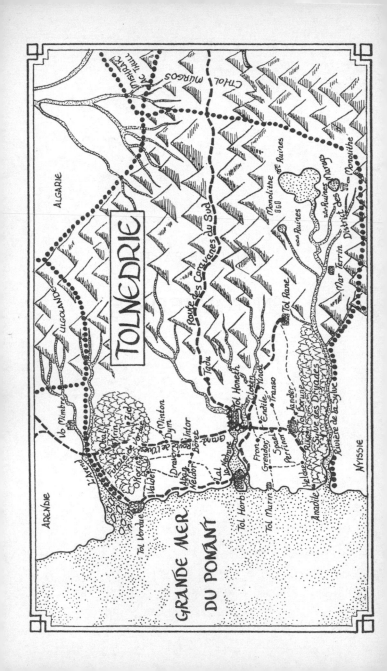

CHAPITRE XII

Ils quittèrent la cité, escortés par un détachement d'une quarantaine de chevaliers en armure commandé par le roi Korodullin en personne. Une fanfare de trompes de cuivre salua leur départ du haut des remparts de Vo Mimbre, et en jetant un coup d'œil par-dessus son épaule, Garion crut reconnaître Dame Nerina debout sur le mur d'enceinte, juste au-dessus du portail voûté, mais il n'aurait pu l'affirmer. La dame ne fit aucun signe de la main, et Mandorallen ne se retourna pas pour la regarder, mais c'est tout juste si Garion ne retint pas son souffle tout le temps qu'ils furent en vue de Vo Mimbre.

L'après-midi était déjà bien entamé lorsqu'ils arrivèrent au gué qui permettait de traverser l'Arend pour entrer en Tolnedrie. La rivière étincelait sous le soleil qui brillait de tous ses feux dans un ciel d'un bleu intense, et les bannières multicolores qui ornaient les lances des chevaliers de l'escorte claquaient dans le vent, au-dessus de leurs têtes. Garion éprouva un besoin éperdu, une aspiration irrésistible, presque insoutenable, de traverser la rivière et de laisser derrière lui l'Arendie et les terribles événements qui s'y étaient déroulés.

— Salut à Toi et bonne route, ô vénérable Belgarath, déclara Korodullin, en s'arrêtant au bord de l'eau. Nous allons commencer nos préparatifs, ainsi que Tu nous l'as conseillé. L'Arendie sera prête. J'en atteste les Dieux.

— Je vous tiendrai, quant à moi, régulièrement informé de l'avancement de notre quête, promit sire Loup.

— Nous ferons également conduire une enquête sur les

activités des Murgos à l'intérieur des frontières du royaume, annonça Korodullin. Si ce que nous a annoncé le noble Belgarath se révèle exact, et nous ne doutons pas que tel soit le cas, alors nous les ferons expulser d'Arendie jusqu'au dernier. Nous les traquerons sans relâche, et ils ne connaîtront pas le repos sur la terre d'Arendie. Nous ferons de leur vie un calvaire, un enfer perpétuel, pour prix de la discorde qu'ils auront tenté de semer parmi nos sujets.

— Voilà une idée bien séduisante, répondit sire Loup avec un grand sourire. Les Murgos sont un peuple arrogant ; un peu d'affliction de temps à autre ne peut que leur enseigner l'humilité. Au revoir, Korodullin, dit-il en tendant la main au monarque. J'espère que le monde se portera mieux lors de notre prochaine rencontre.

— Nos prières iront dans ce sens, assura le jeune roi.

Mais l'empire de Tolnedrie les attendait de l'autre côté de la rivière ; alors sire Loup prit la tête de la colonne, et ils s'engagèrent dans les eaux frémissantes, tandis que, dans leur dos, les chevaliers mimbraïques les saluaient d'une ultime sonnerie de trompe.

En remontant sur l'autre berge, Garion regarda autour de lui à la recherche de quelque chose qui différenciât l'Arendie de la Tolnedrie, un changement dans le sol ou la végétation, mais il n'y en avait apparemment aucun. Indifférente aux frontières des hommes, la terre continuait, inchangée.

A une demi-lieue environ de la rivière, ils entrèrent dans la Futaie de Vordue, vaste étendue boisée, bien entretenue, qui partait de la mer et allait jusqu'au pied des montagnes, à l'est. Une fois sous le couvert des arbres, ils s'arrêtèrent pour remettre leurs vêtements de voyage.

— Autant continuer à nous faire passer pour des marchands, décida sire Loup, en remettant avec une évidente satisfaction sa tunique rapiécée, d'un rouge éteint, et ses chaussures désassorties. Les Grolims ne se laisseront évidemment pas abuser, mais ça fera l'affaire pour les Tolnedrains que nous rencontrerons en chemin. Nous règlerons le cas des Grolims d'une autre façon.

— Y a-t-il trace du passage de l'Orbe ? gronda Barak en fourrant dans les ballots sa cape de peau d'ours et son heaume.

— Un indice ou deux, confirma sire Loup avec un regard circulaire. Je dirais que Zedar est passé par là il y a quelques semaines.

— Il ne me semble pas que nous réduisions significativement l'écart, lâcha Silk en tirant sur son gilet de cuir.

— Au moins, nous ne nous laissons pas distancer. Bon, on y va?

Ils se remirent en selle dans le soleil de l'après-midi et reprirent la grand'route tolnedraine, qui coupait tout droit à travers la forêt. Au bout d'une lieue ou deux, la chaussée s'élargissait considérablement devant un bâtiment bas, aux murs de pierre blanchis à la chaux, coiffé d'une toiture rouge, solidement planté sur le bas-côté. Plusieurs soldats traînaient leur flemme aux alentours; leurs armures et leur armement parurent à Garion moins rutilants que ceux des légionnaires qu'il lui avait été donné de voir jusque-là.

— C'est un poste de douane, commenta Silk. Les Tolnedrains préfèrent les placer à une certaine distance de la frontière pour ne pas se trouver impliqués dans les trafics réguliers.

— Ces légionnaires me semblent bien débraillés, observa Durnik d'un ton réprobateur.

— Ce ne sont pas des légionnaires, expliqua Silk, mais des troupes locales au service des douanes. Ça fait une énorme différence.

— C'est ce que je vois, confirma Durnik.

Un soldat à la cuirasse rouillée s'avança sur la route, une courte lance à la main, et tendit le bras pour les arrêter.

— Inspection des douanes, déclara-t-il d'un ton las. Son Excellence va venir d'ici un instant. Vous pouvez mettre vos chevaux par là, fit-il en indiquant une sorte d'enclos, sur le côté du bâtiment.

— Des ennuis en perspective? demanda Mandorallen.

Le chevalier, qui avait enlevé son armure, portait maintenant la cotte de mailles et le surcot avec lesquels il voyageait habituellement.

— Non, répondit Silk. L'agent des douanes va nous poser quelques questions, mais nous allons lui graisser la patte et il nous laissera repartir sans problème.

— Graisser la patte? releva Durnik.

— Evidemment, commença Silk en haussant les

épaules. Pourquoi les choses se passeraient-elles autrement ici ? Mais il vaut mieux me laisser parler. J'ai l'habitude de ce genre de formalités.

L'inspecteur des douanes, un gaillard ventru, au crâne dégarni, sortit du bâtiment de pierre en époussetant les miettes qui garnissaient le devant de sa robe brun-roux ceinturée à la taille.

— Bon après-midi, dit-il d'un ton carré.

— Bien le bonjour, Votre Excellence, répondit Silk avec une rapide courbette.

— Alors, qu'avons-nous là ? demanda l'agent en scrutant leur chargement d'un regard appréciateur, comme pour en jauger le contenu.

— Je m'appelle Radek de Boktor, répliqua Silk. Je suis un marchand drasnien. J'apporte du drap de laine sendarien à Tol Honeth.

Il ouvrit le haut de l'un des paquets et en extirpa un coin de lainage gris.

— Voilà un bien honnête dessein, honorable marchand, commenta l'agent en palpant le lainage. L'hiver a été fort rigoureux, cette année, et les cours de la laine ont considérablement monté.

Il y eut un bref tintement et plusieurs pièces changèrent de main. L'agent des douanes se fendit alors d'un sourire, et sembla se décontracter.

— Je ne vois pas l'utilité de vous faire ouvrir tout votre barda, concéda-t-il d'un ton amène. Il est évident que vous êtes l'intégrité même, mon brave Radek, et je ne voudrais pas vous retarder.

Silk s'inclina à nouveau.

— Avez-vous quelque chose de particulier à signaler sur le trajet qui nous attend, Votre Excellence ? questionna-t-il en refermant soigneusement le ballot. J'ai appris à me fier aux conseils du service des douanes.

— La route est bonne, déclara l'agent avec un haussement d'épaules. Les légions y veillent.

— Bien sûr. Rien de spécial, où que ce soit ?

— Il vaudrait peut-être mieux que vous ne vous mêliez pas trop à la population en descendant vers le sud, conseilla le corpulent personnage. Une certaine agitation politique se fait actuellement sentir en Tolnedrie. Mais je suis sûr que lorsque les gens verront que vous vaquez strictement à vos affaires, vous ne serez pas importuné.

— Des troubles ? s'enquit Silk, en prenant l'air quelque peu préoccupé. C'est la première fois que j'en entends parler.

— C'est ce fichu problème de succession qui perturbe un peu tout en ce moment.

— Ran Borune serait-il malade ? s'étonna Silk.

— Non, le rassura le gros bonhomme. Il est vieux, voilà tout. Mais c'est un mal dont on ne se remet jamais, et comme il n'a pas de fils pour lui succéder, la dynastie Borune s'éteindra avec lui, et les grandes familles ont déjà commencé à manœuvrer pour occuper la place. Tout cela coûte horriblement cher évidemment ; or dès qu'il est question d'argent, les Tolnedrains que nous sommes entrent en turbulence.

— Comme tout un chacun, releva Silk, avec un petit rire. J'aurais peut-être intérêt à prendre des contacts dans le bon camp. A votre avis, quelle est à l'heure actuelle la famille la mieux placée dans la course ?

— Je pense que nous avons une nette avance sur tous les autres, répondit l'agent, d'un ton passablement suffisant.

— *Nous* ?

— Les Vordueux. Ce sont de lointains parents à moi, par les femmes. Le grand-duc Kador de Tol Vordue constitue le seul candidat possible pour le trône.

— Je ne crois pas le connaître.

— C'est un homme de qualité, reprit l'agent, non sans emphase. Un homme puissant, énergique, qui voit loin. Si le choix était basé sur le seul mérite, nul doute que le grand-duc Kador se verrait attribuer le trône par consentement général. Mais, hélas, la décision appartient à l'Assemblée consultative.

— Vraiment ?

— Vraiment, répéta amèrement le corpulent agent. Vous ne croiriez jamais combien ces hommes exigent en échange de leur voix, honorable Radek.

— C'est une occasion qui ne se représentera pas de sitôt pour eux, évidemment.

— Loin de moi l'idée de chipoter à qui que ce soit le

droit à un honnête dessous-de-table, pleurnicha le fonctionnaire, mais l'amour de l'argent a rendu fous certains des membres du conseil. Quelle que soit la situation que j'occuperai dans le nouveau gouvernement, il me faudra des années pour regagner ce que j'ai déjà été obligé de donner. Et c'est la même chose d'un bout à l'autre de la Tolnedrie. Les honnêtes gens sont pris à la gorge par les impôts et toutes ces contributions exceptionnelles. Personne n'ose laisser passer une liste sur laquelle il n'a pas son nom, et il en sort une tous les jours. Ces dépenses font le désespoir de tout le monde. On s'entre-tue dans les rues de Tol Honeth.

— Ça va si mal que ça?

— C'est pire que tout ce que vous pouvez imaginer. Comme les Horbite n'ont pas la fortune nécessaire pour mener une véritable campagne, ils se sont mis à empoisonner les membres de l'Assemblée. Nous dépensons des millions pour acheter une voix, et le lendemain, notre homme s'écroule, raide mort, la figure toute bleue. Ça me crucifie littéralement. Je n'ai pas assez de sang-froid pour faire de la politique.

— Affreux, approuva Silk, d'un ton compatissant.

— Si seulement Ran Borune pouvait rendre le dernier soupir, se lamenta le Tolnedrain, désespéré. Nous avons la situation bien en main pour l'instant, mais les Honeth sont plus riches que nous. Ils auraient les moyens d'acheter le trône à notre nez et à notre barbe; il suffirait qu'ils se mettent d'accord sur un seul et même candidat. Et pendant ce temps-là, Ran Borune est tranquillement assis dans son palais, à gâter le sale petit monstre qui lui sert de fille, et il est tellement entouré de gardes que ce n'est même pas la peine d'essayer de convaincre un assassin de tenter quoi que ce soit. Il y a des moments où je me demande s'il mourra un jour.

— Patience, Votre Excellence, conseilla Silk. Plus grande est la souffrance, meilleure paraît, dit-on, la récompense finale.

Le Tolnedrain poussa un soupir à fendre l'âme.

— Je serai donc fabuleusement riche, un beau jour. Mais je ne vous ai que trop retardé, mon bon Radek. Je vous souhaite bonne route, et une vague de froid à Tol Honeth, pour faire encore monter le prix de vos lainages.

Silk s'inclina courtoisement, se remit en selle, prit à nouveau la tête, et ils s'éloignèrent du bureau de douanes au petit trot.

— Ça fait plaisir de retrouver cette bonne vieille Tolnedrie, avec son parfum de traîtrise, d'intrigue et de corruption! s'exclama Silk, avec enthousiasme, une fois qu'ils furent hors de portée de voix.

— Tu as vraiment une sale mentalité, Silk, glissa Barak. Cet endroit est un vrai cloaque.

— Bien sûr, et alors? rétorqua en riant le petit homme à la tête de fouine. Au moins, comme ça, on ne s'ennuie pas. On ne s'ennuie jamais en Tolnedrie, Barak.

Ils arrivèrent à la tombée du jour près d'un petit village propret, et s'arrêtèrent pour la nuit dans une solide auberge bien tenue, où la nourriture était bonne et les lits, bien propres. Ils se levèrent tôt, le lendemain matin, et n'eurent pas plus tôt avalé le petit déjeuner que les sabots de leurs chevaux claquaient à nouveau sur les dalles de la cour, puis sur les pavés de la route, dans la curieuse lumière argentée que l'on voit juste avant le lever du soleil.

— Un endroit bien convenable, approuva Durnik, en jetant un coup d'œil circulaire sur les maisons de pierres blanches, coiffées de toits de tuiles rouges. Tout a l'air bien propre, bien ordonné.

— C'est le reflet de l'esprit tolnedrain, expliqua sire Loup. Ils ont vraiment le souci du détail.

— Ce n'est pas un mauvais trait de caractère, observa Durnik.

Sire Loup était sur le point de lui répondre quand deux hommes en robe de bure surgirent, l'un poursuivant l'autre, de l'ombre qui bordait la route.

— Attention! hurla celui qui se trouvait derrière. Il est devenu fou!

L'homme qui courait devant se tenait le crâne à deux mains, les yeux lui sortaient de la tête, et son visage était tordu dans une expression d'horreur indicible. Comme il se précipitait droit sur lui, Garion leva instinctivement la main droite pour le repousser, tandis que son cheval faisait un violent écart. Au moment où il effleurait de la paume le front de l'homme, il éprouva une curieuse impression, un genre de picotement dans la main et dans le bras, comme si celui-ci était soudain animé d'une force colossale, surhumaine, et son esprit s'emplit d'un prodigieux rugissement. Les yeux du forcené se révulsèrent, et on aurait dit que Garion lui avait asséné un coup formidable, car il s'effondra sur les pavés de la route.

Puis Barak insinua son cheval entre Garion et l'homme à terre.

— Qu'est-ce que c'est que cette histoire ? demanda-t-il au second homme en robe de bure qui venait vers eux en courant.

— Nous venons de Mar Terrin, répondit l'homme, à bout de souffle. Frère Obor ne supportait plus les fantômes, alors on m'a autorisé à le ramener chez lui jusqu'à ce qu'il ait retrouvé ses esprits. Vous n'aviez pas besoin de cogner si fort, accusa-t-il en s'agenouillant auprès de l'homme à terre.

— Mais je n'ai rien fait, moi, protesta Garion. C'est à peine si je l'ai touché. Il a dû tomber en syncope.

— Il faut bien que vous l'ayez frappé, reprit le moine. Regardez sa figure.

Une vilaine marque rouge s'étendait sur le front de l'homme inconscient.

— Garion, dit tante Pol. Tu peux faire exactement ce que je vais te dire sans poser de questions ?

— Sûrement, oui, répondit Garion en hochant la tête.

— Descends de cheval. Approche-toi de l'homme qui est à terre et pose la paume de ta main sur son front. Puis excuse-toi de l'avoir fait tomber.

— Vous êtes sûre que c'est bien prudent, Polgara ? demanda Barak.

— Il n'y a rien à craindre. Fais ce que je te dis, Garion.

Garion approcha en hésitant de l'homme évanoui, tendit la main et posa sa paume sur l'ecchymose.

— Je suis désolé, déclara-t-il. Et j'espère que vous vous remettrez vite.

Il éprouva de nouveau cette curieuse impression dans le bras, mais pas tout à fait comme la première fois.

Le regard de l'homme s'éclaira, et il cligna les paupières à plusieurs reprises.

— Où suis-je ? murmura-t-il. Que s'est-il passé ?

Sa voix avait l'air tout à fait normal, et la marque sur son front avait disparu.

— Tout va bien, maintenant, lui expliqua Garion, sans trop savoir pourquoi. Vous avez été malade, mais ça va mieux, à présent.

— Viens, Garion, ordonna tante Pol. Son ami va s'occuper de lui.

Garion se remit en selle, une tempête sous le crâne.

— Un miracle! s'écria le second moine.

— Pas tout à fait, rectifia tante Pol. Le coup lui a rendu ses esprits, et voilà tout. Ce sont des choses qui arrivent.

Mais elle échangea avec sire Loup un regard qui en disait long; il avait dû se passer quelque chose, quelque chose de rigoureusement inattendu.

Ils s'éloignèrent, abandonnant les deux moines au beau milieu de la route.

— Que s'est-il passé? demanda Durnik, l'air stupéfait.

— Polgara a dû passer par Garion, expliqua sire Loup en haussant les épaules. Nous ne pouvions pas faire autrement.

Mais Durnik n'avait pas l'air convaincu.

— Oh! cela n'arrive pas très souvent, continua sire Loup, car il n'est guère commode d'agir par l'intermédiaire de quelqu'un d'autre, comme cela; seulement, il arrive parfois que nous n'ayons pas le choix.

— Mais Garion l'a guéri, objecta Durnik.

— C'est que le remède devait venir de la même main que le mal, Durnik, répondit tante Pol. Allons, ne posez pas tant de questions.

Mais la voix sèche qui s'éveillait dans la conscience de Garion refusait toutes ces explications en bloc. Elle lui disait que personne n'était intervenu de l'extérieur. Troublé, il examina la marque argentée qui lui couvrait la paume de la main. Elle n'était pas tout à fait comme avant. Il n'aurait su dire en quoi, mais il avait vraiment l'impression qu'elle était un peu changée.

— Arrête d'y penser, chéri, dit tranquillement tante Pol comme ils quittaient le village et repartaient vers le sud, accompagnés par le chant des oiseaux qui saluaient le lever du jour. Ne t'inquiète pas. Je t'expliquerai tout ça plus tard.

Puis, elle tendit le bras et lui replia fermement les doigts sur la paume de la main.

CHAPITRE XIII

Il leur fallut trois jours pour traverser la Futaie de Vordue. Garion, qui n'avait pas oublié les périls de la forêt arendaise, n'était pas tranquille au départ, et scrutait avec angoisse les ombres qui s'étendaient sous les arbres ; mais vers la fin de la première journée, comme il ne s'était rien passé de spécial, il commença à se détendre. Au contraire de sire Loup, qui semblait de plus en plus irritable au fur et à mesure qu'ils descendaient vers le sud.

— Ils mijotent quelque chose, marmonnait-il. Je voudrais bien qu'ils montrent le bout du nez. Je déteste avancer en regardant par-dessus mon épaule à chaque pas comme ça.

Garion n'eut guère l'occasion, pendant qu'ils étaient à cheval, de parler à tante Pol de ce qui était arrivé au moine fou de Mar Terrin. On aurait presque dit qu'elle l'évitait délibérément ; et quand il réussit enfin à se rapprocher suffisamment d'elle pour lui poser des questions au sujet de l'incident, elle ne lui fournit que des réponses vagues, peu propres à effacer le malaise que lui inspirait toute l'affaire.

Au matin du troisième jour, ils sortirent du couvert des arbres et se retrouvèrent à l'air libre, dans les labours. Contrairement à la plaine arendaise, où de vastes étendues de terre semblaient abandonnées aux mauvaises herbes, ici, le sol faisait l'objet d'une culture extensive, et tous les champs étaient entourés de murets de pierres. Il ne faisait pas encore très chaud, loin de là, mais le soleil brillait de mille feux, et la glèbe riche et noire semblait n'attendre que d'être ensemencée. La grand-route était large et droite, et ils rencontrèrent en chemin de nombreux voyageurs avec lesquels ils échangeaient en général des salutations de pure forme mais polies, et Garion commença à se sentir plus à l'aise. Le pays semblait décidément beaucoup trop civilisé pour le genre de dangers qu'ils avaient rencontrés en Arendie.

Vers le milieu de l'après-midi, ils entrèrent dans une ville d'une certaine importance où des marchands vêtus de manteaux multicolores les hélaient depuis les étals et les éventaires qui bordaient les rues, les adjurant de s'arrêter pour jeter au moins un coup d'œil à leurs marchandises.

— Ils ont vraiment l'air désespérés de nous voir partir, observa Durnik.

— Les Tolnedrains ne supportent pas de perdre un client, commenta Silk. Ils adorent l'argent.

Un incident éclata tout à coup sur une petite place, un peu plus loin devant eux. Une demi-douzaine de soldats mal rasés, d'une allure négligée, avaient abordé un homme à l'air arrogant, en manteau vert sans manches, qui protestait avec véhémence.

— Mais laissez-moi passer, enfin! s'exclamait-il.

— On a juste un mot à te dire, Lembor, rétorqua l'un des soldats, avec un rictus inquiétant.

C'était un grand gaillard efflanqué, défiguré, d'un côté, par une vilaine cicatrice.

— Quel idiot! fit un passant, avec un rire gras. Lembor se prend pour un si grand personnage maintenant qu'il se croit dispensé de prendre des précautions.

— Ils vont l'arrêter, ami? s'enquit poliment Durnik.

— Ils ne le garderont sûrement pas longtemps, répondit sèchement le passant.

— Qu'est-ce qu'ils vont lui faire? demanda Durnik.

— La même chose que d'habitude.

— Et qu'est-ce qu'il se passe, d'habitude?

— Regardez, vous verrez bien. Cet imbécile n'aurait jamais dû sortir sans ses gardes du corps.

L'homme en manteau vert était maintenant encerclé par les soldats, et deux d'entre eux le prenaient par les bras sans ménagements.

— Mais lâchez-moi! protestait Lembor. Qu'est-ce que vous faites, à la fin?

— Allons, suis-nous sans faire d'histoires, Lembor, ordonna le soldat au visage balafré. Ne nous complique pas la tâche.

Ils commencèrent à l'entraîner dans une ruelle étroite.

— A l'aide! glapissait Lembor, en se débattant désespérément.

L'un des soldats lui écrasa la bouche d'un coup de poing, et ils disparurent dans le passage. On entendit un seul cri, bref, et les échos d'une courte lutte accompagnée de force grognements, bientôt suivis d'un crissement horrible d'acier sur de l'os, puis quelqu'un exhala une longue plainte, et un ruisselet impétueux de sang vermeil se mit à sourdre au bout de l'allée pour se jeter dans le caniveau. Une minute ou deux plus tard, les soldats ressortaient de la ruelle en essuyant leurs épées avec un grand sourire.

— Mais il faut faire quelque chose! s'écria Garion, indigné et horrifié.

— Non, déclara abruptement Silk. La seule chose que nous ayons à faire, c'est de nous occuper de nos oignons. Nous ne sommes pas là pour nous ingérer dans les problèmes de politique locale.

— De politique? Tu appelles ça de la politique, toi? protesta Garion. Mais c'était un meurtre délibéré! On ne pourrait pas aller voir s'il est toujours vivant, au moins?

— Il y a peu de chances, railla Barak. On voit mal comment six hommes armés d'épées auraient pu rater leur coup.

Une douzaine d'autres soldats, d'aussi piètre apparence que les premiers, se précipitèrent sur la place en mettant sabre au clair.

— Trop tard, Rabbas, fit, avec un rire âpre, le soldat au visage balafré à l'attention du chef des nouveaux arrivants. Lembor n'a plus besoin de toi. Il vient d'être emporté par un mauvais cas de mort subite. J'ai bien l'impression que tu vas te retrouver sans travail.

Le dénommé Rabbas s'arrêta net, puis une expression rusée, brutale, passa sur son visage sombre.

— Tu as peut-être raison, Kragger, répondit-il d'une voix non moins âpre. Mais il se pourrait là encore que nous arrivions à faire un peu de place dans la garnison. Je suis sûr qu'Elgon serait ravi de renouveler un peu ses cadres.

Il se remit à avancer en balançant son épée devant lui d'un air menaçant.

Puis on entendit un bruit de course précipitée, et vingt légionnaires brandissant de courtes lances firent irruption sur la place au pas de charge, sur deux colonnes. Leurs cuirasses étaient étincelantes et toute leur tenue, rigoureusement irréprochable. Ils s'immobilisèrent entre les deux groupes de soldats, et les hommes de chacune des colonnes se tournèrent vers l'un des deux clans en abaissant leurs lances.

— Très bien, Rabbas, Kragger, ça suffit, ordonna d'un ton sans réplique le chef du détachement. Videz les lieux immédiatement, tous les deux.

— Ce porc a tué Lembor, sergent, protesta Rabbas.

— Quelle perte cruelle! fit sans trop de sympathie le sergent. Maintenant, débarrassez-moi le plancher. Je ne veux pas d'incidents pendant mon service.

— Vous n'allez rien faire? demanda Rabbas.

— Si, répondit le légionnaire. Je vais faire dégager la voie publique : fichez le camp d'ici.

Rabbas tourna les talons d'un air morose en emmenant ses hommes.

— Ça vaut aussi pour toi, Kragger, précisa le sergent.

— Mais bien sûr, sergent, répliqua Kragger, avec un sourire mielleux. Nous étions justement sur le point de prendre congé.

Des huées s'élevèrent de la foule, comme les légionnaires cornaquaient les soldats à l'allure malpropre hors de la place. Le sergent jeta un regard menaçant sur la foule, et les clameurs se turent instantanément.

Durnik fit entendre un sifflement aigu.

— Là, de l'autre côté de la place, dit-il à sire Loup, dans un chuchotement rauque, on dirait Brill.

— Encore lui? s'exclama sire Loup, d'un ton exaspéré. Mais comment fait-il pour nous devancer constamment, comme ça?

— Essayons de savoir ce qu'il mijote, suggéra Silk, les yeux brillants.

— Il va nous reconnaître si nous tentons de le suivre, avertit Barak.

— Laissez-moi faire, décréta Silk en se laissant glisser à terre.

— Il nous a vus ? demanda Garion.

— Je ne crois pas, répondit Durnik. Il parle à ces hommes, là-bas. Il ne regarde pas par ici.

— Il y a une auberge près de la porte sud de la ville, dit très vite Silk, en retirant son gilet et en l'accrochant au pommeau de sa selle. Je vous y retrouverai d'ici une heure à peu près.

Puis le petit homme fit volte-face et se perdit dans la foule.

— Descendez de cheval, ordonna sire Loup, laconique. Nous allons les mener par la bride.

Ils mirent tous pied à terre et, s'efforçant de rester derrière leurs chevaux pour que Brill ne les vît pas, ils contournèrent l'angle de la place en longeant les bâtiments au plus près.

Garion jeta un coup d'œil en passant dans la ruelle où Kragger et ses hommes avaient attiré à son corps défendant le malheureux Lembor. Il frissonna et détourna très vite le regard. Une masse informe recouverte d'un long gilet vert, sans manches, était effondrée dans un coin de la sordide ruelle dont le sol pavé et les murs étaient abondamment maculés de sang.

Ils se rendirent compte en quittant la place que la ville entière semblait prise de frénésie, et parfois de consternation.

— Lembor ? Vous avez dit Lembor ? s'exclamait, atterré, un marchand au visage cendreux, vêtu d'un manteau bleu. Ce n'est pas possible !

— C'est un gars qui a tout vu qui l'a dit à mon frère, répondait son interlocuteur, un second marchand, à l'air tout aussi ébranlé. Il a été attaqué en pleine rue par quarante soldats d'Elgon, qui lui ont donné l'estocade devant tout le monde.

— Qu'allons-nous devenir ? demandait le premier homme, d'une voix tremblante.

— Vous, je ne sais pas, mais en ce qui me concerne, je ne vais pas faire de vieux os ici. Maintenant que Lembor est mort, les soldats d'Elgon vont probablement essayer de nous régler notre compte à tous.

— Ils n'oseraient tout de même pas.

— Et qui les en empêcherait ? Je rentre me barricader chez moi.

— Pourquoi avons-nous écouté Lembor ? gémit le premier marchand. Nous n'aurions jamais dû nous mêler de tout ça.

— C'est trop tard, maintenant, reprit l'autre. Moi, je vais me planquer.

Il tourna les talons et partit ventre à terre.

— Eh bien, dites donc, quand ils s'amusent, ceux-là, c'est pour de bon, observa Barak.

— Mais que fait donc la légion ? s'offusqua Mandorallen.

— Elle conserve une parfaite neutralité dans toutes ces affaires, expliqua sire Loup. Ça fait partir du serment des légionnaires.

L'auberge que Silk leur avait indiquée était un bâtiment carré, bien propre, entouré d'un mur bas. Ils attachèrent leurs chevaux dans la cour et entrèrent dans la salle commune baignée de soleil.

— Nous ferions aussi bien de manger quelque chose, père, suggéra tante Pol en prenant place à une table de chêne impeccablement cirée.

— J'étais juste en train de me dire que…

Sire Loup jeta un coup d'œil en direction de la porte.

— Je sais, répondit-elle. Mais je crois qu'il vaudrait mieux que nous mangions un morceau avant.

— Très bien, Pol, soupira sire Loup.

Le serveur leur apporta un plat de côtelettes fumantes et de grosses tranches de pain noir couvertes d'une épaisse couche de beurre. Garion avait l'estomac encore un peu retourné après le spectacle de la place, mais l'odeur des côtelettes eut tôt fait de le remettre d'aplomb. Ils avaient presque fini de manger quand un petit homme débraillé, en chemise de lin, tablier de cuir et chapeau râpé, entra et vint se vautrer sans cérémonie au bout de leur table. Son visage leur disait vaguement quelque chose.

— Du vin ! brailla-t-il à l'adresse de l'aubergiste. Et à manger !

Il jeta un coup d'œil furtif sur la salle plongée dans la lumière dorée qui filtrait à travers les fenêtres aux vitres jaunes.

— Il y a d'autres tables, ô ami, dit froidement Mandorallen.

— C'est celle-là que j'préfère, répliqua l'étranger, en les regardant à tour de rôle, avant d'éclater de rire.

Garion vit avec stupeur les traits de l'homme se relâcher, tandis que ses muscles semblaient glisser sous sa peau pour reprendre leur place habituelle. C'était Silk.

— Comment fais-tu ça ? demanda Barak, stupéfait.

Silk lui dédia un large sourire, puis tendit les mains et se frotta les joues du bout des doigts.

— A force de concentration, Barak. De concentration et de beaucoup de pratique. Mais ça finit par faire un peu mal aux joues, à force.

— Ça doit être utile dans certaines circonstances, j'imagine, commenta Hettar, d'un ton un peu narquois.

— Surtout pour un espion, renchérit Barak.

Silk inclina plaisamment la tête.

— Où as-tu pris ces vêtements ? s'étonna Durnik.

— Je les ai trouvés, répondit Silk avec un haussement d'épaules, en retirant son tablier.

— Trouvés, hein ? Bon, et Brill, dans tout ça : qu'est-ce qu'il fabrique ici ? demanda sire Loup.

— Il sème la zizanie, comme d'habitude. Il raconte à qui veut l'entendre qu'un Murgo du nom d'Asharak propose une récompense pour toute information nous concernant. Il donne de vous une excellent description, mon cher. Guère flatteuse, mais très précise.

— Il commence à m'agacer, cet Asharak, déclara tante Pol. Il va falloir que nous nous occupions de son cas.

— Ce n'est pas tout, reprit Silk en s'attaquant à l'une des côtelettes. Brill raconte partout que nous avons enlevé Garion, que c'est le fils d'Asharak, et qu'il offre une énorme récompense à celui qui lui ramènera son précieux rejeton.

— Garion ? releva brutalement tante Pol, d'un ton âpre.

Silk hocha la tête.

— Il cite un chiffre très motivant, avec plein de zéros. Il fit main basse sur un morceau de pain.

— Pourquoi moi ? se récria Garion, à qui cette nouvelle avait donné un coup au cœur.

— Pour nous retarder, conjectura sire Loup. Quel qu'il soit, Asharak sait que Polgara ne repartirait pas tant qu'elle ne t'aurait pas retrouvé. Et nous non plus, pro-bablement. Ce qui donnerait à Zedar le temps de prendre du champ.

— Mais qui est au juste cet Asharak ? s'informa Hettar, en plissant les yeux.

— Un Grolim, sans doute, répondit sire Loup. Son rayon d'action est décidément un peu trop vaste pour qu'il ne s'agisse que d'un simple Murgo.

— Quelle est la différence ? s'enquit Durnik.

— Il n'y en a pas, justement. Ils se ressemblent énormé-ment. Ce sont deux peuplades distinctes, mais très proches l'une de l'autre ; beaucoup plus que de n'importe quelle autre tribu angarak. Tout le monde peut distinguer un Nadrak d'un Thull, ou un Thull d'un Mallorien, mais il est impossible de reconnaître un Murgo d'un Grolim.

— Je n'ai jamais eu aucun problème, rétorqua tante Pol. Ils n'ont pas du tout la même mentalité.

— Ça va beaucoup simplifier les choses, commenta Barak, d'un ton sarcastique. Nous n'aurons qu'à fendre le crâne de tous les Murgos que nous rencontrerons en chemin, comme ça vous pourrez nous apprendre à dif-férencier ce qu'ils ont dans la tête.

— Vous fréquentez décidément beaucoup trop Silk, ces temps-ci, décréta tante Pol, d'un ton acide. Il commence à déteindre sur vous.

Barak regarda Silk et lui fit un clin d'œil.

— Si vous avez fini, nous pourrions peut-être essayer de quitter la ville sans nous faire repérer, suggéra sire Loup. Y a-t-il un moyen de partir d'ici discrètement ? demanda-t-il à Silk.

— Evidemment, répondit Silk, la bouche pleine.

— Un moyen que vous connaissez bien ?

— Je vous en prie ! s'offusqua Silk. Bien sûr que je le connais bien.

— Passons, concéda sire Loup.

La ruelle que Silk leur fit emprunter était étoite, déserte, et particulièrement nauséabonde, mais elle les amena directement à la porte sud de la ville, et ils se retrouvèrent bientôt sur la grand-route.

— Autant mettre tout de suite quelques lieues entre eux et nous, déclara sire Loup.

Il enfonça ses talons dans les flancs de son cheval et partit au galop. Ils chevauchèrent jusque bien après la tombée du jour. Une lune goitreuse et malsaine s'était élevée au-dessus de l'horizon, emplissant la nuit d'une lueur cendrée qui semblait décolorer toute chose, lorsque sire Loup s'arrêta enfin.

— Nous n'avons pas vraiment besoin de passer toute la nuit à cheval, dit-il. Quittons la route, nous allons prendre quelques heures de repos et nous repartirons tôt demain matin. Je voudrais bien garder un peu d'avance sur Brill, cette fois, si possible.

— Que dites-vous de ça ? suggéra Durnik en tendant le doigt vers un petit bosquet qui gravait sa silhouette noire dans la lumière blafarde, non loin de la route.

— Ça ira, décréta sire loup. Nous n'aurons pas besoin de faire du feu.

Ils menèrent les chevaux sous le couvert des arbres et tirèrent leurs couvertures de leur paquetage. Le clair de lune s'insinuait entre les arbres, marbrant le sol jonché de feuilles mortes. Garion trouva un endroit qu'il jugea du bout du pied à peu près plat, s'entortilla dans sa couverture, se tourna et se retourna un moment, puis finit par s'endormir.

Il se réveilla en sursaut, aveuglé par une demi-douzaine de torches, la poitrine écrasée sous une grosse botte, le bout d'une lame appuyé sur la gorge.

— Que personne ne bouge ! ordonna une voix rauque. Le premier qui lève le petit doigt est un homme mort !

Garion se raidit de peur et la pointe de l'épée lui entra cruellement dans la chair. Il tourna la tête d'un côté puis de l'autre et constata que tous ses amis étaient immobilisés comme lui. Il avait fallu deux soldats pour maîtriser Durnik, qui était de garde, et à qui les hommes à l'air farouche avaient fourré un bout de chiffon dans la bouche.

— Qu'est-ce que ça veut dire ? demanda Silk aux soldats.

— Vous n'allez pas tarder à le savoir, répondit leur chef. Prenez leurs armes.

Il fit un geste, et Garion vit qu'il lui manquait un doigt à la main droite.

— Il doit y avoir une erreur quelque part, protesta Silk.

Je suis Radek de Boktor, un marchand, et nous n'avons rien fait de mal, mes amis ni moi-même.

— Debout ! commanda le soldat à quatre doigts, indifférent aux protestations du petit homme. Si l'un de vous tente quoi que ce soit, on tue tous les autres.

Silk se leva et enfonça son chapeau sur sa tête.

— Vous allez le regretter, capitaine, déclara-t-il. J'ai des amis haut placés en Tolnedrie.

— Ça ne me fait ni chaud ni froid, rétorqua le soldat en haussant les épaules. Je suis aux ordres du comte Dravor. C'est lui qui m'a dit de vous amener à lui.

— Très bien. Allons donc voir ce comte Dravor et tirons cette affaire au clair immédiatement. Vous n'avez pas besoin d'agiter vos épées comme ça, vous savez. Nous vous suivrons bien gentiment. Personne n'a l'intention de faire quoi que ce soit qui puisse vous irriter.

Le soldat à quatre doigts se rembrunit visiblement à la lueur de la torche.

— Je n'aime pas beaucoup le ton sur lequel vous me parlez, marchand.

— Vous n'êtes pas payé pour aimer le ton que je prends, mon brave, riposta Silk. Vous êtes payé pour nous escorter auprès du comte Dravor. Et si nous y allions tout de suite ? Plus vite nous serons devant lui, plus vite je pourrai lui dire ce que je pense de vos manières.

— Prenez leurs chevaux, grommela le soldat.

Garion s'était rapproché de tante Pol.

— Tu ne peux rien faire ? demanda-t-il tout bas.

— Silence ! aboya le soldat qui l'avait fait prisonnier.

Garion se tut, réduit à l'impuissance par l'épée braquée sur sa poitrine.

CHAPITRE XIV

Ils suivirent, à une allure modérée, l'allée incurvée, semée de gravier blanc, qui menait à la demeure du comte Dravor. C'était une grande maison blanche posée au centre d'une vaste pelouse garnie, de chaque côté, de haies soigneusement taillées et de massifs de fleurs tirés au cordeau, dont la lune, qui était maintenant juste au-dessus de leurs têtes, leur permettait d'apprécier les moindres détails.

Les soldats leur firent mettre pied à terre dans une cour située entre le jardin et le mur ouest de la résidence, puis on les poussa à l'intérieur sans ménagements, le long d'un interminable couloir qui menait à une lourde porte de bois ciré.

Ils entrèrent dans une salle somptueusement meublée, au centre de laquelle un homme efflanqué était avachi dans un fauteuil. Il portait un manteau sans manches, rose pâle, froissé et pas très propre, garni à l'ourlet et autour des emmanchures d'une bordure argent qui indiquait son rang. En les voyant entrer, le comte Dravor esquissa un sourire avenant, presque rêveur, et leva sur eux le regard vague de ses yeux soulignés de lourdes poches.

— Et qui sont ces invités ? demanda-t-il, d'une voix pâteuse, à peine audible.

— Les prisonniers, Messire, expliqua le soldat aux quatre doigts. Ceux dont vous avez ordonné l'arrestation.

— Parce que j'ai fait arrêter des gens ? articula péniblement le comte. Je n'en reviens pas d'avoir fait une chose pareille. J'espère ne pas vous avoir causé de désagrément, mes amis.

— Nous avons été un peu surpris, voilà tout, répondit prudemment Silk.

— Je me demande bien pourquoi j'ai fait ça, s'interrogea le comte. J'avais sûrement une raison. Je ne fais jamais rien sans raison, n'est-ce pas ? Qu'avez-vous fait de mal ?

— Nous n'avons rien fait de mal, Messire, lui assura Silk.

— Alors pourquoi vous ai-je fait arrêter ? Il doit y avoir un malentendu.

— C'est aussi ce que nous nous disions, Messire.

— Eh bien, je suis heureux que nous ayons éclairci cette énigme, révéla le comte, tout heureux. Je peux peut-être vous retenir à dîner ?

— Nous avons déjà dîné, Messire.

— Oh ! J'ai si peu de visiteurs...

Le visage du comte s'allongea sous l'effet de la déception.

— Peut-être votre intendant, Y'diss, se rappellera-t-il la raison pour laquelle ces gens ont été appréhendés, Messire, suggéra le soldat aux quatre doigts.

— Mais bien sûr, s'exclama le comte. Comment n'y ai-je pas pensé plus tôt ? Y'diss se souvient toujours de tout. Faites-le mander d'urgence.

— Oui, Messire.

Le soldat s'inclina devant lui et adressa un signe de tête péremptoire à l'un de ses hommes.

Quelques instants plus tard, instants que le comte Dravor passa à jouer d'un air rêveur avec les plis de son manteau, tout en fredonnant un air sans suite, une porte s'ouvrit au bout de la salle, devant un homme vêtu d'une robe chatoyante, ornée de broderies compliquées. Son visage reflétait une sensualité grossière et il avait la tête rasée.

— Vous vouliez me voir, Messire ? demanda-t-il d'une voix râpeuse, presque sifflante.

— Ah, Y'diss, fit le comte Dravor, l'air réjoui. Je suis ravi que vous ayez pu vous joindre à nous.

— Tout le plaisir de vous servir est pour moi, Messire, répliqua l'intendant avec une courbette sinueuse.

— Je me demandais pourquoi j'avais demandé à nos amis de s'arrêter chez nous. J'ai dû oublier. Vous en souviendriez-vous, par bonheur ?

— C'est une petite affaire de rien du tout, Messire. Je puis aisément m'en charger pour vous. Il faut que vous vous reposiez. Vous ne devez pas vous fatiguer, vous savez bien.

— Maintenant que vous me le dites, je me sens un peu las, en effet, Y'diss, repartit le comte en se passant la main sur le visage. Vous pourrez peut-être vous occuper de nos invités pendant que je me repose un peu.

— Assurément, Messire, fit Y'diss avec une nouvelle courbette.

Le comte se retourna et s'endormit presque aussitôt dans son fauteuil.

— Le comte n'est pas très en forme, commenta Y'diss avec un sourire onctueux. Il ne quitte plus son fauteuil, ces temps-ci. Ne restons pas ici, nous allons le déranger.

— Je ne suis qu'un marchand drasnien, Votre Grâce, reprit Silk. Et voici mes serviteurs — ainsi que ma sœur, ici présente. Nous ne comprenons rien à tout ceci.

Y'diss éclata de rire.

— Pourquoi persister dans cette absurde imposture, Prince Kheldar ? Je vous ai reconnu. Je vous connais tous, d'ailleurs, ainsi que la nature de votre mission.

— En quoi pouvons-nous t'intéresser, Nyissien ? demanda sire Loup, d'un ton glacial.

— Je sers ma maîtresse, l'Eternelle Salmissra, répondit Y'diss.

— La Femme-Serpent serait-elle l'instrument des Grolims, maintenant ? émit tante Pol. Ou s'incline-t-elle devant la volonté de Zedar ?

— Ma Reine ne s'incline devant aucun homme, Polgara, dénia Y'diss, d'un ton méprisant.

— Vraiment ? railla tante Pol en haussant un sourcil. Je m'étonne, dans ce cas, de trouver l'un de ses serviteurs en train de danser au son du fifre des Grolims.

— Je n'ai rien à voir avec les Grolims, objecta Y'diss. Ils fouillent toute la Tolnedrie à votre recherche, mais c'est moi qui vous ai retrouvés.

— Trouver n'est pas garder, Y'diss, énonça calmement sire Loup. Et si tu nous disais plutôt de quoi il retourne ?

— Je ne vous dirai que ce que j'ai envie de vous dire, Belgarath.

— En voilà assez, père, dit tante Pol. Je ne crois vraiment pas que nous ayons le temps de jouer aux devinettes avec des Nyissiens.

— A votre place, je ne ferais pas ça, Polgara, l'avertit Y'diss. Je sais tout sur vos pouvoirs. Levez une main, une seule, et mes soldats tueront vos amis.

Garion se sentit brutalement empoigné par derrière, et on lui appuya fermement une lame sur la gorge.

Les yeux de tante Pol se mirent subitement à jeter des flammes.

— Tu t'aventures en terrain dangereux !

— Je ne pense pas qu'il soit utile d'échanger des menaces, dit sire Loup. J'en déduis donc que tu n'as pas l'intention de nous remettre entre les mains des Grolims.

— Les Grolims n'ont aucun intérêt pour moi, siffla Y'diss. Ma reine m'a ordonné de vous remettre entre ses mains à Sthiss Tor.

— En quoi cette affaire intéresse-t-elle Salmissra ? s'enquit sire Loup. Elle n'a rien à voir là-dedans.

— Je lui laisse le soin de vous expliquer tout cela elle-même, quand vous arriverez à Sthiss Tor. Entretemps, j'aimerais bien que vous me racontiez certaines petites choses.

— Je doute que Tu remportes grand succès en ce domaine, déclara Mandorallen, non sans raideur. Il n'entre point dans nos habitudes de discuter d'affaires privées avec des étrangers aux manières déplorables.

— Et je pense, moi, que vous vous trompez, mon cher baron, répliqua Y'diss avec un sourire polaire. Les caves de cette maison sont profondes, et ce qui s'y passe peut être fort déplaisant. Mes serviteurs disposent d'un immense doigté dans l'application de tortures exquisément persuasives.

— Je ne crains pas Tes tourments, Nyissien, décréta Mandorallen, avec un mépris écrasant.

— Non, je veux bien croire que non, en effet. Pour

avoir peur, il faut de l'imagination, et vous n'êtes pas suffisamment intelligents, vous autres Arendais, pour avoir de l'imagination. Toutefois, la souffrance affaiblira votre volonté — tout en procurant une saine distraction à mes serviteurs. Il n'est pas facile de trouver de bons tourmenteurs, et ils ont tendance à sombrer dans la morosité si on ne les laisse pas exercer leur art. Je suis sûr que vous me comprenez. Ensuite, lorsque vous aurez tous eu l'occasion de faire un ou deux séjours chez eux, nous essaierons autre chose. La Nyissie abonde en racines, en feuilles et en curieuses petites baies aux propriétés étonnantes. Chose étrange, la plupart des hommes préfèrent la roue ou le chevalet à mes petites décoctions, déclara Y'diss en éclatant d'un rire sans joie, affreux à entendre. Mais nous reparlerons de tout ceci quand je me serai occupé du coucher du comte. Pour le moment, les gardes vont vous emmener en bas, à un endroit que j'ai spécialement préparé à votre intention.

Le comte Dravor s'ébroua et les regarda d'un air égaré.

— Nos amis s'en vont déjà? demanda-t-il.

— Oui, Messire, répondit Y'diss.

— Très bien, donc, dit-il en ébauchant un sourire. Eh bien, adieu, chers amis. J'espère que vous reviendrez un jour, que nous puissions poursuivre cette délicieuse conversation.

On emmena Garion dans une cellule humide et visqueuse, qui sentait les égouts et la pourriture. Mais le pire de tout, c'était l'obscurité. Il se blottit contre la porte de fer tandis que les ténèbres s'appesantissaient sur lui, presque palpables. D'un coin de la cellule émanaient de petits grattements et des bruits furtifs, comme d'une fuite éperdue, qui évoquaient des rats. Il s'efforça de rester le plus près possible de la porte. De l'eau gouttait quelque part, et il commençait à avoir la gorge sèche.

Il était plongé dans le noir, mais pas dans le silence. Des bruits de chaînes et des gémissements se faisaient entendre dans une cellule voisine. Plus loin, c'était un rire dément, un ricanement insensé qui se répétait sans trêve, encore et encore, interminablement renouvelé.

Puis quelqu'un poussa un cri aigu, déchirant, qui faisait froid dans le dos, et de nouveau un autre. Garion se recroquevilla contre les pierres gluantes du mur, imaginant aussitôt toutes sortes de tortures susceptibles d'expliquer ces hurlements d'agonie.

Le temps s'abolissait dans un tel endroit, et il aurait été bien incapable de dire combien d'heures il était resté pelotonné dans le coin de sa cellule, solitaire et désolé, lorsqu'il prit conscience d'un petit bruit de râpe et d'un cliquetis métallique qui semblait venir de la porte contre laquelle il était appuyé. Il s'écarta précipitamment, trébuchant sur le sol inégal de sa cellule, pour chercher refuge du côté du mur opposé.

— Allez-vous-en! s'écria-t-il.

— Ne crie pas comme ça! chuchota Silk, derrière la porte.

— C'est toi, Silk? demanda Garion qui, pour un peu, se serait mis à sangloter de soulagement.

— Pourquoi? Tu attendais quelqu'un d'autre?

— Comment as-tu réussi à te libérer?

— Arrête un peu de bavarder, tu veux? fit Silk entre ses dents. Satanée cochonnerie de rouille! jura-t-il, avant de pousser un grognement, auquel la porte répondit par un déclic doublé d'un râclement. Ah! tout de même! s'exclama-t-il, tandis que la porte de la cellule s'ouvrait en grinçant, et que la lueur vacillante des torches s'insinuait à l'intérieur. Viens, murmura-t-il. Dépêchons-nous.

Garion surgit de sa cellule comme un diable de sa boîte. Tante Pol attendait à quelques pas de là, dans le sinistre corridor de pierre. Garion s'approcha d'elle en silence. Elle le regarda gravement l'espace d'un instant et l'entoura de ses bras. Ils n'échangèrent pas un mot.

Mais Silk s'activait déjà sur une autre porte, le visage luisant de sueur. La serrure lâcha prise avec un claquement et la porte tourna sur ses gonds mangés de rouille, rendant sa liberté à Hettar.

— Je voudrais bien savoir ce qui vous a pris tout ce temps, demanda-t-il à Silk.

— La rouille! cracha Silk, tout bas. Les geôliers de cet endroit mériteraient la bastonnade pour avoir laissé les serrures s'abîmer comme ça.

— Vous ne pensez pas que nous pourrions nous presser un peu ? suggéra Barak, qui montait la garde un peu plus loin.

— Tu veux le faire, peut-être ? rétorqua Silk.

— Dépêchez-vous, je vous en prie. Ce n'est vraiment pas le moment de nous disputer, dit tante Pol en pliant sa cape bleue sur son bras d'un air pincé.

Silk s'approcha de la porte suivante en ronchonnant.

— Vous ne pouvez pas arrêter de jacasser deux minutes ? demanda fraîchement sire Loup, en sortant — le dernier — de sa cellule. On se croirait vraiment dans un nichoir à perruches, ici.

— Le prince Kheldar n'a pu s'empêcher de faire des observations sur l'état de conservation des serrures, dit légèrement Mandorallen.

Silk lui jeta un regard noir et, prenant la tête de la colonne, les mena vers le bout du couloir au plafond noirci par la flamme fuligineuse des torches.

— Attention, chuchota Mandorallen d'un ton impérieux. Un garde !

Un barbu en justaucorps de cuir ronflait, assis par terre, le dos appuyé au mur du couloir.

— On essaie de passer sans le déranger ? suggéra Durnik dans un souffle.

— Il ne risque pas de se réveiller avant plusieurs heures, gronda Barak d'un ton sinistre.

La grosse bosse violette sur le côté de la tête du garde en disait plus long qu'un discours.

— Il a peut-être des collègues, vous ne croyez pas ? demanda Mandorallen, en s'assouplissant les doigts d'un air significatif.

— Il en avait quelques-uns, en effet, répondit Barak. Ils sont aussi au pays des rêves.

— Alors sortons d'ici, déclara sire Loup.

— Nous emmenons Y'diss avec nous, n'est-ce pas ? intervint tante Pol.

— Pour quoi faire ?

— J'aimerais bien avoir une petite conversation avec lui. Enfin, pas si petite que ça, réflexion faite.

— Pas la peine de perdre notre temps, objecta sire Loup. Salmissra est mouillée jusqu'au cou dans cette affaire. Nous n'avons pas vraiment besoin d'en savoir davantage. Au fond, ses motifs ne m'intéressent pas. Sortons de là aussi discrètement que possible, c'est tout.

Ils passèrent tout doucement devant le garde qui ronflait et tournèrent dans un autre couloir qu'ils empruntèrent tout aussi silencieusement.

— Il est mort ? fit, scandaleusement fort, une voix qui s'élevait de l'autre côté d'une porte munie de barreaux de fer derrière laquelle brillait une lueur rougeoyante, sinistre.

— Non, répondit une autre voix. Juste évanoui. Tu as appuyé trop fort. Il faut exercer une pression régulière et éviter d'infliger des secousses au levier ; autrement, ils tombent dans les pommes, et tout est à recommencer.

— C'est beaucoup plus dur que je ne pensais, pleurnicha la première voix.

— Tu ne t'en sors pas si mal, reprit la seconde voix. Ce n'est pas si simple, le chevalet. Pense simplement à appuyer régulièrement sur le levier, sans à-coups, parce que quand ils ont les bras qui sortent des articulations, généralement, ils meurent.

Le visage de tante Pol se crispa et ses yeux se mirent à jeter des éclairs. Elle fit un petit geste et murmura quelque chose. Un son étouffé se fit brièvement entendre dans l'esprit de Garion.

— Tu sais, gémit la première voix, d'un ton las, je ne me sens pas très bien, tout d'un coup.

— Maintenant que tu me le dis, je suis un peu patraque, moi aussi, renchérit la seconde voix. Tu n'as pas trouvé que la viande de ce soir avait un drôle de goût ?

— Non, je n'ai rien remarqué.

Il y eut un long silence.

— Je ne sais pas ce que j'ai, mais je ne suis vraiment pas en forme, ce soir.

Ils passèrent en tapinois devant la grille, et Garion évita soigneusement de regarder derrière. Le couloir était fermé, au bout, par une solide porte de chêne massif, bardée de fer. Silk passa ses doigts autour de la poignée.

— Elle est verrouillée de l'extérieur, dit-il.

— On vient, s'exclama Hettar.

Des pas lourds retentissaient sur les marches de pierre, de l'autre côté de la porte, puis un bruit de voix et un rire enroué se firent entendre.

Sire Loup se dirigea rapidement vers la porte d'une cellule voisine et effleura du bout des doigts la serrure rouillée qui s'ouvrit en douceur, avec un claquement assourdi.

— Par ici, souffla-t-il.

Il se précipitèrent tous dans la cellule. Sire Loup referma la porte sur eux.

— Lorsque nous aurons un peu de temps, j'aurai deux mots à vous dire, vous, grommela Silk.

— Vous aviez l'air de si bien vous amuser avec toutes ces serrures ; je n'ai pas voulu vous gâcher le plaisir, fit sire Loup, d'une voix mellifue. Allons, trêve de plaisanteries : il va falloir que nous réglions leur compte à ces hommes avant qu'ils ne s'aperçoivent que nos cellules sont vides et n'ameutent toute la maisonnée.

— Nous devrions pouvoir y arriver, assura Barak, confiant.

Quelques secondes passèrent.

— Ils ouvrent la porte, chuchota Durnik.

— Combien sont-ils ? demanda Mandorallen.

— Je ne sais pas.

— Huit, répondit tante Pol, avec assurance.

— Bon, décida Barak. Nous allons les laisser passer et les prendre à revers. Un hurlement ou deux n'auront pas d'importance dans un endroit comme celui-ci, mais ne faisons pas trop durer les réjouissances tout de même.

Ils attendirent, tendus, dans l'obscurité de la cellule.

— Y'diss dit que ça n'a pas d'importance s'il en meurt quelques-uns au cours de l'interrogatoire, pérorait l'un des hommes dans le couloir. Les seuls qui doivent absolument rester en vie sont le vieillard, la femme et le gamin.

— Tuons le grand barbu aux moustaches rouges, alors, suggéra une autre voix. Il a l'air d'être du genre à faire des histoires, et il est probablement trop stupide pour savoir quoi que ce soit, de toute façon.

— Celui-là, vous me le gardez, souffla Barak.

Les hommes passèrent devant leur cellule.

— Allons-y, fit Barak.

La lutte fut brève, mais sans merci. Ils s'abattirent sur leurs geôliers, surpris, et un combat acharné s'engagea. Trois hommes restèrent sur le carreau avant d'avoir compris ce qui leur arrivait. Un quatrième étouffa un cri de surprise, réussit à échapper à la mêlée et à repartir en courant vers l'escalier. Sans réfléchir, Garion plongea devant lui, roula sur lui-même, lui attrapa les pieds et le fit tomber. Le garde s'écroula, tenta de se relever, puis s'effondra à nouveau comme une poupée de chiffon, Silk lui ayant asséné un joli coup bien propre juste sous l'oreille.

— Tout va bien ? demanda Silk.

Garion s'extirpa tant bien que mal de sous le geôlier inconscient et se releva, mais le combat avait déjà presque cessé, faute de combattants. Durnik frappait la tête d'un gros bonhomme contre le mur, tandis que Barak balançait son poing dans la figure d'un second. Mandorallen en étranglait un troisième, et Hettar en coursait un quatrième, les bras tendus devant lui. L'homme, qui ouvrait de grands yeux affolés, ne poussa qu'un seul cri quand les mains se refermèrent sur lui. Alors le grand Algarois se redressa, tourna sur lui-même et projeta le garde contre le mur de pierre avec une force terrifiante. On entendit un bruit atroce d'os fracassés, et l'homme devint tout mou.

— Ça, c'était une belle petite bagarre, fit Barak en se frottant les jointures.

— Très distrayante, confirma Hettar en laissant retomber le corps ramolli sur le sol.

— Vous avez fini ? demanda Silk d'une voix rauque, depuis la porte qui donnait sur l'escalier.

— Presque, répondit Barak. Tu veux un coup de main, Durnik ?

Durnik souleva le menton du gros bonhomme et examina ses yeux vides d'un air critique. Puis il frappa encore une fois, par prudence, la tête du geôlier contre le mur avant de le laiser retomber.

— On y va ? proposa Hettar.

— Nous n'avons plus rien à faire ici, acquiesça Barak,

en jetant un coup d'œil appréciateur au couloir jonché de corps.

— La porte n'est pas fermée, en haut, annonça Silk lorsqu'ils le rejoignirent. Et le couloir de l'autre côté est désert. Tout le monde a l'air de dormir dans la maison, mais ne faisons pas de bruit quand même.

Ils montèrent l'escalier en silence, sur ses talons, puis il s'arrêta un instant à la porte.

— Attendez-moi là, chuchota-t-il.

Il disparut, aussi silencieusement qu'un chat. Après ce qui leur sembla un long moment, il revint avec les armes que les soldats leur avaient prises.

— Je me suis dit que nous pouvions toujours en avoir besoin.

Garion se sentit bien mieux après avoir ceint son épée.

— Allez, cette fois on y va, dit Silk.

Il leur fit suivre un couloir, au bout duquel ils tournèrent.

— Je crois que j'aimerais bien un peu de la verte, Y'diss, ânonna la voix du comte Dravor, derrière une porte entrebâillée.

— Certainement, Messire, répondit Y'diss de sa voix rauque, sibilante.

— La verte n'a pas bon goût, poursuivit le comte Dravor, d'une voix endormie, mais elle donne de si beaux rêves. La rouge est meilleure, mais je ne fais pas de songes aussi agréables avec.

— Vous serez bientôt prêt pour la bleue, Messire, promit Y'diss. Et puis la jaune, et enfin la noire. La noire est la meilleure de toutes.

Ils entendirent un petit claquement, puis le bruit d'un liquide coulant dans un verre.

Silk les fit passer, sur la pointe des pieds, devant l'entrebâillement. La serrure de la porte qui donnait au dehors céda rapidement à son habileté, et ils se glissèrent tous dans l'air nocturne, baigné par la lune et qui sentait bon. Les étoiles scintillaient au-dessus de leurs têtes.

— Je vais chercher les chevaux, dit Hettar.

— Allez avec lui, Mandorallen, conseilla sire Loup. Nous vous attendons ici.

Il tendit le doigt vers le jardin hanté par les ombres.

Les deux hommes disparurent au coin de la maison, et le reste de la troupe suivit sire Loup dans l'ombre menaçante de la haie qui entourait le jardin du comte Dravor.

Ils attendirent. La nuit était fraîche, et Garion eut un frisson. Puis il y eut le cliquetis d'un sabot effleurant une pierre et Hettar et Mandorallen revinrent, menant les chevaux par la bride.

— Nous ferions mieux de nous dépêcher, déclara sire Loup. Dès que Dravor sera endormi, Y'diss ira faire un tour aux oubliettes et il ne lui faudra pas deux minutes pour s'apercevoir que nous lui avons faussé compagnie. Prenez les chevaux par la bride. Eloignons-nous un peu de la maison avant de commencer à faire du bruit.

Ils traversèrent le jardin baigné par les rayons de la lune en guidant leurs chevaux derrière eux, puis lorsqu'ils furent sur la pelouse, ils se mirent en selle sans faire de bruit.

— Nous ferions mieux de nous dépêcher, suggéra tante Pol en jetant un coup d'œil derrière elle, en direction de la maison.

— Je nous ai assuré d'un petit peu de temps avant de partir, fit Silk avec un léger rire.

— Qu'est-ce que tu as encore inventé? demanda Barak.

— En allant récupérer nos armes, j'ai mis le feu aux cuisines, déclara Silk avec un petit air très sainte nitouche. Ça les occupera toujours un moment.

Une vrille de fumée s'éleva de l'arrière de la maison.

— Pas bête, dit tante Pol, d'un ton admiratif.

— Grand merci, gente dame, répondit Silk en esquissant une courbette ironique.

Sire Loup eut un ricanement et leur fit adopter un petit trot alerte.

Tandis qu'ils s'éloignaient, la vrille de fumée s'épaissit, s'élevant, noire et huileuse, en direction des étoiles indifférentes.

CHAPITRE XV

Après cela, ils menèrent bon train pendant plusieurs jours, ne s'arrêtant, rarement d'ailleurs, que le temps nécessaire pour faire reposer les chevaux et s'octroyer quelques heures de sommeil. Garion se rendit compte qu'il pouvait somnoler sur son cheval quand il allait au pas; en fait, lorsqu'il était suffisamment fatigué, il arrivait à dormir à peu près n'importe où. Un après-midi, alors qu'ils se remettaient un peu de l'allure soutenue que sire Loup leur avait imposée, il entendit Silk parler au vieil homme et à tante Pol. La curiosité l'emportant finalement sur l'épuisement, il s'efforça de rester suffisamment éveillé pour écouter ce qu'ils se disaient.

— J'aimerais tout de même bien en savoir un peu plus sur le rôle joué par Salmissra dans toute cette affaire, disait le petit homme.

— C'est une opportuniste, répliquait sire Loup. Chaque fois que les choses vont mal quelque part, il faut qu'elle tente de tirer parti des événements.

— Ça veut dire qu'il va falloir que nous essayions d'éviter les Nyissiens comme les Murgos.

Garion ouvrit les yeux.

— Pourquoi l'appelle-t-on l'Eternelle Salmissra? demanda-t-il à tante Pol. Elle est si vieille que ça?

— Non, répondit tante Pol. Toutes les reines de Nyissie s'appellent Salmissra; c'est comme ça.

— Tu la connais, celle-là?

— Pas la peine, elles sont toutes pareilles. Elles se ressemblent comme deux gouttes d'eau, elles se comportent de la même façon; quand on en connaît une, on en connaît cent.

— Elle va être terriblement déçue, pour Y'diss, observa Silk, en grimaçant un sourire.

— J'imagine qu'Y'diss est parti les pieds devant, sans douleur, à l'heure qu'il est, commenta sire Loup. Salmissra est un peu portée aux excès quand elle s'énerve.

— Elle est si cruelle que ça? releva Garion.

— Ce n'est pas à proprement parler de la cruauté, expliqua sire Loup. Les Nyissiens vénèrent les serpents, qui sont des créatures simplistes, mais très logiques: quand on embête un serpent, il mord. Mais une fois qu'il a mordu, il ne remâche pas sa rancune.

— Vous ne pourriez pas parler d'autre chose? fit Silk, d'un ton douloureux.

— Je crois que les chevaux ont eu le temps de souffler, maintenant, dit Hettar, dans leur dos. Nous pouvons y aller.

Ils remirent leurs montures au galop et repartirent, dans un grand bruit de sabots, vers la large vallée de la Nedrane, au sud, et Tol Honeth, point de convergence de toutes les routes. Le soleil chauffait de plus en plus, et les arbres bourgeonnaient déjà dans les premiers jours du printemps.

Ils franchirent une dernière crête qui surplombait la vallée fertile. Déjà bien visible dans le lointain, la cité impériale semblait grandir à chaque verste. Elle étalait sa splendeur de marbre blanc sur une île, au centre de la rivière, et resplendissait de mille feux dans le soleil du milieu de la matinée. Ses murailles, hautes et épaisses, enserraient des tours qui semblaient défier le ciel.

Gracieusement arqué au-dessus de la surface ridée de la Nedrane, un pont menait à la masse de bronze de la porte du nord, où un détachement étincelant de légionnaires montait une garde immuable.

Silk tiraillà sur son éternelle houppelande, rajusta son bonnet et se redressa. Son visage prit cette expression stricte et rigoureuse par laquelle se traduisait la métamorphose intérieure à laquelle il se livrait, et qui semblait presque l'amener à se prendre pour le marchand drasnien dont il revendiquait l'identité.

— Qu'est-ce qui vous amène à Tol Honeth ? demanda avec urbanité l'un des légionnaires.

— Je m'appelle Radek de Boktor, répondit Silk, de l'air absorbé d'un homme préoccupé par ses affaires. J'apporte du drap de laine sendarien de première qualité.

— Dans ce cas, le mieux serait que vous vous adressiez à l'intendant du marché central, suggéra le légionnaire.

— Merci, dit Silk avec un hochement de tête.

Ouvrant la marche, il leur fit passer la porte et les conduisit dans les larges artères pleines de monde qui les attendaient de l'autre côté du mur d'enceinte.

— Je crois qu'il vaudrait mieux que je m'arrête au palais pour dire un mot à Ran Borune, déclara sire Loup. J'ai vu des empereurs d'un commerce plus aisé, mais les Borune sont peut-être les monarques les plus intelligents qu'il m'ait été donné de rencontrer. Je ne devrais pas avoir trop de mal à le convaincre que l'heure est grave.

— Comment vas-tu faire pour le rencontrer ? demanda tante Pol. Il y a des gens qui attendent des semaines avant d'obtenir une entrevue. Tu sais comment ils sont.

— Je pourrais toujours lui rendre une visite officielle, répondit-il, la mine lugubre, tandis que leurs chevaux se frayaient un chemin dans la foule.

— Pour que toute la ville soit au courant de ta présence ?

— Tu crois que j'ai le choix ? Il faut que j'arrive à circonvenir les Tolnedrains. Leur neutralité est un luxe que nous ne pouvons pas nous offrir.

— Je peux faire une suggestion ? demanda Barak.

— Au point où c'en est, je suis prêt à tout entendre.

— Et si nous allions voir Grinneg, l'ambassadeur de Cherek à Tol Honeth ? émit Barak. Il pourrait nous faire entrer au palais et nous arranger un entretien avec l'empereur sans trop de cérémonie.

— Ce n'est pas une mauvaise idée, Belgarath, renchérit Silk. Grinneg a suffisamment d'entregent au palais pour nous faire entrer rapidement, et Ran Borune a beaucoup de respect pour lui.

224

— Nous nous retrouvons confrontés au même problème : comment faire pour aller voir l'ambassadeur ? remarqua Durnik, alors qu'ils s'arrêtaient pour laisser passer une lourde voiture qui s'engagea dans une rue latérale.

— C'est mon cousin, répondit Barak. Nous jouions ensemble quand nous étions petits, Anheg, lui et moi, révéla le grand bonhomme en jetant un coup d'œil alentour. Je sais qu'il habite du côté de la garnison de la troisième légion impériale. Nous pourrions peut-être demander à quelqu'un...

— Ce ne sera pas nécessaire, intervint Silk. Je sais où c'est.

— J'aurais dû m'en douter, fit Barak en grimaçant un sourire.

— On peut y aller par le marché nord, reprit Silk. La garnison n'est pas loin des quais principaux, dans la partie aval de l'île.

— Montrez-nous le chemin, décida sire Loup. Je n'ai pas envie de m'éterniser ici.

Les rues de Tol Honeth grouillaient de ressortissants de tous les pays du monde : des Drasniens et des Riviens côtoyaient des Nyissiens et des Thulls. On reconnaissait même, dans la foule, quelques Nadraks, et, aux yeux de Garion, un nombre disproportionné de Murgos. Tante Pol chevauchait à côté de Hettar, à qui elle parlait tout bas, et il la vit plus d'une fois arrêter d'une main légère le bras qui tenait l'épée. Les yeux du maigre Algarois brûlaient comme des braises, et ses narines se renflaient d'une façon alarmante chaque fois que son regard se posait sur le visage couturé de cicatrices d'un Murgo.

Les larges rues étaient bordées de maisons imposantes, avec leurs façades de marbre blanc et leurs lourdes portes, souvent gardées par des mercenaires privés qui lorgnaient les passants d'un air menaçant.

— La confiance ne semble pas être l'apanage de la cité impériale, observa Mandorallen. Chacun redoute-t-il donc tant son voisin ?

— On vit une époque troublée, expliqua Silk. Et les princes marchands de Tol Honeth détiennent une bonne part de la fortune du monde dans leurs salles fortes. Les hommes qui vivent le long de cette rue pourraient acheter la majeure partie de l'Arendie si l'envie les en prenait.

— L'Arendie n'est pas à vendre, décréta Mandorallen, d'un ton guindé.

— A Tol Honeth, tout est à vendre, mon cher baron. L'honneur, la vertu, l'amitié, l'amour... C'est une cité perverse, pleine de gens dépravés, pour qui la seule valeur est l'argent.

— Il faut croire que tu t'intègres bien dans le paysage, alors, fit Barak.

— J'adore cette ville, admit Silk en riant. Les gens d'ici sont sans illusions. Ils sont complètement corrompus, et je trouve ça très rafraîchissant.

— Tu as vraiment un mauvais fond, Silk, déclara Barak, sans ambages.

— Tu l'as déjà dit, rétorqua le Drasnien à la tête de fouine, avec un sourire moqueur.

La bannière de Cherek, ornée de la silhouette blanche d'un navire de guerre sur fond d'azur, flottait au bout d'un mât au-dessus de la porte de la maison de l'ambassadeur. Barak mit pied à terre, non sans raideur, et se dirigea à pas lourds vers la grille de fer qui barrait l'entrée.

— Allez dire à Grinneg que son cousin Barak est là et souhaite le voir, annonça-t-il aux gardes barbus, à l'intérieur.

— Et qu'est-ce qui nous dit que vous êtes bien son cousin ? demanda aigrement l'un des gardes.

Barak tendit presque négligemment le bras à travers la grille, empoigna le devant de la cotte de mailles de l'homme et l'attira fermement contre les barreaux.

— Tu voudrais reformuler ta question pendant que tu es encore capable d'articuler ? demanda-t-il.

— Excusez-moi, seigneur Barak, balbutia promptement l'homme. Maintenant que je vous vois de plus près, il me semble bien reconnaître votre visage, en effet.

— J'en étais sûr, fit Barak.

— Je vais ouvrir la grille, suggéra le garde.

— Excellente idée, répondit Barak en lâchant la cotte de mailles du garde, qui s'exécuta avec empressement.

Le petit groupe entra dans la cour spacieuse. Grinneg, ambassadeur du roi Anheg auprès de la Cour impériale à Tol Honeth, descendit les marches quatre à quatre. C'était un homme bien découplé, presque aussi grand que Barak. Il portait la barbe presque rase, et un manteau bleu sans manches, à la mode tolnedraine.

— Espèce de vieux pirate, tonna-t-il, en prenant Barak dans une accolade qu'un ours n'eût point dédaignée. Qu'est-ce que tu fabriques à Tol Honeth ?

— Anheg a décidé d'envahir le coin, répondit plaisamment Barak. Dès que nous aurons ramassé l'or et les jolies filles, tu pourras brûler tout le reste.

On put lire dans les yeux de Grinneg un éclair lubrique.

— Oui, mais ils ne risquent pas de prendre ça pour de la provocation ? demanda-t-il avec un sourire mauvais.

— Qu'est-il arrivé à ta barbe ? s'enquit Barak.

— Oh ! rien de grave, répondit-il un peu trop vite, avec une petite toux embarrassée.

— Allons, allons, nous n'avons jamais eu de secrets l'un pour l'autre, fit Barak, d'un ton accusateur.

Grinneg lui dit quelques mots à l'oreille, l'air penaud, et Barak éclata d'un rire énorme.

— Pourquoi l'as-tu laissée faire ? s'étonna-t-il.

— J'avais trop bu. Allons, venez. J'ai un tonneau de bière à la cave.

Ils entrèrent tous dans la maison, derrière les deux grands bonshommes, et les suivirent le long d'un vaste couloir donnant sur une pièce meublée à la cheresque : de lourds fauteuils et des bancs couverts de fourrures étaient disposés sur un sol jonché de paille, et le bout d'un gros tronc d'arbre achevait de se consumer dans une gigantesque cheminée. Aux murs de pierre, des flambeaux qui sentaient la poix fumaient dans des anneaux de métal.

— Je me sens tout de même plus chez moi comme ça, confia Grinneg.

Une servante leur apporta des pintes de bière brune et s'éclipsa. Garion s'empressa de soulever sa chope et d'absorber une grande gorgée de l'amer breuvage avant que tante Pol ait eu le temps de suggérer une boisson moins forte. Elle le regarda sans faire de commentaires, les yeux vides d'expression.

Grinneg s'affala dans un grand fauteuil sculpté sur lequel était jetée une peau d'ours.

— Qu'est-ce qui t'amène en réalité à Tol Honeth, Barak ? demanda-t-il.

— Grinneg, répondit gravement Barak, je te présente Belgarath. Je suis sûr que tu as entendu parler de lui.

L'ambassadeur ouvrit de grands yeux.

— Vous êtes ici chez vous, déclara-t-il respectueusement en inclinant la tête.

— Pourriez-vous vous débrouiller pour me faire rencontrer Ran Borune ? s'informa sire Loup en s'asseyant sur un banc de bois brut, à côté de la cheminée.

— Sans problème.

— Parfait, reprit sire Loup. Il faut que je lui parle, mais j'aimerais autant ne pas éveiller l'attention générale.

Barak présenta les autres à son cousin, qui adressa à chacun un hochement de tête poli.

— Vous arrivez à Tol Honeth pendant une période troublée, confia-t-il après la fin des civilités. La noblesse de Tolnedrie fond sur la ville comme les vautours sur une vache crevée.

— Nous avons vaguement entendu parler de ça en venant ici, confirma Silk. Ça va aussi mal qu'on le dit ?

— Probablement encore plus mal, répliqua Grinneg en se grattant une oreille. Le changement de dynastie est une chose qui ne se produit que très rarement. Rendez-vous compte que les Borune sont au pouvoir depuis plus de six cents ans, maintenant. Vous imaginez l'enthousiasme délirant avec lequel les autres maisons attendent la passation de pouvoir.

— Quel est le successeur le plus probable de Ran Borune ? demanda sire Loup.

— Le candidat le mieux placé à l'heure actuelle est probablement le grand-duc Kador de Tol Vordue. Il aurait apparemment plus d'argent que les autres. Les Honeth sont plus fortunés, bien sûr, mais ils présentent sept candidats, et ça ne laisse pas grand-chose à chacun. Les autres familles ne sont pas vraiment dans la course.

Les Borune n'ont aucun prétendant digne de ce nom à aligner, et personne ne prend les Ranite très au sérieux.

Garion posa sa chope en douce par terre, à côté de son tabouret. La bière était un tantinet trop amère pour son goût, et il avait un peu l'impression de s'être fait avoir quelque part. La demi-pinte qu'il avait bue lui avait tout de même bien chauffé les oreilles, et il avait le bout du nez comme engourdi.

— Nous avons rencontré un Vordueux qui nous a dit que les Horbite avaient fait de l'empoisonnement une pratique courante, reprit Silk.

— Ils font tous ça, rétorqua Grinneg, d'un air dégoûté. Les Horbite un peu moins discrètement que les autres, peut-être, mais c'est bien la seule différence. En tout cas, ce n'est pas ça qui empêcherait Kador de monter sur le trône si Ran Borune venait à mourir demain.

— Je n'ai jamais eu trop de succès avec les Vordueux, fit sire Loup en fronçant les sourcils. Je trouve qu'ils n'ont pas tout à fait l'envergure voulue.

— Le vieil empereur a encore bon pied bon œil, révéla Grinneg. S'il arrive à se cramponner pendant encore un an ou deux, les Honeth finiront probablement par se mettre d'accord sur un seul et unique prétendant — le survivant —, ce qui devrait être beaucoup plus facile à assurer financièrement. Mais ces choses-là ne se font pas en un jour. En attendant, les candidats à la succession se gardent bien de mettre le pied en ville. Ils font preuve d'une extrême circonspection, de sorte que les assassins ont de plus en plus de mal à leur mettre la main dessus. Ils sont fous, ces Tolnedrains! conclut-il en éclatant de rire et en avalant une longue gorgée de bière.

— Pourrions-nous aller au palais tout de suite? demanda sire Loup.

— Il va d'abord falloir que nous nous changions, intervint tante Pol, d'une voix ferme.

— Encore, Polgara? gémit sire Loup, avec son plus beau regard de bête blessée.

— Fais ce que je te dis et c'est tout, père, intima-t-elle. Je ne te permettrai pas de nous faire honte en allant au palais vêtu de haillons.

— Je ne remettrai pas cette robe, décréta-t-il avec son air entêté des meilleurs jours.

— Non, concéda-t-elle. Ce ne serait pas de mise ici. Je suis sûre que l'ambassadeur pourra te prêter un manteau. Tu passeras mieux inaperçu comme ça.

Sire Loup préféra rendre les armes.

— Comme tu voudras, Pol, lâcha-t-il dans un soupir.

Lorsqu'ils se furent changés, Grinneg réunit sa garde d'honneur, constituée de guerriers cheresques aux faciès plus qu'inquiétants, et ils se firent escorter jusqu'au palais, par les larges avenues de Tol Honeth. Garion, que l'opulence de la cité laissait tout rêveur et qui se sentait, à vrai dire, encore un peu étourdi par la demi-chope de bière qu'il avait bue, chevauchait en silence à côté de Silk, en essayant de ne pas trop bayer aux corneilles devant les immenses bâtiments ou les Tolnedrains richement parés qui déambulaient, l'air grave et important, sous le soleil de midi.

CHAPITRE XVI

Le palais impérial, qui était juché au sommet d'une haute colline, en plein centre de Tol Honeth, ne se composait pas d'un seul et unique édifice, mais d'un assemblage complexe de bâtiments de marbre de toutes tailles, entourés de jardins et de pelouses où des cyprès jetaient une ombre plaisante. L'ensemble était ceint d'une haute muraille coiffée de statues disposées à intervalles réguliers. Les légionnaires en faction aux portes du palais reconnurent immédiatement l'ambassadeur de Cherek et envoyèrent aussitôt chercher l'un des chambellans de l'empereur, un personnage à l'air officiel avec des cheveux gris et un manteau marron.

— Il faut que je voie Ran Borune tout de suite, Messire Morin, annonça Grinneg en mettant pied à terre dans une cour de marbre, juste en arrière du portail du palais. C'est très urgent.

— Mais bien sûr, Messire Grinneg, répondit l'homme aux cheveux gris. Sa Majesté Impériale est toujours ravie de s'entretenir avec l'envoyé personnel du roi Anheg. Sa Majesté se repose en ce moment précis, mais je devrai parvenir à vous ménager une entrevue un peu plus tard dans l'après-midi, demain matin au plus tard.

— Cela ne peut pas attendre, Morin, reprit Grinneg. Il faut absolument que nous voyions l'Empereur. Il vaudrait mieux que vous alliez le réveiller.

Messire Morin eut l'air très surpris.

— Ce n'est certainement pas urgent à ce point là, fit-il d'un ton réprobateur.

— Je crains bien que si, confirma Grinneg.

Morin avança les lèvres en une moue pensive tout en observant chacun des membres du groupe.

— Vous me connaissez suffisamment pour savoir que je ne vous demanderais pas une chose pareille à la légère, Morin, insista Grinneg.

— J'ai toute confiance en vous, Grinneg, répondit Morin, avec un soupir. Très bien. Suivez-moi, mais dites à vos gardes d'attendre ici.

Grinneg eut un geste impérieux à l'adresse de sa garde, et le groupe suivit Messire Morin à travers une vaste cour, puis sous une galerie bordée de colonnes qui courait le long de l'un des bâtiments.

— Comment va-t-il, ces temps-ci ? s'enquit Grinneg comme ils longeaient la galerie plongée dans la pénombre.

— Sa santé n'est pas mauvaise, révéla Morin ; c'est son caractère qui se gâte, en ce moment. Les Borune donnent leur démission par hordes entières pour retourner à Tol Borune.

— On se met un peu à leur place, compte tenu des circonstances, objecta Grinneg. J'imagine que la succession pourrait s'accompagner d'un certain nombre d'accidents déplorables.

— C'est probable en effet, acquiesça Morin. Mais Son Altesse trouve quelque peu déprimant de se voir abandonner par des membres de sa propre famille.

Il s'arrêta auprès d'une arcade de marbre où deux légionnaires au plastron orné d'or montaient la garde avec raideur.

— Veuillez laisser vos armes ici, je vous prie. Son Altesse est très sensible à ce genre de choses. Je suis sûr que vous nous comprenez.

— Bien entendu, le rassura Grinneg, en tirant une lourde épée de sous son manteau et en l'appuyant contre le mur.

Ils suivirent tous son exemple, et Messire Morin cligna les yeux avec surprise en voyant Silk retirer trois dagues, pas une de moins, d'endroits divers et variés de sa personne.

Prodigieux arsenal, firent les mains du chambellan, esquissant les signes de la langue secrète.

Triste époque, rétorquèrent les doigts de Silk, avec une nuance de réprobation.

Messire Morin eut un petit sourire et leur fit emprunter une porte qui donnait sur un jardin. Des fontaines murmuraient doucement entre des rosiers en boutons, sur une pelouse minutieusement entretenue. Des hirondelles se disputaient un coin pour faire leur nid dans les branches tordues des arbres fruitiers qui semblaient incroyablement chargés d'ans et croûlaient sous les bourgeons prêts à éclore sitôt le retour du chaud soleil. Grinneg et ses compagnons suivirent Morin le long d'une sente de marbre qui menait vers le centre du jardin.

Ran Borune XXIII, empereur de Tolnedrie, était un petit homme d'un certain âge, presque chauve, doté de minuscules yeux brillants au regard inquisiteur, encadrant un bout de nez de rien du tout, pareil à un bec. Il portait un manteau sans manches brodé d'or, et il était allongé sous une treille couverte de bourgeons, dans un fauteuil imposant sur le bras duquel était perché un canari jaune vif.

— J'ai dit que je voulais qu'on me laisse tranquille, Morin, apostropha-t-il avec humeur, en relevant les yeux de l'oiseau, auquel il donnait à manger de petites graines.

— Un million d'excuses, Votre Altesse, commença Messire Morin, avec une profonde révérence. Messire Grinneg, ambassadeur de Cherek, voudrait vous entretenir d'une affaire de la plus haute importance, et il m'a convaincu que l'affaire ne pouvait absolument pas attendre.

L'empereur braqua sur Grinneg un regard acéré. Ses yeux devinrent rusés, presque malicieux.

— Je vois que votre barbe a commencé à repousser, Grinneg.

Le visage de Grinneg s'empourpra lentement.

— J'aurais dû me douter que le récit de mes mésaventures serait venu aux oreilles de Votre Majesté.

— Je sais tout ce qui se passe à Tol Honeth, Messire Grinneg, rétorqua l'empereur. Mes cousins et mes neveux s'enfuient peut-être tous comme les rats d'un navire en train de couler, mais j'ai encore quelques fidèles autour de moi. Qu'est-ce qui vous a pris d'entreprendre cette femelle nadrak ? Je pensais que les Aloriens ne supportaient pas les Angaraks.

Grinneg eut une toux gênée, et jeta un rapide coup d'œil en direction de tante Pol.

— C'était pour rire, Votre Grandeur, dit-il. Je voulais faire bisquer l'ambassadeur nadrak — et puis sa femme n'est pas si mal, après tout. Je ne pouvais pas savoir qu'elle dissimulait une paire de ciseaux sous son matelas.

— Vous savez qu'elle garde votre barbe dans une petite boîte en or et qu'elle la montre à tous ses amis ? poursuivit l'empereur, la bouche en cœur.

— Cette femelle n'a pas de mœurs, fit Grinneg, d'un ton lugubre.

— Qui sont ces gens ? interrogea l'empereur, en pointant le doigt vers les membres du groupe debout sur l'herbe, à quelques pas de l'ambassadeur de Cherek.

— Mon cousin Barak et quelques amis, expliqua Grinneg. Ce sont ces gens qui souhaiteraient vous parler.

— Le comte de Trellheim ? demanda l'empereur. Quel bon vent vous amène à Tol Honeth, Messire ?

— Nous sommes de passage, Votre Altesse, répondit Barak, en s'inclinant.

Ran Borune braqua son regard pénétrant sur chacun des ses visiteurs à tour de rôle, comme s'il s'apercevait seulement de leur présence.

— Ah ! mais c'est le prince Kheldar de Drasnie, s'exclama-t-il. Qui se faisait passer pour un acrobate dans un cirque ambulant, la dernière fois qu'il nous a honorés de sa présence, et qui a quitté Tol Honeth un peu précipitamment, avec à peine une longueur d'avance sur la police, si j'ai bonne mémoire.

Silk se fendit d'une révérence fort civile.

— Et voici Hettar l'Algarois, poursuivit l'empereur. L'homme qui tente de dépeupler Cthol Murgos à la seule force du poignet.

Hettar inclina la tête.

— Pourquoi m'avez-vous laissé encercler par ces Aloriens, Morin ? récrimina sèchement l'empereur. Je n'aime pas les Aloriens.

— Il s'agit d'une affaire de la plus grande importance, Votre Altesse, se justifia Morin, d'un ton d'excuse.

— Et un Arendais ? reprit l'Empereur en regardant Mandorallen de ses yeux étrécis. Un Mimbraïque, apparemment. D'après les descriptions que l'on m'a rapportées, il ne peut s'agir que du baron de Vo Mandor.

La révérence de Mandorallen fut d'une grâce étudiée.

— Faut-il, ô Royale Majesté, que Ton œil soit clairvoyant, pour avoir lu, seul et sans aide, en chacun de nous à son tour.

— Je ne vous ai pas tous reconnus, réfuta l'empereur. Pour être précis, je ne sais pas qui est le Sendarien, ni le jeune Rivien.

L'esprit de Garion s'emballa. Barak lui avait dit une fois qu'il ressemblait à un Rivien plus qu'à toute autre chose, mais cette remarque évasive s'était engloutie dans le tourbillon des événements qui avaient suivi. Et voilà que l'empereur de Tolnedrie, dont le regard semblait avoir la faculté incroyable de percer les individus à jour, l'avait aussi identifié comme étant un Rivien. Il jeta un rapide coup d'œil à tante Pol, mais elle semblait plongée dans l'examen des bourgeons d'un rosier.

— Le Sendarien s'appelle Durnik, révéla sire Loup. Il est forgeron de son état, condition qui, en Sendarie, passe pour voisine de la noblesse. Quant au jeune garçon, c'est mon petit-fils, Garion.

L'empereur leva les yeux sur le vieil homme.

— Il me semble que je devrais vous connaître. Il y a en vous quelque chose...

Il s'interrompit, tout pensif.

Le canari, qui était perché sur le bras du fauteuil de l'empereur se mit tout à coup à chanter. Il prit son envol et se dirigea droit sur tante Pol, qui tendit le doigt pour lui offrir un perchoir, puis le petit oiseau brillant renversa la tête en arrière et se mit à pépier avec extase, comme si son minuscule cœur débordait d'adoration. Elle l'écouta gravement.

— Que faites-vous avec mon canari ? demanda l'empereur.

— Je l'écoute, répondit-elle.

Elle portait une robe bleu foncé, au corsage lacé d'une façon compliquée, et une courte cape de zibeline.

— Mais comment avez-vous réussi à le faire chanter ? Il y a des mois que j'essaie de l'y amener, sans succès.

— Vous ne le preniez pas suffisamment au sérieux.

— Qui est cette femme ? s'enquit l'empereur.

— Ma fille, Polgara, répondit sire Loup. Elle a le don de comprendre les oiseaux.

L'empereur éclata tout à coup d'un rire enroué, plus que sceptique.

— Allons, vous n'espérez tout de même pas que je vais gober ça, n'est-ce pas ?

Sire Loup le regarda avec gravité. Il avait presque l'air d'un Tolnedrain avec le manteau vert pâle que Grinneg lui avait prêté ; presque, mais pas tout à fait.

— Vous êtes bien certain de ne pas me connaître, Ran Borune ? demanda-t-il doucement.

— C'est très habile, dit l'empereur. Vous avez vraiment le physique de l'emploi, et la femme aussi, mais je ne suis plus un enfant. Il y a longtemps que j'ai cessé de croire aux contes de fées.

— Comme c'est dommage. Je gage que, depuis lors, vous devez trouver la vie bien morne et dépourvue d'intérêt.

Sire Loup parcourut du regard le jardin si minutieusement entretenu, avec ses serviteurs, ses fontaines et ses gardes du corps postés discrètement çà et là parmi les massifs de fleurs, et c'est d'une voix un peu triste qu'il poursuivit.

— Rien de tout cela, Ran Borune, ne suffira jamais à combler le vide d'une existence d'où toute possibilité d'émerveillement a été bannie. Vous avez peut-être renoncé à un peu trop de choses.

— Morin, appela Ran Borune, d'un ton péremptoire, faites mander Zereel. Nous allons régler ça immédiatement.

— A l'instant, Votre Grandeur, répondit Morin en faisant signe à l'un des serviteurs.

— Vous voulez bien me rendre mon canari ? demanda l'empereur, d'un ton presque plaintif.

— Mais bien sûr, répondit tante Pol.

Elle se dirigea vers le fauteuil de l'empereur en faisant bien attention de ne pas faire peur au petit oiseau qui s'égosillait de plus belle.

— Il y a des moments où je me demande ce qu'ils peuvent bien raconter, fit Ran Borune.

— Pour l'instant, il me parle du jour où il a appris à voler, répondit tante Pol. C'est un moment très important pour un oiseau.

Elle tendit la main et le canari ne fit qu'un bond jusqu'au doigt de l'empereur. Il chantait toujours, son petit œil brillant tourné vers le visage de Ran Borune.

— C'est sans doute une idée amusante, rétorqua le petit vieillard, qui regardait en souriant le soleil jouer dans l'eau de l'une des fontaines. Mais je crains de ne pas avoir de temps à consacrer à ce genre de choses en ce moment. Le pays tout entier retient son souffle dans l'attente de la nouvelle de mon trépas. Tout le monde semble penser que la meilleure chose que je pourrais faire pour la Tolnedrie serait de mourir sur-le-champ. Certains se sont même donné la peine de tenter de m'aider à franchir le pas. Rien que la semaine dernière, quatre assassins en puissance ont été arrêtés dans l'enceinte du palais. Les Borune, ma propre famille, me désertent à un tel rythme que c'est à peine s'il me reste assez de gens pour faire marcher le palais, et encore bien moins l'Empire. Ah! voici Zereel.

Un homme mince aux sourcils broussailleux, vêtu d'un manteau rouge couvert de symboles mystiques, traversa à petits pas précipités la pelouse et vint s'incliner profondément devant l'empereur.

— Vous m'avez fait mander, Votre Altesse?

— On me dit que cet homme serait Belgarath, fit l'empereur, et cette femme, Polgara la Sorcière. Soyez assez bon, Zereel, pour vérifier leurs dires.

— Belgarath et Polgara? railla l'homme aux sourcils en broussailles. Assurément, Votre Altesse n'est pas sérieuse. Il n'existe personne de ce nom. Ce sont des êtres mythologiques.

— Vous voyez bien, décréta Ran Borune. Vous n'existez pas. Je tiens cela de la plus haute autorité. Zereel est lui-même sorcier, voyez-vous.

— Vraiment?

— L'un des meilleurs, assura l'empereur. La plupart de ses trucs ne sont que des tours de passe-passe, bien sûr, puisque, aussi bien, la sorcellerie n'est qu'un simulacre, mais il m'amuse. Et il se prend très au sérieux. Vous pouvez y aller, Zereel. Mais tâchez de ne pas répandre une odeur méphitique, comme bien souvent.

— Ce ne sera pas nécessaire, Votre Altesse, dit platement Zereel. S'ils étaient sorciers, je m'en serais immédiatement aperçu. Nous avons des moyens de communication particuliers, vous savez.

Tante Pol regarda le sorcier, un sourcil légèrement relevé.

— Je pense que vous devriez y regarder d'un peu plus près, Zereel, suggéra-t-elle. Il arrive parfois que certaines choses nous échappent.

Elle fit un geste presque imperceptible, et Garion eut l'impression d'entendre un grondement assourdi.

Le sorcier regarda fixement un point dans le vide, juste devant lui, puis les yeux lui sortirent de la tête, son visage devint d'une pâleur mortelle et il se laissa tomber le nez dans l'herbe, comme si ses jambes s'étaient dérobées sous lui.

— Pardonnez-moi, dame Polgara, croassa-t-il, en rampant comme s'il voulait rentrer sous terre.

— J'imagine que je devrais être très impressionné, convint l'empereur. Seulement j'ai déjà vu des possédés, et on ne peut pas dire que Zereel ait la tête bien solide.

— Ça commence à devenir lassant, Ran Borune, déclara tante Pol d'un ton acerbe.

— Vous feriez mieux de la croire, vous savez, intervint le canari d'une petite voix flûtée. Je l'ai tout de suite reconnue. Evidemment, nous sommes beaucoup plus observateurs que vous autres, qui vous limitez à vous traîner sur le sol. Au fait, pourquoi n'essayez-vous pas de voler ? Je suis sûr qu'avec un minimum d'effort, vous y arriveriez parfaitement. Et puis, j'aimerais bien que vous arrêtiez un peu de manger de l'ail. Ça vous donne une haleine épouvantable.

— Chut, ça suffit, fit doucement tante Pol. Tu pourras lui dire tout ça plus tard.

L'empereur, qui tremblait maintenant comme une feuille, regardait l'oiseau comme si c'était un serpent.

— Pourquoi ne pas faire comme si nous étions vraiment, Polgara et moi, ceux que nous prétendons être ? proposa sire Loup. Nous pourrions passer le restant de la journée à essayer de vous convaincre, mais nous n'avons pas vraiment de temps à perdre. J'ai des choses à vous dire, des choses importantes — qui que je sois.

— Je pense que c'est une proposition acceptable, admit Ran Borune, qui ne pouvait détacher ses yeux du canari, maintenant silencieux.

Sire Loup noua ses mains derrière son dos et leva les yeux vers un groupe d'hirondelles qui se chamaillaient sur la branche d'un arbre voisin.

— Au début de l'automne, commença-t-il, Zedar l'Apostat s'est introduit dans la salle du trône de Riva et a volé l'Orbe d'Aldur.

— Il a fait quoi ? s'exclama Ran Borune en se redressant précipitamment. Mais comment est-ce possible ?

— Nous l'ignorons, répondit sire Loup. Lorsque j'aurai réussi à le rattraper, je le lui demanderai peut-être. Quoi qu'il en soit, je suis sûr que la portée de l'événement ne vous échappe pas.

— Bien sûr que non.

— Les Aloriens et les Sendariens se préparent discrètement à la guerre, l'informa sire Loup.

— La guerre ? releva Ran Borune, d'une voix altérée. Mais contre qui ?

— Contre les Angaraks, évidemment.

— Mais qu'est-ce que Zedar a à voir avec les Angaraks ? Il agit peut-être pour son propre compte, après tout ?

— Vous n'êtes certainement pas assez stupide pour croire une chose pareille, répliqua tante Pol.

— Vous vous oubliez, gente dame, s'indigna Ran Borune, d'un ton rigoureux. Où est Zedar, maintenant ?

— Il est passé par Tol Honeth il y a deux semaines environ, le renseigna sire Loup. S'il parvient à traverser la frontière et à entrer dans l'un des royaumes angaraks avant que j'aie réussi à l'arrêter, les Aloriens prendront les armes.

— Et l'Arendie avec eux, déclara fermement Mandorallen. Les faits ont été portés à la connaissance du roi Korodullin.

239

— Vous allez mettre le monde à feu et à sang, protesta l'empereur.

— Peut-être, admit sire Loup. Mais nous ne pouvons pas nous permettre de laisser Zedar rejoindre Torak avec l'Orbe.

— Je vais immédiatement envoyer des émissaires, décréta Ran Borune. Il faut prendre les devants avant que les choses n'aillent trop loin.

— Trop tard, annonça Barak, d'un ton sinistre. Anheg et les autres ne sont pas d'humeur à écouter des diplomates tolnedrains en ce moment.

— Les Tolnedrains n'ont pas très bonne réputation dans le nord, Votre Altesse, remarqua Silk. Ils semblent toujours avoir quelque accord commercial dans leurs manches. L'impression générale est que lorsque la Tolnedrie arbitre une querelle, ça finit toujours par coûter très cher. Je ne pense pas que nous ayons encore les moyens de nous offrir vos bons offices.

Un nuage passa devant le soleil, et il leur sembla tout à coup qu'il faisait très froid.

— Toute cette affaire est grandement exagérée, protesta l'empereur. Les Aloriens et les Angaraks se disputent cette fichue pierre depuis des milliers d'années. Vous n'attendiez qu'un prétexte pour vous jeter les uns sur les autres, et voilà une occasion toute trouvée. Allez-y, je vous souhaite bien du plaisir, mais la Tolnedrie ne se laissera pas entraîner dans le conflit, aussi longtemps que je serai son empereur.

— Vous ne pourrez pas rester en dehors, Ran Borune, remarqua tante Pol.

— Et pourquoi pas? L'Orbe ne me concerne en aucune manière. Détruisez-vous donc mutuellement si ça vous chante. La Tolnedrie sera encore là quand vous n'y serez plus.

— J'en doute, rétorqua sire Loup. Votre empire grouille de Murgos. Ils pourraient vous renverser en une semaine.

— Ce sont de braves marchands, qui se livrent à d'honnêtes affaires.

— Les Murgos ignorent les affaires honnêtes, laissa tomber tante Pol. Il ne se trouve pas un seul Murgo en

Tolnedrie qui n'y ait été envoyé par le Grand Prêtre grolim.

— Tout ceci passe un peu les bornes, déclara Ran Borune, avec obstination. Le monde entier sait que vous êtes travaillés, votre père et vous-même, par une haine obsessionnelle des Angaraks, mais les temps ont changé.

— Cthol Murgos est toujours gouverné depuis Rak Cthol, riposta sire Loup. Et là-bas, Ctuchik est maître chez lui. Le monde a eu beau évoluer, Ctuchik n'a pas changé, lui. Les marchands de Rak Goska sont peut-être civilisés à vos yeux, mais ils ne lui en obéissent pas moins au doigt et à l'œil ; or Ctuchik est le disciple de Torak.

— Torak est mort.

— Vraiment ? répliqua tante Pol. Vous avez vu sa tombe ? Vous avez ouvert son tombeau et vu ses ossements ?

— Mon empire me coûte très cher à mener, dit l'empereur, et j'ai besoin des revenus que me procurent les Murgos. J'ai des agents à Rak Goska et tout le long de la Route des Caravanes du Sud. Si les Murgos préparaient quoi que ce soit contre moi, je le saurais. La seule chose que je me demande, c'est si tout cela n'est pas l'effet de luttes intestines dans la grande Confrérie des Sorciers. Il se peut que vous ayez vos raisons d'agir, mais je ne vais pas vous laisser manœuvrer mon empire comme un pion dans vos querelles d'influence.

— Et si les Angaraks l'emportent ? s'enquit tante Pol. Comment envisagez-vous de traiter avec Torak ?

— Torak ne me fait pas peur.

— Vous l'avez déjà rencontré ? demanda sire Loup.

— Evidemment pas. Ecoutez, Belgarath, vous n'avez jamais eu la moindre amitié pour nous, votre fille et vous. Vous avez traité la Tolnedrie en adversaire vaincue après Vo Mimbre. Vos informations sont intéressantes, et je les considérerai dans les perspectives voulues, mais la politique tolnedraine ne saurait être dictée par des préjugés aloriens. Notre économie dépend beaucoup du commerce le long de la Route des Caravanes du Sud. Je ne suis pas prêt à laisser mon empire partir à vau l'eau parce qu'il se trouve simplement que vous haïssez les Murgos.

— Alors vous êtes un imbécile, déclara sire **Loup**, sans ambages.

— Vous seriez surpris du nombre de gens qui sont de cet avis, répondit l'empereur. Vous aurez peut-être plus de chance avec mon successeur. Si c'est un Vordueux ou un Honeth, vous arriverez peut-être même à l'acheter. Mais la corruption n'est pas de mise chez les Borune.

— Pas plus que les conseils, ajouta tante Pol.

— Seulement quand cela nous convient, Dame Polgara, rétorqua Ran Borune.

— Je pense que nous avons fait tout ce qui était en notre pouvoir ici, décida sire Loup.

Une porte de bronze s'ouvrit en coup de vent, au fond du jardin, et une petite fille aux cheveux de flamme en jaillit tel un ouragan, les yeux jetant des éclairs. Au début, Garion crut que c'était une enfant, mais lorsqu'elle se rapprocha, il se rendit compte qu'elle était sensiblement plus âgée que cela. Elle était de très petite taille, mais sa courte tunique verte sans manches dévoilait des membres qui étaient bien près de la maturité. Il éprouva à sa vue un choc très particulier, un peu comme s'il la reconnaissait, mais ce n'était pas cela. Sa chevelure était une longue cataracte de boucles élaborées, qui dévalaient ses épaules et son dos, et d'une couleur que Garion n'avait encore jamais vue, un rouge profond, rutilant, comme brillant d'une lumière intérieure. Sa peau dorée semblait s'animer de reflets verdâtres, alors qu'elle se déplaçait dans l'ombre des arbres, près de la porte. Elle était dans un état proche de la rage absolue.

— Pourquoi me retient-on prisonnière ici ? demanda-t-elle à Ran Borune, d'un ton impérieux.

— De quoi parles-tu ? questionna-t-il.

— Tes légionnaires ne veulent pas me laisser quitter l'enceinte du palais !

— Ah ! fit l'empereur. C'est ça.

— Exactement. C'est ça.

— Ils agissent conformément à mes ordres, Ce'Nedra, lui expliqua patiemment l'empereur.

— C'est ce qu'ils prétendent. Dis-leur de changer tout de suite d'attitude.

— Non.

— Non? répéta-t-elle, incrédule. Non? (Et sa voix grimpa de plusieurs octaves.) Qu'est-ce que ça veut dire, « non » ?

— Il serait beaucoup trop dangereux que tu te promènes en ville par les temps qui courent, répondit l'empereur d'un ton sans réplique.

— C'est ridicule! cracha-t-elle. Je n'ai pas l'intention de rester assise dans ce sale palais rien que parce que tu as peur de ton ombre. J'ai des courses à faire au marché.

— Envoie quelqu'un.

— Je n'enverrai personne! hurla-t-elle en réponse. J'ai envie d'y aller moi-même.

— Eh bien, ce n'est pas possible, répondit-il platement. Tu ferais mieux d'étudier, à la place.

— Je n'ai pas envie d'apprendre mes leçons! s'écriat-elle. Jeebers est un imbécile patenté, et il me barbifie dans les grandes largeurs. Je ne veux plus rester assise à l'écouter pérorer. J'en ai plus qu'assez de l'histoire et de la politique! J'en ai marre de tout ça! Je voudrais juste passer un après-midi tranquille, toute seule!

— Je regrette.

— S'il te plaît, père, implora-t-elle, sa voix retombant pour adopter des accents enjôleurs. Je t'en supplie...

Elle attrapa un repli de son manteau doré et se mit à l'entortiller autour de son petit doigt. Les yeux qu'elle braquait sur l'empereur à travers ses cils auraient fait fondre une pierre.

— Il n'en est pas question, répondit-il en évitant son regard. Je ne reviendrai pas là-dessus. Tu ne quitteras pas l'enceinte du palais.

— Je te déteste! vociféra-t-elle.

Puis elle s'enfuit du jardin en sanglotant.

— Ma fille, expliqua l'empereur, comme pour s'excuser. Vous ne pouvez pas imaginer ce que c'est que d'avoir une fille comme ça.

— Oh! si, soupira sire Loup avec un coup d'œil oblique en direction de tante Pol.

Coup d'œil qu'elle lui rendit, le défiant du regard.

— Vas-y, père, continue. Je suis sûr que tu meurs d'envie de raconter ta vie et tes malheurs.

— Laissons tomber, reprit sire Loup, en haussant les épaules.

Ran Borune les regarda d'un air pensif.

— Il me vient à l'idée que nous pourrions peut-être négocier quelque chose, là, insinua-t-il en plissant les yeux.

— Qu'avez-vous en tête ? questionna sire Loup.

— Vous jouissez d'une certaine autorité auprès des Aloriens, suggéra l'empereur.

— C'est un peu vrai, admit prudemment sire Loup.

— Si vous le leur demandiez, je suis sûr qu'ils seraient prêts à renoncer à l'une des clauses les plus absurdes des Accords de Vo Mimbre.

— Laquelle ?

— Il n'est pas vraiment indispensable que Ce'Nedra fasse le voyage de Riva, n'est-ce pas ? Je suis le dernier empereur de la dynastie Borune, et à ma mort, elle ne sera plus princesse impériale. Etant donné les circonstances, je dirais que cette contrainte ne s'applique pas à elle. C'est une aberration, de toute façon. Comment voulez-vous qu'il y ait un fiancé pour l'attendre à la cour du Roi de Riva alors que la lignée de Riva s'est éteinte il y a treize cents ans ? Comme vous l'avez vous-mêmes constaté, la Tolnedrie n'est pas un endroit sûr en ce moment. Ce'Nedra doit fêter son seizième anniversaire d'ici un an à peu près, et la date en est bien connue. Si je suis tenu de l'envoyer à Riva, la moitié des assassins du royaume monteront la garde devant les portes du palais en attendant qu'elle mette le nez dehors. Je préfèrerais ne pas courir ce genre de risque. Si vous pouviez parler aux Aloriens, j'arriverais peut-être à faire quelques concessions concernant les Murgos : un numerus clausus, des restrictions territoriales, ce genre de choses.

— Non, Ran Borune, répondit abruptement tante Pol. Ce'Nedra ira à Riva. Vous n'avez pas compris que les Accords n'étaient qu'une formalité. Si votre fille est celle qui est destinée à devenir l'épouse du roi de Riva, aucune force au monde ne pourrait l'empêcher de se trouver dans la salle du trône de Riva le jour voulu. Les recommandations de mon père concernant les Murgos n'étaient que des suggestions, faites dans votre propre intérêt. A vous de prendre vos responsabilités.

— Je pense que nous venons d'épuiser le sujet, décréta froidement l'empereur.

Deux officiers à l'air important entrèrent dans le jardin et s'entretinrent brièvement avec Messire Morin.

— Votre Altesse, annonça avec déférence le chambellan aux cheveux gris, le ministre du Commerce souhaite vous informer qu'il a obtenu un excellent accord avec la délégation commerciale de Rak Goska. Les représentants de Cthol Murgos se sont montrés des plus accommodants.

— Vous nous voyez ravi de l'entendre, répondit Ran Borune en jetant un coup d'œil lourd de signification à sire Loup.

— Les plénipotentiaires de Rak Goska voudraient vous rendre hommage avant de partir, ajouta Morin.

— Mais j'y tiens absolument. Nous serons heureux de les recevoir ici-même.

Morin tourna les talons et fit un bref signe de tête en driection des deux officiers restés auprès de la porte. Ceux-ci se tournèrent vers un personnage invisible, de l'autre côté de la porte, qui s'ouvrit en grand, et cinq Murgos firent leur entrée.

Leur robes de grosse toile noire, dont ils avaient rabattu le capuchon, étaient ouvertes sur le devant, révélant des tuniques de mailles d'acier luisant au soleil. Le Murgo qui ouvrait la marche était un peu plus grand que les autres, et toute son attitude indiquait qu'il était le chef de la délégation. Une masse d'images et de souvenirs fragmentaires déferlèrent dans l'esprit de Garion tandis qu'il regardait le visage couturé de cicatrices de celui qui était depuis toujours son ennemi. La tension de l'étrange lien silencieux, occulte, qui les unissait, se fit sentir à nouveau. C'était Asharak.

Quelque chose effleura l'esprit de Garion, mais plus à titre d'information qu'autre chose ; ce n'était pas la force irrésistible que le Murgo avait dirigée sur lui dans le corridor obscur du palais d'Anheg, au Val d'Alorie ; sous sa tunique, son amulette devint très froide et semblait en même temps le brûler.

— Votre Majesté Impériale, déclara Asharak, en s'avançant avec un froid sourire. Nous sommes honorés d'être admis en votre auguste présence.

Il s'inclina, faisant cliqueter sa cotte de mailles.

Barak tenait fermement le bras droit de Hettar ; Mandorallen se rapprocha pour lui prendre l'autre bras.

— Nous sommes ravi de vous revoir, noble Asharak, répondit l'empereur. Nous nous sommes laissé dire qu'un accord avait été conclu.

— A l'avantage des deux parties, Votre Altesse.

— Ce sont les meilleurs accords, approuva Ran Borune.

— Taur Urgas, roi des Murgos, vous adresse ses salutations, reprit Asharak. Sa Majesté éprouve le vif désir de cimenter les relations entre Cthol Murgos et la Tolnedrie. Elle espère pouvoir un jour donner à Votre Majesté impériale le nom de frère.

— Nous respectons les intentions pacifiques et la sagesse légendaire de Taur Urgas, souligna l'empereur avec un sourire béat.

Asharak promena autour de lui ses yeux noirs inexpressifs.

— Eh bien, Ambar, dit-il à Silk, les affaires semblent avoir repris depuis la dernière fois que nous nous sommes rencontrés, dans les bureaux de Mingan, à Darine.

— Les Dieux ont été cléments. Enfin, presque tous, répondit Silk en tendant les mains devant lui en un geste fataliste.

Asharak ébaucha un sourire.

— Vous vous connaissez ? demanda l'empereur, quelque peu surpris.

— Nous avons déjà eu l'occasion de nous rencontrer, Votre Altesse, admit Silk.

— Sous d'autres cieux, précisa Asharak, avant de regarder sire Loup droit dans les yeux. Belgarath, fit-il aimablement, avec un petit hochement de tête.

— Chamdar, répondit le vieillard.

— Tu m'as l'air en pleine forme, dis-moi.

— Merci.

— J'ai l'impression d'être le seul étranger ici, confia l'empereur.

— Il y a très, très longtemps que nous nous connaissons, Chamdar et moi, expliqua sire loup, avant de jeter un coup d'œil malicieux au Murgo. Je vois que tu t'es remis de ta récente indisposition.

Une expression ennuyée effleura fugitivement le visage d'Asharak, et il s'empressa de regarder son ombre sur l'herbe, comme pour se rassurer.

Garion se rappela ce que sire Loup avait dit, en haut de la Dent d'Elgon, après l'attaque des Algroths. Il avait parlé d'une ombre qui n'allait pas rentrer par « le chemin le plus direct ». Il aurait été bien en peine de dire pourquoi, mais l'information qu'Asharak le Murgo et Chamdar le Grolim étaient un seul et même homme ne le surprenait pas particulièrement. Comme une mélodie complexe subtilement discordante retrouve l'accord, la soudaine fusion des deux semblait entrer en résonance quelque part. Cette information trouva sa place dans son esprit comme une clef dans une serrure.

— Un jour, il faudra que tu me montres comment tu fais ça, disait Asharak. J'ai trouvé l'expérience intéressante. Mais mon cheval est devenu complètement hystérique.

— Toutes mes excuses à ton cheval.

— Comment se fait-il que la moitié de cette conversation semble m'échapper ? s'enquit Ran Borune.

— Pardonnez-nous, Votre Altesse. Nous renouons, le vénérable Belgarath et moi-même, une vieille inimitié. Il faut dire que nous n'avons que très rarement eu l'occasion de nous parler avec autant de courtoisie. Dame Polgara, fit Asharak en s'inclinant poliment devant tante Pol. Toujours aussi belle.

Il braqua sur elle un regard délibérément suggestif.

— Tu n'as pas beaucoup changé non plus, Chamdar.

Elle parlait sans colère, d'un ton presque affable, mais Garion, qui la connaissait mieux que personne, reconnut immédiatement l'insulte mortelle dont elle venait de gratifier le Grolim.

— Charmante, reprit Asharak, avec un timide sourire.

— C'est mieux qu'au théâtre, s'écria l'empereur, subjugué. Voilà ce que j'appelle une joute oratoire ou je ne m'y connais pas. Je regrette de n'avoir pu assister au premier acte.

— Le premier acte a été *très* long, Votre Altesse, révéla Asharak. Et souvent bien fastidieux. Comme vous l'avez peut-être remarqué, il y a des moments où Belgarath se laisse emporter par sa subtilité.

— Je ne devrais pas avoir de mal à m'en remettre, riposta sire Loup avec un petit sourire. Je te promets que le dernier acte sera très bref, Chamdar.

— Des menaces, vieillard ? releva Asharak. Je pensais que nous étions convenus de rester dans les strictes limites de l'urbanité.

— Je ne me rappelle pas que nous soyons jamais convenus de quoi que ce soit, fit sire Loup en se retournant vers l'empereur. Je pense que nous allons prendre congé, maintenant, Ran Borune, conclut-il. Avec votre permission, naturellement.

— Naturellement, répéta l'empereur. Je suis heureux d'avoir fait votre connaissance — bien que je ne sois évidemment pas encore convaincu de votre existence. Mais mon scepticisme est purement théologique, et n'a rien de personnel.

— Vous m'en voyez heureux, répliqua sire Loup.

Puis il lui jeta impromptu un sourire espiègle qui arracha un éclat de rire à Ran Borune.

— J'attends avec impatience notre prochaine rencontre, Belgarath, déclara Asharak.

— A ta place, je la redouterais, lui conseilla sire Loup, avant de tourner les talons et de mener ses compagnons hors des jardins de l'empereur.

CHAPITRE XVII

L'après-midi était déjà bien entamé lorsqu'ils franchirent les grilles du palais. L'émeraude des vastes pelouses étincelait sous le chaud soleil printanier, et les cyprès murmuraient dans la brise.

— Je crois que rien ne nous retient plus à Tol Honeth, déclara sire Loup.

— Cela veut-il dire que nous repartons sur l'heure? demanda Mandorallen.

— J'ai quelque chose à faire avant, répondit sire Loup, en clignant les yeux, gêné par le soleil. Barak et son cousin vont m'accompagner. Retournez tous nous attendre chez Grinneg, vous autres.

— Nous nous arrêterons au marché central avant de rentrer, annonça tante Pol. J'ai certaines courses à faire.

— Ce n'est pas une partie de lèche-vitrines, Pol.

— Les Grolims savent d'ores et déjà que nous sommes là, père, répliqua-t-elle, nous n'avons plus aucune raison de raser les murs comme des voleurs, n'est-ce pas?

— Comme tu voudras, Pol, soupira-t-il.

— Je savais bien que tu verrais les choses comme moi.

Sire Loup secoua la tête d'un air découragé, puis ils remontèrent en selle, Barak, Grinneg et lui, et partirent de leur côté, tandis que les autres redescendaient la colline sur laquelle le palais était perché, pour s'enfoncer dans la cité étincelante qui s'étendait en dessous d'eux. Les rues, au pied de la colline, étaient larges et bordées de chaque côté par des maisons magnifiques, de véritables palais.

— Les riches et les nobles, expliqua Silk. A Tol Honeth, plus on habite près du palais, plus on est important.

— Il en va souvent ainsi, Prince Kheldar, observa Mandorallen. La fortune et la position ont parfois besoin de la rassurante proximité du siège du pouvoir. L'ostentation et le voisinage du trône sont ce qui permet aux âmes étriquées d'éviter de faire face à leur propre médiocrité.

— Je n'aurais su mieux dire, convint Silk.

Le marché central de Tol Honeth était une vaste place couverte d'étalages en plein air et d'éventaires multicolores où se trouvaient exposées des marchandises du monde entier. Tante Pol mit pied à terre, confia son cheval à l'un des gardes cheresques, et s'activa rapidement d'un étal à l'autre, achetant, à ce qu'il semblait, tout ce qu'elle voyait. Le visage de Silk blêmissait à certains de ses achats; c'était lui qui payait.

— Tu ne pourrais pas lui dire un mot, Garion? demanda le petit homme d'un ton plaintif. Elle me démolit.

— Qu'est-ce qui te fait penser qu'elle m'écouterait? rétorqua Garion.

— Tu pourrais au moins essayer, fit Silk, désespéré.

Trois hommes vêtus de manteaux précieux discutaient avec emportement, non loin du centre du marché.

— Tu es fou, Haldor, disait, tout agité, un homme mince au nez épaté. Les Honeth mettraient l'Empire au pillage pour leur propre profit.

Il avait la figure toute rouge et les yeux lui sortaient presque de la tête.

— Parce que tu crois que Kador le Vordueux ferait mieux? demanda le dénommé Haldor, un grand gaillard costaud. C'est toi qui es fou, Radan. Si nous mettons Kador sur le trône, il nous écrasera tous sous sa botte. On est parfois trop impérial, ce sont des choses qui arrivent.

— Comment oses-tu? hurla presque Radan, et son visage luisant de sueur s'assombrit encore. Le grand-duc Kador est le seul candidat possible. Je voterais pour lui même s'il ne m'avait pas payé pour ça.

Il faisait de grands moulinets avec les bras tout en parlant, et il avait la langue qui s'emmêlait.

— Kador est un porc, déclara de but en blanc Haldor en observant attentivement Radan, comme pour mesurer l'impact de ses paroles. Un porc brutal, arrogant, qui n'a pas plus de droits au trône qu'un chien galeux. Son arrière-grand-père s'est frayé un chemin dans la maison de Vordue à coups de pots-de-vin, et je préférerais m'ouvrir les veines plutôt que de prêter serment d'allégeance au rejeton du bâtard d'un voleur des docks de Tol Vordue.

Radan roulait des yeux en boules de loto sous les insultes caricaturales de Haldor. Il ouvrit et referma plusieurs fois la bouche comme s'il voulait dire quelque chose, mais sa langue semblait paralysée par la fureur. Alors son visage tourna au violet, il se mit à battre le vide de ses bras, puis tout son corps se raidit et commença à s'arquer.

Haldor l'observait avec un détachement presque cynique.

Avec un cri étranglé, Radan se renversa en arrière en agitant violemment les bras et les jambes. Ses yeux se révulsèrent et de l'écume apparut aux commissures de ses lèvres tandis que ses soubresauts devenaient plus violents. Il commença à se cogner la tête sur les pavés, et ses doigts se crispèrent frénétiquement sur sa gorge.

— Voilà qui est d'une redoutable efficacité, mon cher Haldor, commenta le troisième homme. Où as-tu trouvé cela ?

— Un de mes amis est allé récemment à Sthiss Tor, répondit Haldor en contemplant les convulsions de Radan avec un intérêt non déguisé. Le plus beau de tout, c'est que ça n'a rigoureusement aucun effet tant qu'on ne s'énerve pas. Radan n'aurait jamais voulu boire son vin si je ne l'avais pas goûté devant lui pour lui prouver qu'il n'y avait pas de danger.

— Tu veux dire que tu as le même poison dans l'estomac ? s'exclama l'autre, stupéfait.

— Je n'ai rien à craindre, déclara Haldor. Je ne succombe jamais à mes propres émotions.

Les contractions de Radan diminuaient d'intensité.

Ses talons martelèrent les pierres pendant un moment encore, mais il ne tarda pas à se rigidifier, puis il poussa un long soupir gargouillant et ce fut tout.

— J'imagine qu'il ne t'en reste plus, hein? insinua pensivement l'ami d'Haldor. Je serais prêt à payer un bon prix pour quelque chose de ce genre.

— Et pourquoi n'irions-nous pas chez moi, parler de tout ça autour d'une coupe de vin? suggéra Haldor en riant.

L'autre lui jeta un regard surpris, puis il se mit à rire à son tour, un peu nerveusement peut-être. Les deux hommes tournèrent les talons et s'éloignèrent, abandonnant le cadavre derrière eux.

Garion les suivit un moment des yeux, horrifié, puis regarda le cadavre au visage noir, crispé dans une position grotesque sur les dalles de pierre, entre les pieds des Tolnedrains qui l'ignoraient royalement.

— Pourquoi personne ne fait-il rien? demanda-t-il.

— Ils ont peur, répondit Silk. Ils redoutent, s'ils trahissent une quelconque émotion, d'être pris pour des sympathisants du défunt. On prend la politique très au sérieux, ici, à Tol Honeth.

— Il faudrait peut-être prévenir les autorités, tout de même? émit Durnik, le visage pâle et la voix tremblante.

— Je suis sûr que le nécessaire a été fait, assura Silk. Ne restons pas plantés là comme ça. Vous ne tenez pas tellement à être impliqués dans l'affaire, je suppose?

Tante Pol les rejoignit, accompagnée des deux guerriers cheresques de la maison de Grinneg, un peu penauds. Ils croûlaient littéralement sous les paquets et les ballots.

— Qu'est-ce que vous faites? demanda-t-elle à Silk.

— Nous assistions au spectacle édifiant de la politique tolnedraine en pleine action, répondit Silk en lui montrant le cadavre abandonné au beau milieu de la place du marché.

— Du poison? fit-elle en remarquant la crispation anormale des membres de Radan.

— Un drôle de poison, confirma Silk en hochant la tête. Il n'agit apparemment que quand la victime se met en rogne.

— Ah! de l'athsat, approuva-t-elle d'un air entendu.

— Vous en avez déjà entendu parler? releva Silk, surpris.

— C'est un poison très rare, et très cher. Je n'aurais jamais cru que les Nyissiens acceptent d'en vendre.

— Je crois que nous ferions mieux de ficher le camp d'ici, suggéra Hettar. Il y a une escouade de légionnaires qui arrivent, et il se pourrait qu'ils fassent appel à témoins.

— Bonne idée, acquiesça Silk en les conduisant de l'autre côté de la place.

Huit grands gaillards longeaient les bâtiments qui entouraient la place du marché, chargés d'une litière lourdement voilée. Ils arrivaient auprès des voyageurs lorsqu'une main fine, couverte de bijoux, sortit langoureusement des rideaux et effleura l'épaule de l'un des porteurs. Les huit hommes s'arrêtèrent immédiatement et posèrent la litière à terre.

— Ainsi, te revoilà à Tol Honeth, Silk, fit une voix de femme, à l'intérieur de la litière. Que fais-tu donc là?

— Bethra? s'exclama Silk. C'est toi?

Les rideaux s'écartèrent, révélant une femme luxurieusement vêtue, alanguie sur des coussins de satin écarlate. Ses tresses de cheveux sombres étaient entremêlées de rangs de perles. Sa robe de soie rose ne laissait rien ignorer de ses formes, et elle avait les bras et les doigts couverts d'anneaux et de bracelets d'or. Son visage était d'une beauté à couper le souffle, et elle coulait sous ses longs cils un regard d'une rare perversité. Il émanait de toute sa personne quelque chose de trop mûr, presque blet, et une impression quasiment renversante de débauche effrénée. Garion se prit à rougir furieusement, sans savoir pourquoi.

— Je pensais bien que tu courais toujours, reprit-elle d'un ton suave. Les hommes que j'avais lancés à ta poursuite étaient pourtant de vrais professionnels.

Silk eut une petite révérence ironique.

— Comme tu dis, Bethra, ils n'*étaient* pas mauvais, acquiesça-t-il avec un sourire tordu. Pas tout à fait aussi bons qu'il aurait fallu, mais très bons tout de même. J'espère que tu n'en avais plus besoin?

— Je me demandais aussi pourquoi ils n'étaient jamais revenus, répliqua-t-elle en riant. J'aurais dû m'en douter, évidemment. J'espère que tu n'as pas pris ça à titre personnel.

— Bien sûr que non, Bethra. Ce sont les aléas du métier, et voilà tout.

— Je savais que tu comprendrais. Il fallait que je me débarrasse de toi. Tu allais tout ficher par terre.

Silk eut un sourire matois.

— Je sais, jubila-t-il. Après le mal que tu t'étais donné pour monter ta petite affaire, et avec l'ambassadeur thull, rien de moins.

Elle fit une grimace dégoûtée.

— Et qu'est-il devenu ? s'enquit Silk.

— Il est allé faire trempette dans la Nedrane.

— Je ne savais pas que les Thulls étaient si férus de natation.

— On ne peut pas dire qu'ils nagent très bien. Surtout avec de grosses pierres attachées aux pieds. Mais à partir du moment où tu avais flanqué mon plan à l'eau, il n'avait plus qu'à suivre le même chemin. Il ne m'était guère indispensable, et il y avait des choses que je ne tenais pas à ce qu'il aille raconter dans certains milieux.

— Tu as toujours été une femme circonspecte, Bethra.

— Et qu'est-ce que tu mijotes, en ce moment ? questionna-t-elle avec curiosité.

— Un peu de ci, un peu de ça, éluda Silk en haussant les épaules.

— La succession ?

— Oh ! non, répondit-il en riant. J'ai trop de bon sens pour m'en mêler. De quel côté es-tu ?

— Tu voudrais bien le savoir, hein ?

Silk jeta un ocup d'œil circulaire en plissant les yeux.

— Je ne cracherais pas sur un ou deux petits tuyaux, Bethra. Si tu peux parler, naturellement.

— De quoi, Silk ?

— La ville grouille littéralement de Murgos, reprit-il. Si tu n'es pas actuellement en affaires avec eux, je te serai reconnaissant de toutes les informations que tu pourras me communiquer à ce sujet.

— Et tu serais prêt à payer cher ? interrogea-t-elle d'un ton malicieux.

— Appelons cela un échange de bons procédés.

Elle lui jeta un sourire machiavélique et se mit à rire.

— Pourquoi pas, après tout ? Je t'aime bien, Silk, et je me demande si je ne t'aime pas encore plus quand tu me dois quelque chose.

— Je serai ton esclave, promit-il.

— Sale menteur. Très bien, commença-t-elle après un instant de réflexion. On ne peut pas dire que les Murgos se soient jamais vraiment intéressés au commerce, et pourtant, depuis quelques années, on en voit arriver par paquets de deux ou trois. Et à la fin de l'été dernier, c'est par caravanes entières qu'ils se sont mis à débarquer de Rak Goska.

— Tu veux dire qu'ils tenteraient d'influencer la succession ? suggéra Silk.

— C'est ce que je dirais, répondit-elle. On voit beaucoup d'or rouge à Tol Honeth, tout d'un coup. Mes coffres en sont pleins.

— Ça colle, fit Silk, avec un grand sourire.

— Comme tu dis.

— Ont-ils ouvertement pris parti pour un candidat ?

— Pas que je sache. Ils paraissent divisés en deux factions rivales, et il semblerait qu'il règne entre eux un certain antagonisme.

— Ça pourrait être une ruse, évidemment.

— Je ne crois pas. Je pense plutôt que cette inimitié n'est pas sans rapport avec la querelle qui oppose Zedar et Ctuchik. Chaque côté cherche à s'assurer la mainmise sur le prochain empereur. Et l'argent coule à flots, comme si c'était de l'eau.

— Est-ce que tu connais celui qu'on appelle Asharak ?

— Ah ! celui-là ! Les autres Murgos le redoutent. En ce moment, il donne l'impression de travailler pour Ctuchik, mais quelque chose me dit qu'il roule pour lui-même. Le grand-duc Kador lui mange dans la main, or Kador est actuellement le favori dans la course au trône, de sorte qu'Asharak se retrouve en position de force. Voilà, c'est à peu près tout ce que je sais.

— Merci, Bethra, dit respectueusement Silk.

— Tu projettes de rester longtemps à Tol Honeth ? demanda-t-elle.

— Malheureusement non.

— Dommage. J'espérais que tu aurais le temps de me rendre une petite visite. Nous aurions pu parler du bon vieux temps. Je n'ai plus beaucoup de vieux amis, maintenant — ou d'ennemis intimes, comme toi.

— Je me demande bien pourquoi, fit Silk avec un petit rire sec. Je ne suis pas certain d'être meilleur à la nage que l'ambassadeur thull. Tu es une femme dangereuse, Bethra.

— A plus d'un titre, admit-elle en s'étirant langoureusement. Mais tu n'as plus vraiment à craindre pour ta vie avec moi, Silk. Plus maintenant.

— Ce n'est pas pour ma vie que je m'inquiétais, rétorqua Silk avec un drôle de sourire.

— C'est une autre histoire, bien sûr. N'oublie pas que tu me dois une faveur.

— J'attends avec avidité l'occasion de m'acquitter de ma dette, promit-il avec effronterie.

— Tu es impossible, s'exclama-t-elle en riant, avant de faire signe à ses porteurs. Au revoir, Silk.

— Au revoir, Bethra, répondit-il avec une profonde révérence.

Les porteurs remirent les brancards de la litière sur leurs épaules et s'éloignèrent sous leur fardeau.

— C'est absolument révoltant, s'étrangla Durnik, indigné. Comment peut-on tolérer la présence d'une femme pareille en ville ?

— Bethra ? demanda Silk, tout surpris. C'est la femme la plus remarquable et la plus fascinante de tout Tol Honeth. Les hommes viennent du bout du monde pour passer une heure ou deux avec elle.

— Pas gratuitement, sans doute.

— Ne te méprends pas sur elle, Durnik, avertit Silk. Sa conversation est probablement encore plus prisée que...

Il eut une petite toux et jeta un rapide coup d'œil en direction de tante Pol.

— Vraiment ? riposta Durnik, d'un ton sarcastique.

— Ah ! Durnik, fit Silk en éclatant de rire. Je t'aime comme un frère, mais tu es tout de même d'une effroyable pudibonderie, tu sais !

— Fichez-lui la paix, Silk, intervint tante Pol d'un ton ferme. C'est comme ça qu'on l'aime.

— J'essayais seulement de l'améliorer encore un peu, Dame Polgara, expliqua Silk, d'un petit ton innocent.

— Barak a absolument raison en ce qui vous concerne, Prince Kheldar. Vous avez vraiment un mauvais fond.

— Je ne fais qu'obéir à mon devoir. Si vous saviez ce qu'il m'en coûte de sacrifier mes sentiments délicats et raffinés au bien de mon pays...

— Mais bien sûr !

— Vous n'imaginez tout de même pas que je prends *plaisir* à ce genre de relations ?

— Et si nous laissions tomber le sujet ? suggéra tante Pol.

Grinneg, sire Loup et Barak arrivèrent chez Grinneg peu de temps après eux.

— Alors ? demanda tante Pol, au moment où sire Loup entrait dans la pièce où ils étaient tous réunis à attendre.

— Il est parti vers le sud, répondit sire Loup.

— Vers le sud ? Il n'est pas allé vers l'est, vers Cthol Murgos ?

— Non. Il cherche probablement à éviter la confrontation avec les hommes de Ctuchik. Il va sûrement essayer de trouver un endroit tranquille pour passer discrètement la frontière. A moins qu'il n'aille vers la Nyissie. Il a peut-être conclu un arrangement avec Salmissra. Il faut que nous le suivions si nous voulons en avoir le cœur net.

— Je suis tombé sur une vieille amie, au marché, annonça Silk, vautré dans un fauteuil. D'après elle, Asharak serait mouillé jusqu'au cou dans la lutte pour la succession. Il aurait apparemment réussi à acheter le grand duc de Vordue. Si les Vordueux montent sur le trône, Asharak tiendra la Tolnedrie dans le creux de sa main.

Sire Loup se gratta pensivement la barbe.

— Il faudra bien, tôt ou tard, que nous nous occupions de lui. Il commence vraiment à me courir, celui-là.

— Nous pourrions nous arrêter un jour ou deux, suggéra tante Pol. Et régler le problème une fois pour toutes.

— Non, décida sire Loup. Mieux vaut ne pas faire ça ici, en ville. Ça va sûrement faire du bruit, et les Tolnedrains ont tendance à s'emballer quand ils ne comprennent pas quelque chose. Nous trouverons bien une occasion plus tard, dans un endroit un peu moins fréquenté.

— Alors nous repartons tout de suite? demanda Silk.

— Attendons demain matin, répondit sire Loup. Il est probable que nous serons suivis, et si les rues sont vides, ça leur compliquera un tout petit peu la tâche.

— Dans ce cas, je vais dire quelques mots à mon cuisinier, fit Grinneg. Je ne peux pas vous laisser affronter les vicissitudes de la route sans un bon repas dans le ventre. Et puis il va bien falloir que nous nous occupions de ce tonneau de bière, aussi.

Cette pensée arracha un large sourire à sire Loup, qui sentit s'appesantir sur lui le regard sombre de tante Pol.

— Tu ne voudrais tout de même pas qu'elle retombe, Pol? expliqua-t-il. Une fois qu'elle est brassée, il faut la boire assez vite. Ce serait une honte de gâcher de la bonne marchandise comme ça, non?

CHAPITRE XVIII

Ils repartirent de chez Grinneg avant l'aube, le lendemain matin, après avoir une nouvelle fois revêtu leurs
habits de voyage. Ils se glissèrent sans bruit par une
porte dérobée et suivirent les ruelles étroites et les allées
sombres dont Silk semblait vraiment avoir le secret. Le
ciel commençait à s'éclaircir à l'est lorsqu'ils arrivèrent à
la massive porte de bronze, à la pointe sud de l'île.

— Combien de temps nous faudra-t-il attendre avant
l'ouverture de la porte ? demanda sire Loup à l'un des
légionnaires.

— Oh ! il n'y en a plus pour très longtemps, répondit
le légionnaire. On ouvre quand on voit distinctement la
rive opposée.

Sire Loup grommela dans sa barbe. Il était un peu
éméché, la veille au soir, et semblait avoir très mal aux
cheveux ce matin-là. Il mit pied à terre, se dirigea vers
l'un des chevaux de bât et but longuement à une gourde
de cuir.

— Ça ne changera rien, tu sais, déclara tante Pol,
d'un ton peu amène.

Il préféra ne pas répondre.

— Je crois que nous allons avoir une belle journée,
dit-elle d'un ton enjoué en regardant d'abord le ciel, puis
les hommes qui l'entouraient, et qui étaient tous lamentablement avachis sur leur selle.

— Vous êtes une femme cruelle, Polgara, fit tristement Barak.

— Vous avez parlé de ce bateau à Grinneg ? articula
péniblement sire Loup.

— Je crois que oui, répondit Barak. Il me semble que j'ai évoqué le sujet avec lui.

— C'est très important, insista sire Loup.

— De quoi s'agit-il ? s'enquit tante Pol.

— Je me suis dit que nous serions peut-être bien contents d'avoir un bateau à notre disposition à l'embouchure de la rivière de la Sylve, expliqua sire Loup. Si nous ne pouvons vraiment pas faire autrement que d'aller à Sthiss Tor, je préfère encore m'y rendre par mer plutôt que de patauger à travers les marécages de la Nyissie du nord.

— C'est même une très bonne idée, approuva-t-elle. Je suis surprise que tu y aies pensé, compte tenu de l'état dans lequel tu étais hier soir.

— Tu ne penses pas qu'on pourrait parler d'autre chose ? gémit-il.

Mais la pénombre cédait imperceptiblement du terrain, et l'ordre d'ouvrir la porte vint enfin de la tour de guet, en haut du mur. Les légionnaires firent glisser les barres de fer et les lourds vantaux pivotèrent. Mandorallen à son côté, Silk leur fit franchir le vaste portail, puis le pont qui enjambait les eaux noires de la Nedrane.

À midi, ils étaient déjà à huit lieues au sud de Tol Honeth, et sire Loup avait presque retrouvé la forme, mais ses yeux semblaient encore un peu sensibles à la vive lumière du soleil printanier, et il lui arrivait plus souvent qu'à son tour de réprimer une grimace de douleur lorsqu'un oiseau venait chanter trop près de lui.

— Des gens à cheval, par-derrière. Ils se rapprochent, déclara Hettar.

— Combien ? demanda Barak.

— Deux.

— Des voyageurs comme les autres, peut-être, dit tante Pol.

Deux cavaliers apparurent derrière eux, à un détour de la route. Ils s'arrêtèrent pour tenir conciliabule et se décidèrent, au bout d'un moment, à se rapprocher avec circonspection. Ils formaient un couple un peu bizarre. L'un d'eux, un homme, portait un manteau tolnedrain vert — vêtement dont le moins que l'on pût dire était qu'il n'avait jamais été conçu pour monter à cheval. Il

260

était très maigre, et ses oreilles dépassaient de chaque côté de sa tête comme des nageoires. Sur son front haut, les cheveux avaient été soigneusement peignés pour dissimuler une calvitie envahissante. Son compagnon, qui s'était noué un mouchoir devant le visage pour filtrer la poussière, se révéla n'être qu'une enfant habillée d'une sorte de pèlerine à capuche.

— Bien le bonjour, dit poliment l'homme au visage émacié comme ils se rapprochaient du groupe.

— Salut, répondit Silk.

— Il fait chaud pour la saison, non ? poursuivit le Tolnedrain.

— Nous avions remarqué, acquiesça Silk.

— Je me demandais, reprit le maigrichon, si vous n'auriez pas un peu d'eau à nous donner ?

— Mais bien sûr.

Silk jeta à Garion un coup d'œil accompagné d'un signe en direction des chevaux de bât. Garion partit vers l'arrière et détacha une outre de cuir de l'un des chevaux. L'étranger retira le bouchon de bois, essuya soigneusement l'embouchure de la gourde et l'offrit à sa jeune compagne. Celle-ci retira le mouchoir qui lui cachait la figure et regarda le récipient d'un air perplexe.

— Comme ceci, Votre… euh, gente damoiselle, expliqua l'homme, en reprenant l'outre et en l'élevant avec ses deux mains pour boire.

— Je vois, dit la fille.

Garion la regarda plus attentivement. Sa voix lui rappelait quelque chose, il n'aurait su dire quoi, et son visage ne lui était pas inconnu non plus. Elle n'était vraiment pas grande, mais ce n'était plus une petite fille, et elle avait une tête d'enfant gâtée que Garion était presque certain d'avoir déjà vue quelque part.

Le Tolnedrain lui rendit la gourde pour qu'elle puisse boire à son tour. Le goût de résine lui arracha une petite grimace. Elle avait les cheveux d'un noir violacé, mais de légères traces noires sur le col de son manteau de voyage semblaient indiquer que la couleur n'était pas naturelle.

— Merci, Jeebers, dit-elle enfin. Et merci, Messire, ajouta-t-elle à l'adresse de Silk.

Les yeux de Garion s'étrécirent ; un terrible soupçon venait de naître dans son esprit.

— Vous allez loin ? demanda le squelette ambulant.

— Assez, oui, répondit Silk. Je m'appelle Radek, et je viens de Boktor, en Drasnie. Je suis marchand ; je transporte des lainages sendariens vers le sud. Le changement de temps a fait chuter les cours à Tol Honeth, alors je vais tenter ma chance à Tol Rane. C'est dans les montagnes ; il y fait probablement encore assez froid.

— Dans ce cas, vous n'êtes pas sur la bonne route, déclara l'étranger. Tol Rane est beaucoup plus à l'est.

— Oui, mais j'ai déjà eu des ennuis sur cette route, expliqua Silk, sans se démonter. Des voleurs, vous voyez le genre. Comme je n'ai pas envie de courir de risques, je me suis dit que je ferais aussi bien de passer par Tol Borune.

— Quelle coïncidence ! répliqua le sac d'os. Nous allons aussi à Tol Borune, ma protégée et moi-même.

— En effet, admit Silk. Quelle coïncidence !

— Nous pourrions peut-être faire route ensemble.

Silk prit un air dubitatif.

— Pourquoi pas, après tout ? décida tante Pol, avant qu'il n'ait eu le temps de refuser.

— Vous êtes très aimable, gente dame, dit l'étranger. Je suis Maître Jeebers, Compagnon de la Société impériale, précepteur de mon état. Vous avez peut-être entendu parler de moi ?

— Je ne pourrais pas l'affirmer, reprit Silk. Mais cela n'a rien d'étonnant ; nous sommes étrangers en Tolnedrie.

— C'est sans doute assez normal, en effet, convint Jeebers, un peu déçu tout de même. Voici mon élève, Damoiselle Sharell. Son père, le baron Reldon, est grand maître de la confrérie des marchands. Je l'accompagne à Tol Borune où elle doit rendre visite à sa famille.

Garion savait que ce n'était pas vrai. Le nom du précepteur avait confirmé ses soupçons.

Pendant plusieurs lieues, Jeebers entretint un papotage animé avec Silk, auquel il exposa en long et en large la substance de son enseignement, sans cesser de faire précéder ses remarques d'allusions aux importants personnages qui semblaient s'en remettre à son jugement.

C'était un redoutable raseur, mais en dehors de cela, il semblait passablement inoffensif. Son élève, qui chevauchait à côté de tante Pol, ne disait quant à elle pas grand-chose.

— Je pense qu'il serait temps que nous nous arrêtions pour manger un morceau, annonça tante Pol. Voulez-vous vous joindre à nous avec votre élève, Maître Jeebers ? Nous avons amplement de quoi manger.

— Je suis confus de votre générosité, répondit le précepteur. Nous en serons très heureux.

Ils s'arrêtèrent près d'un petit pont qui enjambait un ruisseau et menèrent leurs chevaux à l'ombre d'un épais bosquet de saules, non loin de la route. Durnik fit du feu, et tante Pol commença à déballer ses chaudrons et ses bouilloires.

Maître Jeebers s'empressa d'aider son élève à descendre de cheval. Celle-ci ne fit d'ailleurs pas mine de mettre pied à terre toute seule. Elle regarda sans enthousiasme le sol un peu détrempée de la berge, puis jeta un coup d'œil impérieux à Garion.

— Toi, là, appela-t-elle, va me chercher une coupe d'eau fraîche.

— Le ruisseau est juste à côté, indiqua-t-il en tendant le doigt.

Elle braqua sur lui un regard stupéfait.

— Mais la terre est toute boueuse, objecta-t-elle.

— Oui, hein ? admit-il avant de tourner délibérément le dos et de retourner aider sa tante.

— Tante Pol, commença-t-il après avoir débattu un moment avec sa conscience.

— Oui, mon chou ?

— Je pense que cette demoiselle Sharell n'est pas celle qu'elle prétend être.

— Ah-ah ?

— Non. Je n'en suis pas absolument certain, mais je pense que c'est la princesse Ce'Nedra, celle qui est venue dans le jardin quand nous étions au palais.

— Oui, mon chou, je sais.

— Tu le savais ?

— Mais bien sûr. Tu veux bien me passer le sel, s'il te plaît ?

— Ce n'est pas dangereux qu'elle soit avec nous?

— Pas vraiment, répondit-elle. Je pense que j'arriverai à m'en sortir.

— Elle ne risque pas de nous causer tout un tas d'ennuis?

— Une princesse impériale cause nécessairement toutes sortes d'ennuis, mon chou.

Après avoir dégusté un savoureux ragoût, qui sembla excellent à Garion, mais que leur petite invitée parut trouver détestable, Jeebers entreprit d'aborder un sujet qu'il avait à l'évidence en tête depuis le premier instant où il les avait abordés.

— En dépit de tous les efforts des légions, les routes ne sont jamais complètement sûres, déclara ce tracassier. Il n'est pas prudent de voyager seul, et je suis responsable de la sécurité de la gente damoiselle Sharell, que l'on a commise à ma garde. Je me demandais si nous pourrions vous accompagner. Nous ne vous ennuierions pas, et je serais trop heureux de vous rembourser toute la nourriture que nous pourrions prendre.

Silk jeta un rapide coup d'œil à tante Pol.

— Mais bien sûr, acquiesça celle-ci, à la grande surprise de Silk. Je ne vois pas pourquoi nous ne ferions pas route ensemble. Nous allons au même endroit, après tout.

— Comme vous voudrez, maugréa Silk en haussant les épaules.

Ce n'était pas une erreur, ça frisait le désastre, Garion en était sûr. Jeebers ne ferait pas un compagnon de voyage spécialement agréable, et son élève promettait de devenir insupportable à bref délai. Elle était manifestement habituée à être entourée de serviteurs dévoués et à formuler à tout bout de champ des exigences inconsidérées. Mais pour être déraisonnables, ce n'en était pas moins des exigences, et Garion ne se demanda pas une seconde qui était le plus vraisemblablement destiné à les satisfaire. Il se leva et fit le tour du bosquet de saules.

De l'autre côté des arbres, les champs luisaient d'un vert soyeux sous le soleil printanier, et de petits nuages blancs planaient paresseusement dans le ciel. Garion s'adossa à un arbre et jeta un coup d'œil sur les herbages sans vraiment les voir. Il ne se laisserait pas réduire en esclavage, quelle que pût être l'identité de leur petite invitée, mais il aurait bien voulu trouver un moyen de mettre les choses au point dès le départ — avant que la situation ne dérape.

— Tu as donc complètement perdu l'esprit, Pol ? fit la voix de sire Loup, quelque part entre les arbres. Ran Borune a probablement donné l'ordre à toutes les légions de Tolnedrie de la rechercher, à l'heure qu'il est.

— Ne te mêle donc pas de ça, vieux Loup solitaire, répondit tante Pol. C'est mon problème. Je veillerai à ce que les légions ne nous ennuient pas.

— Nous n'avons pas le temps de chouchouter cette sale gamine, reprit le vieil homme. Enfin, Pol, elle va nous rendre dingues. Tu as vu comment elle parlait à son père ?

— Ce n'est pas si difficile de rompre de mauvaises habitudes, laissa-t-elle tomber, d'un ton indifférent.

— Tu ne crois pas qu'il serait plus simple de trouver un moyen de la faire ramener à Tol Honeth ?

— Elle a déjà réussi à s'enfuir une fois, répondit tante Pol. Si nous la renvoyons, elle se débrouillera pour faire une nouvelle fugue. Je me sens beaucoup plus tranquille à l'idée que je pourrai mettre la main sur sa petite Altesse Impériale quand j'aurai besoin d'elle. Je n'ai pas envie de retourner le monde entier pour la retrouver, le moment venu.

— Comme tu voudras, Pol, soupira sire Loup.

— Mais bien sûr.

— Tiens seulement cette petite morveuse hors de ma portée, conseilla-t-il. Elle me porte sur les nerfs. Les autres savent qui elle est ?

— Garion, oui.

— Garion ? Tiens donc !

— Ça n'a rien d'étonnant, expliqua tante Pol. Il est plus malin qu'il n'en a l'air.

Une émotion nouvelle commença à se faire jour dans l'esprit déjà passablement troublé de Garion. L'intérêt évident de tante Pol pour Ce'Nedra lui faisait l'effet d'un coup de poignard. Il se rendit compte, à sa grande confusion, qu'il était jaloux de l'attention qu'elle portait à la fillette.

Ses craintes ne devaient pas tarder pas à se confirmer dans les jours qui suivirent. Une remarque en passant au sujet de la ferme de Faldor eut tôt fait de révéler son ancien statut d'aide aux cuisines à la princesse qui ne cessa, dès lors, d'exploiter ce fait pour l'accabler impitoyablement sous une centaine de petites corvées stupides. Et pour tout arranger, chaque fois qu'il manifestait des velléités de résistance, tante Pol le rappelait fermement aux bonnes manières. L'affaire ne pouvait que lui inspirer très rapidement les pires réticences.

La princesse avait élaboré toute une histoire pour justifier son départ de Tol Honeth, histoire qu'elle enjolivait à chaque lieue et qui devenait tous les jours un peu plus ahurissante. Elle s'était bornée, au début, à raconter qu'elle allait rendre visite à sa famille ; mais bientôt elle ne put s'empêcher de sous-entendre qu'elle fuyait un mariage arrangé avec un vieux marchand très laid, puis de faire des allusions encore plus sinistres à un projet d'enlèvement et de demande de rançon. Enfin, et pour couronner le tout, elle leur confia que le complot en question était motivé par des raisons politiques et faisait partie d'une vaste conjuration visant à s'emparer du pouvoir en Tolnedrie.

— C'est une horrible menteuse, non ? demanda Garion à tante Pol, un soir qu'ils étaient seuls.

— Ça oui, acquiesça tante Pol. Le mensonge est un art. Bien mentir, c'est savoir rester simple. Il faudra qu'elle s'applique un peu si elle veut réussir dans cette discipline.

Ils avaient quitté Tol Honeth depuis une dizaine de jours lorsque la cité de Tol Borune leur apparut enfin dans le soleil de l'après-midi.

— Eh bien, je crois que c'est là que nos routes se séparent, déclara Silk à Jeebers, non sans soulagement.

— Vous ne vous arrêtez pas en ville ? demanda Jeebers.

— A quoi bon ? rétorqua Silk. Nous n'avons rien à y faire, en réalité, et je ne vois pas l'intérêt de perdre du temps en fouilles et en explications, sans parler du coût des pots-de-vin. Nous allons contourner Tol Borune et rattraper la route de Tol Rane de l'autre côté.

— Dans ce cas, nous pourrions peut-être faire encore un bout de chemin ensemble, suggéra très vite Ce'Nedra. Ma famille habite dans une propriété au sud de la ville.

Jeebers la regarda d'un air effaré.

Tante Pol retint son cheval et regarda la jeune fille en haussant un sourcil.

— Il serait temps que nous ayons une petite conversation, et cet endroit en vaut un autre, décréta-t-elle.

Silk lui jeta un rapide coup d'œil et eut un hochement de tête. Ils mirent tous pied à terre.

— Je pense, ma petite demoiselle, reprit tante Pol, que le moment est venu de nous dire la vérité.

— Mais c'est ce que j'ai fait, protesta Ce'Nedra.

— Allons, allons, ma petite fille. Les histoires que vous nous avez racontées étaient fort divertissantes, mais vous n'imaginez tout de même pas que nous en avons cru un mot ? Certains d'entre nous savent déjà qui vous êtes, mais il me semble vraiment que vous feriez mieux de vider votre sac.

— Vous savez… ? commença Ce'Nedra, puis la voix lui manqua.

— Mais bien sûr, mon petit, répondit tante Pol. Vous voulez le leur dire vous-même, ou vous préférez que je le fasse ?

Les petites épaules de Ce'Nedra descendirent d'un cran.

— Dites-leur qui je suis, Maître Jeebers, ordonna-t-elle tout bas.

— Vous pensez vraiment que c'est prudent, Votre Grâce ? questionna anxieusement Jeebers.

— Ils le savent déjà, de toute façon, riposta-t-elle. S'ils avaient l'intention de nous faire du mal, ils ne s'en seraient pas privés, depuis le temps. Nous pouvons nous fier à eux.

Jeebers inspira profondément et c'est d'un ton passablement pompeux qu'il reprit la parole.

— J'ai l'honneur de vous présenter Son Altesse Impériale la Princesse Ce'Nedra, fille de Sa Majesté Impériale Ran Borune XXIII, et joyau de la Maison de Borune.

À ces mots, Silk poussa un petit sifflement en ouvrant de grands yeux; les autres manifestèrent pareillement leur stupéfaction.

— La situation politique est beaucoup trop incertaine et périlleuse à Tol Honeth pour que Sa Grâce puisse demeurer sans risques dans la capitale, poursuivit Jeebers. L'Empereur m'a chargé d'accompagner secrètement sa fille à Tol Borune, où les membres de la famille Borune pourront la protéger contre les complots et les machinations des Vordueux, des Honeth et des Horbite. Je suis fier d'annoncer que ma mission aura assez brillamment réussi — avec votre concours, bien entendu. Je ferai mention de votre assistance dans mon rapport — une note en bas de page, peut-être, voire un appendice.

— Une princesse impériale, traverser la moitié de la Tolnedrie sous la seule escorte d'un maître d'école, alors qu'on se poignarde et qu'on s'empoisonne à tous les coins de rue? rumina Barak en tiraillant sa barbe d'un air pensif.

— Plutôt risqué, non? renchérit Hettar.

— Ton empereur T'a-t-il chargé personnellement de cette mission? s'enquit Mandorallen.

— Ce ne fut pas nécessaire, répondit Jeebers, d'un ton hautain. Son Altesse, qui professe le plus grand respect pour mon jugement et ma discrétion, savait pouvoir compter sur moi pour imaginer un déguisement sûr et un mode de transport sans danger. La princesse m'a assuré de sa totale confiance en ma personne. Mais toute l'opération ayant dû être menée dans le plus grand secret, évidemment, c'est elle-même qui est venue dans mes appartements au cœur de la nuit pour me notifier ses instructions, et voilà pourquoi nous avons quitté le palais sans dire à qui que ce soit ce que...

Sa voix mourut sur ces mots, et il braqua sur Ce'Nedra un regard horrifié.

— Vous feriez aussi bien de lui dire la vérité, ma petite fille, conseilla tante Pol à la jeune princesse. Je pense qu'il a déjà compris, de toute façon.

Ce'Nedra releva le menton d'un air arrogant.

— Les ordres venaient de moi, Jeebers, lui révéla-t-elle. Mon père n'avait rien à voir là-dedans.

Jeebers devint d'une pâleur mortelle et tous crurent qu'il allait s'évanouir.

— Quel manque de cervelle vous a fait décider de vous enfuir du palais de votre père? s'emporta Barak. Toute la Tolnedrie est probablement à votre recherche, maintenant, et nous sommes dans l'œil du cyclone.

— Tout doux, le calma sire Loup. Ça a beau être une princesse, c'est tout de même une petite fille. Ne lui faites pas peur.

— La question est tout de même fort pertinente, observa Hettar. Si nous sommes pris en compagnie d'une princesse impériale, il y a gros à parier que nous finirons tous sur la paille humide des geôles tolnedraines. Avez-vous une réponse à fournir? fit-il en se tournant vers Ce'Nedra, ou n'était-ce qu'un jeu?

Elle se redressa de toute sa faible hauteur.

— Je ne suis pas habituée à justifier mes actions auprès des serviteurs.

— Il va falloir que nous éclaircissions certains malentendus avant longtemps, je le sens, gronda sire Loup.

— Répondez juste à la question, ma petite fille, intervint tante Pol. Ne vous occupez pas de savoir qui la pose.

— Mon père m'avait emprisonnée à l'intérieur du palais, répondit Ce'Nedra d'un petit ton désinvolte, comme si cela constituait une explication suffisante. C'était intolérable, alors je suis partie. Il y a un autre problème aussi, mais c'est une question de politique. Vous ne comprendriez pas.

— Vous seriez certainement surprise de ce que nous sommes en mesure de comprendre, Ce'Nedra, insinua sire Loup.

— J'ai l'habitude que l'on s'adresse à moi en m'appelant Votre Grâce, déclara-t-elle d'un ton acerbe. Ou Votre Altesse.

— Et moi, j'ai l'habitude que l'on me dise la vérité.

— Je pensais que c'était vous qui commandiez? s'étonna Ce'Nedra, en regardant Silk.

— Les apparences sont parfois trompeuses, observa Silk, d'un ton mielleux. A votre place, je répondrais à la question.

— C'est un vieux traité, rétorqua-t-elle. Ce n'est pas moi qui l'ai signé, alors je ne vois pas pourquoi je me sentirais liée. Je suis censée me présenter dans la salle du trône de Riva, le jour de mon seizième anniversaire.

— Nous le savons, coupa Barak. Et alors, où est le problème ?

— Je n'irai pas, c'est tout, décréta Ce'Nedra. Je ne veux pas aller pas à Riva, et rien ni personne au monde ne pourrait m'y contraindre. La reine de la Sylve des Dryades, qui est ma parente, m'offrira asile.

Jeebers avait en partie retrouvé ses esprits.

— Qu'avez-vous fait ? se lamenta-t-il, atterré. J'avais entrepris cette mission dans l'attente d'une récompense, peut-être même d'une promotion, mais vous m'avez mis la tête sur le billot, petite sotte !

— Jeebers ! s'indigna-t-elle.

— Ne restons pas au beau milieu de la chaussée, recommanda Silk. Nous avons apparemment pas mal de choses à voir ensemble, et tout ce que nous risquons ici, sur la grand-route, c'est d'être interrompus.

— Ce n'est pas une mauvaise idée, reconnut sire Loup. Trouvons un endroit tranquille et dressons le campement pour la nuit. Nous déciderons de ce que nous allons faire, et nous pourrons repartir reposés demain matin.

Ils se remirent en selle et s'engagèrent à travers les champs qui ondulaient à perte de vue dans les derniers rayons du soleil de l'après-midi, en direction d'une rangée d'arbres qui marquait l'emplacement d'une route de campagne sinueuse, à une lieue de là, peut-être.

— Nous pourrions rester ici, qu'en dites-vous ? suggéra Durnik en indiquant un gros chêne qui surplombait le chemin et dont les branches arboraient déjà des feuilles.

— Ça devrait faire l'affaire, décida sire Loup.

Il faisait bon dans l'ombre clairsemée qui s'étendait sous les branches du chêne. Le chemin, d'où se dégageait une impression de fraîcheur, était bordé de chaque côte d'un muret de pierre et tapissé de mousse. Un échalier dépassait du mur, juste à cet endroit, et il en partait un sentier qui serpentait dans les champs, jusqu'à une mare proche, étincelante sous le soleil.

— Nous pourrions faire du feu derrière l'un de ces murs, envisagea Durnik. On ne le verrait pas de la route.

— Je vais chercher du bois, proposa Garion en regardant les branches mortes qui jonchaient l'herbe sous l'arbre.

Ils étaient si bien rodés maintenant qu'ils réussirent à établir le campement en moins d'une heure. Après quoi, une fois les tentes montées, le feu allumé, les chevaux abreuvés et mis au piquet, Durnik, qui avait remarqué quelques cercles évocateurs à la surface de l'étang, chauffa une épingle de fer au feu et commença à la plier soigneusement en forme d'hameçon.

— Pourquoi fais-tu ça? demanda Garion.

— Je me disais qu'on aimerait peut-être avoir du poisson pour dîner, expliqua le forgeron en essuyant l'hameçon improvisé sur le bas de sa tunique de cuir.

Il le mit de côté et sortit une seconde épingle du feu avec une paire de pinces.

— Tu voudrais aussi tenter ta chance?

Garion lui répondit par un grand sourire.

Barak, qui démêlait sa barbe, non loin de là, leva sur eux un regard dolent.

— J'imagine que tu n'aurais pas le temps d'en fabriquer un troisième, hein? soupira-t-il.

— C'est l'affaire d'une minute, acquiesça Durnik avec un petit rire.

— Il nous faudrait des appâts, déclara Barak en se levant d'un bond. Où est ta pelle?

Peu après, les trois hommes partaient à travers champs en direction de l'étang. Ils coupèrent en chemin des arbustes en guise de gaules et s'installèrent pour pêcher sérieusement.

Les poissons devaient avoir très faim, car ils attaquèrent les hameçons amorcés aux vers par escouades entières. En l'espace d'une heure, les pêcheurs avaient aligné près de deux douzaines de truites luisantes, de dimensions respectables, sur la rive herbeuse de l'étang.

Lorsqu'ils revinrent, le soleil se couchait, teintant le ciel de rose au-dessus de leurs têtes. Tante Pol inspecta gravement leur prise.

— Très joli, remercia-t-elle. Mais vous avez oublié de les vider.

— Oh, fit Barak, d'un air quelque peu marri. Nous nous étions dit que... comme nous avions fait la pêche...

Il ne termina pas sa phrase.

— Allez-y, recommanda-t-elle d'un ton égal.

Barak poussa un soupir.

— J'imagine que nous ferions aussi bien de nous y mettre tout de suite, les gars, lâcha-t-il, la mort dans l'âme.

— Tu as probablement raison, admit Durnik.

Le ciel avait revêtu la pourpre du soir et les étoiles commençaient à luire lorsqu'ils s'installèrent pour manger. Tante Pol avait fait frire les truites qui étaient maintenant d'un joli brun doré, et la petite princesse boudeuse elle-même ne trouva rien à redire à ce mets.

Lorsqu'ils eurent fini, ils écartèrent leurs assiettes et revinrent au problème de Ce'Nedra et de sa fuite de Tol Honeth. Jeebers s'abîmait dans une mélancolie tellement abjecte qu'il n'apporta pas grand-chose au débat, et Ce'Nedra proclama hautement que si leur intention était de la remettre entre les mains des Borune de la ville, elle s'enfuirait à nouveau. Tant et si bien qu'à la fin, ils n'étaient arrivés à rien.

— Eh bien, je crois que nous sommes dans un drôle de pétrin, résuma Silk, la mort dans l'âme. Quoi que nous fassions, même si nous tentons de la ramener à sa famille, on ne manquera pas de nous poser des questions embarrassantes, et je suis sûr qu'on peut compter sur elle pour inventer une histoire pittoresque qui nous placera sous l'éclairage le plus défavorable possible.

— Nous reparlerons de tout ça demain matin, déclara tante Pol.

Son ton placide indiquait qu'elle avait déjà pris une décision, mais elle en resta là.

Jeebers leur faussa compagnie peu avant minuit. Pris de panique, le précepteur s'enfuit au galop vers les murailles de Tol Borune, et ils furent réveillés par le tambourinement des sabots de son cheval.

Silk alla se planter devant Hettar, qui montait la garde, tout de cuir vêtu, à la lueur vacillante du feu mourant.

— Pourquoi ne l'avez-vous pas arrêté ? s'écria-t-il, le visage déformé par la colère.

— On m'avait dit de ne pas le faire, révéla l'Algarois, avec un coup d'œil en direction de tante Pol.

— Ça règle notre seul et unique problème, expliqua tante Pol. Le magister était un véritable fardeau.

— Vous saviez qu'il allait prendre la fuite ? s'étonna Silk.

— Mais bien sûr. C'est même moi qui l'ai aidé à prendre cette décision. Il va aller tout droit chez les Borune et tenter de sauver sa peau en leur racontant que la princesse s'est sauvée du palais toute seule, et qu'elle est maintenant entre nos mains.

— Mais enfin, il faut l'arrêter ! s'exclama Ce'Nedra, d'une voix vibrante. Rattrapez-le ! Ramenez-le ici !

— Après tout le mal que je me suis donné pour le convaincre de s'enfuir ? railla tante Pol. Ne soyez pas stupide !

— Comment osez-vous me parler sur ce ton ? s'indigna Ce'Nedra. Vous semblez oublier qui je suis.

— Ma petite demoiselle, dit civilement Silk, je pense que vous seriez surprise de savoir à quel point vos titres et votre rang importent peu à Polgara.

— Polgara ? Ce'Nedra manqua défaillir. *La* Polgara ? Mais n'aviez-vous pas dit que c'était votre sœur ?

— J'ai menti, avoua Silk. C'est un de mes petits défauts.

— Vous n'êtes pas un marchand comme les autres, accusa la fillette.

— C'est le prince Kheldar de Drasnie, confirma tante Pol. Les autres sont d'une égale noblesse. Je suis sûre que vous comprenez maintenant à quel point votre titre nous impressionne peu. Nous sommes bien placés, étant titrés nous-mêmes, pour savoir à quel point ce que l'on appelle le rang peut être vide de sens.

— Si vous êtes Polgara, alors lui, ce doit être...

La petite princesse se tourna pour regarder sire Loup, qui s'était assis sur la première marche de l'échalier pour retirer ses chaussures.

— Oui, confirma tante Pol. Il n'a vraiment pas l'air de ce qu'il est, hein ?

— Qu'est-ce que vous faites en Tolnedrie ? s'enquit Ce'Nedra, médusée. Allez-vous faire appel à la magie ou à quelque chose dans ce genre pour régler le problème de la succession ?

— Pour quoi faire ? rétorqua sire Loup en se relevant. Les Tolnedrains donnent toujours l'impression de penser que leurs affaires intérieures sont de nature à ébranler le monde, mais le reste de l'univers ne se préoccupe pas tant que ça de savoir qui emportera le trône de Tol Honeth. Nous sommes ici pour une affaire bien plus importante, conclut-il en plongeant le regard dans les ténèbres, en direction de Tol Borune. Il faudra un certain temps à Jeebers pour convaincre les gens de la ville qu'il n'est pas fou, mais je pense que nous n'avons pas intérêt à nous éterniser ici. Et je crois que nous serions bien inspirés d'éviter un peu les routes principales.

— Ce n'est pas un problème, lui assura Silk.

— Et moi ? demanda Ce'Nedra.

— Vous vouliez vous rendre à la Sylve des Dryades, lui rappela tante Pol. Eh bien, nous allons par là, de toute façon, alors vous pouvez rester avec nous. Nous verrons bien ce que dira la reine Xantha quand nous arriverons là-bas.

— Dois-je me considérer comme prisonnière ? questionna la princesse, non sans raideur.

— Si ça peut vous faire plaisir, ma petite fille, je n'y vois pas d'inconvénient, répondit tante Pol en la regardant d'un air critique, à la lueur vacillante du feu. Il va tout de même falloir que je m'occupe de vos cheveux. Je me demande vraiment ce que vous avez pu utiliser comme teinture pour obtenir un aussi vilain résultat.

CHAPITRE XIX

Pendant les quelques jours qui suivirent, ils avancèrent rapidement vers le sud, voyageant souvent de nuit pour échapper aux patrouilles de légionnaires qui battaient la campagne à la recherche de Ce'Nedra.

— Nous n'aurions peut-être pas dû laisser ce Jeebers nous tirer sa révérence, bougonna Barak, comme ils venaient d'éviter un détachement de cavaliers. Par sa faute, toutes les garnisons d'ici à la frontière sont sur le pied de guerre. Il aurait sûrement mieux valu l'abandonner dans un endroit isolé ou je ne sais quoi.

— Ce « je ne sais quoi » a quelque chose d'un peu définitif, non ? releva Silk, avec un petit sourire acéré.

— C'était une solution, riposta Barak en haussant les épaules.

— Tu ne devrais pas laisser ton couteau réfléchir tout le temps à ta place, rétorqua Silk, hilare. C'est, de toutes leurs dispositions, celle que nous trouvons la moins attrayante chez nos cousins cheresques.

— Quant à nous, nous ne trouvons pas très plaisante cette tendance à faire des remarques finaudes contre laquelle nos frères drasniens semblent parfois ne pouvoir se prémunir, déclara fraîchement Barak.

— Comme c'est bien dit, railla Silk.

Ils poursuivirent leur chemin, perpétuellement sur la défensive, prêts à se cacher ou à prendre la fuite à chaque instant. Au cours de ces quelques jours, ils se reposèrent beaucoup sur les curieuses facultés de Hettar. Les patrouilles lancées à leur recherche étant forcément montées, le grand Algarois au profil d'oiseau de proie scrutait mentalement leur environnement à la recherche de chevaux, et les informations qu'il leur communiquait leur permettaient en général de s'esquiver à temps.

— Comment ça fait? l'interrogea Garion, par un matin couvert, alors qu'ils suivaient une piste peu fréquentée, envahie par les mauvaises herbes, sur laquelle Silk les avait menés. D'être capable d'entendre penser les chevaux, je veux dire?

— Je ne suis pas sûr d'arriver à te l'expliquer clairement, répondit Hettar. C'est une faculté que j'ai toujours eue, et je n'arrive pas à imaginer que l'on puisse ne pas en être doté. C'est comme si on tendait vers l'esprit du cheval, comme si on ne formait plus qu'un avec lui. Le cheval ne pense plus « moi », mais « on ». Je crois que ça vient aussi du fait qu'ils vivent naturellement en troupeau. Quand ils ont appris à connaître l'autre, ils le prennent pour un membre de la horde pareil aux autres. Il y a même des moments où ils oublient que je ne suis pas un cheval et... Belgarath, annonça-t-il, s'interrompant brusquement, encore une patrouille, juste derrière la colline, là-bas. Vingt ou trente cavaliers.

Sire Loup jeta un rapide coup d'œil alentour.

— Avons-nous le temps d'arriver à ces arbres? demanda-t-il en indiquant un gros bosquet de jeunes érables, à une demi-lieue de là.

— Si nous faisons vite.

— Alors, au galop! ordonna sire Loup.

Ils talonnèrent leurs chevaux, qui bondirent en avant, et se retrouvèrent sous le couvert des arbres comme les premières gouttes d'une giboulée de printemps qui menaçait depuis le début de la matinée commençaient à marteler les larges feuilles. Ils mirent pied à terre et, menant leurs chevaux par la bride, se frayèrent un chemin entre les arbustes vigoureux, disparaissant aux regards.

La patrouille tolnedraine apparut au sommet de la colline et s'engagea dans la vallée ombreuse. Le capitaine qui commandait le détachement arrêta son cheval non loin du bouquet d'érables, donna une série d'ordres impérieux, et ses hommes s'égaillèrent par petits groupes, pour fouiller les abords de la route herbeuse dans les deux directions et scruter la campagne environnante du haut de la colline suivante. L'officier resta en arrière, près de la piste, avec un autre cavalier, un civil en manteau de voyage gris.

Le capitaine lorgnait d'un œil dépité l'averse printanière.

— Ça va être une sale journée, grommela-t-il en mettant pied à terre et en resserrant plus étroitement sur lui sa cape écarlate.

Son compagnon descendit de cheval à son tour, et, dans le mouvement, se tourna de telle sorte que le groupe dissimulé dans les érables pût voir son visage. Garion sentit Hettar se raidir tout d'un coup. L'homme au manteau de voyage était un Murgo.

— Par ici, Capitaine, dit-il, en menant son cheval sous l'abri offert par les branches étendues des arbustes, à la lisière du bosquet.

Le Tolnedrain hocha la tête et le suivit.

— Avez-vous pu réfléchir à ma proposition, Capitaine ? questionna le Murgo.

— Je pensais que ce n'était qu'une réflexion théorique, répondit l'officier. Nous ne savons même pas si ces étrangers sont dans la région.

— D'après mes renseignements, ils se dirigent vers le sud, Capitaine, l'informa le Murgo. Vous pouvez être certain, je pense, qu'ils ne sont pas loin.

— Nous ne sommes pas du tout assurés pour autant d'arriver à mettre la main sur eux. Et même dans ce cas, je ne vois pas comment nous pourrions faire ce que vous proposez.

— Enfin, Capitaine, expliqua patiemment le Murgo, c'est dans l'intérêt de la princesse. Si elle retourne à Tol Honeth, les Vordueux la tueront. Vous avez lu les documents que je vous ai montrés.

— Elle sera en sûreté avec les Borune, déclara le capitaine. Les Vordueux ne viendront pas la chercher en Tolnedrie du sud.

— Les Borune n'auront rien de plus pressé que de la renvoyer chez son père. Vous êtes vous-même un Borune. Vous prendriez le risque de défier un empereur de votre propre maison, vous ?

Le capitaine sembla quelque peu ébranlé

— Son seul espoir de survie réside dans les Horbite, insista le Murgo.

— Quelle assurance pouvez-vous me donner qu'elle sera à l'abri du danger avec eux?

— La meilleure de toutes les garanties : la politique. Les Horbite mettent tout en œuvre pour entraver l'accession au trône du grand duc Kador. Il veut la mort de la princesse, eh bien, les Horbite feront l'impossible pour qu'elle reste en vie. C'est vraiment le seul moyen d'assurer sa sécurité — et, accessoirement, votre fortune.

Il fit tressauter de façon suggestive une bourse lourdement garnie devant le capitaine, qui semblait fort perplexe.

— Et si on doublait la somme? ronronna le Murgo, insinuant.

Le capitaine déglutit péniblement.

— C'est dans son intérêt, n'est-ce pas?

— Evidemment.

— Ce n'est pas comme si je trahissais la maison de Borune.

— Vous êtes un patriote, Capitaine, assura le Murgo avec un froid sourire.

Accroupie entre les arbres à côté de Ce'Nedra, tante Pol retenait fermement la jeune fille par le bras. Celle-ci semblait hors d'elle, et ses yeux étincelaient de colère.

Plus tard, lorsque les légionnaires et leur ami murgo furent repartis, la princesse explosa.

— Comment osent-ils? s'exclama-t-elle, déchaînée. Et tout ça pour de l'argent!

— Allons, ce n'est que de la politique tolnedraine, fit Silk comme ils sortaient avec leurs chevaux de l'abri des érables pour retrouver le crachin matinal.

— Mais c'est un Borune, protesta-t-elle. Un membre de ma propre famille!

— Un Tolnedrain n'est loyal qu'envers sa bourse, lui révéla Silk. Je suis étonné que vous ne vous en soyez pas encore rendu compte, Votre Grâce.

Quelques jours plus tard, en arrivant au sommet d'une colline, ils contemplèrent pour la première fois la vaste tache verte de la Sylve des Dryades qui s'étendait sur l'horizon. Il avait cessé de pleuvoir, et le soleil dardait ses rayons sur eux.

— Nous serons en sûreté, une fois dans la Sylve, déclara la princesse. Les légions n'oseront jamais nous suivre là-bas.

— Qu'est-ce qui les en empêcherait ? se renseigna Garion.

— Le traité avec les Dryades, laissa-t-elle tomber sèchement. Vous n'êtes vraiment au courant de rien, vous, alors.

Garion n'apprécia pas ce commentaire.

— Il n'y a personne aux environs, rapporta Hettar à sire Loup. Nous pouvons ralentir l'allure, ou attendre la nuit.

— Dépêchons-nous d'y arriver, décida sire Loup. Je commence à en avoir assez d'avancer en crabe pour éviter les patrouilles.

Ils dévalèrent la colline au galop et se dirigèrent vers la forêt qui s'étendait devant eux.

La transition broussailleuse qui marquait habituellement le passage des champs aux bois semblait inexistante. Les arbres commençaient, et voilà tout. Lorsqu'ils s'engagèrent, à la suite de sire Loup, entre les arbres, le changement fut aussi brutal que s'ils étaient tout à coup entrés dans une maison. La Sylve devait être incroyablement ancienne. Les grands chênes étendaient des branches si larges qu'elles masquaient presque complètement le ciel. Le sol couvert de mousse était frais et à peu près dépourvu de végétation de sous-bois. Il semblait à Garion qu'ils étaient très petits sous les grands arbres, et qu'il y avait quelque chose d'étrange dans l'air, comme s'il amortissait tous les sons. On n'entendait rien, pas un bruit, en dehors du bourdonnement des insectes et d'un lointain chœur d'oiseaux.

— Bizarre, fit Durnik en regardant autour de lui. On ne voit pas trace de bûcherons.

— Des bûcherons ? hoqueta Ce'Nedra. Ici ? Ils n'oseraient jamais pénétrer dans la forêt !

— La Sylve est inviolable, Durnik, expliqua sire Loup. La famille Borune a conclu un accord avec les Dryades. Personne n'a touché un arbre ici depuis plus de trois mille ans.

— C'est tout de même un drôle d'endroit, exprima Mandorallen, en jetant un coup d'œil alentour, l'air pas très à l'aise. Il me semble percevoir une présence, une présence pas vraiment amicale.

— La Sylve est vivante, lui révéla Ce'Nedra. Elle n'aime pas beaucoup les étrangers. Mais ne vous inquiétez pas, Mandorallen, vous ne risquez rien tant que vous êtes avec moi, affirma-t-elle d'un petit ton suffisant.

Durnik préféra vérifier auprès de sire Loup.

— Vous êtes certain que les patrouilles ne nous suivront pas ici ? Jeebers savait que nous devions venir ici ; je suis sûr qu'il en a parlé aux Borune.

— Pour rien au monde les Borune ne violeraient leur traité avec les Dryades, lui assura sire Loup.

— Je n'ai jamais entendu parler d'un engagement qu'un Tolnedrain ne choisirait pas de rompre s'il y trouvait un quelconque avantage, insinua Silk, d'un ton sceptique.

— Celui-ci est un peu spécial, répliqua sire Loup. Les Dryades ont accordé à un jeune noble de la maison de Borune la main de l'une de leurs princesses, qui est devenue la mère de l'empereur de la première dynastie borune. Le destin des Borune est très intimement lié au traité. Rien au monde ne pourrait les amener à le mettre en jeu.

— Qu'est-ce que c'est exactement qu'une Dryade ? s'enquit Garion.

L'étrange sensation d'une présence consciente dans la forêt lui donnait envie de parler pour rompre le silence oppressant, presque inquisiteur.

— Les Dryades constituent une petite communauté tout à fait charmante, répondit sire Loup. Je les ai toujours trouvées adorables. Elles ne sont pas humaines, bien sûr, mais quelle importance ?

— Je suis une Dryade, déclara Ce'Nedra, non sans fierté.

Garion la regarda fixement.

— Techniquement, elle a raison, reprit sire Loup. La lignée des Dryades est apparemment demeurée ininterrompue du côté féminin de la maison de Borune. C'est l'un des éléments qui garantit le respect du traité par la famille. Vous voyez toutes ces épouses et toutes ces mères faire leurs paquets et s'en aller s'ils brisaient leurs engagements ?

— Elle a l'air humaine, objecta Garion, sans cesser de dévisager la princesse.

— La race des Dryades est très proche de la nôtre. Il n'y a que des différences insignifiantes entre les deux. C'est peut-être pour cela qu'elles ne sont pas devenues folles comme les autres monstres lorsque Torak a fendu le monde en deux.

— *Les autres monstres ?!* protesta vigoureusement Ce'Nedra.

— Je vous demande bien pardon, Princesse, s'excusa sire Loup. C'est le terme qu'utilisent les Ulgos pour décrire les non-humains qui ont soutenu Gorim à Prolgu lorsqu'il a affronté le Dieu Ul.

— Vous trouvez que j'ai l'air d'un monstre ? s'indigna-t-elle en secouant la tête avec fureur.

— Le terme est peut-être mal choisi, murmura sire Loup. Ne m'en veuillez pas.

— Des monstres, vraiment ! fulmina Ce'Nedra.

Sire Loup haussa les épaules.

— Il y a une rivière pas très loin d'ici, droit devant nous, si je me souviens bien. Nous allons nous arrêter en attendant que la nouvelle de notre arrivée parvienne à la reine Xantha. Nous serions bien mal avisés de pénétrer plus avant dans le territoire des Dryades sans attendre l'autorisation de la reine. Elles peuvent se montrer assez déplaisantes si on les provoque.

— Je pensais vous avoir entendu dire qu'elles étaient bienveillantes, releva Durnik.

— Dans certaines limites, précisa sire Loup. Et je ne vois pas l'intérêt de contrarier des créatures susceptibles de communiquer avec les arbres quand je me trouve au beau milieu d'une forêt. Il pourrait se produire des choses désagréables. Ce qui me fait penser à une chose, dit-il tout à coup en fronçant les sourcils. Vous feriez mieux de ranger votre hache. Les Dryades nourrissent un préjugé très défavorable à l'égard des haches — et du feu. Le feu leur inspire des réactions quasi aberrantes. Il faudra que nous veillions à ne faire que de tout petits feux, et uniquement pour la cuisine.

Ils amenèrent leurs montures sous un chêne colossal, non loin d'un petit cours d'eau qui murmurait sur des pierres couvertes de mousse, mirent pied à terre et dressèrent leurs tentes brunes. Après avoir mangé, Garion, qui commençait à s'ennuyer, s'aventura un peu aux alentours tandis que sire Loup faisait un somme et que Silk entraînait les autres dans une partie de dés. Tante Pol fit asseoir la princesse sur un rondin et entreprit de la débarrasser de la teinture violette qui lui maculait les cheveux.

— Puisque tu n'as apparemment rien de mieux à faire, Garion, dit-elle, pourquoi n'en profiterais-tu pas pour prendre un bain?

— Un bain? répéta-t-il. Mais où ça?

— Je suis sûr que tu trouveras un trou d'eau, un peu plus loin, dans la rivière, affirma-t-elle en savonnant soigneusement les cheveux de Ce'Nedra.

— Tu veux que je me baigne dans cette eau? Tu n'as pas peur que j'attrape du mal?

— Tu ne vas pas fondre, mon chou. Allons, tu es vraiment trop sale pour mon goût. Va te laver tout de suite.

Garion lui jeta un regard noir et alla prendre des vêtements propres, du savon et une serviette dans son paquetage, puis il remonta le cours d'eau, frappant le sol de ses talons et grommelant à chaque pas.

Une fois seul sous les arbres, il eut plus que jamais le sentiment d'être observé. C'était très bizarre. Il aurait été bien en peine de définir ses impressions; c'était comme si, conscients de sa présence, les chênes échangeaient entre eux des informations sur ses mouvements, grâce à une sorte de langage végétatif dont il n'avait pas la moindre notion. Cela ne comportait apparemment rien de menaçant; juste une sorte de surveillance.

Il trouva à une certaine distance des tentes un trou d'eau d'assez belles dimensions, en contrebas d'une cascade. L'eau de ce bassin naturel était si claire qu'il pouvait voir les petits cailloux brillants du fond, et même de grosses truites qui le regardaient avec circonspection. Il trempa la main dans le courant et se mit à trembler de tout son corps. Il envisagea une échappatoire — s'asperger d'eau, juste ce qu'il fallait, et savonner un peu les endroits stratégiques — mais après réflexion, il préféra y renoncer. Tante Pol ne s'accommoderait de rien de moins qu'un bain en bonne et due forme. Il poussa un soupir à fendre l'âme et commença à se déshabiller.

Ce fut horrible sur le coup, mais il se rendit compte au bout de quelques instants qu'il survivrait peut-être, et un moment après, il trouva même cela exaltant. La chute d'eau constituait une douche commode pour se rincer, et au bout de peu de temps, il commença même à y prendre plaisir.

— Tu en fais du bruit, dis donc, fit calmement, sans animosité aucune, Ce'Nedra, debout sur la rive.

Garion disparut instantanément au fond du bassin. Mais à moins d'être un poisson, on ne peut pas rester indéfiniment sous l'eau, et une minute ne s'était pas écoulée qu'il regagnait la surface et sortait la tête de l'eau, hoquetant et crachotant.

— Qu'est-ce que tu fabriques? demanda Ce'Nedra.

Elle portait une courte tunique blanche, sans manches, ceinturée à la taille, et des sandales ouvertes, dont les lacets s'entrecroisaient sur ses mollets et ses fines chevilles pour s'attacher juste sous le genou. Elle tenait une serviette à la main.

— Allez-vous-en! crachota Garion.

— Ne sois pas stupide, dit-elle en s'asseyant sur une grosse pierre pour délacer ses sandales.

Ses cheveux de cuivre étaient encore mouillés et lui retombaient lourdement sur les épaules.

— Qu'est-ce que vous faites?

— J'ai envie de prendre un bain. Tu en as encore pour longtemps?

— Allez plus loin, s'écria Garion, qui commençait à avoir froid, mais était bien déterminé à demeurer accroupi dans l'eau, en ne laissant dépasser que sa tête.

— Cet endroit me paraît très bien. Comment est l'eau?

— Froide, répondit-il sur le ton de la conversation. Mais je ne sortirai que quand vous serez partie.

— Quel gros bêta!

Il secoua la tête avec obstination, le visage en feu.

— Oh! bon, très bien, soupira-t-elle, exaspérée. Je ne regarde pas. Tu es vraiment stupide, tout de même. Aux thermes, à Tol Honeth, personne ne fait attention à ça.

— On n'est pas à Tol Honeth, ici, releva-t-il férocement.

— Je me retourne, si ça peut te faire plaisir, concéda-t-elle en se levant et en tournant le dos.

Garion sortit de la piscine naturelle, sans oser se redresser, car il ne lui faisait pas vraiment confiance, et enfila son caleçon et son pantalon sans prendre la peine de s'essuyer.

— Ça y est, annonça-t-il. Vous pouvez avoir la rivière pour vous toute seule, maintenant.

Il éponge avec sa serviette l'eau qui lui dégoulinait sur la figure et les cheveux.

— Je retourne auprès des tentes.

— Dame Polgara a dit que tu devais rester auprès de moi, déclara-t-elle en défaisant calmement la cordelette qui lui tenait lieu de ceinture.

— Tante Pol a dit quoi? balbutia-t-il, parfaitement choqué.

— Tu es censé rester près de moi pour me protéger, répéta-t-elle.

Elle empoigna l'ourlet de sa tunique, s'apprêtant visiblement à la passer par-dessus sa tête.

Garion fit volte-face et braqua un regard déterminé sur les arbres, les oreilles en feu et les mains agitées d'un tremblement incontrôlable.

Elle éclata d'un petit rire argentin, et il y eut un grand bruit d'éclaboussures comme elle entrait dans l'eau froide, qui lui arracha un petit cri, puis elle se mit à barboter.

— Apporte-moi le savon, ordonna-t-elle.

Il se pencha sans réfléchir pour prendre le savon et l'aperçut du coin de l'œil, debout dans l'eau jusqu'à la taille, puis, fermant les yeux de toutes ses forces, il recula en direction du bassin naturel en lui tendant maladroitement dans son dos le savon qu'elle prit en riant de plus belle.

Au bout de ce qui lui parut une éternité, la princesse, ayant enfin fini son bain, sortit de la piscine naturelle, se sécha et remit ses vêtements. Et pendant toute l'épreuve, Garion garda les yeux soigneusement fermés.

— Vous avez tout de même de drôles d'idées, vous, les Sendariens, déclara-t-elle comme ils étaient assis l'un à côté de l'autre près du trou d'eau, dans la clairière inondée de soleil.

Elle démêlait ses cheveux d'un rouge profond, la tête

penchée sur le côté, le peigne traçant des sillons dans ses grosses mèches trempées.

— Les bains de Tol Honeth sont ouverts à tous, et les championnats d'athlétisme se déroulent toujours sans vêtements. Pas plus tard que l'été dernier, je me suis mesurée à une douzaine d'autres filles dans le Stade impérial. Les spectateurs ont beaucoup apprécié.

— Ça, j'imagine, fit sèchement Garion.

— Qu'est-ce que c'est que ça? demanda-t-elle en indiquant l'amulette qui reposait sur le torse nu de Garion.

— C'est mon grand-père qui me l'a donnée pour Erastide.

— Fais voir.

Elle tendit la main. Garion se pencha en avant.

— Eh bien, enlève-la, que je puisse la voir, ordonna-t-elle.

— Je ne peux pas. Sire Loup et tante Pol m'ont dit que je ne devais jamais l'ôter, sous aucun prétexte. Je pense qu'elle est plus ou moins ensorcelée.

— Quelle drôle d'idée, remarqua-t-elle en s'inclinant pour examiner l'amulette. Ils ne sont pas vraiment sorciers, n'est-ce pas?

— Sire Loup a sept mille ans. Il a connu le Dieu Aldur. Je l'ai vu enflammer des rochers et faire pousser un arbre en quelques minutes à partir d'une petite brindille de rien du tout. Quant à tante Pol, d'un seul mot, elle a rendu la vue à une aveugle, et elle peut se changer en chouette.

— Je ne crois pas à toutes ces histoires, rétorqua Ce'Nedra. Je suis sûre qu'il y a une autre explication.

Garion haussa les épaules et rajusta sa chemise de lin et sa tunique brune, puis il secoua la tête et passa ses doigts dans ses cheveux encore humides.

— Attends, tu vas les emmêler, le réprimanda-t-elle. Laisse-moi plutôt faire.

Elle se leva, vint se planter derrière lui et entreprit de lui passer doucement le peigne dans les cheveux.

— Tu as de beaux cheveux, pour un homme, le complimenta-t-elle.

— Bah, ce sont des cheveux et voilà tout, laissa-t-il tomber d'un ton indifférent.

Elle le coiffa encore quelques instants sans ajouter quoi

que ce soit, puis, lui prenant le menton dans la main, lui tourna la tête, le regarda d'un œil critique et lui tapota les cheveux d'un côté puis de l'autre, jusqu'à ce qu'ils soient arrangés à son entière satisfaction.

— C'est tout de même mieux, décida-t-elle.

— Merci.

Il était un peu troublé par le changement qui s'était produit dans son attitude. Elle se rassit sur l'herbe, passa ses bras autour d'un de ses genoux et ils s'absorbèrent un moment dans la contemplation de l'eau qui étincelait au soleil. Ce fut elle qui rompit le silence.

— Garion?

— Oui?

— Comment ça fait de grandir comme une personne normale?

— Je n'ai jamais été autre chose, répondit-il en haussant les épaules. Alors je n'ai pas les moyens de comparer.

— Tu vois ce que je veux dire. Raconte-moi l'endroit où tu as grandi, ce que tu faisais, tout, quoi.

Alors il lui parla de la ferme de Faldor, des cuisines, de la forge de Durnik, et de Doroon, de Rundorig et de Zubrette.

— Tu étais amoureux de Zubrette, n'est-ce pas? insinua-t-elle d'un ton presque accusateur.

— C'est ce que je croyais, mais il s'est passé tellement de choses depuis que j'ai quitté la ferme qu'il y a des moments où je ne sais même plus à quoi elle ressemblait. De toute façon, je crois que je me passerai avantageusement d'être amoureux. Pour ce que j'en ai vu, la plupart du temps, c'est plutôt pénible.

— Tu es impossible!

Et elle se mit à sourire, son petit visage enfoui sous la masse de ses cheveux fléchés de feu par le soleil.

— Peut-être, admit-il. Allez, maintenant, à vous de me dire ce que ça fait de grandir dans la peau de quelqu'un de très spécial.

— Je ne suis pas si spéciale que ça.

— Vous êtes une princesse impériale, lui rappela-t-il. Si ce n'est pas être très spécial...

— Ah! ça, tu sais, gloussa-t-elle, il y a des moments, depuis que je suis avec vous, où j'oublie presque que je suis une princesse impériale.

— Presque, releva-t-il avec un sourire, mais pas tout à fait.

— Non. Pas tout à fait, avoua-t-elle avec un nouveau coup d'œil du côté de la piscine naturelle. Le plus souvent, c'est très ennuyeux d'être une princesse. On passe son temps dans les cérémonies et les réunions protocolaires. On reste presque toujours debout à écouter des discours ou à recevoir des visiteurs officiels, et il y a des gardes partout, dans tous les coins. Mais il y a des moments où j'arrive à m'échapper pour avoir enfin un peu la paix, et ça les rend dingues! fit-elle en se remettant à rire, puis son regard devint pensif. Je vais te lire ton avenir, déclara-t-elle en lui prenant la main.

— Vous savez lire dans les lignes de la main?

— Je fais juste semblant, admit-elle. Nous y jouons parfois, les dames de ma suite et moi. Nous nous promettons les unes aux autres des maris bien nés et des tas d'enfants.

Elle retourna sa main et la regarda. La marque argentée était bien visible dans sa paume, maintenant que la peau était propre.

— Qu'est-ce que c'est?

— Je ne sais pas.

— Ce n'est pas une maladie, n'est-ce pas?

— Non. J'ai toujours eu ça. Je pense que c'est de famille. Tante Pol n'aime pas que les gens la voient, je ne sais pas pourquoi, alors elle essaie de la dissimuler.

— Comment peut-on cacher quelque chose comme ça?

— Elle me trouve tout le temps des tas d'occupations très salissantes.

— C'est très bizarre. J'ai une marque de naissance, moi aussi. Juste au-dessus du cœur. Tu veux la voir? demanda-t-elle en prenant l'encolure de sa tunique à deux mains.

— Je vous crois sur parole, répondit Garion en rougissant furieusement.

Elle eut un petit rire argentin, limpide.

— Tu es vraiment un drôle de garçon, Garion. Tu n'es pas du tout comme les autres.

— Vous n'avez probablement rencontré que des Tolne=drains, souligna Garion. Je suis un Sendarien, ou du moins c'est comme cela que j'ai été élevé, alors ça fait une différence, forcément.

— On dirait que tu n'es pas sûr de tes origines?

— C'est Silk qui dit que je ne suis pas sendarien. Il ne sait pas exactement de quelle origine je suis, et ça, c'est très bizarre, parce que Silk est capable de reconnaître immédiatement l'origine de n'importe qui. Votre père pensait que j'étais rivien.

— Comme Dame Polgara est ta tante, et Belgarath, ton grand-père, tu es probablement sorcier, toi aussi, observa Ce'Nedra.

— Moi? releva Garion en se mettant à rire. C'est complètement idiot. D'ailleurs, les sorciers ne sont pas une race, à l'instar des Cheresques, des Tolnedrains ou des Riviens. Ce serait plutôt un genre de métier, je pense, un peu comme homme de loi ou marchand, sauf qu'on n'en fait plus de nouveaux. Les sorciers ont tous des milliers d'années. Sire Loup dit que c'est peut-être les gens qui ont changé et qu'ils ne peuvent plus devenir sorciers.

Ce'Nedra, qui s'était laissée tomber en arrière, sur ses coudes, leva les yeux vers lui.

— Garion?

— Oui?

— Tu voudrais m'embrasser?

Le cœur de Garion s'arrêta de battre.

C'est alors que la voix de Durnik s'éleva non loin d'eux, et l'espace d'un instant, Garion se prit pour son vieil ami d'une haine fulgurante.

CHAPITRE XX

— Dame Pol a dit qu'il était temps de revenir auprès des tentes, maintenant, déclara Durnik en faisant irruption dans la petite clairière.

Il les regardait d'un air entendu, son bon visage honnête arborant une expression vaguement amusée. Garion s'empourpra furieusement. Il se serait battu de se mettre à rougir comme ça. Ce'Nedra, quant à elle, ne paraissait pas gênée le moins du monde.

— Les Dryades ne sont pas encore arrivées? s'enquit-elle en se relevant et en époussetant le dos de sa tunique pour en faire tomber les brins d'herbe.

— Pas encore, répondit Durnik. Sire Loup dit qu'elles ne devraient pas tarder à nous rejoindre. On dirait qu'il y a un drôle d'orage qui se prépare vers le sud, et Dame Pol pense que vous devriez rentrer, tous les deux.

Garion leva les yeux vers le ciel. Une couche de nuages roulait d'un air menaçant vers le nord, éclaboussant d'encre le ciel d'un bleu éclatant.

— Je n'ai jamais vu ça. Et toi, Durnik? Tu as déjà vu des nuages comme ça? demanda-t-il en fronçant les sourcils.

— Bizarre, acquiesça Durnik en regardant le ciel à son tour.

Garion roula en boule les deux serviettes mouillées et ils repartirent le long du ruisseau, en direction des tentes. Les nuages passèrent devant le soleil, et la forêt devint tout d'un coup très sombre. Ils avaient toujours l'impression d'être observés, comme depuis le premier instant où ils étaient entrés sous le couvert des arbres, mais il y avait autre chose maintenant. Les grands arbres s'agitaient, comme mal à l'aise, et les feuilles frémissantes semblaient échanger des myriades de messages imperceptibles.

— Ils ont peur, chuchota Ce'Nedra. Il y a quelque chose qui leur fait peur.

— Qui ça? demanda Durnik.

— Les arbres. Ils ont peur de quelque chose. Vous ne sentez pas?

Il braqua sur elle un regard perplexe. Loin au-dessus de leurs têtes, les oiseaux se turent soudain, et une brise fraîche se mit à souffler, charriant des relents fétides d'eau croupie et de végétation pourrissante.

— Qu'est-ce que c'est que cette odeur? grommela Garion en regardant autour de lui avec inquiétude.

— La Nyissie est juste au sud, répliqua Ce'Nedra. Elle est principalement constituée de marécages.

— On en est si près que ça? releva Garion.

— Pas vraiment, concéda-t-elle en fronçant légèrement les sourcils. A une cinquantaine ou une soixantaine de lieues.

— Et les odeurs voyagent si loin?

— C'est peu vraisemblable, fit Durnik. En Sendarie, tout au moins, ce serait impensable.

— Nous sommes loin des tentes? questionna Ce'Nedra.

— A une demi-lieue, répondit Durnik.

— Nous ferions peut-être mieux de courir, suggéra-t-elle.

— Le sol est trop inégal, observa Durnik en secouant la tête. Et il n'est pas prudent de courir quand on n'y voit pas très clair. Mais nous pouvons tout de même accélérer un peu l'allure.

Ils hâtèrent le pas dans l'obscurité croissante. Le vent se mit à souffler plus fort, et les arbres commencèrent à s'ébranler et à ployer sous la violence des rafales. L'étrange angoisse qui semblait s'être emparée de la forêt se fit plus intense.

— Il y a quelque chose qui bouge, là-bas, chuchota

Garion, d'un ton pressant, en tendant le doigt vers les arbres obscurs, de l'autre côté du ruisseau.

— Je ne vois rien, fit Ce'Nedra.

— Là, juste sous l'arbre aux grosses branches claires. C'est une Dryade ?

Une forme vague glissait d'un arbre à l'autre dans la pénombre. Une silhouette qui avait quelque chose de bizarre, de vaguement répugnant. Ce'Nedra la regarda avec répulsion.

— Ce n'est pas une Dryade, répondit-elle. C'est quelque chose qui n'est pas de notre monde.

Durnik ramassa une branche tombée et l'empoigna à deux mains, comme un gourdin. Garion regarda précipitamment autour de lui et s'arma à son tour d'un bout de bois mort.

Une autre silhouette se traîna entre deux arbres, un peu plus près d'eux, cette fois.

— Il va falloir tenter le coup, annonça Durnik d'un ton sinistre. Courez, mais faites attention où vous mettez les pieds. Allez chercher les autres, vite !

Garion prit Ce'Nedra par la main et ils se mirent à courir, trébuchant sur la rive inégale du petit cours d'eau, creusant l'écart qui les séparait de Durnik, resté en arrière, où il décrivait des moulinets intimidants avec son gourdin.

Ils étaient maintenant complètement cernés par les silhouettes inquiétantes, et Garion commença à paniquer.

Ce'Nedra poussa un cri de terreur. L'une des silhouettes avait surgi derrière un buisson bas, juste devant eux. C'était une énorme créature informe, sans visage. Le devant de sa tête était simplement percé de deux trous par lesquels elle braquait sur eux un regard vide tout en s'avançant dans leur direction d'une démarche incertaine, tendant devant elle deux ébauches de mains dans l'espoir de les attraper. Le corps était gris, couleur de boue, et recouvert d'une mousse putride, suintant de miasmes innommables.

Sans réfléchir, Garion renvoya Ce'Nedra derière lui et bondit pour affronter l'assaillant. Son premier coup de gourdin atteignit la créature en plein sur le flanc, mais l'arme improvisée se contenta de s'enfoncer dans le corps sans effet apparent. L'une des griffes tendues dans le vide lui effleura le visage, et Garion se recroquevilla de dégoût à ce contact répugnant. En désespoir de cause, il balança un bon coup de son gourdin sur ce qui tenait lieu d'avant-bras à la créature, et il vit avec horreur le bras se détacher au niveau du coude et la créature s'arrêter pour ramasser le membre qui remuait tout seul.

Ce'Nedra poussa un nouveau hurlement, et Garion fit volte-face. Surgissant derrière elle, un second homme de boue avait empoigné à bras-le-corps la petite princesse qui se débattait avec l'énergie du désespoir, et il s'apprêtait à l'enlever, lorsque Garion lui assena, non pas sur la tête ou le dos mais bien plutôt dans les chevilles, un coup de gourdin dans lequel il mit toute sa force.

L'être de boue tomba à la renverse, les deux pieds broyés. Mais, bien qu'à terre, il ne relâcha pas son emprise sur Ce'Nedra.

Garion envoya promener son gourdin et bondit sur lui en tirant son épée. La substance dont était composée la créature offrait une résistance surprenante. Des lianes et des rameaux morts étaient incrustés dans l'argile dont elle tirait sa forme. Garion trancha frénétiquement l'un des bras et tenta de libérer la princesse qui hurlait toujours, mais l'autre membre de la créature ne lâchait pas prise. Luttant contre une envie de s'enfuir en sanglotant, Garion commença à s'attaquer au second tentacule.

— Attention ! hurla Ce'Nedra. Derrière toi !

Garion jeta un rapide coup d'œil par-dessus son épaule. Le premier homme de boue revenait à la charge, les bras tendus vers lui. C'est alors qu'il sentit une poigne glaciale se refermer sur sa cheville. Rampant sur le sol, le bras qu'il venait de sectionner l'avait agrippé.

— Garion !

La voix de Barak gronda comme le tonnerre, non loin de là.

— Par ici ! appela Garion. Vite !

Il y eut un grand bruit de branches écrasées, et le grand Cheresque à la barbe rouge apparut, l'épée à la main, Hettar et Mandorallen sur les talons. D'un puissant revers, Barak décapita le premier homme de boue, et la tête vola dans les airs pour atterrir à plusieurs mètres de là dans un bruit écœurant. La créature étêtée tourna sur elle-même et tendit les bras à l'aveuglette, s'efforçant de mettre la main sur son assaillant. Barak pâlit visiblement, et coupa les deux mains tendues. Mais l'être poursuivait son avance chancelante.

— Les jambes! s'écria, très vite, Garion.

Il se pencha et entreprit de flanquer des coups sur la main bourbeuse qui lui entourait la cheville. Barak faucha les jambes de la créature de limon, qui s'effondra, mais les membres amputés se mirent à ramper vers lui.

D'autres hommes de boue avaient fait leur apparition ; Hettar et Mandorallen leur flanquaient de grands coups d'épée, faisant voler dans l'air des tronçons et des lambeaux d'argile vivante.

Barak se pencha sur la créature qui retenait toujours Ce'Nedra prisonnière et lui arracha le bras, puis, relevant la fille sans ménagements, la jeta vers Garion.

— Ramène-la aux tentes! ordonna-t-il. Où est Durnik?

— Il est resté en arrière pour les retenir, répondit Garion.

— Nous allons l'aider, décréta Barak. Vas-y, cours!

Ce'Nedra était complètement hystérique, et Garion dut la traîner tout le long du chemin qui les séparait des tentes.

— Que se passe-t-il? demanda tante Pol.

— Des monstres, là-bas, dans les bois, expliqua brièvement Garion en poussant Ce'Nedra vers elle. Des créatures de boue qu'on ne peut pas tuer. Elles tiennent Durnik.

Il plongea sous l'une des tentes et en émergea la seconde d'après, son épée à la main, le cerveau en feu.

— Garion! s'écria tante Pol, en s'efforçant de se débarrasser de la princesse qui se cramponnait à elle en sanglotant. Qu'est-ce que tu fais?

— Je retourne aider Durnik.

— Tu vas rester ici.

— Non! hurla-t-il. Durnik est mon ami.

Il repartit à fond de train vers le théâtre des opérations, en brandissant son épée.

— Garion! Reviens ici tout de suite!

Mais il ignora ses cris et se précipita en courant dans les bois sombres.

Le combat faisait rage à une centaine de mètres des tentes. Barak, Hettar et Mandorallen débitaient en tronçons les hommes de boue couverts de vase purulente, tandis que Silk plongeait alternativement dans et hors de la mêlée, sa courte lame laissant de grands trous béants dans les monstrueuses créatures pourrissantes. Garion s'engagea dans la bataille, les oreilles tintantes, tout son corps vibrant d'une sorte d'exaltation désespérée.

Puis sire Loup et tante Pol furent parmi eux, une Ce'Nedra au visage de cendre, toute tremblante, sur leurs talons. Les yeux de sire Loup jetaient de éclairs et il semblait infiniment plus grand qu'eux, tout à coup. Bandant sa volonté, il tendit une main devant lui, la paume tournée vers le haut.

— Feu! commanda-t-il.

Un éclair crépitant jaillit de sa main, monta vers les nuages qui roulaient, houleux, au-dessus de leurs têtes. La terre se mit à trembler sous la violence du coup de tonnerre qui l'accompagna. Garion recula, frappé par la force du rugissement qui se faisait entendre dans sa tête.

Tante Pol leva la main à son tour.

— Eau! ordonna-t-elle d'une voix puissante.

Les nuages s'ouvrirent, et il se mit à pleuvoir, si fort qu'on aurait dit que l'air lui-même s'était changé en pluie.

Les hommes de boue qui avançaient toujours à l'aveuglette, droit devant eux, commencèrent à fondre et à se dissoudre sous l'averse torrentielle. Avec une sorte de fascination perverse, Garion les regarda se désintégrer en masses détrempées de fange suintante et de végétation sanieuse, tressaillantes et palpitantes sous le harcèlement de la pluie torrentielle qui les anéantissait.

Barak se pencha en avant et enfonça, pour voir, son épée dégoulinante dans la masse informe de limon qui avait été la tête de l'un de leurs assaillants. La motte de glaise se désagrégea, révélant un serpent qui déroulait ses anneaux. Comme il se redressait pour frapper, Barak le coupa en deux.

Alors que la fange qui les abritait se dissolvait sous le déluge rugissant, d'autres serpents commencèrent à apparaître.

— Celui-là, déclara tante Pol en indiquant un reptile d'un vert terne qui s'efforçait de s'arracher à la vase. Apporte-le moi, Garion.

— Moi ? hoqueta Garion, dont la chair se hérissait à cette idée.

— Je m'en occupe, dit Silk.

Il ramassa un bâton fourchu, sous le bout duquel il coinça la tête du serpent. Puis il empoigna précautionneusement l'animal trempé de pluie derrière le cou et brandit le reptile qui se tortillait.

— Amenez-le-moi, ordonna tante Pol en essuyant l'eau qui lui ruisselait sur la figure.

Silk s'approcha d'elle et lui tendit le serpent qui se mit à darder spasmodiquement sa langue fourchue, tandis que ses yeux morts se posaient sur elle.

— Qu'est-ce que ça veut dire ? demanda-t-elle au serpent.

Le serpent émit un sifflement avant de lui répondre d'un chuchotement râpeux.

— Ça, Polgara, c'est l'affaire de ma maîtresse.

Le visage de Silk blêmit lorsqu'il entendit parler le serpent dégoulinant, et il resserra sa prise.

— Je vois, répondit tante Pol.

— Abandonne ta quête, siffla le serpent. Ma maîtresse ne vous permettra pas d'aller plus loin.

Tante Pol éclata d'un rire méprisant.

— Permettre ? releva-t-elle. Ta maîtresse n'a pas le pouvoir de me permettre ou de me refuser quoi que ce soit.

— Ma maîtresse est la reine de Nyissie, siffla le serpent de sa voix rauque. Son pouvoir y est absolu. Les voies des serpents ne sont pas celles des hommes, et ma maîtresse est la reine des serpents. Vous entrerez en Nyissie à vos risques et périls. Nous sommes patients et nous ne vous craignons pas. Nous vous guetterons là où vous nous attendrez le moins. Notre morsure ne laisse qu'une petite blessure, à peine visible, mais elle est mortelle.

— Quel est l'intérêt de Salmissra dans cette affaire? s'enquit tante Pol.

Le serpent darda vers elle sa langue agitée de mouvements rapides.

— Elle n'a pas jugé utile de me le révéler, et il n'est pas dans ma nature de chercher à savoir. J'ai délivré mon message, et j'ai déjà reçu ma récompense. Maintenant, tu peux disposer de moi à ta guise.

— Très bien, déclara tante Pol.

Elle regarda froidement le serpent, son visage ruisselant sous la pluie drue.

— Dois-je le tuer? interrogea Silk, le visage tendu, les jointures de ses doigts blanchissant sous l'effort qu'il faisait pour maintenir le serpent qui se débattait énergiquement.

— Non. Nous n'avons aucune raison de supprimer un messager aussi zélé, répondit-elle doucement en fixant sur le serpent un regard inflexible. Retournez, tes pareils et toi-même, auprès de Salmissra. Dis-lui que si elle tente encore une fois de faire obstacle à ma mission, elle aura affaire à moi, et que le puits de vase le plus profond de toute la Nyissie ne la protégera pas de ma fureur.

— Et ma récompense?

— Je te laisse la vie.

— C'est juste, siffla le serpent. Je délivrerai ton message, Polgara.

— Remettez-le à terre, demanda-t-elle à Silk.

Le petit homme se pencha en avant et tendit le bras vers le sol. Le serpent déroula ses anneaux de son bras, et Silk ouvrit le poing en faisant un bond en arrière. Le serpent lui jeta un coup d'œil avant de s'éloigner prestement en rampant.

— Je pense qu'il a assez plu, Pol, suggéra sire Loup en s'épongeant la figure.

Tante Pol agita la main dans un geste presque désinvolte, et le déluge cessa, comme un seau finit de se vider.

— Il faut que nous retrouvions Durnik, leur rappela Barak.

— Il était derrière nous, dit Garion en tendant le bras vers le cours d'eau, qui sortait maintenant de son lit.

Il avait la poitrine comme prise dans un étau glacé à l'idée de ce qu'ils trouveraient peut-être, mais il s'arma de courage et les guida entre les arbres ruisselants, vers l'endroit où était resté Durnik.

— Excellent compagnon que le forgeron, déclara Mandorallen. Je n'aimerais pas à le perdre.

Il y avait quelque chose d'étrangement réservé dans la voix du chevalier, et son visage était anormalement pâle dans la pénombre. Mais la main qui tenait son épée était toujours aussi ferme. Seuls ses yeux trahissaient comme un doute que Garion n'y avait encore jamais vu.

— Il était par là, confirma Garion en regardant autour de lui. Mais je ne le vois pas.

— Je suis là! appela, au-dessus de leurs têtes, la voix de Durnik, qui, perché assez haut dans un grand chêne, plongeait le regard sur eux. Ils sont partis pour de bon? demanda-t-il avant de commencer à descendre prudemment le long du tronc glissant puis en se laissant tomber à terre. La pluie est arrivée juste à temps. Je commençais à avoir du mal à les empêcher de grimper à l'arbre.

Alors, très vite, sans un mot, tante Pol embrassa le brave homme et, comme si elle s'en voulait de son geste impulsif, elle se mit à le gronder.

Durnik endura patiemment ses remontrances, une drôle d'expression sur le visage.

CHAPITRE XXI

Garion ne dormit pas très bien, cette nuit-là. Il se réveilla souvent, agité de frissons au souvenir du contact des hommes de boue. Mais la nuit finit par prendre fin, comme toutes les nuits, et le jour se leva sur un matin clair et radieux. Il resta encore un moment blotti dans ses couvertures, à somnoler, jusqu'à ce que Ce'Nedra vienne lui dire de se lever.

— Garion, souffla-t-elle doucement, en lui effleurant l'épaule, tu dors ?

— Bonjour, dit-il en ouvrant les yeux et en les levant sur elle.

— Dame Polgara a dit qu'il fallait que tu te lèves.

Garion bâilla à se décrocher la mâchoire, s'étira, s'assit et jeta un coup d'œil de l'autre côté du rabat de la tente. Le soleil brillait.

— Elle va m'apprendre à faire la cuisine, annonça Ce'Nedra, non sans fierté.

— C'est bien, ça, répondit Garion en écartant ses cheveux.

Elle le regarda un long moment, ses yeux verts le fixant intensément dans son petit visage grave.

— Garion ?

— Oui ?

— Tu as été très brave, hier.

Il eut un petit haussement d'épaules.

— Je vais sûrement me faire disputer, aujourd'hui.

— Pourquoi ?

— Tante Pol et mon grand-père n'aiment pas que

j'essaie de faire preuve de bravoure, expliqua-t-il. Ils me prennent pour un gamin, et ils ont toujours peur que je me fasse mal.

— Garion! appela tante Pol, depuis le petit feu au-dessus duquel elle faisait la cuisine. Il me faudrait du bois!

Garion poussa un soupir et roula ses couvertures, puis il enfila ses demi-bottes, ceignit son épée et s'enfonça entre les arbres.

Il faisait encore humide sous les chênes immenses, après le déluge que tante Pol avait provoqué la veille, et il eut du mal à trouver du bois sec. Il erra un peu de-ci, de-là, tirant à lui les branches qui se trouvaient sous les arbres abattus et les roches en surplomb. Les arbres silencieux l'observaient toujours, mais semblaient, il n'aurait su dire pourquoi, moins inamicaux ce matin.

— Qu'est-ce que tu fais? fit une petite voix, au-dessus de sa tête.

Il leva rapidement les yeux en portant la main à son épée.

Une fille était debout sur une grosse branche, juste au-dessus de lui. Elle portait une tunique nouée à la taille et des sandales, elle avait les cheveux fauves, des yeux gris au regard curieux, et les reflets verdâtres de sa peau claire révélaient une Dryade. Elle tenait un arc de la main gauche, et, de la droite, un trait encoché sur la corde tendue. La flèche était pointée droit sur Garion.

Il retira prudemment sa main de la garde de son épée.

— Je ramasse du bois, répondit-il.

— Pour quoi faire?

— Ma tante en a besoin pour le feu, expliqua-t-il.

— Du feu?

Le visage de la fille se durcit, et elle banda son arc.

— Un tout petit feu, reprit-il très vite. Juste pour faire la cuisine.

— On n'a pas le droit de faire du feu ici, déclara la fille d'un ton sans réplique.

— Il faudra que tu expliques ça à tante Pol, rétorqua Garion. Moi, je fais ce qu'on me dit.

Elle poussa un sifflement, et une autre fille surgit de derrière un arbre, tout près de là. Elle aussi tenait un arc. Ses cheveux étaient presque aussi rouges que ceux de Ce'Nedra, et sa peau évoquait aussi vaguement la couleur des feuilles.

— Il dit qu'il ramasse du bois pour faire du feu, rapporta la première fille. Tu crois qu'il faut que je le tue ?

— Xantha a dit que nous devions d'abord voir qui c'était, répondit pensivement la fille aux cheveux rouges. S'il s'avère qu'il n'a rien à faire ici, alors tu pourras le tuer.

— Oh ! bon, tant pis, acquiesça la fille aux cheveux ambrés, avec une évidente déception. Mais n'oublie pas que c'est moi qui l'ai trouvé. Le moment venu, c'est moi qui le tuerai.

Garion sentit ses cheveux se dresser sur sa nuque.

La fille aux cheveux rouges poussa un sifflement, et une demi-douzaine d'autres Dryades armées sortirent comme par magie des arbres. Elles étaient toutes d'assez petite taille, et les ors et les rouges de leurs cheveux n'étaient pas sans rappeler la couleur des feuilles d'automne. Elle entourèrent Garion et l'examinèrent sous toutes les coutures en babillant et en gloussant.

— Il est à moi, celui-là, protesta la Dryade aux cheveux d'ambre, tout en descendant de son arbre. C'est moi qui l'ai trouvé, et Xera a dit que c'est moi qui le tuerais.

— Il a l'air en bonne santé, observa l'une des autres. Et plutôt docile. Nous pourrions peut-être le garder. C'est un mâle ?

— Regardons, nous verrons bien, répliqua une autre Dryade en gloussant.

— Je suis un mâle, riposta Garion très vite, en rougissant jusqu'à la racine des cheveux.

— C'est tout de même dommage, reprit la Dryade qui venait de parler. Nous pourrions peut-être le garder un moment avant de le tuer, non ?

— Il est à moi, répéta obstinément la Dryade aux cheveux d'ambre. Et c'est moi qui le tuerai, si je veux.

Elle s'empara du bras de Garion d'un geste possessif.

— Allons voir ses compagnons, suggéra celle qui s'appelait Xera. Ils font du feu. Il faut que nous les arrêtions.

— Du feu? hoquetèrent les autres, en regardant Garion d'un air accusateur.

— Juste un petit feu de rien du tout, assura très vite Garion.

— Amenez-le, ordonna Xera en repartant vers les tentes, à travers les arbres.

Loin au-dessus de leurs têtes, les arbres murmuraient entre eux. Tante Pol attendait calmement dans la clairière où ils avaient planté leurs tentes. Elle regarda les Dryades massées autour de Garion sans changer d'expression.

— Bonjours, Demoiselles, dit-elle.

Les Dryades commencèrent à chuchoter entre elles.

— Ce'Nedra! s'exclama celle qu'elles appelaient Xera.

— Cousine Xera! s'écria Ce'Nedra, en réponse.

Elles coururent l'une vers l'autre pour s'embrasser. Les autres Dryades avancèrent un peu dans la clairière, en jetant des regards inquiets en direction du feu. Ce'Nedra expliqua rapidement à sa cousine qui ils étaient, et Xera fit signe à ses compagnes d'approcher.

— Ce sont apparemment des amis, déclara-t-elle. Nous allons les amener à ma mère, la reine Xantha.

— Est-ce que ça veut dire que je ne pourrai pas tuer celui-ci? demanda d'un ton boudeur la Dryade aux cheveux d'ambre liquide, en tendant un doigt minuscule en direction de Garion.

— J'ai bien peur que non, déplora Xera.

La fille aux cheveux d'ambre s'éloigna en tapant du pied, boudeuse. Garion poussa un bref soupir de soulagement. C'est alors que sire Loup sortit de l'une des tentes et braqua sur la nuée de Dryades un large sourire.

— C'est Belgarath! couina l'une des Dryades, en se précipitant vers lui d'un air joyeux.

Elle passa ses bras autour de son cou, lui tira la tête vers le bas et lui appliqua sur la joue un baiser retentissant.

— Tu nous as apporté des bonbons? s'enquit-elle.

Le vieil homme fit mine de réfléchir et commença à fouiller dans ses nombreuses poches. Des petits morceaux de sucrerie commencèrent à apparaître pour disparaître aussi vite, les Dryades qui s'agglutinaient autour de lui comme un essaim s'en emparant aussi vite qu'il les tirait de ses vêtements.

— Tu as de nouvelles histoires à nous raconter? questionna l'une des Dryades.

— Des tas, assura sire Loup en mettant le bout de son doigt sur le côté de son nez, d'un air rusé. Mais je pense qu'il vaudrait mieux attendre que vos sœurs puissent les entendre aussi, non?

— Nous en voulons une tout de suite, rien que pour nous, décréta la Dryade.

— Et qu'est-ce qu'on me donnera en échange de cette histoire spéciale?

— Des baisers, proposa rapidement la Dryade. Cinq baisers de chacune d'entre nous.

— J'ai une excellente histoire, marchanda sire Loup. Elle en vaut plus de cinq. Disons dix.

— Huit, négocia la petite Dryade.

— Très bien, acccepta sire Loup. Huit, ça me paraît pas mal.

— Je vois que tu es déjà venu dans le coin, vieux Loup solitaire, remarqua sèchement tante Pol.

— Je viens leur rendre visite de temps en temps, convint-il en affectant l'indifférence.

— Les bonbons ne leur valent rien, tu sais, le gronda-t-elle.

— Une petite gâterie de temps en temps ne peut pas leur faire de mal, Pol. Et elles aiment tellement ça. Une Dryade ferait n'importe quoi pour des douceurs.

— Tu es écœurant, conclut-elle.

Les Dryades étaient presque toutes réunies autour de sire Loup, maintenant, et faisaient penser à un jardin de fleurs printanières. Presque toutes, parce que celle aux cheveux d'ambre liquide qui avait capturé Garion se tenait un peu à l'écart des autres, et tripotait d'un air boudeur la pointe de sa flèche. Elle s'approcha finalement de Garion.

— Tu n'as pas l'intention d'essayer de t'enfuir? lui suggéra-t-elle, l'air plein d'espoir.

— Jamais! proclama Garion avec emphase.

Elle poussa un soupir navré.

— J'imagine que tu ne ferais pas ça, disons, par faveur spéciale pour moi ? essaya-t-elle encore.

— Je regrette, s'excusa-t-il.

Elle poussa un nouveau soupir, plus amer, cette fois.

— Je ne peux jamais m'amuser, se lamenta-t-elle avant de rejoindre les autres.

Silk émergea de sa tente, lentement et précautionneusement. Et lorsque les Dryades se furent habituées à lui, Durnik fit son apparition à son tour.

— Ce ne sont que des enfants, n'est-ce pas ? commenta Garion, à l'intention de tante Pol.

— C'est ce qu'on dirait, en effet, répondit-elle, mais elles sont bien plus âgées qu'elles n'en ont l'air. Une Dryade vit aussi longtemps que son arbre, et les chênes vivent très, très vieux.

— Où sont les garçons ? demanda-t-il. Je ne vois que des filles.

— Il n'y a pas de Dryades garçons, mon chou, lui expliqua-t-elle en retournant à sa cuisine.

— Alors comment... ? Je veux dire... commença-t-il.

Mais il préféra ne pas insister ; il avait déjà les oreilles toutes rouges.

— Pour ça, elles capturent des mâles humains, l'éclaira-t-elle. Des voyageurs, des gens comme ça.

— Oh.

Il décida de laisser tomber la question.

Lorsqu'ils eurent pris leur petit déjeuner et soigneusement éteint le feu avec de l'eau tirée du ruisseau, ils se remirent en selle et repartirent à travers la Sylve. Sire Loup marchait en avant, les petites Dryades toujours groupées autour de lui, riant et bavardant comme des enfants heureuses. Le murmure des arbres autour d'eux n'était plus hostile, et leur avance était accompagnée par le doux bruissement d'un million de feuilles.

Ils arrivèrent vers la fin de l'après-midi à une vaste clairière au milieu de la Sylve. Un arbre unique se dressait au centre, un arbre si gros que Garion avait du mal à accepter l'idée que quelque chose de si énorme puisse être vivant. De véritables cavernes s'ouvraient çà et là dans son tronc moussu, et ses branches basses, aussi larges que des grand-routes, couvraient presque toute la clairière. Il émanait de l'arbre une impression de pérennité, de sagesse et de longanimité. Garion sentit une tentative d'approche de son esprit, un peu comme si une feuille lui effleurait doucement le visage. Le contact ne ressemblait à rien de ce qu'il avait pu connaître, mais il semblait bienveillant.

L'arbre grouillait littéralement de Dryades, qui nimbaient les branches comme des bourgeons, et leur rire et leurs bavardages enfantins emplissaient l'air, pareils à des chants d'oiseaux.

— Je vais dire à ma mère que vous êtes arrivés, annonça celle qu'on appelait Xera en se dirigeant vers l'arbre.

Garion et ses compagnons mirent pied à terre et restèrent plantés à côté de leurs chevaux, incertains sur la conduite à tenir. Les Dryades perchées au-dessus de leurs têtes plongeaient sur eux des regards curieux en chuchotant entre elles avec force gloussements.

Pour une raison ou une autre, les regards directs, enjoués, que les Dryades braquaient sur lui mettaient Garion mal à l'aise. Il se rapprocha de tante Pol et remarqua que les autres en faisaient autant, comme si, inconsciemment, ils recherchaient sa protection.

— Où est la princesse ? demanda-t-elle.

— Par ici, Dame Pol, répondit Durnik. Elle rend visite à ce groupe de Dryades.

— Ne la perdez pas de vue, surtout, ordonna tante Pol. Et où est mon vieux débauché de père ?

— Près de l'arbre, révéla Garion. Les Dryades ont l'air de bien l'aimer, dis donc.

— Le vieil imbécile, laissa tomber tante Pol, d'un ton tragique.

Puis une autre Dryade sortit d'un creux de l'arbre, un peu au-dessus des premières grosses branches. Mais au lieu de la courte tunique que portaient les autres, elle était vêtue d'une longue robe verte, et ses cheveux d'or étaient retenus par un anneau de quelque chose qui ressemblait à du gui. Elle se laissa gracieusement glisser vers le sol.

Tante Pol s'avança à sa rencontre, et les autres la suivirent à distance respectueuse.

— Chère Polgara, s'exclama la Dryade d'un ton cordial. Ça fait tellement longtemps.

— Nous avons tous nos obligations, Xantha, expliqua tante Pol.

Elles s'embrassèrent chaleureusement.

— Seraient-ce des présents ? demanda la reine Xantha en regardant avec admiration les hommes debout derrière tante Pol.

— Malheureusement non, répondit celle-ci en riant. Je voudrais bien pouvoir vous les laisser, mais je crains d'en avoir besoin plus tard.

— Tant pis, soupira la reine, faussement désolée. Bienvenue à tous, les salua-t-elle. Vous allez partager notre souper, bien sûr.

— Avec le plus grand plaisir, acquiesça tante Pol, avant de prendre le bras de la reine. Mais pourrions-nous d'abord nous entretenir un moment, Xantha ?

Elles s'écartèrent un peu et échangèrent quelques paroles, tandis que les Dryades tiraient des sacs et des fardeaux des creux de l'arbre et commençaient à préparer un festin sur l'herbe, sous les larges branches.

Le repas leur faisait une impression bizarre, la nourriture de base des Dryades semblant uniquement constituée de fruits, de noix et de champignons, dont aucun n'était cuit. Barak s'assit et braqua un regard lubugre sur les mets offerts.

— Pas de viande, grommela-t-il.

— Ça t'échauffe le sang, n'importe comment, le consola Silk.

Barak plongea les lèvres dans sa tasse d'un air circonspect.

— De l'eau, grimaça-t-il, comme si ses pires craintes se trouvaient confirmées.

— Ça vous changera d'aller vous coucher autrement qu'ivre mort, pour une fois, observa tante Pol en les rejoignant.

— Je suis sûr que ça n'est pas bon pour la santé, rumina Barak.

Ce'Nedra s'assit près de la reine Xantha. Elle avait apparement quelque chose à lui dire, mais comme il n'y avait pas moyen de le faire en privé, elle finit par parler devant tout le monde.

— J'ai une faveur à vous demander, Votre Grandeur.

— De quoi s'agit-il, mon enfant ? s'enquit la reine en souriant.

— Ce n'est qu'une petite chose, précisa Ce'Nedra. J'ai besoin d'un asile pendant quelques années. Mon père devient de plus en plus excentrique avec l'âge, et il est indispensable que je m'en tienne à l'écart tant qu'il n'aura pas repris ses esprits.

— Et comment se manifeste l'excentricité croissante de Ran Borune ? interrogea Xantha.

— Il ne veut pas me laisser qutter le palais, et il insiste pour que j'aille à Riva pour mon seizième anniversaire, révéla Ce'Nedra d'un ton outré. A-t-on jamais entendu une chose pareille ?

— Et pourquoi veut-il vous envoyer à Riva ?

— Une histoire de traité stupide, dont personne ne se rappelle au juste la raison d'être.

— Si c'est un traité, il faut l'honorer, ma chère petite, affirma doucement la reine.

— Je n'irai pas à Riva, décréta Ce'Nedra. Je resterai ici jusqu'après mon seizième anniversaire, et voilà tout.

— Non, ma chère petite, déclara fermement la reine. C'est impossible.

— *Comment ?*

Ce'Nedra n'en croyait pas ses oreilles.

— Nous avons nous aussi des engagements à respecter, expliqua Xantha. Notre accord avec la maison de Borune est des plus explicites. L'intégrité de notre Sylve n'est garantie que pour autant que les descendantes de la princesse Xoria demeurent parmi les Borune. Il est de votre devoir de rester auprès de votre père et de lui obéir.

— Mais je suis une Dryade, gémit Ce'Nedra. Je suis ici chez moi.

— Vous êtes aussi humaine, souligna la reine, et votre place est auprès de votre père.

— Je ne veux pas aller à Riva, protesta Ce'Nedra, c'est humiliant.

Xantha braqua sur elle un regard inflexible.

— Ne soyez pas stupide, ma chère petite, la rabrouat-elle. Votre devoir est clair. Vous avez des obligations en tant que Dryade, en tant que Borune et en tant que princesse impériale. Vos petits caprices puérils ne sont pas de mise. Si vous êtes tenue d'aller à Riva, eh bien, vous irez. Vous ne pourrez pas faire autrement.

Ce'Nedra parut ébranlée par la fermeté du ton de la reine, et s'absorba après cela dans un silence morose. Ce fut le moment que choisit la reine pour se tourner vers sire Loup.

— On entend bien des rumeurs, au-dehors, confia-t-elle. Et de toutes celles qui nous sont revenues aux oreilles, une, persistante, nous porte à penser qu'il se passe actuellement, dans le monde des hommes, des événements d'une portée incalculable, et qu'il se pourrait même que ceux-ci aient une influence sur l'existence du peuple de la Sylve. Je pense que j'ai le droit de savoir de quoi il retourne.

Sire Loup hocha gravement la tête.

— C'est bien mon avis, acquiesça-t-il. L'Orbe d'Aldur a été dérobée dans la salle du trône du roi de Riva par Zedar l'Apostat.

— Comment ? demanda Xantha, en retenant son souffle.

— C'est ce que nous ignorons, répondit sire Loup, en écartant les mains dans un geste d'impuissance. Zedar tente maintenant de regagner les royaumes angaraks avec l'Orbe. Une fois là-bas, il tentera de mettre son pouvoir à profit pour réveiller Torak.

— Il ne faut pas que cela se produise, souffla la reine. Qu'a-t-on fait pour empêcher cela ?

— Les Aloriens et les Sendariens s'apprêtent à prendre les armes, révéla sire Loup, et les Arendais nous ont assuré de leur appui. Mais Ran Borune, qui a été informé, n'a fait aucune promesse. Les Borune ne sont pas toujours d'un commerce facile.

Il jeta un coup d'œil en direction de Ce'Nedra, qui boudait de plus belle.

— Ce serait donc la guerre ? reprit tristement la reine.

— Je le crains fort, Xantha. Nous sommes, mes compagnons ici présents et moi-même, à la poursuite de Zedar, et j'espère que nous parviendrons à le rattraper et à lui reprendre l'Orbe avant qu'il ne réussisse à atteindre Torak avec. Mais même si nous y parvenons, il est à craindre que les Angaraks n'attaquent le Ponant, par pur désespoir. Certaines anciennes prophéties approchent de leur accomplissement, tous les signes viennent le confirmer. Des signes que même les perceptions abâtardies des Grolims peuvent déchiffrer.

— Nous avons nous-même discerné certains de ces signes, Belgarath, confirma la reine, dans un soupir. Mais nous espérions nous tromper. A quoi ce Zedar ressemble-t-il?

— Il me ressemble beaucoup. Nous avons très longtemps servi le même Maître, et cela imprime sa marque sur les individus.

— Quelqu'un dans ce genre-là est passé, la semaine dernière, par les marches supérieures de notre Sylve, et a pénétré en Nyissie, l'informa Xantha. Si nous avions su, nous aurions pu le retenir.

— Nous sommes donc plus près de lui que je ne pensais. Il était seul?

— Non. Il était accompagné de deux serviteurs de Torak, et d'un enfant.

— Un enfant? répéta sire Loup, surpris.

— Oui. Un petit garçon, de six ans environ.

Le vieil homme fronça les sourcils, puis il écarquilla les yeux.

— C'est donc ainsi qu'il s'y est pris, s'exclama-t-il. Je n'y aurais jamais songé.

— Nous pouvons vous faire voir où il a traversé la rivière pour entrer en Nyissie, proposa la reine. Mais nous devons vous avertir qu'il ne serait pas prudent pour un groupe aussi important de s'y engager. Salmissra a des yeux partout dans ces marécages.

— J'ai déjà tout prévu à ce sujet, assura sire Loup. Vous êtes absolument certain que le bateau nous attendra bien à l'embouchure de la rivière de la Sylve? demanda-t-il, en se tournant vers Barak.

— Il y sera, gronda Barak en réponse. Son capitaine est un homme de confiance.

— Parfait. Nous continuerons, Silk et moi, à filer Zedar, pendant que vous autres, vous suivrez la rivière jusqu'à la mer, puis vous longerez la côte en bateau et vous prendrez la rivière du Serpent jusqu'à Sthiss Tor. Nous nous retrouverons là-bas.

— Penses-Tu, ô vénérable Belgarath, qu'il soit bien sage de nous séparer dans un endroit aussi périlleux que la Nyissie? demanda Mandorallen.

— Il n'y a pas moyen de faire autrement, répondit sire Loup. Le Peuple Serpent est chez lui dans la jungle, et il n'aime pas les étrangers. Nous serons plus libres de nos mouvements et nous nous déplacerons plus rapidement tout seuls, Silk et moi.

— Où nous retrouverons-nous? s'enquit Barak.

— Il y a un comptoir drasnien sur les quais de Sthiss Tor, suggéra Silk. J'y compte plusieurs amis parmi les négociants. Demandez simplement Radek de Boktor. Si nous ne pouvons pas venir, je vous ferai parvenir, par l'intermédiaire des marchands, une indication de l'endroit où nous retrouver.

— Et moi? fit Ce'Nedra.

— Je crois qu'il va falloir que vous restiez avec nous, déclara tante Pol.

— Je n'ai rien à faire en Nyissie, rétorqua Ce'Nedra.

— Vous viendrez parce que je vous le dis, répliqua tante Pol. Je ne suis pas votre père, Ce'Nedra. Vos petits airs boudeurs ne me brisent pas le cœur, et vos cils papillonnants ne m'impressionnent pas davantage.

— Je m'enfuierai, menaça Ce'Nedra.

— Ce ne serait vraiment pas malin, riposta fraîchement tante Pol. Il faudrait que je vous récupère et vous ne trouveriez pas ça très agréable. Les problèmes du monde qui nous entoure revêtent une telle gravité actuellement que vos caprices d'enfant gâtée ne pèsent pas lourd à côté. Vous resterez avec moi, et vous vous présenterez à la cour du roi de Riva le jour de votre seizième anniversaire, même s'il faut pour cela que je vous y traîne enchaînée. Nous avons tous des choses beaucoup trop importantes à faire en ce moment pour nous permettre de vous ménager plus longtemps.

Ce'Nedra la regarda fixement, puis elle éclata en sanglots.

CHAPITRE XXII

Le lendemain matin, le soleil n'était pas levé et un brouillard impalpable planait encore sous les branches des grands chênes que Silk et sire Loup faisaient déjà leurs préparatifs de départ pour la Nyissie, sous le regard affligé de Garion, assis sur un tronc d'arbre.

— Pourquoi cette triste figure? l'interrogea sire Loup, en emballant des vivres.

— Je voudrais bien que nous ne soyons pas obligés de nous séparer comme ça, expliqua Garion.

— C'est juste pour une semaine ou deux.

— Je sais bien, mais quand même...

Garion haussa les épaules.

— Tu t'occuperas de ta tante à ma place, pendant que je ne serai pas là, reprit sire Loup, en ficelant son paquet.

— D'accord.

— Et n'enlève jamais ton amulette. La Nyissie est un endroit dangereux.

— Je n'oublierai pas, promit Garion. Tu feras bien attention, hein, grand-père?

— Je fais toujours attention, Garion, déclara le vieil homme avec un regard grave, sa barbe blanche étincelant dans le brouillard iridescent.

— L'heure tourne, Belgarath, appela Silk, qui menait deux chevaux par la bride.

Sire Loup hocha la tête.

— Rendez-vous dans deux semaines, à Sthiss Tor, dit-il à Garion.

Garion l'embrassa rapidement, puis il se détourna pour ne pas les voir partir et s'approcha de Mandorallen, assis à l'autre bout de la clairière, le regard perdu dans le brouillard.

— Amer toujours est le goût des adieux, soupira le chevalier, d'un air lugubre.

— Mais il y a autre chose, n'est-ce pas, Mandorallen ? insinua Garion.

— Tu es un garçon observateur.

— Qu'est-ce qui ne va pas ? Vous avez l'air bizarre, depuis deux jours.

— Je suis habité d'un sentiment étrange, Garion, et c'est un hôte indésirable.

— Oh ? Et qu'est-ce que c'est ?

— La peur, avoua brièvement Mandorallen.

— La peur ? Mais de quoi ?

— Des hommes d'argile. Je ne sais pourquoi, la découverte de leur existence m'a mis l'âme en déroute.

— Ils nous ont glacé le sang à tous, Mandorallen, lui confia Garion.

— Je n'avais encore jamais connu la peur, poursuivit tout bas Mandorallen.

— Jamais ?

— Pas même étant enfant. Les hommes de boue m'ont transi d'horreur, et j'ai eu désespérément envie de fuir à toutes jambes.

— Mais vous n'en avez rien fait, souligna Garion. Vous êtes resté, et vous les avez combattus.

— Cette fois, oui, admit Mandorallen. Mais la prochaine ? Maintenant que la peur a trouvé le chemin de mon âme, qui peut dire à quel moment elle choisira de me visiter à nouveau ? La vile peur ne reviendra-t-elle pas à l'instant décisif, quand l'issue de notre quête sera en jeu, pour étreindre mon cœur de sa main glaciale et me couper bras et jambes ? C'est cette perspective qui me ronge. Cruelle est la honte que m'infligent ma faiblesse et ma faute.

— Quelle honte ? De n'être qu'un homme ? Vous êtes trop dur avec vous-même, Mandorallen.

— Grande est la mansuétude de mon jeune ami, mais trop grave est ma défaillance pour un simple pardon. J'ai tendu vers la perfection et je pensais n'être pas arrivé trop loin du but. Et voilà que cette perfection, dont tout le monde s'émerveillait, est entachée. Amère est la découverte de cette réalité, déclara-t-il en se retournant, et Garion eut la surprise de voir des larmes dans ses yeux. M'aideras-Tu à revêtir mon armure ? lui demanda-t-il.

— Bien sûr.

— De cette carapace d'acier je ressens profondément le besoin. Peut-être, avec un peu de chance, mon cœur pusillanime s'en trouvera-t-il affermi.

— Mais vous n'êtes pas un lâche ! insista Garion.

— Seul le temps en jugera, souffla Mandorallen, dans un soupir à fendre l'âme.

Lorsque le moment fut venu pour eux de prendre congé, la reine Xantha tint à leur adresser quelques paroles.

— Nous vous souhaitons bonne route à tous. C'est bien volontiers que nous vous aiderions dans votre quête, si cela était en notre pouvoir, mais une Dryade est liée à son arbre par des liens qui ne peuvent être distendus, fit-elle avec un regard chargé de sentiment sur le chêne majestueusement dressé dans le soleil du matin. Indissociable est la chaîne d'amour qui nous unit.

Comme la veille, lorsqu'il avait vu le gros arbre pour la première fois, Garion eut à nouveau l'impression que quelque chose lui effleurait légèrement l'esprit. Et dans ce contact, il crut discerner un adieu, mais aussi quelque chose qui ressemblait à une mise en garde.

La reine Xantha échangea un coup d'œil surpris avec tante Pol puis elle observa attentivement Garion, et c'est d'une voix inchangée mais le regard pensif qu'elle reprit la parole.

— Quelques-unes de nos plus jeunes filles vont vous conduire jusqu'à la rivière qui marque la limite sud de notre Sylve. A partir de là, vous ne devriez avoir aucun mal à trouver la mer.

— Merci, Xantha, répondit tante Pol, en embrassant chaleureusement la reine des Dryades. Si vous pouviez faire savoir aux Borune que Ce'Nedra va bien, et qu'elle est sous ma protection, peut-être l'empereur serait-il un peu soulagé.

312

— Je n'y manquerai pas, Polgara, promit Xantha.

Ils montèrent en selle et suivirent la demi-douzaine de Dryades qui les guidaient vers le sud à travers la forêt, en folâtrant devant eux comme des papillons. Mais Garion, qui suivait la piste forestière sinueuse en compagnie de Durnik, ne faisait guère attention à ce qui l'entourait. Il se sentait profondément déprimé, sans savoir pourquoi.

Vers le milieu de la matinée, il se mit à faire très sombre sous les arbres, et c'est en silence qu'ils chevauchèrent dans la Sylve maintenant obscure. L'avertissement que Garion avait cru percevoir dans la clairière de la reine Xantha semblait trouver un écho dans le grincement des branches et le bruissement des feuilles.

— Le temps doit être en train de changer, remarqua Durnik en levant les yeux. Je voudrais bien voir le ciel.

Garion hocha la tête et tenta de chasser le pressentiment d'un danger imminent.

Mandorallen et Barak avaient pris la tête de la colonne, l'un en armure, l'autre en cotte de mailles, tandis que Hettar fermait la marche avec sa veste de peau de cheval ornée de plaques d'acier rivetées. Ils semblaient maintenant tous harcelés par le sentiment inquiétant qu'une menace planait sur eux, et chevauchaient avec circonspection, la main prête à se poser sur leur arme, les yeux à l'affût du moindre danger.

Puis, tout d'un coup, ils furent encerclés par les légionnaires tolnedrains aux cuirasses étincelantes. Il en surgissait de partout, des buissons et de derrière les arbres, mais bien que leurs courtes épées fussent prêtes à entrer en action, ils ne livrèrent pas assaut.

Barak poussa un juron et Mandorallen tira violemment sur les rênes de son destrier.

— Ecartez-vous! ordonna-t-il aux soldats, en abaissant sa lance.

— Du calme, le mit en garde Barak.

Les Dryades, après un regard surpris en direction des soldats, disparurent dans les bois lugubres.

— Qu'en dis-Tu, ô Messire Barak? demanda allègrement Mandorallen. Ils ne doivent pas être plus d'une centaine. Les attaquerons-nous?

— Il faudra qu'un jour nous ayons une bonne conversation, tous les deux, fit Barak en jetant un coup d'œil par-dessus son épaule. Allons, soupira-t-il, en voyant que Hettar se rapprochait, autant en finir tout de suite, j'imagine. Qu'en pensez-vous, Mandorallen ? On leur laisse encore une chance de prendre la fuite ? suggéra-t-il en resserrant les sangles de son bouclier et en dégainant son épée.

— Fort charitable proposition, ô Messire Barak, acquiesça Mandorallen.

C'est alors qu'un détachement de cavaliers sortit de l'ombre des arbres, un peu plus loin sur la piste. Leur chef était un homme de grande taille, vêtu d'une cape bleue bordée d'argent. Son plastron et son casque étaient incrustés d'or, et il montait un étalon bondissant à la robe baie, qui piaffait sur les feuilles humides couvrant le sol.

— Magnifique, déclara-t-il en se rapprochant. Absolument magnifique.

Tante Pol braqua un œil glacial sur le nouveau venu.

— Les légions n'ont-elles donc pas mieux à faire que de tendre des embuscades aux voyageurs ? s'exclama-t-elle.

— C'est ma légion, ma Dame, lui signifia l'homme à la cape bleue, d'un ton arrogant. Et elle fait ce que je lui ordonne de faire. Je vois que la princesse Ce'Nedra est avec vous.

— L'endroit où je vais et avec qui j'y vais sont mon affaire, Messire, rétorqua Ce'Nedra, d'un petit air désinvolte. Cela ne regarde pas le grand-duc Kador de la maison de Vordue.

— Votre père est extrêmement inquiet, Princesse, reprit Kador. Toute la Tolnedrie est à votre recherche. Qui sont ces gens ?

Garion tenta de la prévenir en lui jetant un regard noir et en secouant la tête, mais il était trop tard.

— Les deux chevaliers qui mènent la marche sont messire Mandorallen, baron de Vo Mandor, et messire Barak, comte de Trellheim, proclama-t-elle. Le guerrier algarois qui garde nos arrières est Hettar, fils de Cho-Hag, chef des Chefs de Clan d'Algarie. Quant à la dame...

— Je peux parler pour moi, ma chère petite, la remercia doucement tante Pol. Je suis curieuse de savoir ce qui peut bien amener le grand-duc de Vordue si loin de son fief.

— J'y ai à faire, ma Dame.

— C'est l'évidence même.

— Toutes les légions de l'Empire sont à la recherche de la princesse, mais c'est moi qui l'ai retrouvée.

— On s'étonne de voir un Vordueux aussi disposé à retrouver une princesse Borune, observa tante Pol. Surtout quand on songe aux siècles d'inimitié qui ont opposé les deux maisons.

— Ne pourrions-nous mettre fin à ces propos oiseux ? suggéra Kador d'un ton glacial. Disons que j'ai mes raisons d'agir.

— Peu ragoûtantes, cela va sans dire, ajouta-t-elle.

— Je pense que vous vous oubliez, Madame, dit Kador. Je ne suis pas n'importe qui, et — mieux — je vais être quelqu'un.

— Et qui allez-vous être, Votre Honneur ? s'enquit-elle.

— Ran Vordue, empereur de Tolnedrie, annonça Kador.

— Tiens, tiens ? Et que fait au juste le futur empereur de Tolnedrie dans la Sylve des Dryades ?

— J'y défends mes intérêts, répondit Kador, non sans raideur. Et pour l'instant, il est essentiel que la princesse Ce'Nedra se trouve sous ma protection.

— Mon père pourrait trouver à y redire, duc Kador, fit Ce'Nedra, de même qu'à vos ambitions.

— Ce que Ran Borune peut dire ou penser ne m'intéresse aucunement, Votre Grâce, riposta Kador. La Tolnedrie a besoin de moi, et aucun stratagème borune ne m'empêchera de ceindre la couronne impériale. Il est évident que ce vieillard sénile projette de vous faire épouser un Honeth ou un Horbite afin de susciter des revendications illégitimes au trône, ce qui ne ferait que compliquer la situation, mais j'ai l'intention d'y mettre bon ordre.

— En m'épousant vous-même, peut-être ? insinua Ce'Nedra avec un insondable mépris. Vous ne vivrez pas assez vieux pour cela.

— Non, répliqua Kador. Loin de moi l'idée de briguer une épouse dryade. Contrairement aux Borune, la maison de Vordue tient à la pureté et à l'intégrité de sa descendance.

— Vous auriez donc l'intention de me séquestrer? suggéra Ce'Nedra.

— Cela me sera impossible, je le crains. L'empereur a des oreilles partout. Je regrette vraiment que vous ayez choisi ce moment précis pour vous enfuir, Votre Grandeur. J'ai dilapidé des sommes importantes pour faire entrer l'un de mes agents dans les cuisines impériales, et obtenir une certaine quantité d'un poison nyissien très rare. J'avais même pris la peine de rédiger une jolie lettre de condoléances pour votre père.

— Trop aimable, déclara Ce'Nedra en blêmissant.

— Je me vois maintenant contraint d'agir sans détour, hélas, poursuivit Kador. Vous m'en voyez vivement désolé, mais il est probable que votre malencontreuse implication dans la politique tolnedraine trouvera un terme sous une lame aiguisée et quelques pieds de terre. N'y voyez surtout rien de personnel, Princesse; il faut bien que je veille à mes intérêts, vous comprenez.

— Tes projets ne présentent qu'un petit défaut, ô duc Kador, intervint Mandorallen, en appuyant consciencieusement sa lance contre un arbre.

— Je ne vois pas lequel, baron, rétorqua Kador, d'un ton suffisant.

— Ton erreur aura consisté à T'approcher inconsidérément de mon épée. Tu peux d'ores et déjà tenir Ta tête pour perdue, or un homme sans tête n'a que faire d'une couronne.

Garion savait qu'une partie de la bravoure de Mandorallen provenait d'un besoin désespéré de se prouver à lui-même qu'il n'avait plus peur.

— Vous n'oseriez jamais faire une chose pareille, s'exclama Kador d'une voix mal assurée, en regardant le chevalier avec appréhension. Vous n'êtes pas assez nombreux.

— Tu es bien malavisé de penser cela, répliqua Mandorallen. Je suis le plus hardi chevalier actuellement en vie, et dûment armé. Tes soldats ne seront que fétus de paille en face de moi. Tu es perdu, Kador.

A ces mots, il tira sa grande épée.

— Ça devait finir par arriver, fit Barak avec un sourire tordu à Hettar, en dégainant à son tour.

— Je ne pense pas que ce soit la chose à faire, feula une voix inconnue, âprement.

Un homme vêtu de la robe noire maintenant familière et monté sur un cheval d'ébène sortit de derrière un arbre, non loin d'eux. Il marmonna rapidement quelques mots et fit un geste impérieux avec sa main droite. Une force obscure submergea Garion et un rugissement se fit entendre dans son esprit. L'épée de Mandorallen bondit hors de sa main.

— Grand merci, Asharak, s'exclama Kador avec soulagement. Je n'avais pas prévu cela.

Mandorallen retira son gantelet de mailles et se palpa la main comme s'il avait reçu un choc sévère. Hettar plissa les yeux et devint étrangement pâle. La monture noire du Murgo lui jeta un regard étonné et détourna les yeux comme avec mépris.

— Eh bien, Shadar, railla Asharak tandis qu'un sourire affreux s'inscrivait sur son visage couturé de cicatrices. Tu ne voudrais pas recommencer, je te prie?

— Ce n'est pas un cheval, dit Hettar avec un insondable dégoût. On dirait un cheval, mais c'est autre chose.

— Oui, confirma Asharak. Quelque chose de bien différent, en effet. Tu peux plonger dans son esprit si tu y tiens, mais je pense que tu n'aimeras pas ce que tu vas y trouver.

Il se laissa glisser à bas de sa monture et avança vers eux, les yeux brûlants comme de la braise. Il s'arrêta devant tante Pol et s'inclina avec une courbette ironique.

— Je savais bien que nos routes se croiseraient à nouveau, Polgara.

— Tu n'as pas perdu de temps, Chamdar.

Kador, qui était sur le point de mettre pied à terre à son tour, sembla surpris.

— Vous connaissez cette femme, Asharak?

— Son nom est Chamdar, duc Kador, précisa tante Pol. Et c'est un prêtre grolim. Vous pensiez qu'il se contentait d'acheter votre honneur, mais vous vous rendrez bientôt compte qu'il s'offrait bien plus que cela. Tu auras été un adversaire intéressant, Chamdar, déclara-t-elle en se redressant sur sa selle, et la mèche blanche, au-dessus de son front, se mit soudain à briller intensément. Je te regretterai presque.

— Ne fais pas ça, Polgara, dit très vite le Grolim. Je tiens le cœur du petit dans ma main, et à l'instant où tu banderas ton énergie, il mourra. Je sais qui il est, et le prix que tu accordes à sa vie.

— C'est vite dit, Chamdar, riposta-t-elle en plissant les yeux.

— Tu es prête à courir le risque ? railla-t-il.

— Descendez tous de cheval, commanda Kador d'un ton sec, et, comme un seul homme, les légionnaires firent un pas en avant, d'un air menaçant.

— Faites ce qu'il dit, ordonna calmement tante Pol.

— La poursuite aura été longue, Polgara, reprit Chamdar. Où est Belgarath ?

— Pas loin d'ici, répondit-elle. Si tu pars en courant tout de suite, tu as une chance de t'échapper avant qu'il ne revienne.

— Non, Polgara. Je le saurais s'il était par ici, rétorqua-t-il en riant, avant de se retourner pour braquer sur Garion un regard intense. Tu as grandi, petit. Il y avait longtemps que nous n'avions pas eu l'occasion de bavarder, hein ?

Garion soutint son regard, tous les sens en éveil. Curieusement, il n'avait pas peur. Le combat qu'il avait attendu toute sa vie allait bientôt commencer, et quelque chose au fond de son esprit lui disait qu'il était prêt.

L'homme au visage balafré le regardait droit dans les yeux, en sondant son esprit.

— Il ne sait rien, n'est-ce pas ? Tu es bien une femme, Polgara, s'exclama-t-il en riant. Tu lui as celé la vérité rien que par amour du secret. Il y a des années que j'aurais dû te l'enlever.

— Laisse-le tranquille, Chamdar, fit-elle d'un ton impérieux.

Mais il ignora sa réplique.

— Quel est son vrai nom, Polgara ? Le lui as-tu dit ?

— Cela ne te regarde pas, répondit-elle platement.

— Mais si, Polgara. J'ai veillé sur lui presque aussi attentivement que toi, déclara-t-il en éclatant de rire à nouveau. Si tu as été une mère pour lui, moi, je lui ai servi de père. C'est un beau garçon que nous avons élevé à nous deux. Mais tu ne m'as toujours pas dit son vrai nom.

Elle se redressa de toute sa hauteur.

— En voilà assez, Chamdar, dit-elle d'un ton froid. Que veux-tu, à la fin?

— Je ne veux plus rien, Polgara, répondit le Grolim. J'ai ce que je voulais. Vous allez m'accompagner, le garçon et toi, jusqu'à l'endroit où le Dieu Torak attend l'heure de son réveil. Je ne relâcherai pas un instant mon emprise sur le cœur du garçon, ce qui devrait m'assurer de ta docilité. Zedar et Ctuchik vont s'entre-tuer pour l'Orbe, à moins que Belgarath ne les retrouve avant et ne mette lui-même fin à leurs jours — mais je n'ai que faire de l'Orbe. C'est au garçon et à toi que je m'intéresse depuis le début.

— Tu n'essayais donc pas vraiment de nous arrêter, n'est-ce pas?

— Vous arrêter? répéta Chamdar, en éclatant de rire. Mais j'ai fait tout ce qui était en mon pouvoir pour vous aider, au contraire! Ctuchik et Zedar ont tous deux des séides dans le Ponant. J'ai dû les abuser et les retarder à chaque tournant de la route afin de vous permettre de poursuivre votre chemin. Je savais que tôt ou tard Belgarath déciderait de la nécessité de poursuivre l'Orbe tout seul, et que je pourrais profiter de cette occasion pour remettre la main sur le garçon et sur toi.

— Mais dans quel but?

— Tu n'as pas encore compris? Quelles sont les deux premières choses que verra le Dieu Torak en rouvrant les yeux? Sa promise et son pire ennemi, couverts de chaînes, à genoux devant lui. Je serai récompensé au-delà de toute espérance pour un aussi grandiose présent.

— Laisse partir les autres, alors.

— Les autres n'ont aucun intérêt pour moi, rétorqua Chamdar. Je les abandonne au noble Kador. Je doute fort qu'il trouve un avantage quelconque à les maintenir en vie, mais c'est à lui d'en décider.

— Espèce de porc! enragea tante Pol, impuissante. Espèce de porc immonde!

Avec un sourire mielleux, Chamdar lui assena une claque violente en travers du visage.

— Tu devrais apprendre à contrôler ta langue, Polgara.

Garion eut l'impression que son esprit allait exploser. Dans un brouillard, il vit que les légionnaires exerçaient une étroite surveillance sur Durnik et les autres, mais qu'aucun d'eux ne semblait penser qu'il constituait un danger. Sans prendre la peine de réfléchir, il s'apprêta à fondre sur son ennemi en portant la main à sa dague.

— *Pas comme ça!* C'était la voix intérieure, qu'il avait toujours entendue, mais elle n'était plus ni passive, ni désintéressée.

— *Je vais le tuer!* dit silencieusement Garion, dans le secret de son esprit.

— *Pas comme ça!* répéta la voix, d'un ton impérieux. *Tu n'as pas une chance. Pas avec ton couteau.*

— *Comment, alors?*

— *Rappelle-toi ce que Belgarath t'a dit : le Vouloir et le Verbe.*

— *Mais je ne sais pas comment faire. Je n'y arriverai jamais.*

— *Tu es ce que tu es. Je vais te montrer. Regarde!*

Sans qu'il eût manifesté quelque velléité que ce fût, mais aussi clairement que si la chose se produisait à l'instant, il eut devant les yeux l'image du Dieu Torak se tordant de douleur dans le feu de l'Orbe d'Aldur. Il vit fondre le visage de Torak, et ses doigts s'embraser. Puis le visage se déforma et ses traits se modifièrent pour devenir ceux de l'observateur ténébreux dont l'esprit était lié au sien d'aussi loin que remontaient ses souvenirs. Une force terrible l'envahit tandis que l'image de Chamdar se dressait devant lui, environnée de flammes dévorantes.

— *Maintenant!* ordonna la voix. *Vas-y!*

Il fallait qu'il le frappe. Sa rage ne se contenterait pas d'autre chose. Il bondit si vite sur le Grolim ricanant qu'aucun des légionnaires n'eut le temps de l'arrêter. Il leva le bras droit, et à l'instant où sa main frappait la joue

320

gauche, couturée de cicatrices, de Chamdar, il sentit toute la force qui s'était accumulée en lui surgir de la marque argentée qui lui couvrait la paume.

— Brûle! enjoignit-il avec une volonté farouche.

Surpris, Chamdar fit un bond en arrière. Son visage se tordit de colère, puis il prit tout à coup conscience de la terrible réalité. L'espace d'un instant, il contempla Garion, les yeux exorbités, en proie à une horreur indicible, et ses traits se convulsèrent atrocement.

— Non! s'écria-t-il d'une voix rauque.

La peau de sa joue se mit à fumer et à se racornir à l'endroit où il avait été atteint par la marque que Garion avait dans la main, et des volutes de fumée commencèrent à s'élever de sa robe noire comme si elle s'était tout à coup trouvée sur un poêle chauffé au rouge. Il poussa un cri perçant et s'agrippa le visage à deux mains, mais ses doigts s'embrasèrent. Alors il poussa une nouvelle clameur, et s'effondra sur la terre humide en se tordant de douleur.

— *Ne bouge pas, surtout!*

Cette fois, c'était la voix de tante Pol qui retentissait comme un cri dans l'esprit même de Garion.

Les hurlements stridents de Chamdar, dont le visage était maintenant entièrement environné de flammes, éveillaient des échos dans les bois obscurs, et les légionnaires s'écartèrent précipitamment de cette torche humaine. En proie à une nausée, Garion allait se détourner lorsque la voix de tante Pol se fit entendre à nouveau.

— *Ne faiblis pas!* lui intimait-elle. *Ne relâche pas ta volonté!*

Garion resta penché sur le Grolim en flammes. Les feuilles mouillées qui tapissaient le sol se mettaient à fumer et se carbonisaient à l'endroit où Chamdar se débattait désespérément contre le feu qui l'embrasait maintenant tout entier. Des langues de feu jaillissaient de sa poitrine et ses râles allaient en s'affaiblissant. Il se releva dans un effort surhumain et tendit une main implorante en direction de Garion. Il n'avait plus de visage, et de lourdes volutes de fumée noire, huileuse, s'élevaient de son corps pour retomber sur le sol, à ses pieds.

— Grâce, Maître! croassa-t-il. Grâce!

Le cœur de Garion se tordit de pitié. Toutes les années de cette proximité secrète qui s'était établie entre eux pesèrent sur lui.

— *Non!* décréta la voix impitoyable de tante Pol. *Il va te tuer si tu relâches ton emprise!*

— *Je ne peux pas!* fit Garion. *Il faut que j'arrête ça!*

Comme une autre fois, déjà, il commença à bander sa volonté, la sentant s'élever en lui telle une immense vague miséricordieuse, compatissante. Il se pencha à moitié vers Chamdar, tout entier tendu dans un intense désir de guérison.

— *Garion!* retentit la voix de tante Pol. *C'est lui qui a tué tes parents!*

La notion qui se formait dans son esprit se figea.

— *C'est Chamdar qui a tué Geran et Ildera. Il les a fait brûler vifs, exactement comme il est en train de brûler en ce moment. Venge-les, Garion! Que le feu reste sur lui!*

La rage, la colère qu'il avait portées en lui depuis que sire Loup lui avait parlé de la mort de ses parents s'attisèrent dans son esprit. Le feu qu'il avait presque éteint l'instant d'avant ne lui suffisait plus tout à coup. La main qu'il s'apprêtait à tendre dans un geste salvateur se raidit. En proie à une fureur inextinguible, il la brandit devant lui, l'éleva vers le ciel. Une étrange sensation se fit sentir, comme un picotement, dans sa paume qui s'embrasa tout à coup, mais sans lui faire de mal, sans même qu'il éprouve la moindre sensation de chaleur, et une flamme bleue jaillit de la marque qui lui couvrait le fond de la main, s'enroula autour de ses doigts, brillant avec une telle intensité qu'il ne pouvait même plus la regarder.

Rongé par une mortelle agonie, Chamdar le Grolim recula devant ce flamboiement. Dans un ultime râle de désespoir, il tenta de masquer de ses deux mains son visage calciné, puis il fit quelques pas en arrière, s'écroula sur lui-même, comme une maison incendiée, et retourna à la terre.

— *La vengeance est consommée!* fit à nouveau la voix de tante Pol. *Ils sont vengés!*

Et c'est avec une exultation croissante que sa voix

retentissait maintenant dans les profondeurs de son esprit.

— *Belgarion!* entonna-t-elle. *Mon Belgarion!*

Kador, dont le visage avait pris une vilaine couleur de cendre, recula en tremblant d'horreur devant les braises incandescentes qui avaient été Chamdar le Grolim.

— Sorcellerie! s'écria-t-il.

— Comme vous dites, releva fraîchement tante Pol. Je pense que vous n'êtes pas encore mûr pour ce genre de jeux, Kador.

Les légionnaires terrifiés prenaient également leurs distances, les yeux encore exorbités à l'idée du spectacle auquel ils venaient d'assister.

— J'imagine que l'empereur va prendre toute cette affaire très au sérieux, leur expliqua tante Pol. Lorsqu'il apprendra que vous étiez prêts à tuer sa fille, il est probable qu'il en fera une affaire personnelle.

— Nous n'y sommes pour rien, se récria très vite l'un des soldats. C'est Kador. Nous n'avons fait que suivre ses ordres.

— Il se peut qu'il accepte cette excuse, reprit-elle d'un ton dubitatif. Mais en ce qui me concerne, je ferais en sorte de lui ramener une sorte de gage de loyauté. Quelque chose de particulièrement approprié aux circonstances...

Elle compléta ses paroles d'un regard significatif en direction de Kador. Plusieurs des légionnaires comprirent le message, car ils tirèrent leur épée et encerclèrent le grand-duc.

— Que faites-vous? protesta Kador.

— Je pense qu'aujourd'hui, vous n'avez pas seulement perdu tout espoir d'accéder au trône, Kador, insinua tante Pol.

— Mais enfin, vous ne pouvez pas faire ça! s'écria Kador.

— Nous sommes loyaux envers l'empereur, Messire, déclara l'un des soldats d'un ton sinistre, en appuyant la pointe de son épée sur la gorge du grand-duc. Vous êtes aux arrêts pour haute trahison, et si vous faites des histoires, nous nous résoudrons à ne rapporter à Tol Honeth que votre tête — si vous voyez ce que je veux dire.

— Que pouvons-nous faire pour Votre Altesse Impériale ? demanda l'un des officiers de la légion, en mettant respectueusement un genou en terre devant Ce'Nedra.

La princesse, encore un peu pâle et tremblante, se redressa de toute sa petite taille.

— Livrez ce traître à mon père, exigea-t-elle d'une voix claire, et faites-lui part de ce qui s'est passé ici. Informez-le que c'est sur mon ordre que vous avez arrêté le grand-duc Kador.

— Nous n'y manquerons pas, Votre Grâce, répondit l'officier en se relevant d'un bond. Enchaînez le prisonnier ! ordonna-t-il d'une voix âpre, avant de se retourner vers Ce'Nedra. Votre Altesse souhaite-t-elle que nous l'escortions jusqu'au lieu de sa destination ?

— Ce ne sera pas nécessaire, Capitaine. Contentez-vous d'ôter ce traître de ma vue.

— Aux ordres de Votre Grâce, acquiesça le capitaine avec une profonde révérence.

Il fit un geste impérieux, et les soldats emmenèrent Kador.

Garion regardait la marque dans la paume de sa main. On n'y lisait aucune trace du feu qui y avait brûlé. Durnik, maintenant libéré de la poigne des soldats, le regardait en ouvrant de grands yeux.

— Je croyais te connaître, chuchota-t-il, mais qui es-tu, Garion ? Et comment as-tu fait cela ?

— Ce cher Durnik, qui ne veut jamais croire que ce qu'il voit, dit gentiment tante Pol, en lui effleurant le bras. Garion n'a pas changé ; il est toujours le même.

— Vous voulez dire que c'était vous ?

Durnik regarda les restes de Chamdar et détourna précipitamment les yeux.

— Evidemment. Vous connaissez Garion. C'est le garçon le plus ordinaire du monde.

Mais Garion savait bien qu'il n'en était rien. Le Vouloir qui avait agi était le sien, et le Verbe venait bien de lui aussi.

— *Tais-toi !* s'exclama la voix de sa tante, dans sa tête. *Personne ne doit savoir !*

— *Pourquoi m'as-tu appelé Belgarion ?* demanda-t-il.

— *Parce que tel est ton nom*, répondit la voix de tante

Pol. *Maintenant, essaie de faire comme si de rien n'était,
et ne me harcèle pas de questions. Nous en reparlerons
plus tard.*

Puis la voix ne fut plus là.

Les autres attendirent, un peu embarrassés, le départ
des légionnaires encadrant Kador. Puis, lorsque les soldats furent hors de vue et que le besoin de garder une
posture impériale ne se fit plus sentir, Ce'Nedra se mit à
pleurer. Tante Pol prit la jeune fille dans ses bras et tenta
de la réconforter.

— Je pense que nous ferions mieux d'enterrer *ça*,
suggéra Barak avec un petit coup de pied dans ce qui
avait naguère été Chamdar. Les Dryades n'apprécieraient peut-être pas que nous leur abandonnions ces
restes encore fumants.

— Je vais chercher ma pelle, proposa Durnik.

Garion se détourna et passa à côté de Mandorallen et
Hettar. Il tremblait encore de tous ses membres, et il
était tellement épuisé que c'est à peine s'il tenait sur ses
jambes.

Elle l'avait appelé Belgarion, et ce nom avait éveillé
un écho dans son esprit, comme s'il avait toujours su que
c'était le sien — comme s'il avait été incomplet pendant
toutes les années qu'avait duré sa brève existence,
jusqu'à l'instant où ce nom était venu le parachever.
Mais Belgarion était un être qui pouvait changer la chair
en flammes, par le Vouloir et par le Verbe, et par le seul
contact de sa main.

— *C'est toi qui as fait ça!* accusa-t-il un coin bien
précis de son esprit.

— *Non,* répondit la voix. *Je t'ai seulement montré
comment faire. Le Vouloir et le Verbe étaient les tiens.*

Garion savait que c'était vrai. Il se rappela avec
horreur les supplications de son ennemi agonisant, et la
langue de feu qui avait jailli de la main avec laquelle il
avait repoussé cet ultime appel à la pitié. La vengeance
qu'il avait désespérément appelée de ses vœux au cours
des derniers mois s'était horriblement accomplie, mais le
goût en était amer, bien amer.

Puis ses genoux ployèrent sous lui, il se laissa tomber à
terre et se mit à pleurer comme un enfant, le cœur brisé.

TROISIEME PARTIE

EN NYISSIE

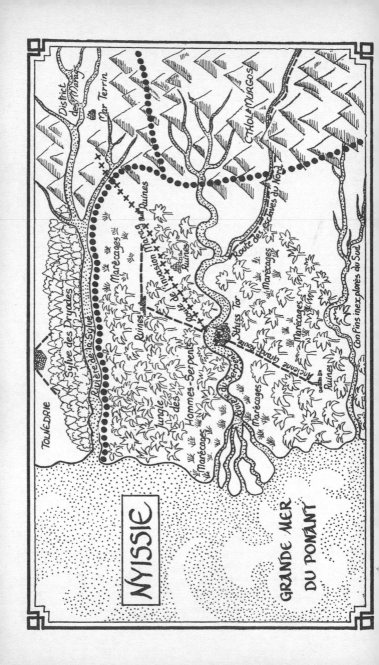

CHAPITRE XXIII

La terre était comme d'habitude. Le ciel, les arbres n'avaient pas changé. On était toujours au printemps, car les saisons n'avaient pas modifié leur avance implacable. Mais pour Garion, rien ne serait plus jamais comme avant.

Ils achevèrent la traversée à cheval de la Sylve des Dryades et atteignirent la rivière de la Sylve, qui marquait la limite sud de la Tolnedrie. De temps en temps, Garion saisissait d'étranges coups d'œil de ses compagnons, des regards pensifs, spéculatifs, et c'est tout juste si Durnik, le brave, solide Durnik, ne donnait pas l'impression d'avoir peur de lui. Seule tante Pol semblait égale à elle même, impassible.

— *Ne te mets donc pas martel en tête, Belgarion*, faisait sa voix, dans la tête de Garion.

— *Ne m'appelle pas comme ça*, répondait-il avec irritation.

— *C'est ton nom*, répliquait la voix silencieuse. *Il faudra bien que tu t'y fasses.*

— *Laisse-moi tranquille.*

Alors la sensation de sa présence disparaissait de son esprit.

Il leur fallut encore plusieurs jours pour arriver à la mer. Le temps resta couvert la plupart du temps, mais il ne tomba pas une goutte de pluie. Lorsqu'ils parvinrent à l'embouchure du fleuve, une brise régulière soufflait du large, coiffant d'une écume blanche la crête des vagues qui bondissaient sur la vaste grève.

Loin à la surface des flots, l'étroit fuseau noir d'un navire de guerre cheresque tirait sur son ancre, sous des nuées de mouettes criardes. Barak retint son cheval et mit sa main en visière sur ses yeux.

— C'est marrant, j'ai l'impression qu'il me dit quelque chose, ce bateau, gronda-t-il en regardant avec intensité l'étroit vaisseau.

— Pour moi, ils se ressemblent tous, avoua Hettar en haussant les épaules.

— C'est un monde, ça, s'offusqua Barak. Comment réagiriez-vous si je vous disais que pour moi, tous les chevaux se ressemblent?

— Je penserais que vous êtes devenu aveugle.

— Eh bien, c'est exactement la même chose, rétorqua Barak avec un grand sourire.

— Comment allons-nous leur faire savoir que nous sommes arrivés? s'enquit Durnik.

— Ils le savent déjà, répliqua Barak. A moins d'être ivres morts. Les marins surveillent toujours très soigneusement les rivages hostiles.

— Pourquoi hostiles? releva Durnik.

— Tous les rivages le deviennent quand un navire de guerre cheresque se pointe à l'horizon. Ça doit être un genre de superstition, j'imagine.

Le navire vira de bord et ses matelots levèrent l'ancre, puis des avirons sortirent de ses flancs comme de longues pattes filiformes, de sorte qu'il sembla marcher sur les eaux écumantes, en direction de l'embouchure de la rivière. Barak mena ses compagnons vers la berge, puis longea le vaste cours d'eau jusqu'à un endroit assez profond pour que le vaisseau puisse y mouiller.

Les matelots vêtus de fourrures jetèrent un bout à Barak. Ils avaient un petit air de famille, et, de fait, le premier qui sauta à terre fut Greldik, le vieil ami de Barak.

— Te voilà bien au sud, dis donc, remarqua Barak, comme s'ils venaient de se quitter.

— J'ai entendu dire que tu avais besoin d'un bateau, expliqua Greldik, avec un haussement d'épaules. Je n'avais rien de spécial à faire, alors je me suis dit que j'allais venir voir un peu ce que tu fabriquais.

— Tu as parlé à mon cousin?

— Grinneg? Non. Nous sommes allés d'une seule traite de Kotu à Tol Horb, pour le compte de marchands drasniens. C'est là que j'ai rencontré Elteg — tu te souviens de lui? Un borgne, avec une barbe noire?

Barak hocha la tête.

— Eh bien, c'est lui qui m'a raconté que Grinneg le payait pour venir te rejoindre ici. Je savais que tu ne t'entendais pas très bien avec lui, alors je lui ai proposé d'y aller à sa place.

— Et il a accepté?

— Non, confia Greldik en tiraillant sa barbe. En fait, il m'a plutôt envoyé promener.

— Ça ne m'étonne pas. Elteg a toujours été âpre au gain, et Grinneg a dû lui proposer la forte somme.

— C'est plus que vraisemblable, acquiesça Greldik avec un grand sourire. Mais je dois dire qu'Elteg n'a pas été très loquace.

— Comment as-tu réussi à le convaincre?

— Ce qu'il y a, c'est qu'il a eu des ennuis avec son bateau, le pauvre, poursuivit Greldik, le visage impassible.

— Quel genre d'ennuis?

— Il semblerait qu'une nuit, après que tout son équipage et lui-même s'étaient copieusement soûlé la gueule, un salopard se soit faufilé à bord et lui ait abattu son mât.

— Mais où va-t-on, où va-t-on, vraiment? s'indigna Barak en hochant la tête.

— Ne me demande pas ça à moi, renchérit Greldik.

— Comment a-t-il pris la chose?

— Pas très bien, j'en ai peur, répondit tristement Greldik. Toutefois, lorsque nous avons mis à la rame pour quitter le port, nous avons constaté que, même dans l'adversité, il restait assez créatif dans l'injure. Et, ma foi, il a encore la voix qui porte.

— Il devrait apprendre à se contrôler. C'est ce genre d'attitude qui vaut une réputation déplorable aux marins cheresques dans les ports du monde entier.

Greldik hocha sobrement la tête avant de se tourner vers tante Pol.

— Gente dame, déclara-t-il avec une inclination courtoise. Mon vaisseau est à votre disposition.

— Combien de temps vous faudra-t-il pour nous emmener à Sthiss Tor, Capitaine? demanda-t-elle.

— Tout dépend du temps, répondit-il en lorgnant le ciel. Je dirais dix jours, guère davantage. Nous avons embarqué du fourrage pour vos chevaux en venant ici, mais il faudra que nous nous arrêtions de temps en temps pour faire de l'eau.

— Eh bien, autant partir sans tarder, décida-t-elle.

Il leur fallut déployer des trésors de persuasion pour faire monter les chevaux à bord, mais Hettar y parvint sans trop de difficultés. Puis ils se détachèrent de la rive, franchirent le mascaret qui barrait l'embouchure du fleuve et atteignirent la pleine mer. L'équipage mit à la voile et tira des bords le long de la côte vert-de-gris de Nyissie.

Garion alla, selon sa bonne habitude, s'asseoir à la proue du bateau pour contempler d'un air morne la mer agitée. Il n'arrivait pas à chasser de son esprit la vision de l'homme environné de flammes, dans la forêt.

Il entendit un pas ferme dans son dos, et reconnut le parfum discret, familier.

— Tu veux qu'on parle, tous les deux? suggéra tante Pol.

— De quoi?

— De tout.

— Tu savais que j'étais capable de faire ce genre de choses, n'est-ce pas?

— Je m'en doutais, répondit-elle en s'asseyant à côté de lui. J'en avais eu plusieurs indices. Mais on ne peut jamais en être sûr tant qu'on ne l'a pas fait. J'ai connu bien des gens qui disposaient du pouvoir et n'y ont jamais eu recours.

— J'aurais bien voulu ne jamais être amené à l'employer, rétorqua Garion.

— Je pense que tu n'avais pas vraiment le choix. Chamdar était ton ennemi.

— Mais fallait-il vraiment que cela se passe de cette façon? Fallait-il que ce soit le feu?

— C'est toi qui as décidé. Si c'est le feu qui t'ennuie tant que ça, utilise autre chose, la prochaine fois.

— Il n'y aura pas de prochaine fois, déclara-t-il d'un ton péremptoire. Plus jamais.

— *Trêve de billevesées, Belgarion,* s'exclama-t-elle brusquement, dans sa tête. *Et cesse un peu de t'apitoyer sur ton sort!*

— Arrête ça tout de suite, ordonna-t-il à haute voix. Ne fais pas irruption comme ça dans mon esprit. Et ne m'appelle plus Belgarion.

— Belgarion tu es et tu resteras, riposta-t-elle d'un ton insistant. Et que ça te plaise ou non, tu recourras à nouveau au pouvoir. Une fois qu'il est libéré, on ne peut plus l'endiguer. Que ce soit sous le coup de l'émotion, de l'énervement ou de la peur, tu l'utiliseras à nouveau, sans même y penser. Il serait aussi vain de prendre la résolution de ne plus en faire usage que de décider d'arrêter de te servir de l'une de tes mains. La seule chose qui compte maintenant, c'est que tu apprennes à le canaliser. Nous ne pouvons pas te laisser partir à l'aveuglette dans le monde, au risque de déraciner les arbres et d'aplatir les collines à coups de pensées vagabondes. Il faut que tu apprennes à le maîtriser, et à te dominer toi-même. Je ne t'ai pas élevé pour te laisser devenir un monstre.

— C'est trop tard, dit-il. Je *suis* un monstre. Tu n'as pas vu ce que j'ai fait, là-bas?

— *Toutes ces pleurnicheries commencent à m'ennuyer, Belgarion,* fit sa voix. *Nous n'arriverons à rien comme ça.*

Puis elle se releva.

— Essaie un peu de ne plus te comporter comme un petit bébé, mon chou, reprit-elle à haute voix. C'est vraiment pénible de tenter de faire rentrer quelque chose dans le crâne de quelqu'un qui est tellement imbu de ses petits problèmes qu'il n'écoute pas ce qu'on lui dit.

— Je n'y ferai plus jamais appel, répéta-t-il d'un ton provocant.

— *Oh! mais si, Belgarion. Tu apprendras à le contrôler, tu t'exerceras, et tu parviendras à acquérir la discipline que cela implique. Si tu ne veux pas le faire de ton plein gré, il faudra bien que nous nous y prenions autrement. Réfléchis à tout ça, mon chou, et décide-toi. Mais ne traîne pas trop; c'est beaucoup trop important pour être remis à plus tard.*

Elle tendit la main et lui effleura doucement la joue ; puis elle tourna les talons et s'éloigna.

— *Elle a raison, tu sais,* intervint sa voix intérieure.

— *Ne te mêle pas de ça, toi,* répliqua Garion.

Il fit tout son possible pour éviter tante Pol, pendant les jours qui suivirent, mais il ne pouvait pas esquiver son regard. Où qu'il allât sur le vaisseau étroit, il savait qu'elle l'observait de ses yeux calmes, méditatifs.

Mais au petit déjeuner, le matin du troisième jour, elle regarda son visage attentivement, comme si elle y remarquait quelque chose pour la première fois.

— Garion, commença-t-elle, tu commences à avoir de la barbe. Tu devrais te raser.

Garion devint rouge comme une pivoine et passa son doigt sur son menton. Il était, en effet, bel et bien couvert de poils follets, légers, plutôt du duvet qu'autre chose, mais de la barbe tout de même.

— Tu approches en vérité de l'âge d'homme, ô jeune Garion, déclara Mandorallen, d'un ton plutôt approbateur.

— Il n'est peut-être pas obligé de prendre sa décision tout de suite, Polgara, fit Barak en caressant sa propre barbe rouge, luxuriante. Il devrait tout au moins essayer de voir ce que ça donne pendant un moment. Il aura toujours le temps de se raser par la suite, si ça ne lui va pas.

— Votre neutralité en la matière me paraît plus ou moins suspecte, Barak, remarqua Hettar. La plupart des Cheresques portent la barbe, je crois ?

— Le fil du rasoir n'a jamais effleuré mon menton, admit Barak. Mais j'estime qu'on ne devrait jamais précipiter ce genre de choix. Il est trop difficile d'essayer de se faire pousser une belle barbe par la suite, si on change d'avis.

— Je trouve ça plutôt marrant, moi, intervint Ce'Nedra.

Et avant que Garion ait eu le temps de l'arrêter, elle tendit deux minuscules doigts et tira sur les petits poils de son menton. Il réprima une grimace et s'empourpra de plus belle.

— Je ne veux plus voir ça, ordonna fermement tante Pol.

Durnik s'enfonça sans dire un mot dans les profondeurs du navire, et en revint porteur d'une cuvette, d'un pain de savon bis, d'une serviette et d'un bout de miroir.

— Ce n'est pas très difficile, Garion, dit-il en déposant son chargement sur la table, devant le jeune garçon, puis en tirant d'un étui qu'il avait à la ceinture un rasoir soigneusement plié. Il faut juste faire attention à ne pas se couper, c'est tout. Et pour ça, le secret, c'est de ne pas se presser.

— Fais bien attention en t'approchant du nez, conseilla Hettar. Ça fait vraiment bizarre, un homme sans nez.

Il fut abreuvé de conseils pendant tout le temps que dura l'opération, mais l'un dans l'autre, la séance ne se passa pas trop mal. La plupart des coupures cessèrent de saigner au bout de quelques minutes, et s'il n'avait pas eu l'impression qu'on lui avait pelé le visage, Garion aurait été plutôt satisfait du résultat.

— Ah! c'est tout de même mieux comme ça, approuva tante Pol.

— Il va s'enrhumer la figure, maintenant, pronostiqua Barak.

— Vous ne pouvez pas lui fiche un peu la paix, non? dit-elle.

La côte de Nyissie dérivait sur leur gauche, mur inextricable de végétation festonné de lianes et de longues guirlandes de lichens. Les hasards de la brise ramenaient vers Garion et Ce'Nedra, debout côte à côte à la proue du bateau, les relents putrides des marais.

— Qu'est-ce que c'est que ça? demanda Garion en tendant le doigt en direction de la jungle.

De grosses créatures munies de pattes grouillaient autour d'un banc de boue, dans l'embouchure d'un cours d'eau qui se vidait dans la mer.

— Des crocodiles, répondit Ce'Nedra.

— Des quoi?

— Des crocodiles. Ce sont des sortes de gros lézards.

— C'est dangereux?

— Très. Ça mange les gens. Tu n'as jamais rien lu à ce sujet?

— Je ne sais pas lire, avoua sans réfléchir Garion.

— Comment ?

— Je ne sais pas lire, répéta Garion. Personne ne m'a jamais appris.

— Mais c'est ridicule !

— Ce n'est pas ma faute, fit-il, sur la défensive.

Elle le regarda d'un air pensif. Elle donnait l'impression d'avoir un peu peur de lui depuis la confrontation avec Chamdar, et il n'était pas exclu que son inquiétude se trouvât légèrement accrue par le fait que, tout bien considéré, elle ne s'était pas comportée au mieux avec lui. Il faut dire qu'en partant du principe qu'il n'était qu'un domestique, elle n'avait peut-être pas donné le meilleur coup d'envoi à leurs relations, mais elle était beaucoup trop orgueilleuse pour reconnaître son erreur. Garion aurait pu entendre les rouages cliqueter dans sa petite tête.

— Tu veux que je t'apprenne ? offrit-elle.

Elle n'arriverait probablement jamais à dire quoi que ce fût qui ressemblât davantage à des excuses, il le savait.

— Ça sera long ?

— Ça dépend de ton intelligence.

— Quand est-ce qu'on pourrait commencer ?

— J'ai quelques livres, dit-elle en fronçant les sourcils, mais il nous faudrait de quoi écrire.

— Je ne crois pas que j'aie aussi besoin d'apprendre à écrire pour le moment, reprit-il. Je pourrais peut-être commencer par apprendre à lire.

Elle éclata de rire.

— Mais c'est la même chose, espèce de buse !

— Je ne savais pas, répondit Garion en devenant rouge comme une écrevisse. Je pensais... Au fond, je ne sais pas très bien ce que je pensais. Il faut croire que je n'y avais jamais vraiment réfléchi, conclut-il lamentablement. De quoi avons-nous besoin pour écrire ?

— L'idéal, ce serait un peu de parchemin et un morceau de charbon de bois. Comme ça, on pourrait l'efffacer et écrire dessus à nouveau.

— Je vais en parler à Durnik, décida-t-il. Il arrivera bien à trouver quelque chose.

Durnik leur proposa un coin de toile à voile et un bout

de bois calciné, et moins d'une heure plus tard, Garion et Ce'Nedra étaient installés dans un coin tranquille, à la proue du bateau, leurs têtes penchées l'une à côté de l'autre sur un carré de tissu tendu sur une planche. A un moment donné, Garion leva les yeux, mais en voyant que tante Pol les regardait, non loin de là, avec une expression indéchiffrable, il se hâta de les ramener sur les symboles énigmatiques qui semblaient le narguer sur le bout de chiffon.

Son apprentissage se poursuivit pendant les jours qui suivirent. Comme il était habile de ses doigts, il ne lui fallut pas longtemps pour apprendre à former les lettres.

— Mais non, le reprit Ce'Nedra, un après-midi. Ce n'est pas comme ça. Tu t'appelles Garion, pas Belgarion.

Il eut comme un frisson et regarda plus attentivement le carré de tissu. Le nom était clairement épelé : Belgarion.

Il leva rapidement les yeux. Tante Pol était debout à l'endroit habituel et le regardait, comme toujours.

— *Reste en dehors de mon esprit!* cracha-t-il à son intention.

— *Travaille bien, mon chou,* l'encouragea-t-elle en silence. *Toutes les formes d'expérience sont bonnes, et tu as encore beaucoup à apprendre. Plus vite tu t'y mettras, mieux ça vaudra.* Puis elle se détourna avec un sourire.

Le lendemain, ils arrivèrent en vue de l'embouchure de la rivière du Serpent, qui traversait la Nyissie centrale. Les hommes de Greldik amenèrent les voiles et placèrent les avirons dans les tolets, de chaque côté du navire, s'apprêtant à la longue remontée de la rivière en direction de Sthiss Tor.

CHAPITRE XXIV

Il n'y avait pas un souffle d'air, à croire que le monde s'était subitement métamorphosé en une vaste mare d'eau stagnante, qui exhalait une odeur méphitique. La rivière du Serpent comptait une centaine de bras qui s'abandonnaient nonchalamment au bourbier gluant du delta, comme s'il leur répugnait de s'engloutir dans les flots tumultueux de l'océan. A vingt pieds au-dessus de leurs têtes, le vent faisait bruire le haut des roseaux qui proliféraient dans ce vaste marécage, les mettant au supplice, car ici au fond, la seule idée de brise était bannie. Ils étouffaient. Le delta bouillonnait, fétide, sous le soleil qui les aurait plutôt fait cuire à petit feu que rôtir. Ils avaient l'impression d'avaler autant d'eau que d'air à chaque inspiration. Des nuées d'insectes s'élevaient des roseaux et s'abattaient avec une gloutonnerie aveugle sur le moindre coin de peau dénudée, mordant, piquant, se gavant de sang.

Ils passèrent une journée et demie au milieu des rideaux serrés de roseaux avant de voir les premiers arbres, des plantes ligneuses, à peine plus hautes que des buissons, mais à partir de ce moment-là le cours de la rivière principale sembla prendre forme. Alors les matelots qui suaient sang et eau appuyèrent en jurant tout ce qu'ils savaient sur les avirons, et le bateau commença à remonter le courant au ralenti, comme s'il luttait contre une marée d'huile épaisse qui tentait de le retenir telle une glu répugnante. Et ils s'enfoncèrent lentement au cœur de la Nyissie.

Les rives se peuplèrent bientôt d'arbres plus hauts, puis immenses, et du magma immonde qui les bordait émergèrent bientôt d'énormes racines enchevêtrées, difformes, pareilles à des jambes grotesquement tordues, d'où s'élevaient dans le ciel moite des troncs aussi gros que des châteaux. Des lianes variqueuses, contrefaites, dégringolaient des branches en se contorsionnant dans l'air étouffant, comme animées d'une volonté végétale propre, et des lambeaux déchiquetés de lichens velus, gris-vert, pendaient au-dessus de leurs têtes en banderoles de cent pieds de long. Ils commençaient à se demander si ce n'était pas par pure méchanceté que la rivière décrivait ces vastes méandres, qui rallongeaient dix fois leur trajet.

— Pas très agréable, comme endroit, marmonna Hettar, en regardant d'un air accablé la rivière qui disparaissait sous les lentilles d'eau, devant la proue du navire.

Il avait enlevé sa veste en peau de cheval et sa tunique de lin, et son torse nu luisait de sueur. Comme la plupart d'entre eux, il était couvert de vilains abcès provoqués par les morsures d'insectes.

— C'est exactement ce que j'étais en train de me dire, acquiesça Mandorallen.

L'un des matelots poussa un cri et se releva d'un bond en flanquant des coups de pied au bout du manche de son aviron. Une longue créature invertébrée, visqueuse, avait rampé sans qu'il la vît le long de sa rame, cherchant sa chair avec une voracité aveugle.

— Une sangsue, expliqua Durnik avec un frisson, alors que l'horrible chose retournait avec un bruit flasque à la puanteur de la rivière. Je n'en avais jamais vu de si grosse. Elle faisait au moins un pied de long.

— Ça ne doit pas être l'endroit rêvé pour piquer une tête, observa Hettar.

— Ça ne me serait même pas venu à l'idée, lui confia Durnik.

— Tant mieux.

Tante Pol remonta, vêtue d'une légère robe de lin vert, de la cabine située sous la poupe, où Greldik et Barak tenaient la barre à tour de rôle. Elle s'occupait de Ce'Nedra, qui n'avait pas supporté le redoutable climat de la rivière et s'était mise à pencher languissamment, comme une fleur qui manque d'eau.

— *Tu ne pourrais pas faire quelque chose?* lui demanda silencieusement Garion.

— *A propos de quoi?*

— *De tout ça.* Il jeta autour de lui un regard impuissant.

— *Et qu'est-ce que tu voudrais que je fasse?*

— *Tu pourrais au moins chasser les insectes, à défaut d'autre chose.*

— *Pourquoi ne le fais-tu pas toi-même, Belgarion?*

— *Non.* Il serra la mâchoire sur ce cri silencieux.

— *Ce n'est pas très difficile.*

— *Jamais!*

Elle haussa les épaule et se détourna, l'abandonnant, tout fulminant, à sa frustration.

Il leur fallut encore trois jours pour atteindre Sthiss Tor. La ville de pierre noire était lovée dans un large méandre du fleuve. Au centre, un vaste édifice à l'allure insolite, comme étrangère à ce monde, élevait ses spires, ses dômes et ses terrasses au-dessus des maisons basses, pour la plupart dépourvues de fenêtres. Des quais et des jetées s'enfonçaient dans les eaux bourbeuses de la rivière et Greldik mena son vaisseau vers une avancée plus large que les autres.

— Il faut que nous nous arrêtions aux douanes, expliqua-t-il.

— Fatalement, dit Durnik.

L'échange fut bref. Le capitaine Greldik déclara aux douaniers qu'il venait livrer les marchandises de Radek de Boktor au comptoir commercial drasnien, puis il tendit une bourse tintinnabulante au chef, un homme au crâne rasé, et le bateau fut autorisé à passer sans autre forme de procès.

— Ça, ne compte pas sur moi pour t'en faire cadeau, Barak, annonça Greldik. Le voyage jusqu'ici, on l'a fait par amitié, mais l'argent, c'est autre chose.

— Marque ça quelque part, suggéra Barak. Je m'en occuperai en rentrant au Val d'Alorie.

— *Si* tu rentres jamais au Val d'Alorie, fit aigrement Greldik.

— Eh bien comme ça, au moins, je suis sûr que tu ne

m'oublieras pas dans tes prières. Je sais que tu pries tout le temps pour moi, bien sûr, mais ça te donnera une motivation supplémentaire.

— Tous les fonctionnaires du monde entier sont-ils donc corrompus ? demanda Durnik, d'un ton hargneux. Personne ne fait-il son travail comme il est censé le faire, sans prendre de dessous de table ?

— Le monde entier s'écroulerait si un seul s'avisait de faire ça, répondit Hettar. Nous sommes tous les deux trop simples et trop honnêtes pour ces affaires, Durnik. Mieux vaut laisser ce genre de démarches aux autres.

— C'est tout simplement révoltant.

— Sans doute, acquiesça Hettar, mais dans ce cas précis, je ne suis pas mécontent que l'employé des douanes n'ait pas regardé plus bas que le pont. Nous aurions peut-être eu du mal à justifier la présence des chevaux.

Les matelots avaient ramené le vaisseau dans le cours de la rivière et ramaient en direction d'une série de jetées de dimensions imposantes. Ils s'arrêtèrent le long du dernier quai, relevèrent les avirons et passèrent les amarres autour des piliers noirs de bitume du môle.

— Vous ne pouvez pas rester ici, déclara un garde luisant de sueur, depuis le quai. Cet emplacement est réservé aux vaisseaux drasniens.

— J'accoste où je veux, répondit sèchement Greldik.

— Je vais appeler les soldats, menaça le garde, en prenant l'une des amarres et en brandissant un grand couteau.

— Tu coupes cette corde, et moi, je t'arrache les oreilles, mon vieux, l'avertit charitablement Greldik.

— Explique-lui, suggéra Barak. Il fait trop chaud pour se battre.

— Je transporte des marchandises drasniennes appartenant à un certain Radek — de Boktor, je crois, raconta Greldik, au garde resté sur le quai.

— Ah ! bon, fit l'homme en rengainant son couteau. Pourquoi ne l'avez-vous pas dit plus tôt ?

— Parce que j'aimais pas tes manières, répondit abruptement Greldik. Bon, où peut-on trouver le responsable ?

— Droblek ? Il habite dans la rue, là, juste après les boutiques. La maison avec un emblème drasnien sur la porte.

— Il faut que je lui parle. Je peux monter sur le quai ou il faut un laissez-passer ? J'ai entendu dire des choses étranges sur Sthiss Tor.

— Vous pouvez vous déplacer librement à l'intérieur de l'enclave, répliqua le garde. Vous n'aurez besoin d'un laissez-passer que si vous voulez aller en ville.

Greldik poussa un grognement et disparut sous le pont, d'où il remonta un instant plus tard, avec plusieurs liasses de parchemins pliés.

— Vous voulez parler à ce fonctionnaire, ou vous préférez que je m'en occupe ? demanda-t-il à tante Pol.

— Nous ferions peut-être mieux de vous accompagner, décida-t-elle. La petite s'est endormie. Dites à vos hommes de ne pas la déranger.

Greldik hocha la tête et donna quelques ordres à son second. Les matelots poussèrent une planche par-dessus le bord en guise de passerelle, et Greldik aida ses compagnons à mettre pied à terre. De lourds nuages roulaient maintenant au-dessus de leurs têtes, obscurcissant le soleil.

La rue qui partait du quai était bordée des deux côtés par des échoppes drasniennes, et des Nyissiens allaient dans une sorte de torpeur de l'une à l'autre, s'arrêtant de temps en temps pour marchander avec les boutiquiers luisants de sueur. Les hommes portaient des robes vagues, coupées dans un tissu irisé, léger, et ils avaient tous la tête complètement rasée. Garion, qui marchait derrière tante Pol, remarqua non sans dégoût qu'ils se maquilllaient outrageusement les yeux et se mettaient du rouge aux lèvres et sur les joues. Ils parlaient une langue râpeuse, sibilante, et semblaient tous affecter une sorte de zézaiement.

Le ciel disparaissait maintenant complètement derrière les lourds nuages, et la rue semblait étrangement sombre, tout à coup. Une douzaine de pauvres hères presque nus remplaçaient les pavés de la chaussée. A leurs cheveux mal soignés et à leurs barbes hirsutes, on voyait qu'ils n'étaient pas nyissiens. Ils avaient des anneaux et des chaînes aux chevilles. Un Nyissien à tête de brute les surveillait, armé d'un fouet, et les plaies et les bosses toutes récentes qui leur zébraient le corps en disaient long sur la libéralité avec laquelle il en usait. L'un de ces misérables esclaves se laissa accidentellement tomber sur le pied une brassée de pierres grossièrement équarries et ouvrit la bouche sur un cri de douleur qui évoquait le hurlement d'on ne sait quel animal. Garion constata avec horreur que l'esclave avait la langue coupée.

— Ils réduisent les hommes à l'état de bêtes, grommela Mandorallen, les yeux brûlant d'une colère terrible. Pourquoi ce cloaque n'a-t-il pas encore été nettoyé ?

— Il l'a été une fois, répondit Barak, d'un air sombre. Juste après l'assassinat du roi de Riva. Les Aloriens sont venus et ils ont tué tous les Nyissiens qu'ils ont pu trouver.

— On ne le dirait pas, objecta Mandorallen, en regardant autour de lui.

— Treize cents ans ont passé depuis, releva Barak, avec un haussement d'épaules. Un seul couple de rats aurait suffi à repeupler le pays, au bout de tout ce temps.

Durnik, qui marchait à côté de Garion, étouffa tout à coup un hoquet et détourna les yeux en s'empourprant.

Une Nyissienne venait de descendre d'une litière portée par huit esclaves. Le tissu de sa robe vert pâle était tellement nébuleux qu'il en était presque transparent et laissait peu de chose à deviner de son anatomie.

— Ne la regarde pas, Garion, chuchota Durnik d'une voix rauque, plus cramoisi que jamais. C'est une mauvaise femme.

— J'avais oublié ça, dit tante Pol en fronçant les sourcils d'un air ennuyé. Il aurait peut-être mieux valu que Garion et Durnik restent à bord.

— Pourquoi est-elle habillée comme ça ? interrogea Garion en regardant la femme si succinctement vêtue.

— Déshabillée, tu veux dire, rétorqua Durnik, qui s'étranglait presque de rage.

— C'est l'usage, expliqua tante Pol. C'est à cause du climat. Il y a d'autres raisons, évidemment, mais je ne crois pas que ce soit le moment de les aborder. Toutes les Nyissiennes s'habillent comme ça.

Barak et Greldik regardaient aussi la femme, mais avec de larges sourires appréciateurs.

— N'y faites pas attention, ordonna fermement tante Pol.

Non loin de là, un Nyissien, tête rasée, était appuyé contre un mur et regardait sa main en gloussant sans raison.

— Ze vois à travers mes doigts, zézaya-t-il d'une voix chuintante. Droit à travers.

— Il a trop bu? demanda Hettar.

— Pas exactement, répondit tante Pol. Les Nyissiens ont des distractions particulières : des feuilles, des baies, certaines racines. Leurs perceptions en sont altérées. C'est un peu plus grave que l'ivresse commune chez les Aloriens.

Un autre Nyissien passa en titubant, d'une démarche curieusement saccadée, le visage vide de toute expression.

— Cet état est-il largement répandu? s'informa Mandorallen.

— Je n'ai encore jamais rencontré un Nyissien qui ne soit en partie drogué, répliqua tante Pol. Ça ne facilite pas les rapports avec eux. Mais ne serait-ce pas la maison que nous cherchons? fit-elle en tendant le doigt vers une bâtisse solidement plantée de l'autre côté de la rue.

Un formidable coup de tonnerre se fit entendre vers le sud au moment où, traversant la rue, ils frappaient à la porte de la maison trapue. Un serviteur drasnien en tunique de lin vint leur ouvrir, les conduisit dans une antichambre mal éclairée et leur demanda d'attendre.

— Cette ville est malsaine, commenta calmement Hettar. Je ne vois pas ce qu'un Alorien en pleine possession de ses moyens peut bien venir chercher ici.

— De l'argent, répondit brièvement le capitaine Greldik. Le commerce avec la Nyissie est très profitable.

— Il y a des valeurs plus importantes que l'argent marmonna Hettar.

Un homme prodigieusement obèse entra dans la salle mal éclairée.

— Va chercher de la lumière, ordonna-t-il d'un ton sec au domestique. Tu aurais quand même pu éviter de les laisser dans le noir.

— C'est vous qui racontez tout le temps que les lampes ne servent qu'à faire monter la chaleur, riposta le serviteur d'un ton hargneux. Il faudrait tout de même savoir ce que vous voulez.

— Ne t'occupe pas de ce que je raconte, fais ce que je te dis, et tout de suite.

— La chaleur vous monte au cerveau, Droblek, repartit aigrement le serviteur.

Il alluma plusieurs lampes et quitta la pièce en ronchonnant.

— Ah, ces Drasniens ! Ce sont les plus mauvais serviteurs du monde, grommela Droblek. Bon, et si nous en venions à ce qui vous amène ?

Il se laissa tomber de tout son poids dans un fauteuil. La sueur lui dégoulinait sur le visage et dans le col trempé de sa robe de soie marron.

— Je m'appelle Greldik, révéla le marin barbu. Je viens d'arriver au port avec un chargement de marchandises appartenant à un certain Radek de Boktor, marchand de son état.

Il lui présenta la liasse de parchemins pliés.

— Je ne savais pas que Radek s'intéressait aux échanges avec le sud, commenta Droblek, en plissant les yeux. Je pensais qu'il traitait essentiellement avec la Sendarie et l'Arendie.

Greldik haussa les épaules d'un air évasif, le visage ruisselant de sueur. Puis il se mit à esquisser de petits mouvements avec les doigts.

Les choses sont-elles bien ce qu'elles semblent être ? La langue secrète drasnienne déliait tout à coup ses grosses pattes.

Pouvons-nous parler librement ici ? demandèrent les doigts de tante Pol.

Ses gestes avaient quelque chose de guindé, d'archaïque, presque. Garion leur trouvait un air compassé qu'il n'avait jamais vu dans les signes faits par les autres.

Aussi librement que n'importe où dans ce trou à rats,

répondit Droblek. *Vous avez un drôle d'accent, ma petite dame. C'est bizarre, mais vous me rappelez quelqu'un…*

J'ai appris la langue il y a très longtemps, répliqua-t-elle. *Vous savez qui est Radek de Boktor, évidemment.*

— Evidemment, reprit Droblek à haute voix. Tout le monde le sait. Il se fait parfois appeler Ambar de Kotu, quand il veut traiter des affaires qui ne sont pas légitimes au sens strict du terme.

— Si nous cessions cette joute oratoire, Droblek ? proposa calmement tante Pol. Je suis quasiment certaine que vous avez reçu des instructions du roi Rhodar, à l'heure qu'il est. Toutes ces simagrées sont épuisantes.

Le visage de Droblek s'assombrit.

— Je regrette, riposta-t-il avec raideur. J'ai besoin de quelques informations complémentaires.

— Ne faites pas l'imbécile, Droblek, gronda Barak. Ouvrez les yeux. Vous êtes un Alorien. Vous savez qui est cette dame.

Droblek regarda tout à coup tante Pol en haussant les sourcils.

— Ce n'est pas possible, hoqueta-t-il.

— Vous voulez qu'elle vous prouve son identité ? suggéra Hettar.

La maison fut ébranlée par un prodigieux coup de tonnerre.

— Non, non, protesta précipitamment Droblek, qui ne pouvait plus détacher son regard de tante Pol. Je n'aurais jamais cru que… Je veux dire, je n'avais jamais…

Incapable de s'expliquer, il préféra laisser tomber.

— Avez-vous eu des nouvelles du prince Kheldar, ou de mon père ? s'enquit tante Pol d'un ton tranchant.

— De votre père ? Vous … vous voulez dire qu'il est lui aussi impliqué dans cette affaire… ?

— Vraiment, Droblek, le gourmanda-t-elle, voilà tout le cas que vous faites des missives que le roi Rhodar vous adresse ?

Droblek secoua la tête comme pour s'éclaircir les idées.

— Je regrette, Dame Polgara. Vous m'avez pris au dépourvu. Il faut un moment pour s'habituer à cette idée. Nous n'aurions jamais pensé que vous descendriez si loin au sud.

— J'en déduis donc que vous n'avez reçu aucune nouvelle de Kheldar ou de mon vieux père.

— Non, ma Dame, confirma Droblek. Rien du tout. Ils sont censés venir ici?

— C'est ce qui était convenu. Ils devaient nous rejoindre ici, ou nous faire parvenir un message.

— Les communications sont très difficiles en Nyissie, révéla Droblek. Les gens d'ici ne sont vraiment pas fiables. Il se peut très bien que le prince ou votre père soient au nord du pays et que leur messager se soit fourvoyé. Une fois, j'ai envoyé une depêche à moins de dix lieues de la ville; elle a mis six mois à arriver. Le Nyissien qui en était chargé était tombé sur un certain carré de baies, en cours de route. On l'a retrouvé assis au milieu du terrain, un grand sourire aux lèvres. La mousse avait commencé à lui pousser dessus, ajouta Droblek avec une drôle de grimace.

— Il était mort? demanda Durnik.

— Oh! non, répondit Droblek en haussant les épaules. Il était même très heureux. Il adorait ces baies. Je l'ai aussitôt remercié, bien sûr, mais il s'en fichait apparemment pas mal. Pour ce que j'en sais, il est peut-être encore assis là-bas.

— Vous disposez d'un réseau extensif ici, à Sthiss Tor? s'enquit tante Pol.

— Je parviens à obtenir quelques informations par-ci par-là, expliqua Droblek en étendant modestement ses mains boudinées devant lui. Je me suis assuré les services de quelques agents au palais, et d'un petit fonctionnaire à l'ambassade de Tolnedrie. Les Tolnedrains sont des gens très efficaces, commenta-t-il avec un petit sourire rusé. Ça revient moins cher de leur laisser faire le travail et de leur acheter l'information une fois qu'ils l'ont recueillie.

— A condition de pouvoir se fier à ce qu'ils racontent, suggéra Hettar.

— Je ne prends jamais ce qu'ils me disent au pied de la lettre. L'ambassadeur de Tolnedrie sait que j'ai acheté son homme. Il tente parfois de m'envoyer sur de fausses pistes.

— Et l'ambassadeur sait que vous êtes au courant? demanda Hettar.

— Mais bien sûr, répondit le gros bonhomme en éclatant de rire. Mais ce qu'il ne sait pas, c'est que je sais qu'il sait que je suis au courant, reprit-il en riant de plus belle. C'est un peu compliqué, non?

— Comme la plupart des jeux drasniens, observa Barak.

— Le nom de Zedar vous dit-il quelque chose? demanda tante Pol.

— Il ne m'est pas inconnu, bien sûr, acquiesça Droblek.

— Est-il entré en contact avec Salmissra?

— Je ne saurais l'affirmer, répliqua Droblek en fronçant les sourcils. Je n'en ai pas entendu parler, mais cela ne veut pas dire qu'il ne l'a pas fait. La Nyissie est un endroit glauque, et le palais de Salmissra est l'endroit le plus pernicieux de tout le pays. Vous ne croiriez jamais tout ce qui peut s'y passer.

— Oh! si, soupira tante Pol, et il s'y passe probablement des choses que même vous, vous n'imaginez pas. Eh bien, je crains que nous ne soyons au point mort, dit-elle en se tournant vers les autres. Nous ne pouvons rien faire tant que nous n'aurons pas eu de nouvelles de Silk et du vieux Loup solitaire.

— Puis-je mettre ma maison à votre disposition? proposa Droblek.

— Je crois que nous allons rester à bord du vaisseau du capitaine Greldik, dit-elle. Comme vous le disiez, la Nyissie est un endroit glauque, et je ne serais pas étonnée que les représentants de l'Empire tolnedrain aient réussi à acheter quelques personnes dans votre établissement.

— Mais bien sûr, renchérit Droblek. Je sais même lesquelles.

— Mieux vaut ne pas courir de risques, poursuivit-elle. Nous avons toutes sortes de raisons de préférer éviter les Tolnedrains en ce moment précis. Nous nous cantonnerons donc à bord et nous ne mettrons pas le nez dehors. Dès que le prince Kheldar entrera en contact avec vous, faites-le-nous savoir.

— Naturellement, assura Droblek. Mais vous allez être obligés d'attendre la fin de l'averse, écoutez...

On entendait le tambourinement d'une pluie torrentielle sur le toit, au-dessus de leurs têtes.

— Ça va durer longtemps? demanda Durnik.

— C'est généralement l'affaire d'une heure, répondit Droblek en haussant les épaules. Il pleut tous les après-midis, en cette saison.

— Au moins, ça rafraîchit un peu l'air, j'imagine.

— Pas beaucoup, démentit le Drasnien en essuyant la sueur qui lui roulait sur le visage. La plupart du temps, ça ne fait qu'aggraver les choses.

— Comment pouvez-vous vivre ici? s'enquit Durnik.

Droblek eut un drôle de sourire désabusé.

— Les gens gros n'aiment pas beaucoup le mouvement. Je me fais énormément d'argent, et le jeu auquel je me livre avec l'ambassadeur de Tolnedrie m'occupe l'esprit. Ce n'est pas si terrible, une fois qu'on y est habitué. Enfin, c'est ce que je me dis pour me consoler.

Puis le silence ne fut plus rompu que par le bruit de la pluie qui tombait.

CHAPITRE XXV

Ils passèrent les jours suivants à bord du vaisseau de Greldik, en attendant que Silk et sire Loup se manifestent. Ce'Nedra, remise de son malaise, reparut sur le pont vêtue d'une tunique de Dryade de couleur claire qui sembla à Garion à peine moins suggestive que les robes portées par les Nyissiennes, mais lorsqu'il lui susurra, d'un ton quelque peu guindé, qu'elle pourrait tout de même se couvrir un peu plus, elle se contenta de lui rire au nez. Avec une constance qui lui donnait envie de mordre, elle s'employa de nouveau à lui apprendre à lire et à écrire. Ils s'asseyaient tous les deux dans un coin tranquille, sur le pont, et s'absorbaient dans un ouvrage fastidieux sur la diplomatie tolnedraine. Garion commençait à se demander s'il en verrait jamais le bout, bien qu'il eût en fait l'esprit vif et apprît avec une rapidité stupéfiante, mais Ce'Nedra était trop peu attentionnée pour lui faire des compliments, et il avait même plutôt l'impression qu'elle n'attendait que l'occasion de le ridiculiser et se réjouissait avec perversité de chacune de ses erreurs. A la sentir si près de lui, avec son léger parfum épicé, il avait du mal à se concentrer, et il transpirait autant à cause du contact occasionnel de leurs mains, de leurs bras ou de leurs hanches, que du climat. Et comme elle manquait pour le moins d'indulgence et de compréhension et qu'il était têtu comme une mule — péché de jeunesse —, parce que la chaleur humide et collante leur portait aussi sur les nerfs à tous les deux, les rendant irritables, les leçons finissaient plus souvent qu'à leur tour en chamailleries.

Lorsqu'ils se levèrent, un matin, un vaisseau nyissien noir, aux voiles carrées, se balançait dans le courant de la rivière, le long d'un quai voisin. Les caprices de la brise matinale charriaient jusqu'à eux les miasmes nauséabonds, pestilentiels, qui en émanaient.

— Qu'est-ce que c'est que cette puanteur? demanda Garion à l'un des matelots.

— Un bateau d'esclaves, répondit le matelot, avec un coup d'œil sinistre en direction du bâtiment nyissien. On les reniflé à vingt milles à la ronde quand on est en mer.

Garion regarda le vilain bateau noir avec un frisson. Barak et Mandorallen s'avancèrent sur le pont et vinrent s'accouder au bastingage, près de lui. Barak était nu jusqu'à la taille et son torse velu dégoulinait de sueur.

— On dirait un genre de chaland, fit Barak d'un ton méprisant.

— C'est un bateau d'esclaves, lui expliqua Garion.

— A l'odeur, on dirait plutôt un égout, maugréa Barak. Un bon incendie arrangerait grandement les choses.

— Triste métier, ô Messire Barak, dit Mandorallen. La Nyissie fait commerce de la misère humaine depuis des temps immémoriaux.

— Mais je croyais que c'était un quai drasnien? supputa Barak en plissant les yeux.

— Non, démentit Garion. D'après les matelots, tout ce qui se trouve de ce côté-là est nyissien.

— Dommage, grommela Barak.

Un groupe d'hommes en cottes de mailles et capes noires s'engagèrent sur le quai le long duquel le vaisseau esclave était amarré et s'arrêta près de la poupe.

— Oh-oh, fit Barak. Où est Hettar?

— Il est encore en bas, répondit Garion. Il y a un problème?

— Fais attention, quand il va remonter. Ce sont des Murgos.

Les matelots nyissiens, à la tête rasée, ouvrirent une trappe sur le pont du bateau et aboyèrent quelques ordres d'un ton âpre vers les profondeurs de la cale. Des hommes à l'air incroyablement désespéré en émergèrent lentement, à la queue leu leu, attachés les uns aux autres par une longue chaîne fixée à un collier de fer.

Mandorallen se raidit et commença à jurer.

— Qu'est-ce qui ne va pas? s'enquit Barak.

— Ah! ces Arendais! s'exclama le chevalier. Je l'avais entendu dire, mais je ne voulais pas le croire.

— Mais quoi?

— Une vilaine rumeur qui persistait en Arendie depuis quelques années, répliqua Mandorallen, le visage blême de colère. D'aucuns prétendaient que certains de nos nobles n'auraient pas hésité, pour s'enrichir, à vendre leurs serfs aux Nyissiens.

— Eh bien, apparemment, ce n'était pas qu'une rumeur, lâcha Barak.

— Là, gronda Mandorallen. Vois-Tu, ô Barak, ces armoiries, sur la tunique de celui-là? Ce sont les armes de Vo Toral. Je savais que le baron de Vo Toral avait dévoré son patrimoine, mais je ne le croyais pas perdu d'honneur à ce point. En rentrant en Arendie, je le démasquerai publiquement.

— A quoi bon? soupira Barak.

— Il sera contraint et forcé de me demander raison de mes accusations, vociféra Mandorallen d'un ton sinistre. Et son cadavre répondra de sa vilenie.

— Serf ou esclave, rétorqua Barak en haussant les épaules, qu'est-ce que ça change?

— Ces hommes ont des droits, Messire, déclara Mandorallen. Leur seigneur est censé les protéger et s'occuper d'eux. C'est ce qu'exige le serment de chevalerie. Cette vile transaction a sali l'honneur de tout chevalier arendais digne de ce nom. Je ne connaîtrai pas le repos tant que je n'aurai pas privé ce baron pervers de sa misérable existence.

— C'est une idée intéressante, commenta Barak. Je vous accompagnerai peut-être.

C'est alors que Hettar remonta sur le pont. Barak vint immédiatement se placer à côté de lui et commença à lui parler d'un ton apaisant en le prenant fermement par un bras.

— Fais-les sauter un peu, ordonna durement l'un des Murgos. Je veux voir combien il y a d'éclopés.

Un Nyissien aux larges épaules déroula un long fouet et entreprit de le faire claquer avec dextérité sur les jambes des hommes enchaînés, qui se mirent à danser comme piqués de la tarentule sur le quai, le long du vaisseau d'esclaves.

— Les hyènes puantes! jura Mandorallen, et les jointures de ses mains crispées sur le bastingage se mirent à blanchir.

— Du calme, l'apaisa Garion. Tante Pol a dit que nous devions éviter de nous faire remarquer.

— Je ne supporterai pas ça une seconde de plus, s'écria Mandorallen.

Mais l'un des esclaves trébucha, tomba, et l'un des maillons de sa chaîne, qui était vieille et toute mangée de rouille, se rompit, le libérant subitement. Avec l'énergie du désespoir, il roula sur lui-même, se releva d'un bond, traversa le quai en deux enjambées et plongea dans les eaux turpides de la rivière.

— Par ici, mon vieux! hurla Mandorallen.

Le Nyissien au fouet éclata d'un gros rire.

— Regardez! dit-il aux Murgos, en tendant le doigt dans sa direction.

— Arrête-le, plutôt, espèce d'imbécile! cracha l'un des Murgos. J'ai dépensé du bon or pour l'avoir.

— Trop tard, riposta le Nyissien avec un rictus sinistre. Regardez!

L'esclave qui tentait de s'enfuir à la nage se mit tout à coup à hurler et s'enfonça dans l'eau, disparaissant à leur vue. Lorsqu'il réapparut, il avait le visage et les bras couverts des sangsues gluantes, d'un pied de long, qui infestaient la rivière. L'homme se débattait frénétiquement en poussant des cris stridents et tentait de se débarrasser des bêtes répugnantes qui grouillaient sur lui, s'arrachant, dans ses efforts, de grands lambeaux de sa propre chair.

Les Murgos riaient à gorge déployée.

Garion eut l'impression que sa tête allait exploser. Il fit un terrible effort de concentration, tendit une main en direction du quai, juste derrière leur propre bateau, et dit simplement : « Sois là! » Il eut l'impression qu'une gigantesque lame de fond l'emportait tandis qu'une force prodigieuse s'échappait de lui et qu'un vacarme assourdissant lui emplissait la tête. Il manqua perdre connaissance et vint buter contre Mandorallen.

L'esclave se retrouva tout à coup allongé sur le quai, où il continua à se tordre de douleur, toujours couvert de sangsues suintantes. Une vague d'épuisement déferla sur Garion. Si Mandorallen ne l'avait pas rattrapé, il serait tombé.

— Où est-il passé? s'interrogea Barak, en scrutant les remous qui agitaient le fleuve, à l'endroit où l'esclave se trouvait un instant plus tôt. Il a coulé?

Mandorallen se contenta de lui indiquer d'une main tremblante l'esclave qui se débattait maintenant faiblement sur le quai drasnien, à une vingaine de mètres vers l'avant de leur propre bateau.

Barak regarda l'esclave, puis de nouveau la rivière, et le gros homme cligna les yeux de surprise.

Une barque propulsée par quatre rameurs nyissiens quitta l'autre quai et se dirigea tout droit vers le vaisseau de Greldik. Un grand Murgo se dressait à la proue, son visage couturé de cicatrices déformé par la colère.

— Vous détenez quelque chose qui m'appartient, hurla-t-il par-dessus l'eau boueuse qui les séparait. Rendez-moi immédiatement cet esclave.

— Viens donc le chercher, Murgo! beugla Barak, sur le même ton.

Il lâcha le bras de Hettar. L'Algarois longea le bastingage, ramassant une longue gaffe au passage.

— Vous ne me ferez pas de mal? questionna le Murgo, d'un ton quelque peu dubitatif.

— Et si tu venais en discuter ici, plutôt? suggéra plaisamment Barak.

— Vous me déniez le droit à mon propre bien, se lamenta le Murgo.

— Pas du tout, réfuta Barak. Cela dit, tu soulèves peut-être là un point de droit délicat : ce quai étant considéré comme territoire drasnien et l'esclavage étant illégal en Drasnie, subséquemment cet homme n'est plus esclave.

— Je vais chercher mes hommes, dit le Murgo. Nous le récupérerons par la force, s'il le faut.

— Je pense que nous nous verrions contraints d'envisager cette démarche comme une invasion d'un territoire alorien, le prévint Barak, en affectant une vive affliction. Nos cousins drasniens n'étant pas là pour défendre leur quai, tu nous accules pratiquement à prendre les mesures qui s'imposent pour le faire à leur place. Qu'en dites-vous, Mandorallen?

— Ta vision des choses est des plus percutantes, ô Messire, confirma Mandorallen. Il est d'usage, en effet, que les hommes d'honneur s'estiment moralement obligés de défendre le territoire de leurs frères de sang en leur absence.

— Tiens, tu vois, dit Barak au Murgo. C'est bien ce que je disais. Et comme mon ami ici présent est arendais, il ne saurait être soupçonné de partialité dans cette affaire. Je pense donc que nous devrions nous en tenir à son interprétation des faits.

Les matelots de Greldik, qui avaient déjà commencé à grimper dans le gréement, s'agrippaient aux cordages comme de vilains grands singes et caressaient ostensiblement leurs armes en souriant au Murgo de toutes leurs dents.

— Il y a encore un autre moyen, fit le Murgo d'un ton menaçant.

Garion sentit une force puissante monter en lui, et un faible bruit commença à se faire entendre dans sa tête. Il se redressa et agrippa le bastingage, devant lui. Il était vidé, mais il banda son énergie et s'efforça de rassembler ses forces.

— Ça suffit, trancha sèchement tante Pol, en remontant sur le pont avec Durnik, Ce'Nedra sur leurs talons.

— Nous nous entretenions simplement de quelques problèmes juridiques, raconta Barak, d'un ton innocent.

— Je sais ce que vous étiez en train de faire, crachat-elle, les yeux pleins de colère, puis elle jeta un regard glacial par-dessus les eaux qui la séparaient du Murgo. Tu ferais mieux de t'en aller, lui enjoignit-elle.

— Je veux d'abord récupérer mon bien, revendiqua l'homme dans la barque.

— A ta place, je m'en abstiendrais!

— C'est ce que nous allons voir.

Il se redressa de toute sa hauteur et commença à marmonner quelque chose, ses mains décrivant rapidement une série de gestes compliqués. Garion eut l'impression que quelque chose le poussait en arrière, comme si le vent s'était levé, et pourtant il n'y avait pas un souffle d'air.

— Prends garde à ne pas te tromper, conseilla calmement tante Pol au Murgo. Il suffirait que tu en oublies ne fût-ce qu'une infime partie pour que tout t'explose à la figure.

L'homme se figea et fronça les sourcils d'un air préoccupé. Le vent mystérieux qui repoussait Garion cessa. Puis l'homme se remit à décrire des signes dans le vide, son visage trahissant une intense concentration.

— Voilà comment il faut faire, Grolim, reprit tante Pol.

Elle fit un petit geste de la main, et Garion eut soudain l'impression que le vent avait tourné et commençait à souffler violemment dans l'autre sens. Déséquilibré, le Grolim leva précipitamment les mains en l'air et tomba à la renverse dans le fond de son bateau, qui recula de plusieurs mètres, comme s'il avait reçu un choc puissant.

Le Grolim se redressa à moitié, les yeux exorbités et le visage d'une pâleur mortelle.

— Retourne chez ton maître, chien galeux ! s'exclama tante Pol, d'un ton méprisant. Dis-lui de te donner le fouet pour n'avoir pas bien appris ta leçon.

Le Grolim aboya rapidement quelques ordres à ses rameurs nyissiens, qui firent immédiatement demi-tour et repartirent, à force de rames, en direction du vaisseau d'esclaves.

— Nous étions en train de chauffer une jolie petite bagarre, Polgara, pleurnicha Barak. Pourquoi a-t-il fallu que vous veniez tout gâcher ?

— Quand donc vous déciderez-vous à devenir adulte ? vociféra tante Pol, avant de se tourner vers Garion, la mèche blanche de son front flamboyant comme une langue de feu livide. Espèce de crétin ! s'écria-t-elle, les yeux étincelants de colère. Tu refuses toute espèce d'instruction, et tu ne trouves rien de mieux à faire que de te déchaîner comme un taureau furieux. As-tu la moindre idée des conséquences d'une délocalisation non contrôlée ? Par ta faute, maintenant, tous les Grolims de Sthiss Tor sont informés de notre présence !

— Il allait mourir, protesta Garion avec un geste d'impuissance en direction de l'esclave qui gisait sur le quai. Il fallait bien que je fasse quelque chose.

— Il avait cessé de vivre à l'instant où il est tombé dans l'eau, dit-elle d'un ton sans réplique. Regarde-le.

L'esclave était figé dans une posture d'agonie mortelle, le corps cambré en arrière, la tête tordue selon un angle bizarre, la bouche grande ouverte — on ne peut plus mort.

— Qu'est-ce qui lui est arrivé? demanda Garion, en proie à un malaise soudain.

— Les sangsues sont venimeuses. Elles paralysent leur victime de façon à pouvoir se nourrir sans être dérangées. Les morsures ont provoqué un arrêt du cœur. Tu nous as livrés aux Grolims pour sauver un cadavre.

— Il n'était pas mort quand je l'ai fait! répondit-il, dans un hurlement. Il criait, il appelait à l'aide.

Garion n'avait jamais été aussi furieux de toute sa vie.

— Personne ne pouvait plus rien pour lui, reprit-elle d'une voix glaciale, presque agressive.

— Mais tu es un monstre! accusa-t-il entre ses dents serrées. Tu n'as donc aucune sensibilité? Tu l'aurais laissé mourir sans rien faire, toi?

— Je pense que ce n'est ni le moment ni le lieu d'en discuter.

— Au contraire! C'est le moment ou jamais, tante Pol. Tu n'as plus rien d'humain, tu le sais, ça? Il y a si longtemps que tu as arrêté d'être humaine que tu ne peux même pas te rappeler quand tu as cessé de l'être. Tu as quatre mille ans. Des vies entières s'écoulent le temps que tu clignes de l'œil. Nous ne sommes qu'une distraction pour toi, une diversion d'une heure à peine. Tu nous manipules tous comme autant de marionnettes destinées à ton amusement. Eh bien, j'en ai assez d'être manipulé. Il n'y a plus rien entre toi et moi, c'est fini!

Les choses étaient probablement allées un peu plus loin qu'il ne l'aurait voulu, mais il s'était laissé emporter par la colère, et les paroles semblaient lui échapper sans qu'il pût les arrêter.

Elle le regarda, le visage aussi pâle que s'il l'avait soudain frappée. Puis elle se redressa.

— Espèce de petit imbécile, dit-elle d'une voix d'autant plus terrible qu'elle était d'un calme absolu. Plus rien, entre toi et moi ? Comment peux-tu seulement espérer comprendre ce que j'ai été obligée de faire pour que tu voies le jour ? Je ne me suis occupée que de toi pendant plus d'un millier d'années. Pour toi, j'ai dû supporter des angoisses, des chagrins et des douleurs qui passeraient ta compréhension. Pour toi, j'ai vécu pendant des centaines d'années dans la crasse et la misère. Pour toi, j'ai dit adieu à l'amour d'une sœur à laquelle je tenais plus qu'à ma propre vie. Pour toi, une douzaine de fois, j'ai connu le bûcher et un désespoir plus terrible que les flammes, et tu crois peut-être que j'ai fait ça pour mon plaisir, que je me suis amusée ? Tu penses que tout ce que j'ai pu faire pour toi pendant un millier d'années et davantage ne m'a rien coûté ? Les choses ne seront *jamais* finies entre nous, Belgarion. Jamais ! Nous continuerons notre route ensemble, jusqu'à la fin des temps s'il le faut, mais rien ne sera jamais fini. Tu me dois trop pour ça !

Il y eut un silence mortel. Frappés par l'intensité des paroles de tante Pol, les autres étaient restés plantés là à les regarder, elle d'abord, puis Garion.

Tante Pol se détourna, sans ajouter un mot, et redescendit sous le tillac.

Garion regarda autour de lui, désarmé. Il avait terriblement honte de lui, tout à coup, et il se sentait affreusement seul.

— Je ne pouvais pas faire autrement, n'est-ce pas ? demanda-t-il, à personne en particulier, et pas très sûr non plus que c'était ce qu'il voulait dire.

Tous le regardèrent, mais personne ne répondit à sa question.

CHAPITRE XXVI

Vers le milieu de l'après-midi, les nuages reparurent, plus menaçants que jamais, et le tonnerre commença à gronder dans le lointain, accompagnant la pluie revenue noyer la cité qui fumait comme une marmite à pression. L'orage éclatait apparemment à la même heure tous les jours, mais ils avaient fini par s'y habituer. Quand il s'annonça, cet après-midi là, ils descendirent tous s'asseoir sous le pont, et y restèrent à cuire dans leur jus pendant que les pluies diluviennes se déversaient au-dessus de leurs têtes.

Assis, le dos collé à l'une des côtes de chêne grossièrement taillées qui constituaient la carcasse du bateau, raide comme la justice et le visage austère, Garion entreprit de braquer un œil impitoyable sur tante Pol, mais elle l'ignora superbement pour continuer à bavarder tranquillement avec Ce'Nedra.

Le capitaine Greldik apparut par l'écoutille, la barbe et le visage ruisselants.

— Droblek, le Drasnien, est là, annonça-t-il. Il dit qu'il a un message pour vous.

— Fais-le descendre, dit Barak.

Droblek insinua sa vaste masse dans l'étroite ouverture. Il était trempé jusqu'aux os.

— Ça mouille, dehors, commenta-t-il en s'essuyant le visage tout en s'égouttant sur le plancher.

— C'est ce que nous avions cru remarquer, laissa tomber Hettar.

— J'ai reçu un message du prince Kheldar, Dame Polgara, déclara Droblek.

— Ah! tout de même, répondit-elle.

— Ils arrivent par le fleuve, Belgarath et lui, révéla Droblek. Pour autant que je puisse en juger, ils devraient arriver d'ici quelques jours, une semaine tout au plus. Le messager n'est pas très cohérent.

Tante Pol lui jeta un regard inquisiteur.

— La fièvre, expliqua Droblek. Sinon, on peut lui faire confiance, c'est un Drasnien — l'un de mes agents dans un comptoir du nord du pays. Mais il a fallu qu'il ramasse une des cochonneries qui infestent ce marécage putride. Il délire un peu, en ce moment. Nous espérons arriver à faire tomber la fièvre d'ici un jour ou deux; il devrait alors reprendre ses esprits. Je suis venu dès que j'ai réussi à comprendre l'idée générale de son message. Je me suis dit que vous aimeriez être tenue au courant sans attendre.

— Nous apprécions votre prévenance, fit tante Pol.

— J'aurais bien envoyé un serviteur, reprit Droblek, mais les messages ont une fâcheuse tendance à s'égarer, à Sthiss Tor, et ceux qui les portent, une regrettable propension à en mélanger le contenu. Allons, ce n'est pas la vraie raison, évidemment, ajouta-t-il, en se fendant d'un grand sourire.

— Evidemment pas, renchérit tante Pol, en lui rendant son sourire.

— Les gens obèses ont tendance à rester sur place et à laisser les autres faire les courses à leur place. J'ai cru comprendre, d'après le ton du message du roi Rhodar, que cette affaire était peut-être la chose la plus importante au monde, en ce moment, et j'ai eu envie, tout à coup, d'y jouer mon rôle. Il nous arrive à tous de retomber en enfance de temps à autre, j'imagine, conclut-il avec une grimace.

— Quelle est la gravité de l'état du messager? demanda tante Pol.

— Comment savoir? répondit Droblek en haussant les épaules. La moitié des maladies pestilentielles nyissiennes n'ont même pas de nom, et c'est à peine si on arrive à les distinguer les unes des autres. Certains en meurent tout de suite; d'autres traînent pendant des semaines. Il y en a même parfois qui s'en remettent.

Tout ce qu'on peut faire pour les malades, c'est de les installer confortablement en attendant de voir venir.

— J'arrive tout de suite, déclara tante Pol, en se levant. Durnik, vous pourriez me passer le sac vert qui est dans nos paquets ? J'ai besoin des herbes qui se trouvent à l'intérieur.

— Il n'est pas prudent de s'exposer à certaines de ces fièvres, ma Dame, risqua Droblek.

— Je n'ai rien à craindre, mais j'ai des questions précises à poser à votre messager, et la seule façon d'en obtenir des réponses, c'est de le débarrasser de sa fièvre.

— Nous vous accompagnons, Durnik et moi, proposa Barak.

Elle le regarda.

— On ne sait jamais, insinua le gros bonhomme en ceignant son épée.

— Si vous y tenez, concéda-t-elle en jetant sa cape sur ses épaules et en relevant sa capuche. Nous risquons d'en avoir pour une bonne partie de la nuit, annonça-t-elle à Greldik. Il y a des Grolims dans le coin, alors dites à vos matelots de rester vigilants. Faites monter le quart par les plus sobres.

— Sobres, ma Dame ? releva Greldik, l'air innocent.

— J'ai entendu chanter dans les quartiers de l'équipage, capitaine, précisa-t-elle d'un ton un peu pincé. Les Cheresques ne chantent que lorsqu'ils sont ivres. Mettez un couvercle sur le tonneau de bière, ce soir, d'accord ? Je vous suis, Droblek.

— A vos ordres, ma Dame, acquiesça le gros homme, avec un regard entendu à Greldik.

Garion se sentit un peu soulagé après leur départ. Il n'était vraiment pas à l'aise devant tante Pol. L'effort de devoir maintenir sa bouderie en sa présence commençait à lui peser. L'horreur et le dégoût de lui-même qui le torturaient depuis qu'il avait déchaîné ce feu mortel sur Chamdar, dans la Sylve des Dryades, avait si bien crû et embelli qu'il ne les supportait plus que difficilement. Il attendait chaque nuit avec angoisse, car il faisait toujours les mêmes rêves. Il voyait encore et toujours Chamdar, le visage carbonisé, implorant : « Grâce, Maître, grâce ». Et il revoyait encore et toujours la terrible flamme bleue qui avait surgi de sa main en réponse à cette agonie. La haine qu'il avait nourrie depuis le Val d'Alorie avait disparu en fumée dans cette flamme. Sa vengeance avait été tellement absolue qu'il n'avait pas moyen d'y échapper ou d'en rejeter la responsabilité sur quelqu'un d'autre, et sa sortie de ce matin-là était certainement plus dirigée contre lui-même que contre tante Pol. Il l'avait traitée de monstre, mais c'était après le monstre en lui qu'il en avait. Le catalogue terrifiant des souffrances qu'elle avait endurées pour lui tout au long de ces années sans nombre et la passion avec laquelle elle avait parlé — preuve du mal que ses paroles lui avaient fait — le torturaient cruellement. Il avait honte, tellement honte qu'il ne pouvait même pas supporter de croiser le regard de ses amis, et il resta assis tout seul dans son coin, le regard vide, tandis que les paroles de tante Pol résonnaient encore et encore dans sa tête.

Mais l'orage passait au-dessus de leurs têtes, et la pluie semblait vouloir diminuer d'intensité, sur le pont. De petits tourbillons de gouttelettes filaient encore dans un vent féroce, à la surface du fleuve de boue, et pourtant le ciel commençait à s'éclaircir, et le soleil s'abîmait dans les nuages tumultueux, les tachant d'un rouge malsain. Garion monta sur le pont pour se colleter tout seul avec sa conscience troublée.

Au bout d'un moment, il entendit un pas léger derrière lui.

— Je suppose que tu es fier de toi? s'exclama Ce'Nedra, d'un ton aigre.

— Fichez-moi la paix.

— N'y compte pas. J'ai trop envie de te dire avec précision ce que nous pensons tous de ton petit discours de ce matin.

— Je n'ai pas envie de le savoir.

— C'est vraiment dommage, parce que je vais te le dire quand même.

— Je n'écouterai pas.

— Oh! si, tu m'écouteras.

Elle le prit par le bras et l'obligea à se retourner. Ses yeux jetaient des éclairs et son petit visage reflétait une intense colère.

— Ce que tu as fait est absolument inexcusable, dit-elle. Ta tante t'a élevé depuis que tu es tout bébé. Elle a été comme une mère pour toi.

— Ma mère est morte.

— Dame Polgara est la seule mère que tu aies jamais connue, et qu'est-ce que tu as fait pour la remercier ? Tu l'as traitée de monstre. Tu l'as accusée de ne pas se soucier de toi.

— Je ne vous écoute pas, s'écria Garion.

Il savait que c'était puéril, voire infantile, mais il mit ses mains sur ses oreilles. Décidément, la princesse Ce'Nedra ne lui apporterait jamais rien de bon.

— Enlève tes mains de tes oreilles ! ordonna-t-elle d'une voix vibrante. Tu entendras ce que j'ai à te dire même s'il faut que je hurle pour ça.

Garion préféra obtempérer. Elle avait peut-être l'intention de mettre sa menace à exécution pour de bon.

— Elle t'a porté quand tu n'étais qu'un tout petit bébé, poursuivit Ce'Nedra, qui semblait avoir vraiment le chic pour appuyer là où ça faisait mal. C'est elle qui a guidé tes premiers pas. Elle t'a nourri, elle a veillé sur toi à chaque instant. Elle t'a tenu dans ses bras quand tu avais peur, quand tu t'étais fait mal. Tu penses vraiment que c'est un monstre ? Elle ne te quitte pas des yeux, tu le sais, ça ? Elle se retient pour ne pas tendre la main quand tu trébuches. Je l'ai vue remonter les couvertures sur toi quand tu dormais. Tu penses vraiment qu'elle se fiche pas mal de toi ?

— Vous parlez de quelque chose à quoi vous ne pouvez rien comprendre, répondit Garion. Laissez-moi tranquille, s'il vous plaît.

— *S'il vous plaît* ? répéta-t-elle d'un ton moqueur. Quel drôle de moment pour retrouver tes bonnes manières. Je ne t'ai pas entendu dire « s'il vous plaît », ce matin. Je n'ai pas entendu un seul « s'il vous plaît », pas plus qu'un seul « merci », d'ailleurs. Tu sais ce que tu es, Garion ? Tu es un sale gosse trop gâté, voilà ce que tu es.

La coupe était pleine. Se laisser traiter, lui, de sale gosse trop gâté par cette petite princesse choyée et capricieuse était plus que Garion n'en pouvait supporter. Fou de rage, il se mit à hurler, des choses incohérentes, pour la plupart, mais cela lui faisait du bien de crier.

Ils commencèrent par des accusations, mais la discussion dégénéra bientôt en insultes et injures. Ce'Nedra braillait comme une marchande de poisson de Camaar tandis que la voix de Garion hésitait entre un ténor enfantin et un baryton bien mâle. Ce'Nedra tapa souvent du pied, Garion agita beaucoup les bras et ils se menacèrent pas mal de toutes sortes de doigts mutuellement brandis sous le nez — autant dire que, l'un dans l'autre, ce fut une belle petite dispute. D'ailleurs, Garion se sentit beaucoup mieux après. Beugler des insultes à la face de Ce'Nedra constituait une innocente diversion par rapport à certaines des choses irréparables qu'il avait dites à tante Pol ce matin-là, tout en lui permettant de donner impunément libre cours à sa colère et à sa confusion.

Au bout du compte, évidemment, Ce'Nedra finit par s'en remettre aux larmes et par prendre la fuite, de sorte qu'il se retrouva enfin seul, se sentant plus bête que honteux. Il fulmina encore un peu en marmonnant quelques insultes choisies qu'il n'avait pas eu l'occasion de lui servir, puis il poussa un soupir et s'appuya pensivement au bastingage pour regarder la nuit envahir la cité humide.

Pour rien au monde il n'aurait voulu l'accorder, et surtout pas à lui-même, mais au fond, il était plutôt reconnaissant à la princesse. Leur plongée dans l'absurde lui avait éclairci les idées. Il voyait très clairement maintenant qu'il devait une excuse à tante Pol. Il s'était déchaîné contre elle par suite d'un profond sentiment de culpabilité, dans l'espoir, sans doute, de reporter la faute sur elle, mais il était évident qu'il n'avait pas moyen de fuir ses propres responsabilités. Et il n'aurait su dire pourquoi, mais depuis qu'il avait accepté ce fait, il avait l'impression de se sentir mieux.

Il faisait de plus en plus noir. La nuit tropicale était d'une chaleur écrasante, et l'odeur de végétation pourrie et d'eau croupie s'élevait par vagues étouffantes des marécages impénétrables. Un petit insecte pervers avait réussi à s'insinuer sous sa tunique et s'était mis à le mordre entre les épaules, à un endroit où il n'arrivait pas à l'atteindre.

Il n'y eut absolument aucun signe avant-coureur, pas un bruit, pas la moindre oscillation du bateau ou le plus infime indice de danger. On lui rabattit les bras par-derrière et on lui appliqua un tampon humide sur la bouche et le nez. Il tenta de se dégager, mais les mains qui le tenaient étaient animées d'une force prodigieuse. Il essaya de tourner la tête afin de dégager suffisamment son visage pour appeler à l'aide, mais le chiffon avait une drôle d'odeur sucrée, écœurante comme un sirop, la tête lui tournait, et les mouvements qu'il faisait pour se débattre perdaient de leur force. Il fit une dernière tentative avant de sombrer dans un tourbillon et de s'engloutir dans le néant.

CHAPITRE XXVII

Ils étaient dans une sorte de long couloir. Garion voyait distinctement les dalles de pierre du sol. Trois hommes le transportaient, face contre terre, et sa tête pendouillait et ballottait péniblement au bout de son cou. Il avait la bouche sèche, et le nez encore imprégné de l'odeur douceâtre, écœurante, du chiffon qu'on lui avait appliqué sur la figure. Il leva la tête dans l'espoir de voir ce qui se passait autour de lui.

— Il est réveillé, commenta l'homme qui lui tenait l'un des bras.

— Ah ! tout de même, répondit l'un des autres. Tu lui as laissé le chiffon trop longtemps sur le nez, Issus.

— Je sais ce que je fais, reprit le premier. (C'était le dénommé Issus.) Déposez-le à terre. Tu peux marcher ? demanda-t-il à Garion.

Son crâne rasé était hérissé de petits poils raides, et une longue balafre lui traversait le visage du front au menton, en passant par le trou ratatiné d'une orbite vide. Sa robe ceinturée était sale et pleine de taches.

— Lève-toi, ordonna Issus d'une voix sifflante, en lui flanquant un coup de pied dans les côtes.

Garion essaya de se redresser. Il avait les jambes flageolantes, et dut s'appuyer d'une main contre le mur pour ne pas tomber. Les pierres étaient luisantes d'humidité et couvertes d'une sorte de moisissure.

— Amenez-le, commanda Issus.

Les deux autres prirent Garion par les bras et, le tirant plus qu'ils ne le portaient, l'entraînèrent le long du couloir humide, à la suite du borgne. Ils débouchèrent dans un vaste endroit voûté qui évoquait davantage une gigantesque place couverte qu'une salle. Le plafond était supporté par d'immenses piliers couverts de sculptures et de petites étagères de pierre sur lesquelles étaient posées des myriades de lampes à huile, tandis que d'autres pendaient au bout de longues chaînes, haut au-dessus de leurs têtes. On avait une vague impression d'animation confuse, car des groupes d'hommes en robes multicolores allaient d'un endroit à l'autre comme dans une sorte de stupeur rêveuse.

— Toi ! éructa Issus à l'intention d'un jeune homme adipeux, aux yeux langoureux. Va dire à Saadi, le chef eunuque, que nous avons le garçon.

— Va le lui dire toi-même ! riposta le jeune homme d'une petite voix flûtée. Je n'ai pas d'ordres à recevoir des gens de ton espèce, Issus.

Issus lui flanqua une méchante claque sur la figure.

— Tu m'as frappé ! se lamenta le petit gros en portant ses doigts à sa bouche. Regarde, je saigne !

Il tendit la main pour montrer son sang.

— Si tu ne fais pas ce que je te dis, c'est pour de bon que je vais te saigner, espèce de gros lard, rétorqua Issus d'une voix atone, indifférente.

— Je vais dire à Sadi ce que tu m'as fait.

— Ne te gêne surtout pas. Et tant que tu y seras, dis-lui que nous avons le garçon que la reine voulait.

Le jeune homme bedonnant s'empressa de détaler.

— Ah ! ces eunuques ! cracha l'un des hommes qui soutenaient Garion.

— Ils ont leur utilité, gouailla l'autre, avec un rire rauque.

— Amenez le gamin, ordonna Issus. Sadi n'aime pas qu'on le fasse attendre.

Ils traversèrent la zone éclairée, traînant toujours Garion.

Un groupe d'hommes hirsutes, en haillons, étaient assis, enchaînés, par terre.

— De l'eau, croassa l'un d'eux. Par pitié !

Il tendait une main implorante.

Issus s'arrêta pour regarder l'esclave avec étonnement.

— Pourquoi a-t-il encore sa langue, celui-ci ? demanda-t-il au garde qui surveillait les esclaves.

— Nous n'avons pas encore eu le temps de nous en occuper, répondit le garde avec un haussement d'épaules.

— Prenez-le, fit Issus d'un ton comminatoire. Si l'un des prêtres l'entend parler, il te posera des questions, et ça risque de ne pas te plaire.

— Les prêtres ne me font pas peur, rétorqua le garde, en jetant tout de même un coup d'œil plein d'appréhension par-dessus son épaule.

— Grave erreur, reprit Issus. Et apporte à boire à ces animaux. A quoi veux-tu qu'ils servent, une fois morts ?

Il repartit vers un coin obscur, entre deux piliers, toujours suivi par les hommes qui soutenaient Garion, puis il s'arrêta à nouveau.

— Ecarte-toi de mon chemin, intima-t-il à une créature tapie dans l'ombre.

La chose se déplaça comme à contrecœur. Garion se rendit compte à sa grande horreur que c'était un énorme serpent.

— Va là-bas, avec les autres, lui signifia Issus en indiquant un coin plongé dans la pénombre, où une énorme masse semblait animée d'un mouvement confus, d'une sorte de grouillement flasque. Garion entendait le faible crissement des écailles frottant les unes sur les autres. Le serpent qui leur avait barré le chemin darda frénétiquement sa langue en direction d'Issus, puis se glissa sournoisement dans les ténèbres.

— Un jour, tu vas finir par te faire mordre, Issus, l'avertit l'un des hommes. Ils n'aiment pas qu'on leur donne des ordres.

Issus eut un haussement d'épaules dédaigneux et poursuivit son chemin.

— Sadi veut te parler, l'informa d'un ton méprisant le jeune eunuque grassouillet, alors qu'ils arrivaient devant une large porte luisante. Je lui ai dit que tu m'avais frappé. Il est avec Maas.

— Parfait, répondit Issus en poussant la porte. Sadi, appela-t-il d'un ton impérieux, dis à ton ami que j'arrive. Je ne voudrais pas qu'il commette l'irréparable par mégarde.

— Il te connaît, Issus, fit une voix, de l'autre côté de la porte. Et il ne fait jamais rien par erreur.

Issus entra et referma la porte derrière lui.

— Tu peux nous laisser, maintenant, annonça au jeune eunuque l'un des hommes qui soutenaient Garion.

— Je vais où Sadi me dit d'aller, répliqua le petit grassouillet, avec un reniflement.

— Et tu accours au coup de sifflet de Sadi, aussi.

— C'est notre problème, à Sadi et à moi, il me semble.

— Amenez-le, ordonna Issus en rouvrant la porte.

Les deux hommes poussèrent Garion dans la pièce.

— On t'attend ici, fit l'un d'eux nerveusement.

Issus eut un gros rire, referma la porte avec le pied et traîna Garion devant un homme étique au regard mort, assis à une table sur laquelle était posée une unique lampe à huile dont la petite flamme vacillante réussissait à peine à faire reculer les ténèbres. Il caressait doucement son crâne rasé avec les longs doigts d'une de ses mains.

— Tu peux parler, mon garçon? demanda-t-il à Garion.

Il avait une drôle de voix de contralto, et sa robe soyeuse n'était pas multicolore mais d'un rouge intense.

— Je pourrais avoir un verre d'eau? s'enquit Garion.

— Dans un instant.

— Je voudrais mon argent, maintenant, Sadi, décréta Issus.

— Quand nous serons sûrs que c'est bien le garçon qui nous intéresse, répondit Sadi.

— Demande-lui comment il s'appelle, souffla une voix chuintante dans l'obscurité, derrière Garion.

— Je n'y manquerai pas, Maas, rétorqua Sadi, l'air un peu agacé par cette suggestion. Ce n'est pas la première fois que je fais ce genre de choses.

— Tu en mets un temps, commenta la voix sifflante.

— Dis-nous ton nom, mon garçon, questionna Sadi.

— Doroon, mentit promptement Garion. J'ai vraiment très soif.

— Tu me prends pour un imbécile, Issus? s'écria Sadi. Tu pensais que je me contenterais de n'importe quel gamin?

— C'est celui que tu m'as demandé d'aller chercher, déclara Issus. Je n'y peux rien si tes informations sont erronées.

— Tu as dit que tu t'appelais Doroon? poursuivit Sadi.

— Oui, répondit Garion. Je suis mousse à bord du vaisseau de Greldik. Où sommes-nous?

— C'est moi qui pose les questions, ici, riposta Sadi.

— Il ment, susurra le sifflement sibilant, dans le dos de Garion.

— Je sais bien, Maas, répliqua calmement Sadi. C'est toujours comme ça au début. Ils commencent tous par mentir.

— Nous n'avons pas le temps de finasser, reprit la voix sifflante. Donne-lui de l'oret. Je veux la vérité, tout de suite.

— Comme tu voudras, Maas, acquiesça Sadi.

Il se leva et disparut un instant dans l'obscurité, de l'autre côté de la table. Garion entendit un petit cliquetis, puis le bruit d'un liquide coulant dans un récipient.

— Je te rappelle que c'était ton idée, Maas, reprit Sadi. Si *Belle* s'énerve, je ne veux pas être seul à porter le chapeau.

— Elle comprendra, Sadi.

— Tiens, gamin, fit Sadi en revenant dans la lumière avec un gobelet de terre cuite.

— Euh... non, merci, dit Garion. Je n'avais pas si soif que ça, finalement.

— Tu ferais mieux de boire ça, petit, insista Sadi. Si tu ne veux pas, je serai obligé de demander à Issus de te tenir, et de te le verser dans la gorge. Ça ne te fera pas de mal, va.

— Avale, ordonna la voix sifflante.

— Il vaudrait mieux que tu obéisses, conseilla Issus.

Impuissant, Garion prit la tasse. L'eau avait un drôle de goût amer, et semblait lui brûler la langue.

— Voilà qui est plus raisonnable, commenta Sadi en reprenant sa place derrière la table. Allons, tu disais donc que tu t'appelais Doroon.

— Oui.

— D'où viens-tu, Doroon?

— De Sendarie.

— Et d'où ça, en Sendarie ?

— Près de Darine, sur la côte septentrionale.

— Que fais-tu sur ce vaisseau cheresque ?

— Le capitaine Greldik est un ami de mon père, raconta Garion, qui éprouvait tout à coup, il n'aurait su dire pourquoi, le besoin de s'épancher. Mon père voulait que j'apprenne le métier de marin. Il pensait qu'il valait mieux être matelot que fermier. Le capitaine Greldik a accepté de m'apprendre tout ce qui concerne les bateaux. Il dit que je ferai un bon moussaillon parce que je n'ai pas le mal de mer et que je n'ai pas peur de grimper dans les cordages qui retiennent les voiles. Je suis déjà presque assez fort pour manier les avirons moi-même et...

— Comment as-tu dit que tu t'appelais, petit ?

— Garion, euh... je veux dire Doroon. Oui, Doroon, c'est ça, et...

— Quel âge as-tu, Garion ?

— J'ai eu quinze ans à Erastide dernier. Tante Pol dit que les gens qui sont nés à Erastide ont beaucoup de chance, sauf que je n'ai pas remarqué que j'avais plus de chance que...

— Et qui est tante Pol ?

— C'est ma tante. Nous vivions à la ferme de Faldor, mais sire Loup est venu et...

— Comment les autres appellent-ils ta tante Pol ?

— Le roi Fulrach l'a appelée Polgara, quand le capitaine Brendig nous a tous emmenés au palais, en Sendarie. Et puis après nous sommes allés au palais du roi Anheg, au Val d'Alorie, et...

— Qui est sire Loup ?

— Mon grand'père. On l'appelle Belgarath. Je n'y croyais pas, mais il faut bien que ce soit vrai, parce qu'une fois il a...

— Et pourquoi avez-vous tous quitté la ferme de Faldor ?

— Je ne savais pas pourquoi, au début, mais j'ai appris par la suite que c'est parce que Zedar a volé l'Orbe d'Aldur du pommeau de l'épée du roi de Riva, et qu'il faut que nous la récupérions avant que Zedar ne l'apporte à Torak et ne le réveille et que...

— C'est bien le garçon que nous voulions, chuchota la voix sifflante.

Garion se retourna lentement. La pièce semblait mieux éclairée, maintenant, comme si la petite flamme donnait davantage de lumière. Un très gros serpent au cou étrangement aplati et aux yeux brillants était dressé sur ses anneaux, dans un coin de la pièce.

— Nous pouvons l'emmener à Salmissra, maintenant, siffla le serpent.

Il redescendit au niveau du sol et rampa jusqu'à Garion qui sentit son museau sec et froid lui effleurer le mollet, mais bien qu'une partie secrète de sa conscience se fût mise à hurler d'horreur en silence, il n'offrit aucune résistance tandis que le corps écailleux montait lentement le long de sa jambe et s'enroulait autour de lui, de sorte que la tête du serpent se trouva bientôt au niveau de son visage et que sa langue animée de mouvements spasmodiques lui caressa le visage.

— Sois un gentil garçon, lui sifflait le serpent à l'oreille. Très, très gentil.

Le reptile était lourd, et ses anneaux épais et froids.

— Par ici, petit, dit Sadi à Garion en se levant.

— Je veux mon argent, répéta Issus.

— Oh! ça va, rétorqua Sadi, d'un ton presque méprisant. Il est là, ton argent : dans la bourse, sur la table.

Puis il se retourna et fit sortir Garion de la pièce.

Garion. La voix sèche qui s'était toujours fait entendre dans son esprit s'éleva tout à coup. *Je veux que tu m'écoutes attentivement. Ne dis rien, et ne manifeste rien par ton expression. Ecoute-moi, c'est tout.*

Q-qui êtes-vous? demanda silencieusement Garion en luttant contre le brouillard qui lui embrumait les idées.

Tu me connais, répondit la voix sèche. *Maintenant, écoute-moi. Ils t'ont donné quelque chose qui te fait faire tout ce qu'ils veulent. Laisse-toi aller, détends-toi et n'essaie pas de lutter.*

Mais j'ai dit des choses que je n'aurais pas dû dire et...

Ça n'a pas d'importance, maintenant. Fais ce que je dis, c'est tout. S'il se passe quelque chose et si ça devient dangereux, ne te débats pas. Je m'occuperai de tout, mais je ne peux pas le faire si tu résistes. Il faut que tu t'abandonnes pour que je puisse faire ce qui doit être fait. Si tu te rends compte tout d'un coup que tu es en train de faire ou de dire des choses que tu ne comprends pas, n'aie pas peur et n'essaie surtout pas de résister. Ce ne sera pas eux; ce sera moi.

Rassuré par ce réconfort silencieux, Garion suivit docilement Sadi l'eunuque, les anneaux de Maas pesant lourdement sur sa poitrine et ses épaules, le museau émoussé du reptile comme affectueusement blotti contre sa joue.

Ils entrèrent dans une vaste salle tendue de lourdes draperies. Des lampes à huile en cristal étincelaient au bout de chaînes d'argent. Une colossale statue de pierre, dont le tiers supérieur se perdait dans les ombres, loin au-dessus de leurs têtes, dressait sa masse titanesque à l'un des bouts de la salle, au-dessus d'une large estrade de pierre couverte de tapis et jonchée de coussins, sur laquelle était placé un vaste divan qui n'était ni tout à fait un fauteuil ni tout à fait un canapé.

Une femme était voluptueusement alanguie sur le divan. Elle s'admirait dans un grand miroir au cadre doré, placé sur un piédestal. Ses cheveux d'un noir d'encre cascadaient sur ses épaules et son dos. Elle portait une couronne d'or admirablement ciselée, incrustée de joyaux, et une robe blanche de gaze diaphane qui ne contribuait en rien à dissimuler son corps mais semblait bien plutôt fournir un support à ses parures de pierres précieuses. Sa peau était d'un blanc presque crayeux sous le voile impalpable, et ses yeux très clairs, presque dépourvus de couleur, éclairaient un visage d'une beauté stupéfiante.

Assis sur le côté de cette plate-forme, les jambes repliées sous eux, deux douzaines d'eunuques au crâne rasé, vêtus de robes écarlates, adoraient béatement du regard la femme et la statue qui se trouvait derrière elle.

Un jeune homme à l'air indolent, vêtu en tout et pour tout d'un pagne des plus succincts, se prélassait au milieu des coussins, sur l'un des côtés du divan. Il n'avait pas la tête rasée. Au contraire, ses cheveux et sa barbe étaient soigneusement bouclés. Il avait les yeux incroyablement maquillés, et arborait une moue d'enfant gâté, boudeur.

La femme passait distraitement ses doigts dans ses boucles sans cesser de s'admirer dans le miroir.

— La Reine a des visiteurs, annonça d'une voix chantante l'un des eunuques vautrés par terre.

— Ah! reprirent les autres, à l'unisson. Des visiteurs.

— Salut à toi, Eternelle Salmissra, dit Sadi l'eunuque en se prosternant devant l'estrade sur laquelle était nonchalamment étendue la femme aux yeux clairs.

— Qu'y a-t-il, Sadi? demanda-t-elle, d'une voix profonde, vibrante d'une étrange sonorité rauque.

— Le garçon, ma Reine, annonça Sadi, le visage toujours collé au sol.

— On s'agenouille devant la Reine des Serpents, siffla le serpent à l'oreille de Garion.

Les anneaux du reptile se resserrèrent sur le corps de Garion, et il tomba à genoux, terrassé par leur soudaine étreinte.

— Approche-toi, Maas, ordonna Salmissra.

— La Reine appelle le serpent bien-aimé, entonna l'eunuque.

— Ah.

Le reptile défit ses lourds anneaux d'autour du corps de Garion et rampa en ondulant jusqu'au pied du divan, se redressa de la moitié de sa longueur au-dessus de la femme allongée, puis se lova sur son corps, s'incurvant pour épouser ses formes. Le museau émoussé du serpent se tendit vers les lèvres de la femme, qui l'embrassa affectueusement. La longue langue fourchue se darda vers son visage et Maas commença à lui susurrer quelque chose à l'oreille. Elle resta un moment alanguie sous l'étreinte du serpent, écoutant sa voix sifflante et regardant Garion de ses yeux aux paupières lourdes. Puis, écartant le reptile, la reine se leva et se pencha sur Garion.

— Bienvenue au pays des Hommes-Serpents, Belgarion, ronronna-t-elle.

Ce nom, qu'il n'avait jusque-là entendu que dans la bouche de tante Pol provoqua un choc étrange en lui. Il s'efforça de chasser le brouillard qui lui obscurcissait l'esprit.

Pas encore, le prévint sa voix intérieure.

Salmissra descendit de l'estrade, son corps se mouvant avec une grâce sinueuse sous sa robe transparente. Elle prit Garion par un bras et le releva doucement, puis, quand il fut debout, elle lui effleura languissament le visage. Elle avait la main très froide.

— Quel beau jeune homme, souffla-t-elle, comme réfléchissant à haute voix. Si jeune, si chaud.

Son regard semblait affamé.

Garion eut l'impression qu'une étrange confusion lui envahissait l'esprit. La boisson amère que Sadi lui avait fait prendre lui voilait la conscience comme un dais sous lequel il se terrait, à la fois transi de crainte et étrangement attiré par la reine. Sa peau crayeuse, ses yeux morts lui faisaient horreur, mais en même temps toute sa personne recélait comme une sorte d'invitation lascive, une promesse de délices indicibles. Il fit, sans le vouloir, un pas en arrière.

— N'aie pas peur, mon Belgarion, lui dit-elle en feulant de plus belle. Je ne te ferai pas de mal — à moins que tu ne me le demandes. Tu ne seras investi ici que de devoirs infiniment doux, et je t'enseignerai des choses dont Polgara elle-même n'a jamais rêvé.

— Ecarte-toi de lui, Salmissra, fit le jeune homme d'un ton hargneux. Tu sais que je n'aime pas que tu t'occupes de quelqu'un d'autre.

Une lueur ennuyée passa dans les yeux de la reine. Elle se détourna et braqua sur le jeune homme un regard plutôt froid.

— Je ne me soucie plus guère de ce que tu aimes et de ce que tu n'aimes pas, Essia, déclara-t-elle.

— *Comment?* s'écria Essia, incrédule. Fais ce que je te dis, et tout de suite !

— Non, Essia, répondit-elle.

— Je vais te punir ! menaça-t-il.

— Non, reprit-elle. Tu n'en feras rien. Ce genre de choses ne m'amuse plus. Tes petits airs boudeurs et tes caprices commencent à m'ennuyer. Tu peux déguerpir.

— *Déguerpir?*

Essia ouvrit de grands yeux incrédules.

— Tu es répudié, Essia.

— Répudié ? Mais tu ne peux pas vivre sans moi. Tu l'as dit toi-même.

— Il nous arrive à tous de dire de temps en temps des choses que nous ne pensons pas.

Le jeune homme sembla se vider de sa morgue comme un seau d'où s'écoulerait l'eau. Il avala péniblement sa salive et se mit à trembler.

— Quand pourrai-je revenir ? geignit-il.

— Jamais, Essia.

— Jamais ? hoqueta-t-il.

— Jamais, répéta-t-elle. Allez, maintenant, va-t'en sans faire d'histoires.

— Mais qu'est-ce que je vais devenir ? s'écria Essia.

Il commença à pleurnicher, et le maquillage qui lui entourait les yeux se mit à couler grotesquement sur son visage.

— Ne nous fatigue pas, Essia, laissa tomber Salmissra. Prends tes cliques et tes claques, et fiche le camp *tout de suite* ! J'ai un nouveau sigisbée.

Elle reprit sa place sur l'estrade.

— La Reine s'est choisi un nouveau sigisbée, entonna l'eunuque.

— Ah ! reprirent les autres en chœur. Bienvenue au sigisbée de l'Eternelle Salmissra, le plus heureux des hommes.

Le jeune homme empoigna en sanglotant une robe rose et un coffret à bijoux orné de ciselures précieuses et descendit de l'estrade en titubant.

— C'est ta faute ! dit-il à Garion, d'un ton accusateur. Tu l'auras voulu !

Tout d'un coup, il tira une petite dague des plis de la robe drapée sur son bras.

— Je vais te régler ton compte, hurla-t-il en élevant sa dague, prêt à frapper.

Il n'y eut pas de pensée consciente, cette fois, aucun effort de volonté. La force déferla sur lui sans prévenir, repoussant Essia, détournant le bras du giton, qui frappa furieusement le vide avec son stylet, puis la force reflua, comme une vague se retire.

Essia plongea à nouveau en avant, les yeux fous et la dague levée. La force submergea à nouveau Garion, plus forte, cette fois, refoulant le jeune homme, lequel tomba à terre, lâchant sa dague qui rebondit sur les dalles de pierre avec un tintement clair.

Ses yeux jetant des éclairs, Salmissra tendit la main vers Essia, prostré par terre, et claqua deux fois des doigts. Si vite qu'on aurait presque dit une flèche tirée par un arc, un petit serpent vert fila de sous le divan, la gueule grande ouverte sur un sifflement qui évoqua le grondement d'un chien hargneux. Il frappa une seule fois, mordant Essia en haut de la jambe, puis s'esquiva rapidement sur le côté avant de braquer sur lui le regard de ses yeux morts.

Essia étouffa un hoquet et devint blanc d'horreur. Il tenta de se relever, mais ses jambes et ses bras se dérobèrent soudain sous lui, glissant sur les pierres luisantes. Il poussa un cri étranglé, puis entra en convulsions et se mit à heurter frénétiquement le sol de ses talons en battant l'air de ses deux bras. Ses yeux se révulsèrent, se braquant dans le vide, et un jet de bave verte lui jaillit de la bouche comme d'une fontaine. Il s'arqua en arrière, chacun de ses muscles se crispant sous sa peau, puis il eut un spasme de tout le corps, comme un coup de fouet, dans lequel il se souleva du sol. Et lorsqu'il retomba, il était mort.

Salmissra le regarda mourir de ses yeux inexpressifs et incolores, sans manifester le moindre intérêt, sans une once de colère ou de regret.

— Justice est faite, annonça l'eunuque.

— Prompte est la justice de la Reine du Peuple des Serpents, répondirent les autres, en écho.

CHAPITRE XXVIII

Ils lui firent prendre toutes sortes de mixtures, certaines amères, d'autres d'une douceur écœurante, et son esprit semblait s'abîmer plus profondément dans le néant chaque fois qu'il portait une coupe à ses lèvres. Ses yeux commençaient à lui jouer des tours étranges. Il avait confusément l'impression que le monde avait été subitement englouti et que tout se déroulait maintenant sous l'eau. Les murs ondoyaient et les silhouettes des eunuques à genoux semblaient vaciller et onduler comme des algues dans le courant, au gré du flux et du reflux de la marée. Les lampes étincelaient, telles de lentes fontaines lumineuses d'où auraient jailli des joyaux flamboyant de mille couleurs. Garion s'était laissé tomber, comme grisé, les yeux noyés de lumières et la tête vide, sur l'estrade, à côté du divan de Salmissra. Il n'avait plus aucune notion du temps, plus de désirs, plus de volonté. Il songeait parfois brièvement, assez distraitement, à ses amis, mais la pensée qu'il ne les reverrait jamais ne lui procurait qu'un regret fugitif, une mélancolie temporaire plutôt agréable. Et lorsqu'une fois il versa un pleur de cristal sur leur perte, la larme roula sur son poignet et se mit à resplendir d'une beauté tellement étrangère à cette terre qu'il s'absorba complètement dans sa contemplation.

— Comment a-t-il fait ça ? demandait la voix de la reine, quelque part dans son dos.

Et sa voix était d'une telle beauté que sa musique transperçait l'âme de Garion.

— Il a des pouvoirs, répondit Maas, sa voix de serpent raclant les nerfs de Garion, les faisant vibrer comme les cordes d'un luth. Son pouvoir est encore indompté, il n'est pas canalisé, mais très puissant. Attention à lui, bien-aimée Salmissra. Il est capable de détruire sans le vouloir.

— Je le dominerai, dit-elle.

— Peut-être, reprit le serpent.

— La sorcellerie requiert de la volonté, souligna Salmissra. Eh bien, je l'en priverai à jamais. Tu as le sang froid, Maas, tu ne connais pas le feu qui emplit les veines au goût de l'oret, de l'athal ou du kaldiss. Tu n'es en proie qu'à de froides passions, tu ne peux pas savoir combien le corps peut réduire l'esprit en esclavage. Je lui endormirai l'esprit et j'ensevelirai sa volonté sous l'amour.

— L'amour, Salmissra ? releva le serpent d'un air vaguement amusé.

— Ce terme en vaut un autre. Appelle ça de l'appétit, si tu veux.

— Voilà quelque chose que je peux comprendre, acquiesça Maas. Mais ne le sous-estime pas — et ne surestime pas non plus ton propre pouvoir. Son esprit n'est pas celui d'un être ordinaire. Il y a en lui quelque chose d'étrange que je n'arrive pas à cerner.

— On verra bien. Sadi ! appela-t-elle.

— Oui, ma Reine, répondit l'eunuque.

— Emmène-le. Fais-lui prendre un bain et dis qu'on le parfume. Il sent les bateaux, le goudron et le sel de la mer. Je n'aime pas cette odeur qu'ont les Aloriens.

— Tout de suite, Eternelle Salmissra.

Garion fut mené vers un endroit où il y avait de l'eau chaude. On lui ôta ses vêtements, on le plongea dans l'eau, on le savonna et on le replongea dans l'eau. On lui enduisit le corps d'huiles parfumées et on lui noua un court pagne autour des hanches. Puis on le prit assez fermement par le menton et on lui appliqua du rouge sur les joues. C'est alors seulement qu'il se rendit compte que la personne qui lui fardait le visage était une femme. Lentement, presque sans curiosité, il laissa ses yeux dériver autour de la salle d'eau et se rendit compte qu'en dehors de Sadi, il n'était entouré que de femmes. Il lui semblait que quelque chose aurait dû l'ennuyer, quelque chose qui avait un rapport avec le fait de se montrer nu en présence de femmes — mais il n'arrivait pas à se rappeler ce que c'était.

Lorsque la maquilleuse eut fini de lui peindre le visage, Sadi l'eunuque lui prit le bras et le mena de nouveau à travers les corridors étroits, mal éclairés, qui conduisaient à la salle où Salmissra se prélassait sur son divan, au pied de la statue, et s'admirait dans la psyché placée à côté d'elle.

— C'est tellement mieux comme ça, déclara-t-elle en toisant Garion des pieds à la tête d'un air appréciatif. Il est bien plus musclé que je ne pensais. Amenez-le-moi.

Sadi conduisit Garion sur le côté du divan de la reine et le fit asseoir, d'une légère poussée, au milieu des coussins, à la place qu'avait occupée Essia.

Salmissra tendit la main et lui effleura le visage et la poitrine du bout de ses doigts froids, d'un mouvement languide de la main. Ses pupilles semblaient brûler d'une flamme intérieure ; elle écarta légèrement les lèvres. Les yeux de Garion se fixèrent sur son bras pâle. Il n'y avait pas trace de poils sur cette peau blanche.

— Lisse, dit-il vaguement en s'efforçant de se fixer sur cette particularité.

— Bien sûr, mon Belgarion, murmura-t-elle. Les serpents n'ont pas de poils, et je suis la Reine des Serpents.

Lentement, il leva un regard étonné sur les tresses noires, luxuriantes, qui retombaient sur l'une de ses épaules d'albâtre.

— Que ceux-là, reprit-elle en effleurant ses boucles avec une sorte de vanité sensuelle.

— Comment ? articula-t-il.

— C'est un secret, répondit-elle en riant. Un jour, peut-être, je te montrerai. Tu voudrais savoir ?

— Sans doute.

— Dis-moi, Belgarion, tu me trouves belle ?

— Sûrement.

— Quel âge me donnerais-tu ?

Elle tendit les bras pour lui faire admirer son corps à travers la gaze diaphane de sa robe.

— Je ne sais pas, fit Garion. Plus que moi, mais pas beaucoup.

Un soupçon de contrariété effleura son visage.

— Devine, ordonna-t-elle non sans rudesse.

— Trente ans, peut-être, risqua-t-il, troublé.

— Trente ? répéta-t-elle, offusquée.

Elle se tourna précipitamment vers son miroir et examina attentivement son visage.

— Tu es aveugle, petit imbécile ! cracha-t-elle en se livrant à un nouvel examen attentif. Ce n'est pas là le visage d'une femme de trente ans. Vingt-trois, vingt-cinq, tout au plus.

— Comme vous voudrez, acquiesça-t-il.

— Vingt-trois ans, déclara-t-elle fermement. Pas un jour de plus.

— Bien sûr, dit-il doucement.

— Croirais-tu que j'ai bientôt soixante ans ? demanda-t-elle, les yeux durs comme du silex, tout à coup.

— Non, répondit Garion en hochant la tête en signe de dénégation, je ne le croirais jamais. Pas soixante ans.

— Tu es vraiment un charmant garçon, Belgarion, souffla-t-elle avec un regard fondant.

Ses doigts retrouvèrent le chemin de son visage, l'effleurant, le caressant, esquissant ses traits. Doucement, sous la peau diaphane de son épaule et de sa gorge nues, de curieuses taches de couleur commencèrent à apparaître, des marbrures indistinctes, vertes et mauves, qui semblaient changer et palpiter, devenant très visibles puis s'estompant. Les tavelures gagnèrent son torse, et il put bientôt voir, sous sa robe transparente, les couleurs qui semblaient grouiller sous sa peau.

Maas se rapprocha en rampant, ses yeux morts s'avivant soudain d'une étrange adoration. Le réseau de couleurs de sa propre peau écailleuse faisait si bien écho aux teintes qui commençaient à apparaître sur le corps de la reine des serpents que lorsqu'il vint draper l'une de ses circonvolutions autour de ses épaules, il devint impossible de distinguer avec précision la frontière entre la femme et le reptile.

Si Garion n'avait pas été anéanti dans une sorte de

stupeur, il aurait reculé avec horreur devant le spectacle qu'offrait maintenant la reine. Ses yeux sans couleur, sa peau jaspée avaient quelque chose de reptilien, et son expression ouvertement lubrique évoquait des appétits terrifiants. Pourtant, elle était en même temps terriblement séduisante, et il se sentait attiré malgré lui par sa sensualité débridée.

— Viens plus près, mon Belgarion, ordonna-t-elle doucement. Je ne vais pas te faire de mal.

Elle le dévorait des yeux, se repaissant de la joie de sa possession.

Sadi l'eunuque s'éclaircit alors la voix.

— Divine reine, annonça-t-il, l'émissaire de Taur Urgas souhaiterait vous dire un mot.

— L'envoyé de Ctuchik, tu veux dire, fit Salmissra, un peu agacée.

Puis une idée sembla lui passer par la tête, et elle esquissa un sourire malicieux. Les marbrures de sa peau s'estompèrent.

— Fais entrer le Grolim! commanda-t-elle à Sadi.

Sadi s'inclina et se retira pour revenir un moment plus tard avec un homme au visage balafré, vêtu comme un Murgo.

— Bienvenue à l'émissaire de Taur Urgas, entonna l'eunuque.

— Bienvenue, reprit le chœur.

Attention, maintenant, fit la voix sèche dans l'esprit de Garion. *C'est celui que nous avons vu au port.*

Garion regarda plus attentivement le Murgo; c'était bien lui, en effet.

— Salut à Toi, Eternelle Salmissra, déclara le Murgo, d'un ton cérémonieux, en s'inclinant d'abord devant la reine, puis devant la statue qui la dominait de toute sa hauteur. Taur Urgas, roi de Cthol Murgos adresse ses salutations à l'Esprit d'Issa et à sa servante.

— Et Ctuchik, Grand Prêtre des Grolims, ne me fait-il point rendre hommage? demanda-t-elle les yeux brillants.

— Certes, opina le Grolim. Mais cela se fait d'ordinaire en privé.

— Le message que tu transmets ici, l'apportes-tu pour

le compte de Taur Urgas ou de Ctuchik? insista-t-elle, en se retournant pour examiner son reflet dans le miroir.

— Pourrais-je m'entretenir en privé avec Votre Grandeur? demanda le Grolim.

— Nous sommes en privé.

— Mais... fit-il, avec un coup d'œil évocateur sur les eunuques vautrés par terre.

— Les domestiques attachés à ma personne, précisat-elle. Une reine nyissienne ne reste jamais seule. Tu devrais le savoir, depuis le temps.

— Et celui-ci? s'enquit le Grolim en indiquant Garion.

— Ce n'est qu'un serviteur d'une espèce un peu particulière.

— Comme il plaira à Votre Grandeur, fit le Grolim en haussant les épaules. Je vous salue au nom de Ctuchik, Grand Prêtre des Grolims et Disciple de Torak.

— La servante d'Issa salue Ctuchik de Rak Cthol, déclama-t-elle protocolairement. Qu'attend de moi le Grand Prêtre des Grolims?

— Le garçon, Votre Grandeur, lâcha abruptement le Grolim.

— Quel garçon?

— Celui que vous avez enlevé à Polgara et qui est maintenant assis à vos pieds.

— Transmets mes regrets à Ctuchik, répondit-elle avec un rire méprisant, mais ce sera impossible.

— Il n'est pas prudent de refuser d'accéder aux désirs de Ctuchik, l'avertit le Grolim.

— Il est encore moins prudent d'exiger quoi que ce soit de Salmissra dans son propre palais. Que m'offre Ctuchik en échange du garçon?

— Son indéfectible amitié.

— Quel besoin la Reine des Serpents aurait-elle d'avoir des amis?

— De l'or, alors, proposa le Grolim, un peu ennuyé.

— Je connais le secret de l'or rouge des Angaraks. Il n'entre pas dans mes intentions d'en devenir l'esclave. Garde ton or, Grolim.

— Puis-je me permettre de vous dire que vous jouez un jeu très dangereux, Votre Grandeur? proféra froidement le Grolim. Vous vous êtes déjà attiré l'inimitié de la reine Polgara. Avez-vous vraiment les moyens de vous faire un ennemi de Ctuchik ?

— Je n'ai pas peur de Polgara, rétorqua-t-elle. Ni de Ctuchik.

— La bravoure de la reine est digne d'éloges, articula-t-il sèchement.

— Cela commence à devenir fastidieux. Mes conditions sont simples. Va dire à Ctuchik que je détiens l'ennemi de Torak, et que je le garderai, à moins que...

Elle ne finit pas sa phrase.

— A moins que quoi, Votre Grandeur ?

— Peut-être, si Ctuchik voulait bien parler pour moi à Torak, pourrions-nous parvenir à un accord.

— Quelle sorte d'accord ?

— J'apporterais le garçon à Torak en cadeau de noces.

Le Grolim accusa le coup.

— Si Torak veut faire de moi son épouse et me donner l'immortalité, je lui livrerai Belgarion.

— Le monde entier sait que le Dieu Dragon des Angaraks est plongé dans le sommeil, objecta le Grolim.

— Mais il ne dormira pas éternellement, énonça platement Salmissra. Les prêtres angaraks et les sorciers d'Alorie ont toujours paru oublier que Salmissra l'Eternelle savait tout aussi bien qu'eux lire les signes dans les cieux. L'heure du réveil de Torak approche. Dis à Ctuchik que le jour où j'épouserai Torak, Belgarion sera à lui. Mais que jusqu'à ce jour, il demeurera entre mes mains.

— Je transmettrai votre message à Ctuchik, dit le Grolim avec une courbette raide, glaciale.

— Tu peux donc disposer, déclara-t-elle en accompagnant ses paroles d'un geste désinvolte de la main.

C'est donc ça, fit la voix intérieure de Garion après le départ du Grolim. *J'aurais dû m'en douter.*

Maas, le serpent, leva soudain la tête, son grand capuchon s'enflant et ses yeux brûlant comme des braises.

— Prends garde ! siffla-t-il.

— Au Grolim ? répliqua Salmissra en riant. Je n'ai rien à craindre de lui.

— Pas au Grolim, à celui-là, chuinta Maas en dardant sa langue en direction de Garion. Son esprit est en éveil.

— C'est impossible, objecta-t-elle.

— Pourtant, son esprit est bel et bien éveillé. Je pense que ce n'est pas sans rapport avec cette chose en métal qu'il porte autour du cou.

— Eh bien, retire-la-lui! ordonna-t-elle au serpent.

Reste bien tranquille, dit à Garion sa voix intérieure. *N'essaie pas de lutter.*

Incapable de réagir, Garion regarda le museau émoussé se rapprocher. Maas leva la tête, son capuchon se renflant, sa langue se dardant frénétiquement. Lentement, il se pencha en avant. Son nez effleura l'amulette d'argent accrochée au cou de Garion.

Une formidable étincelle bleue jaillit au moment où la tête du serpent entrait en contact avec l'amulette. Garion reconnut la houle familière, maintenant étroitement contrôlée, circonscrite en un seul point. Maas s'enroula sur ses anneaux et l'éclair bondit de l'amulette, grésilla dans l'air, unissant le disque d'argent au nez du reptile. Les yeux du serpent commmencèrent à se racornir tandis que de la fumée s'échappait de ses narines et de sa gueule béante.

Puis il n'y eut plus d'étincelle, et le corps du serpent mort se recroquevilla et se mit à se tortiller convulsivement sur le sol de pierre polie de la salle.

— Maas! hurla Salmissra.

Les eunuques s'écartèrent précipitamment du serpent, agité de mouvements spasmodiques.

— Ma Reine! balbutia un fonctionnaire au crâne rasé, depuis la porte. C'est la fin du monde!

— Qu'est-ce que tu racontes? s'écria Salmissra, en détachant son regard du corps tétanisé du reptile.

— Le ciel s'est éteint! Le midi est aussi noir que la mi-nuit! La ville est plongée dans la terreur!

CHAPITRE XXIX

Dans le tumulte qui suivit cette déclaration, Garion resta calmement assis sur les coussins à côté du trône de Salmissra, tandis que sa voix intérieure lui parlait très vite.

Reste bien tranquille, surtout, lui disait-elle. *Pas un mot, pas un geste.*

— Que l'on fasse immédiatement venir mes astronomes! ordonna Salmissra. Je veux savoir pourquoi je n'ai pas été avertie de cette éclipse.

— Ce n'est pas une éclipse, ma Reine, gémit le fonctionnaire au crâne rasé en rampant sur le sol luisant, non loin de Maas, toujours agité de spasmes. L'obscurité est tombée comme un grand rideau noir. On aurait dit un mur en mouvement. Il a englouti le soleil sans un bruit. Il n'y a pas eu un souffle de vent, pas une goutte de pluie, pas un coup de tonnerre. Nous ne reverrons jamais le soleil, fit-il en éclatant en sanglots.

— Vas-tu cesser, espèce d'imbécile! vociféra Salmissra. Lève-toi tout de suite! Emmène-le, Sadi, il parle à tort et à travers. Va voir le ciel, et reviens ici. Il faut que je sache ce qui se passe.

Sadi s'ébroua un peu comme un chien qui sort de l'eau et détacha ses yeux fascinés du sourire mortel figé sur la tête de Maas. Il releva sans ménagements le fonctionnaire bouffi de larmes et le fit sortir de la pièce.

Salmissra se tourna alors vers Garion.

— Comment as-tu fait cela? demanda-t-elle en tendant le doigt vers la forme convulsée de Maas.

— Je ne sais pas, répondit-il.

Son esprit était toujours englouti dans le brouillard. Seul le recoin tranquille d'où s'élevait la voix était en éveil.

— Retire cette amulette, commanda-t-elle.

Docilement, Garion tendit les mains vers le médaillon. Mais tout à coup, ses mains se figèrent. Elles ne voulaient pas bouger. Il les laissa retomber.

— Je ne peux pas, dit-il.

— Enlève-la-lui, enjoignit-elle à l'un des eunuques.

L'homme jeta un coup d'œil au serpent mort, puis regarda Garion et secoua la tête en reculant, terrifié.

— Tu vas faire ce que je te dis, oui ? tempêta la Reine des Serpents d'un ton aigre.

Mais un bruit formidable ébranlait le palais, se réverbérant dans les corridors. Il y eut d'abord un bruit de griffes grattant un bois épais, puis le vacarme d'une muraille en train de s'écrouler, et tout au bout d'une galerie obscure, quelqu'un poussa un hurlement d'agonie.

La conscience sèche qui lui parlait intérieurement s'étendit, s'informant.

Ah, tout de même, dit-elle avec un soulagement évident.

— Qu'est-ce qui se passe là-bas ? éclata Salmissra.

Viens avec moi, fit la voix dans l'esprit de Garion. *J'ai besoin de ton aide.*

Garion mit ses mains sous lui comme pour se lever.

Non. Pas comme ça.

Une étrange image de division se présenta à l'esprit de Garion. Abstraitement, il voulut la séparation et sentit qu'il s'élevait tout en restant immobile. Tout d'un coup, il ne sentit plus son corps, ses bras, ses jambes, et pourtant, il avait une impression de mouvement. Il se vit, il vit son propre corps, stupidement assis sur les coussins, aux pieds de Salmissra.

Vite, lui dit sa voix intérieure.

Il n'occupait plus son propre corps ; il lui semblait être ailleurs, à côté. Une forme vague était là, auprès de lui, informe et en même temps très familière. La brume qui lui obscurcissait le cerveau s'était dissipée ; il se sentait en pleine possession de ses moyens.

— Qui êtes-vous ? demanda-t-il à la forme, à côté de lui.

— Ce n'est pas le moment de t'expliquer. Vite, il faut que nous les ramenions avant que Salmissra n'ait le temps d'intervenir.

— Ramener qui ?

— Polgara et Barak.

— Tante Pol ? Où est-elle ?

— *Viens,* reprit la voix d'un ton pressant.

Ensemble, Garion et l'étrange présence à son côté parurent planer dans l'air vers la porte fermée. Ils passèrent au travers, comme s'ils n'étaient qu'une vapeur inconsistante, et se retrouvèrent dans le couloir, de l'autre côté.

Puis ils s'élevèrent, comme s'ils volaient, dans le corridor, mais sans la moindre sensation de vent sifflant à leurs oreilles ou même de mouvement, et un instant plus tard, ils émergeaient dans la vaste salle couverte où Issus avait amené Garion en arrivant au palais. Alors ils se stabilisèrent au beau milieu du vide.

Environnée d'un halo de haine, ses yeux splendides lançant des éclairs, tante Pol arpentait l'immense halle, accompagnée d'un ours hirsute qui la dominait de toute sa hauteur et que Garion connaissait bien. On avait vaguement l'impression de reconnaître le visage de Barak dans ce faciès bestial, mais toute trace d'humanité en était bannie. Les yeux de l'animal brûlaient d'une rage démente et il ouvrait une gueule démesurée.

Les gardes tentèrent désespérément de repousser l'ours à l'aide de longues piques, mais la bête les balaya comme autant d'allumettes et abattit sur les hommes ses griffes qui fouaillaient l'air, les écrasant dans son étreinte avant de les ouvrir en deux. On aurait pu suivre tante Pol et l'ours à la trace de cadavres déchiquetés et de morceaux de chair encore palpitante qu'ils abandonnaient derrière eux.

Les serpents qui se blottissaient naguère dans les coins grouillaient maintenant sur le sol, mais sitôt qu'ils entraient en contact avec la lumière fulgurante qui nimbait tante Pol, ils mouraient comme Maas avait succombé.

Tante Pol abattait systématiquement toutes les portes, d'un mot et de quelques gestes. Qu'un mur épais lui barrât le chemin, et elle le faisait disparaître en poussière, comme s'il avait été fait de toiles d'araignées.

Barak se précipita avec un rugissement dément dans la salle chichement éclairée, en détruisant tout sur son passage. Un eunuque fit en glapissant une tentative désespérée pour grimper à l'un des piliers. Mais, se dressant sur ses pattes de derrière, la grande bête lui enfonça ses griffes dans le dos et le fit tomber à terre. Les hurlements de l'homme s'achevèrent brutalement dans un jaillissement de sang et de cervelle lorsque les redoutables mâchoires se refermèrent avec un craquement écœurant sur sa tête.

— Polgara ! appela silencieusement la présence à côté de Garion. Par ici !

Tante Pol fit volte-face.

— Suis-nous, dit l'entité. Vite !

Puis, suivis de tante Pol et de Barak, fou furieux, Garion et cette autre partie de lui-même se retrouvèrent en train de planer le long du couloir qui les ramenait vers Salmissra et le corps à demi inconscient qu'ils venaient de quitter.

Garion et son étrange compagnon franchirent à nouveau la lourde porte fermée.

Salmissra, dont la nudité marbrée de taches à peine voilées par la robe diaphane évoquait maintenant davantage la colère que la lubricité, était penchée sur la forme au regard vide avachie sur les coussins.

— Réponds-moi ! hurlait-elle. Réponds-moi !

— Quand nous serons revenus à nous, fit la présence immatérielle, laisse-moi prendre les choses en mains. Nous n'aurons pas trop de temps devant nous.

Alors ils furent de retour. L'espace d'un instant, Garion sentit son corps frémir, et il se retrouva en train de regarder au-dehors par ses propres yeux, mais le brouillard qui le submergeait auparavant revint en force.

— Quoi ? articulèrent ses lèvres, bien qu'il n'eût pas consciemment formé ce mot.

— Je te demande si tout ceci est ton œuvre ? demanda Salmissra.

— Quoi donc?

La voix qui sortait de sa bouche ressemblait à la sienne, mais avec une différence subtile.

— Tout ça, reprit-elle. Les ténèbres. Cette offensive sur mon palais.

— Je ne pense pas. Comment aurais-je pu faire tout ça? Je ne suis qu'un pauvre garçon.

— Ne mens pas, Belgarion, s'exclama-t-elle d'un ton impérieux. Je sais qui tu es et ce que tu es. Il faut que ce soit toi. Belgarath lui-même n'aurait pas pu obscurcir le soleil. Je t'avertis, Belgarion, ce que tu as bu aujourd'hui est la mort. En cet instant précis, le poison qui coule dans tes veines est en train de te tuer.

— Pourquoi m'as-tu fait ça?

— Pour te garder. Il te faudra en reprendre, ou c'est la mort. Tu devras boire, tous les jours de ta vie, ce que je suis seule à pouvoir te donner, ou tu mourras. Tu es à moi, Belgarion. A moi!

Des hurlements de désespoir s'élevaient de l'autre côté de la porte.

La Reine des Serpents leva les yeux, surprise, et se tourna vers la gigantesque statue qui se trouvait derrière elle. Elle s'inclina en une révérence cérémonieuse et se mit à décrire dans le vide une série de mouvements compliqués avec ses mains, en prononçant une formule interminable dans une langue que Garion n'avait encore jamais entendue, une langue au rythme étrange, pleine de sifflements gutturaux.

La lourde porte vola en éclats, et tante Pol se dressa dans l'ouverture, les yeux pleins d'une colère mortelle, sa mèche blanche étincelant sur son front. L'ours énorme qui était à ses côtés poussa un rugissement. Il avait les dents dégoulinantes de sang, et des lambeaux de chair pendaient de ses griffes.

— Je t'avais prévenue, Salmissra, déclara tante Pol, et sa voix recelait une menace mortelle.

— Ne fais pas un pas de plus, Polgara, intima la reine, sans se retourner, ou le garçon mourra. Rien ne pourra le sauver si tu t'attaques à moi.

Tante Pol s'immobilisa.

— Que lui as-tu fait? demanda-t-elle.

— Regarde-le, répondit Salmissra. Il a bu de l'athal et du kaldiss. Leur feu coule dans ses veines en cet instant même. Et il en aura très bientôt à nouveau besoin.

Ses doigts esquissaient toujours leurs mouvements sinueux dans le vide, et son visage était tendu dans une extrême concentration. Ses lèvres se remirent à articuler de rauques chuintements.

— *Est-ce vrai?* questionna la voix de tante Pol, dans l'esprit de Garion.

— *On le dirait bien*, répondit la voix sèche. *Ils lui ont fait boire des choses, et il n'est plus lui-même.*

— *Qui êtes-vous?* interrogea tante Pol, en ouvrant de grands yeux.

— *J'ai toujours été là, Polgara. Tu ne le savais pas?*

— *Garion le sait-il?*

— *Il sait que je suis là. Il ne sait pas ce que cela veut dire.*

— *Nous en reparlerons plus tard*, décida-t-elle. *Faites bien attention. Voilà ce qu'il faut faire.*

Une vague d'images confuses se succédèrent dans l'esprit de Garion.

— *Vous avez compris?*

— *Bien sûr. Je vais lui montrer.*

— *Vous ne pouvez pas le faire vous même?*

— *Non, Polgara*, répondit la voix sèche. *Le pouvoir en jeu est le sien. Pas le mien. Ne t'inquiète pas pour lui. Nous nous comprenons, tous les deux.*

Garion se sentait étrangement à l'écart de la conversation qui se déroulait dans son esprit.

— *Garion*, dit calmement sa voix intérieure. *Je veux que tu penses à ton sang.*

— Mon sang?

— *Nous allons être obligés d'en changer pendant un moment.*

— Pourquoi?

— *Pour brûler le poison qu'ils t'ont fait prendre. Allons, concentre-toi sur ton sang, maintenant.*

Garion s'exécuta.

— *Voilà comment tu veux qu'il devienne.*

Garion eut une vision de jaune.

— *Tu as compris?*

— Oui.

— *Alors vas-y. Maintenant!*

Garion plaça le bout de ses doigts sur sa poitrine et banda sa volonté sur son changement de sang. Il eut tout à coup l'impression de s'embraser. Son cœur se mit à battre à grands coups, et une sueur gluante commença à lui ruisseler sur tout le corps.

Encore un peu, dit la voix.

Garion allait mourir. Le sang modifié rugissait dans ses veines et il se mit à trembler violemment. Son cœur faisait des embardées dans sa poitrine. Un voile noir lui tomba devant les yeux, et il s'inclina lentement vers l'avant.

Maintenant ! ordonna brutalement la voix. *Change-le à nouveau.*

Et puis tout fut fini. Les battements du cœur de Garion se calmèrent, puis reprirent un rythme normal. Il était épuisé, mais l'hébétude dans laquelle il avait été plongé s'était dissipée.

C'est fini, Polgara, dit l'autre Garion. *Tu peux faire ce qui doit être fait, maintenant.*

Le visage de tante Pol, jusqu'alors tendu par l'angoisse, devint implacable. Elle s'avança sur le sol luisant en direction de l'estrade.

— Retourne-toi, Salmissra, commanda-t-elle. Retourne-toi, et regarde-moi.

Mais la reine avait élevé les mains au-dessus de sa tête, et les sifflements âpres qui s'échappaient de ses lèvres avaient maintenant la force d'un hurlement.

Alors, loin au-dessus de leurs têtes, dans les ténèbres du plafond, les yeux de la gigantesque statue s'ouvrirent et se mirent à brûler d'un feu d'émeraude, intense, auquel fit écho la soudaine luminescence d'un joyau vert qui ornait la couronne de Salmissra.

Et la statue se mit en mouvement, dans un grincement formidable de montagne qui s'ébranle. L'immense bloc de roche dans lequel le colosse avait été taillé fléchit, s'arqua, et la statue fit un pas en avant, puis un autre.

— Pourquoi m'as-tu appelé ? demanda une voix terrible, issue de lèvres inflexibles, et la voix retentissait dans la poitrine de la formidable créature de pierre.

— Viens au secours de Ta servante, Incommensurable Issa, implora Salmissra en se tournant d'un air triomphant vers tante Pol. Cette vile sorcière a fait intrusion dans Ton domaine pour m'assassiner. Ses pouvoirs maléfiques sont d'une telle puissance que nul ne peut lui résister. Je suis Ta promise, et je me place sous Ta protection.

— Qui est-elle pour profaner mon temple ? questionna la statue dans un immense grondement. Qui ose lever la main sur mon élue et ma bien-aimée ?

Les yeux d'émeraude brillaient d'une terrible colère dans la face de l'énorme statue, qui dominait de toute sa hauteur tante Pol, plantée toute seule au milieu du sol luisant.

— Tu es allée trop loin, Salmissra, déclara tante Pol, impavide. Tu n'avais pas le droit.

La Reine des Serpents éclata d'un rire méprisant.

— Pas le droit ? Que signifient tes interdits ? Disparais, maintenant, ou apprête-toi à affronter la colère du Divin Issa. Libre à toi de t'opposer à un Dieu, si tel est ton désir !

— Tu l'auras voulu, annonça tante Pol.

Elle se redressa et prononça un mot, un seul. Le rugissement qui se fit entendre dans l'esprit de Garion à ce mot fut effroyable. Puis, tout d'un coup, elle se mit à grandir. Pied après pied, elle s'éleva, poussant comme un arbre, grossissant, grandissant, prenant des proportions gigantesques devant les yeux éberlués de Garion. En moins d'un instant, elle était face à face avec le grand Dieu de pierre et le considérait d'égal à égal.

— Polgara ? La voix du Dieu avait des accents étonnés. Pourquoi as-tu fait ça ?

— Je suis venue en accomplissement de la Prophétie, Seigneur Issa, expliqua-t-elle. Ta servante vous a trahis, Tes frères et Toi-même.

— Cela ne se peut, répliqua Issa. Elle est mon élue. Son visage est le visage de ma bien-aimée.

— C'est bien son visage, mais ce n'est pas la Salmissra qu'aimait Issa. Une centaine de Salmissra T'ont servi dans ce temple, depuis la mort de Ta bien-aimée.

— Sa mort ? releva le Dieu.

Et terrible était son incrédulité.

— Elle ment ! glapit Salmissra. Je suis Ta bien-aimée,

ô Seigneur. Ne Te laisse pas détourner de moi par ses mensonges. Tue-la !

— L'issue de la Prophétie est proche, annonça tante Pol. Le jeune garçon qui se trouve aux pieds de Salmissra est son instrument. Il doit m'être restitué, ou la Prophétie ne verra pas son accomplissement.

— L'aboutissement de la Prophétie sera bien vite venu, reprit le Dieu.

— Pas si vite que cela, Seigneur Issa. Il est plus tard que Tu ne penses. Ton sommeil a excédé les siècles.

— C'est une imposture ! Un blasphème ! s'écria désespérément Salmissra en se cramponnant à la cheville du gigantesque Dieu de pierre.

— Il va me falloir éprouver la vérité de tout ceci, articula lentement le Dieu. Long et profond fut mon sommeil, et le monde qui me rappelle à lui me prend au dépourvu.

— Détruis-la, ô Seigneur ! implora Salmissra. Ses mensonges constituent une abomination et profanent Ta sainte présence !

— La vérité m'apparaîtra, Salmissra, déclara Issa.

Garion éprouva un contact mental, bref mais prodigieux. Quelque chose l'avait effleuré, quelque chose dont l'immensité le frappait de terreur. Puis le contact disparut.

— Aaah...

Un soupir s'élevait du sol. Maas, le serpent mort, s'agitait dans son sommeil.

— Aaah... Laissez-moi dormir, siffla-t-il.

— Dans un instant, tonna Issa. Comment t'appelait-on ?

— Maas était mon nom, répondit le serpent. J'étais le conseiller et le compagnon de Salmissra l'Eternelle. Renvoie-moi à l'oubli, Seigneur mon Dieu. Je ne puis plus supporter de vivre.

— Est-ce là ma bien-aimée Salmissra ? demanda le Dieu.

— Sa continuatrice, soupira Maas. Ta bien-aimée prêtresse est morte il y a des milliers d'années. Chacune de celles qui succèdent à Salmissra est choisie pour sa ressemblance avec ta promise.

— Ah! gronda Issa, son immense voix retentissant d'une infinie douleur. Et quelles étaient les intentions de cette femme en soustrayant Belgarion aux soins de Polgara?

— Elle cherchait à contracter alliance avec Torak, répondit Maas. Elle avait le dessein d'apporter Belgarion au Maudit en échange de l'immortalité que son étreinte lui aurait procurée.

— Son étreinte? Ma prêtresse, s'abandonner à l'étreinte de mon frère fou?

— Avidement, ô Seigneur. Il est dans sa nature de rechercher l'embrasement dans les bras de toute entité, divine, humaine ou animale, qui s'offre à elle.

Une expression d'indicible dégoût passa sur le visage de pierre d'Issa.

— En a-t-il toujours été ainsi? s'enquit-il.

— Toujours, Seigneur, répondit Maas. La potion qui conserve sa jeunesse et sa beauté à ta bien-aimée lui enflamme les veines d'un désir qui restera inassouvi jusqu'au dernier jour de ses jours. Laisse-moi m'en aller, Seigneur. Terrible est ma souffrance...

— Dors, Maas, accorda miséricordieusement Issa. Emporte ma gratitude avec toi dans le silence du trépas.

— Aaah... soupira Maas avant de s'effondrer à nouveau.

— Je vais également sombrer à nouveau dans le sommeil, déclara Issa. Je ne puis m'éterniser, car ma présence risquerait d'éveiller Torak et de lui faire reprendre la guerre dont le monde sortirait anéanti.

La colossale effigie de pierre regagna l'endroit où elle se tenait depuis des milliers d'années. Le grincement assourdissant et le grondement de la pierre qui s'ébranlait retentirent à nouveau dans l'immense salle.

— Dispose de cette femme comme bon te semblera, Polgara, décréta le Dieu de pierre. Mais épargne sa vie, en souvenir de ma bien-aimée.

— Ainsi soit-il, Seigneur Issa, fit tante Pol en s'inclinant devant la statue.

— Transmets mon amour à mon frère Aldur, ordonna encore la voix, dont les derniers échos moururent dans le silence.

— Dors Seigneur, dit tante Pol. Puisse ton sommeil effacer ton chagrin.

— Non! gémit Salmissra d'un ton plaintif, mais la flamme verte était déjà morte dans les yeux de la statue, et le joyau, sur la couronne, s'éteignit pareillement après un ultime éclair.

— Ton heure est venue, Salmissra, annonça tante Pol, titanesque et implacable.

— Ne me tue pas, Polgara, implora la reine, en se laissant tomber à genoux. Ne me tue pas, par pitié.

— Je ne t'ôterai point la vie, Salmissra. J'ai promis au Seigneur Issa de t'épargner.

— Je n'ai rien promis de tel, intervint Barak, depuis la porte.

Garion jeta un rapide coup d'œil en direction de son gigantesque ami, qui paraissait tout petit face à l'immensité de tante Pol. L'ours avait disparu, cédant la place au grand Cheresque, l'épée à la main.

— Non, Barak. Je vais régler le problème de Salmissra, une fois pour toutes, proclama tante Pol en se retournant vers la reine transie de terreur. Tu ne vas pas cesser de vivre, Salmissra. Tu vivras longtemps — à jamais, peut-être.

Un impossible espoir se fit jour dans les yeux de Salmissra. Lentement, elle se redressa et leva les yeux sur la silhouette titanesque qui la dominait de toute sa hauteur.

— Eternellement, Polgara? demanda-t-elle.

— Mais je dois te métamorphoser, reprit tante Pol. Le poison que tu as absorbé pour rester jeune et belle te tue lentement. Ses traces commencent déjà à apparaître sur ton visage.

Les mains de la reine volèrent à ses joues, et elle se retourna rapidement pour se regarder dans son miroir.

— Tu te dégrades, Salmissra, poursuivit tante Pol. Bientôt, tu seras vieille et laide. La passion qui te consume s'éteindra, et tu mourras. Tu as le sang trop chaud; voilà ton problème.

— Mais comment...

Salmissra ne termina pas sa phrase.

— Une petite modification, lui assura tante Pol. Juste un petit changement, et tu vivras éternellement.

Garion sentit la puissance de sa volonté s'enfler démesurément.

— Je vais te donner la vie éternelle, Salmissra, reprit-elle en levant la main.

Elle prononça un mot dont la force terrible ébranla Garion comme une feuille dans la tourmente.

Ils ne virent pas grand-chose au début. Salmissra resta drapée dans sa pâle nudité qui semblait luire à travers sa robe. Puis les étranges marbrures vertes s'accentuèrent et ses cuisses se rapprochèrent étroitement l'une de l'autre, tandis que son visage se distendait en un long museau pointu. Alors sa bouche s'étira d'une oreille à l'autre et ses lèvres s'estompèrent, leurs commissures se figeant en un rictus reptilien.

Garion la regardait avec horreur, incapable de détourner les yeux. Les épaules de la reine s'effacèrent, sa robe glissa sur elle et ses bras se collèrent à ses flancs. Puis son corps s'allongea et ses jambes, maintenant complètement soudées l'une à l'autre, commencèrent à s'incurver en larges anneaux. Ses cheveux lustrés disparurent avec les derniers vestiges d'humanité qui s'attardaient encore sur son visage, mais sa couronne d'or resta inébranlablement fixée sur sa tête. Elle se laissa glisser sur la masse de ses anneaux et de ses circonvolutions en dardant sa langue, et le capuchon en lequel s'élargissait son cou s'enfla comme elle braquait le regard mort de ses yeux plats sur tante Pol.

— Remonte sur ton trône, Salmissra, ordonna tante Pol, qui avait retrouvé sa taille habituelle pendant la métamorphose de la reine.

La tête de la reine demeura immobile tandis qu'elle déroulait ses anneaux et gravissait le divan garni de coussins dans un frottement sec, un crissement poussiéreux.

Tante Pol se tourna vers Sadi, l'eunuque.

— Veille sur la Servante d'Issa, la reine du Peuple des Serpents, dont le règne durera éternellement, car elle est véritablement immortelle maintenant, et arborera jusqu'à la fin des temps la couronne de Nyissie.

Sadi, qui était d'une pâleur mortelle et roulait des yeux affolés, déglutit péniblement et hocha la tête en signe d'assentiment.

— Je te confie donc ta reine, reprit-elle. Je préférerais partir paisiblement, mais d'une façon ou d'une autre, nous nous en irons ensemble, le garçon et moi.

— Je ferai passer le message, acquiesça Sadi, avec empressement. Personne ne tentera de se mettre en travers de votre chemin.

— Sage décision, commenta sèchement Barak.

— Saluons tous la Reine des Serpents de Nyissie, articula d'une voix tremblante l'un des eunuques en robe écarlate, en se laissant tomber à deux genoux devant l'estrade.

— Louée soit-elle, répondirent rituellement les autres, en s'agenouillant à leur tour.

— Sa gloire nous est révélée.

— Adorons-la.

En suivant tante Pol vers la porte fracassée, Garion jeta un coup d'œil en arrière. Alanguie sur son trône, ses anneaux tavelés lovés les uns sur les autres, Salmissra contemplait son reflet dans le miroir, sa couronne dorée bien droite sur sa tête encapuchonnée. Mais son museau reptilien était totalement dépourvu d'expression, et il était impossible de deviner ce qu'elle pensait.

CHAPITRE XXX

Ils laissèrent les eunuques chanter les louanges de la Reine des Serpents, agenouillés dans la salle du trône, pour suivre tante Pol à travers les galeries et les salles voûtées désertes. Son épée à la main, Barak refaisait à grandes enjambées le chemin qu'il avait suivi en arrivant, reconnaissable aux cadavres sauvagement mutilés qui le jonchaient. Le visage livide du grand bonhomme arborait une expression sinistre, et il lui arriva plus d'une fois de détourner les yeux devant le terrible carnage qui marquait leur trajet.

Ils émergèrent du palais pour trouver Sthiss Tor plongée dans des ténèbres plus sombres que la nuit la plus noire. Une torche prise au palais dans une main, son épée dans l'autre, Barak leur ouvrit un chemin dans la foule hystérique qui se lamentait dans les rues, en proie à une terreur abjecte, et il devait être si terrible que, bien qu'aveuglés par la panique, les Nyissiens s'écartaient devant lui.

— Qu'est-ce que c'est que ça, Polgara? grommela-t-il en se retournant pour la regarder, avec un ample mouvement de sa torche, comme pour écarter l'obscurité. Encore un de vos tours de magie?

— Non, répondit-elle. Ce n'est pas de la sorcellerie.

Des sortes de flocons gris voltigeaient dans la lumière de la torche.

— De la neige? demanda Barak, incrédule.

— Non. Des cendres.

— Qu'est-ce qui brûle?

— Une montagne. Retournons le plus vite possible au

bateau. Nous avons plus à craindre de la foule que de tout ceci. Allons par là, suggéra-t-elle en jetant sa cape légère sur les épaules de Garion et en leur indiquant une rue où l'on voyait s'agiter quelques torches.

Les cendres commencèrent à tomber plus lourdement. On aurait dit qu'une farine grise, sale, et qui distillait une puanteur méphitique, se répandait à travers le tamis de l'air chargé d'humidité.

Lorsqu'ils arrivèrent aux quais, l'obscurité commençait à céder du terrain. Les cendres dérivaient maintenant vers le bas, s'insinuant dans les fissures entre les pavés et s'accumulant en ruisselets secs le long des bâtiments. Mais il avait beau faire de plus en plus clair, ils n'y voyaient pas à dix pas dans cette pluie de cendres, plus dense qu'un brouillard.

Les quais étaient plongés dans le chaos absolu. Des hordes de Nyissiens, hurlant et gémissant, tentaient de grimper dans les bateaux pour fuir la cendre étouffante qui dérivait dans un silence mortel à travers l'air humide. Nombreux étaient même ceux qui, succombant à l'affolement, préféraient s'engloutir dans les eaux fatales de la rivière.

— Nous n'arriverons jamais à traverser cette populace, Polgara, décida Barak. Attendez-moi un instant.

Il rengaina son épée, bondit et s'agrippa au rebord d'une toiture basse. Un rétablissement, et l'instant d'après, il était campé au bord du toit, au-dessus d'eux. Ils ne voyaient plus de lui qu'une vague silhouette.

— Holà, Greldik ! rugit-il d'une voix de tonnerre qui portait par-dessus le vacarme même de la foule.

— Barak ! retentit la voix de Greldik. Où es-tu ?

— Au bout du quai, hurla Barak en réponse. Nous ne pouvons pas passer, avec tous ces gens.

— Reste où tu es, fit Greldik. Nous allons venir te chercher.

Au bout de quelques instants, ils entendirent un vacarme de pieds frappant lourdement les pavés du quai. Quelques horions auxquels répondaient des cris de douleur ponctuèrent les hurlements de la foule au paroxysme de l'épouvante, puis Greldik, Mandorallen et une poignée de matelots particulièrement costauds, armés de gourdins, émergèrent de la pluie de cendres, se frayant un chemin avec une redoutable efficacité.

— Vous vous étiez perdus? beugla Greldik à l'attention de Barak.

Barak bondit à bas du toit.

— Nous avons dû nous arrêter un moment au palais, répondit-il, sans s'étendre.

— Il commençait à nous venir de grandes craintes pour votre personne, gente dame, déclara Mandorallen, en écartant de son chemin un Nyissien éperdu de terreur. Le brave Durnik est rentré depuis plusieurs heures, déjà.

— Nous avons été retardés, commenta-t-elle. Capitaine, pouvez-vous nous amener à bord de votre bateau?

Greldik répondit par un sourire inquiétant.

— Eh bien, allons-y, pressa-t-elle. Dès que nous serons à bord, je pense qu'il vaudrait mieux nous ancrer un peu plus loin du rivage. Les cendres vont bien finir par cesser de tomber, mais en attendant, ces gens vont continuer à s'affoler. Avez-vous eu des nouvelles de Silk ou de mon père?

— Pas encore, ma Dame, répondit Greldik.

— Mais que fait-il donc? se demanda-t-elle à elle-même avec agacement.

Mandorallen tira sa large épée et marcha droit sur la foule, sans ralentir ou infléchir sa trajectoire. Les Nyissiens s'évanouissaient littéralement devant lui.

La cohue était encore pire le long du vaisseau de Greldik. Alignés derrière le bastingage, Durnik, Hettar et tous les membres de l'équipage repoussaient à l'aide de longues gaffes les gens frappés de terreur.

— Sortez la passerelle, hurla Greldik au moment où ils arrivaient au bord du quai.

— Noble capitaine, balbutia un Nyissien au crâne chauve, en s'agrippant au gilet de fourrure de Greldik. Laisse-moi monter à bord de ton bateau et je te donnerai cent pièces d'or.

Greldik le repoussa d'un air dégoûté.

— Un millier de pièces d'or, promit le Nyissien en se cramponnant au bras de Greldik et en lui agitant une bourse sous le nez.

— Que l'on éloigne ce babouin de moi, ordonna Greldik.

D'un coup de gourdin, l'un des matelots mit négligemment le Nyssien hors d'état de nuire avant de le délester de sa bourse. Il l'ouvrit et en versa le contenu dans le creux de sa main.

— Trois pièces d'argent, dit-il avec écœurement. Le reste n'est que du cuivre.

Il se retourna pour flanquer à l'homme un bon coup de pied dans le ventre.

Ils montèrent à bord l'un après l'autre, tandis que Barak et Mandorallen repoussaient la foule en la menaçant des pires sévices.

— Larguez les amarres! tonna Greldik lorsqu'ils furent tous à bord.

Les matelots coupèrent les lourdes amarres au grand désespoir des Nyissiens agglutinés le long du quai. Le bâtiment s'écarta lentement au gré du courant visqueux, suivi d'un concert de gémissements et de lamentations.

— Garion, dit tante Pol, tu devrais descendre mettre quelque chose de décent et enlever ce rouge dégoûtant que tu as sur la figure. Et puis reviens ici tout de suite. Je veux te parler.

Garion, qui avait oublié sa tenue succincte, piqua un fard et s'empressa de descendre sous le tillac.

Il faisait nettement plus clair lorsqu'il réapparut, revêtu d'une tunique et de chausses, mais les cendres grises dérivaient toujours dans l'air immobile, embrumant le monde autour d'eux, recouvrant toute chose d'une épaisse couche de poussière impalpable. Les matelots de Greldik avaient mouillé l'ancre, et le bateau se balançait mollement dans le courant léthargique, assez loin du bord.

— Par ici, Garion, appela tante Pol.

Debout à la proue, elle scrutait le brouillard poussiéreux. Garion s'approcha avec une certaine appréhension, le souvenir de ce qui s'était passé au palais encore bien vivace dans son esprit.

— Assieds-toi, mon chou, suggéra-t-elle. Je voudrais voir quelque chose avec toi.

— Oui, M'dame, acquiesça-t-il en s'asseyant sur le banc, près d'elle.

— Garion, dit-elle en se tournant vers lui et en le regardant droit dans les yeux. Est-ce qu'il s'est passé quelque chose pendant que tu étais au palais de Salmissra?

— De quel genre de chose veux-tu parler?

— Tu sais bien ce que je veux dire, répondit-elle plutôt sèchement. Tu ne vas pas nous mettre tous les deux dans l'embarras en m'obligeant à te poser des questions plus précises, j'espère?

— Ah! fit-il en s'empourprant. Des choses comme ça! Non, il ne s'est rien passé.

Il évoqua, non sans regrets, le souvenir de la reine si tentante, comme un fruit presque trop mûr.

— Très bien. C'est tout ce que je craignais. Tu ne peux pas te permettre de te laisser entraîner dans ce genre de situation pour l'instant. Compte tenu des conditions spécifiques dans lesquelles tu te trouves, cela pourrait avoir des conséquences particulières.

— Je ne suis pas sûr de comprendre, dit-il.

— Tu disposes de certaines facultés, précisa-t-elle, et le fait de commencer à avoir des expériences dans certain domaine avant qu'elles n'aient atteint leur pleine maturité pourrait déterminer des résultats quelque peu imprévisibles. Mieux vaut ne pas confondre les registres pour le moment.

— Il aurait peut-être mieux valu qu'il se passe quelque chose, au contraire, balbutia Garion. Ça aurait peut-être mis ces facultés hors d'état d'agir — et de nuire à qui que ce soit par la même occasion.

— J'en doute. Ton pouvoir est trop grand pour être neutralisé si facilement. Tu te souviens de ce dont nous avons parlé le jour où nous avons quitté la Tolnedrie, ton instruction?

— Je n'ai pas besoin d'instruction, protesta-t-il en s'assombrissant.

— Oh! que si. Et maintenant plus que jamais. Tu es doté d'un pouvoir énorme, d'une puissance inconnue à ce jour, et si complexe que je n'arrive même pas à le comprendre complètement. Il faut que tu apprennes à le maîtriser avant de déclencher une catastrophe. Tu échappes à tout contrôle, Garion. Si tu tiens vraiment à éviter de faire du mal aux gens, tu devrais être plus que disposé à apprendre comment empêcher les accidents.

— Je ne *veux pas* être un sorcier, objecta-t-il. Tout ce que je demande, c'est d'être débarrassé de ce pouvoir. Tu ne peux pas m'y aider?

— Non, répondit-elle en secouant la tête. Et même si j'en étais capable, je ne le ferais pas. Tu ne peux pas y renoncer, mon Garion. Ça fait partie de toi.

— Alors, toute ma vie je serai un monstre ? demanda amèrement Garion. Il va falloir que je passe le restant de mes jours à changer les gens en crapauds ou en serpents, ou à les brûler vifs ? Et peut-être même qu'au bout d'un moment j'y serai tellement habitué que ça ne me fera plus rien. Je vivrai éternellement — comme grand-père et toi — mais je ne serai plus humain. Tante Pol, je crois que je préfère mourir.

— *Vous ne pouvez pas le raisonner ?*

Sa voix s'adressait directement, dans son esprit, à l'autre conscience qui l'habitait.

— *Pas pour l'instant, Polgara,* répondit la voix sèche. *Il est trop occupé à s'apitoyer sur son sort.*

— *Il faut qu'il apprenne à maîtriser le pouvoir dont il dispose,* dit-elle.

— *Je l'empêcherai de faire des bêtises,* promit la voix. *Je ne pense pas que nous puissions faire grand'chose d'autre avant le retour de Belgarath. Il traverse une crise morale, et nous ne pourrons pas vraiment nous entendre avec lui tant qu'il n'aura pas lui-même trouvé de solution au problème.*

— *Je n'aime pas le voir souffrir comme cela.*

— *Tu es trop sensible, Polgara. Il est solide, et ça ne peut pas lui faire de mal de souffrir un peu.*

— Vous allez arrêter de me traiter comme si je n'existais pas, tous les deux ? demanda Garion, furieux.

— Dame Pol, fit Durnik, qui venait vers eux, je pense que vous feriez mieux de venir tout de suite. Barak veut se tuer.

— Il veut *quoi* ? releva tante Pol.

— Ça aurait un rapport avec une malédiction, expliqua Durnik. Il dit qu'il va se laisser tomber sur son épée.

— Quel imbécile ! Où est-il ?

— Il est retourné à l'arrière, répondit Durnik. Il a dégainé son épée, et il ne laisse approcher personne.

— Venez avec moi.

Elle se dirigea vers la poupe, Garion et Durnik sur ses talons.

— La folie du combat nous est à tous familière, ô

Messire, disait Mandorallen en tentant de raisonner le grand Chéresque. Ce n'est pas une chose dont on ait à se glorifier, mais ce n'est pas non plus une raison pour se laisser aller à un tel désespoir.

Barak ne répondit pas. Il était campé sur le gaillard d'arrière, les yeux révulsés d'horreur, et balançait lentement son énorme épée d'un air menaçant, écartant tous ceux qui faisaient mine d'avancer.

Tante Pol fendit la foule des matelots et fonça droit sur lui.

— N'essayez pas de m'arrêter, Polgara, la menaça-t-il.

Impavide, elle tendit la main et effleura du bout du doigt la pointe de son épée.

— Elle est un peu émoussée, dit-elle d'un ton pensif. Pourquoi ne pas demander à Durnik de l'aiguiser ? Elle glisserait mieux entre vos côtes lorsque vous vous laisserez tomber dessus.

Barak eut l'air un peu surpris.

— Vous avez bien pris toutes vos dispositions, j'espère ?

— Quelles dispositions ?

— Eh bien, concernant votre dépouille. Vraiment, Barak, je pensais que vous aviez plus de savoir-vivre. Un homme du monde n'encombrerait pas ses amis avec ce genre de corvée. Le procédé le plus généralement employé est l'incinération, bien sûr, mais le bois est très humide, en Nyissie, et vous mettriez plus d'une semaine à vous consumer. J'imagine qu'il faudra que nous nous résolvions à vous balancer à la rivière. Les sangsues et les écrevisses vous auront nettoyé jusqu'aux os en un jour ou deux.

Barak prit un air blessé.

— Voulez-vous que nous ramenions votre épée et votre bouclier à votre fils ? demanda-t-elle.

— Je n'ai pas de fils, répondit-il d'un ton morose.

Il ne s'attendait évidemment pas à cette brutale démonstration de sens pratique.

— Allons, je ne vous ai donc rien dit ? Je suis vraiment distraite.

— Mais de quoi parlez-vous ?

— Peu importe, dit-elle. C'est sans intérêt, à présent. Comptiez-vous vous laisser tout simplement tomber sur votre épée, ou vous précipiter contre le mât, la garde en avant? Les deux façons sont bonnes. Voudriez-vous vous écarter, fit-elle en se retournant vers les matelots, de sorte que le comte de Trellheim puisse prendre son élan et courir jusqu'au mât?

Les matelots la regardèrent en ouvrant de grands yeux.

— Que vouliez-vous dire à propos de mon fils? reprit Barak en baissant son épée.

— Cela ne ferait que vous perturber, Barak. Il est probable que vous vous massacreriez ignoblement si je vous racontais tout ça maintenant. Nous ne tenons vraiment pas à ce que vous nous encombriez en geignant pendant des semaines. Ce serait beaucoup trop déprimant, vous savez.

— Je veux que vous me disiez de quoi vous parliez!

— Oh! très bien, soupira-t-elle. Merel, votre femme, attend un enfant. Le résultat de certains hommages que vous lui avez rendus lors de notre visite au Val d'Alorie, j'imagine. Elle est plus grosse que la pleine lune, en ce moment, et votre exubérante progéniture lui fait une vie d'enfer avec ses coups de pied.

— Un fils? articula Barak, les yeux comme des soucoupes, tout à coup.

— Vraiment, Barak, protesta-t-elle. Vous devriez faire un peu plus attention à ce qu'on vous dit. Vous n'arriverez jamais à rien si vous ne vous décidez pas à vous déboucher les oreilles.

— Un fils? répéta-t-il, en laissant échapper son épée.

— Voilà que vous l'avez laissée tomber, maintenant, le gourmanda-t-elle. Allons, ramassez-la, et finissons-en. C'est vraiment un manque d'égards et de considération envers autrui que de mettre toute la journée à se tuer comme ça.

— Ah, mais je ne me tue plus, déclara-t-il avec indignation.

— Vous ne vous tuez plus?

— Sûrement pas, alors, balbutia-t-il.

Puis il aperçut l'ombre de sourire qui s'épanouissait à la commmissure des lèvres de tante Pol, et il pencha la tête d'un air penaud.

— Espèce de grosse andouille, dit-elle.

Puis elle lui empoigna la barbe à deux mains, lui tira la

tête vers le bas, et appliqua un gros baiser sonore sur son visage sali par les cendres. Greldik eut un gloussement d'allégresse ; Mandorallen fit un pas en avant et étreignit Barak dans une accolade bourrue.

— Je me réjouis pour Toi, ô mon ami, déclama-t-il, et mon cœur s'enfle d'allégresse.

— Qu'on apporte un tonneau de bière ! ordonna Greldik à ses matelots en flanquant de grandes claques dans le dos de son ami. Nous allons saluer l'héritier des Trellheim avec la bonne vieille bière brune de Cherek.

— Je pense que ça ne va pas tarder à dénégérer, maintenant, dit calmement tante Pol à Garion. Viens avec moi.

Ils retournèrent à la proue du bateau.

— Est-ce qu'elle reprendra sa forme un jour ? demanda Garion quand ils furent à nouveau seuls.

— Qui donc, mon chou ?

— La reine, précisa Garion. Est-ce qu'elle retrouvera sa forme ?

— Avec le temps, elle n'en aura même plus envie, répondit tante Pol. La forme que l'on adopte finit par dominer la pensée, au bout d'un moment. Avec les années, ce sera de plus en plus un serpent et de moins en moins une femme.

— Il aurait été plus clément de la tuer, commenta Garion, avec un frisson.

— J'avais promis au Dieu Issa de ne pas le faire, dit-elle.

— C'était vraiment le Dieu ?

— Son esprit, répondit-elle, et son regard se perdit dans les cendres qui tombaient toujours. Salmissra a investi l'effigie d'Issa de son esprit, et l'espace d'un moment au moins, la statue a été le Dieu. C'est très compliqué. Mais où peut-il bien être passé ? fit-elle, l'air tout à la fois préoccupé et irrité, subitement.

— Qui ça ?

— Mon père. Il y a des jours qu'ils devraient être ici, maintenant.

Ils restèrent plantés l'un à côté de l'autre à regarder les flots boueux.

Finalement, elle se détourna du bastingage et épousseta

les épaules de sa cape d'un air dégoûté, soulevant de petits nuages de cendre.

— Je descends, dit-elle en faisant une grimace. Ça commence à devenir vraiment trop sale pour moi, ici.

— Je croyais que tu voulais me parler.

— Je ne penses pas que tu sois prêt à écouter ce que j'ai à te dire. J'attendrai.

Elle fit un pas, puis s'arrêta.

— Au fait, Garion?

— Oui?

— A ta place, je m'abstiendrais de boire la bière que les matelots sont en train d'ingurgiter. Après ce qu'ils t'ont fait prendre au palais, ça te rendrait sûrement malade.

— Ah! bon, répondit-il, non sans regrets. D'accord.

— Tu feras ce que tu veux, bien sûr, reprit-elle. Mais je me disais que tu préférerais le savoir avant.

Puis elle se détourna à nouveau, et s'enfonça par l'écoutille dans les profondeurs du navire.

Garion était en proie à des émotions mitigées. La journée avait été fertile en événements, et il avait la tête farcie d'un tourbillon d'images confuses.

— *Du calme,* lui dit sa voix intérieure.

— Comment?

— *J'essaie d'entendre quelque chose. Ecoute.*

— Ecouter quoi?

— *Là. Tu n'entends rien?*

Faiblement, comme venant de très loin, Garion eut l'impression d'entendre un bruit de sabots étouffé.

— Qu'est-ce que c'est?

La voix ne répondit pas, mais l'amulette qu'il avait autour du cou se mit à palpiter au rythme du martèlement lointain. C'est alors qu'un bruit de pas précipités se fit entendre derrière lui.

— Garion!

Il se retourna juste à temps pour se retrouver prisonnier de l'étreinte de Ce'Nedra.

— Je me faisais tellement de souci pour toi. Où étais-tu passé?

— Des gens sont montés à bord et se sont emparés de moi, dit-il en tentant de se débarrasser d'elle. Ils m'ont emmené au palais.

— Mais c'est terrible! s'exclama-t-elle. Tu as rencontré la reine?

Garion hocha la tête et eut un frisson en repensant au serpent encapuchonné qui se regardait dans un miroir, alangui sur son divan.

— Qu'est-ce qui ne va pas? demanda la fille.

— Il s'est passé beaucoup de choses, répondit-il. Pas toutes agréables.

Quelque part, au fin fond de sa conscience, le tambourinement continuait.

— Tu veux dire qu'ils t'ont torturé? interrogea Ce'Nedra, en écarquillant les yeux.

— Non, pas du tout.

— Alors, que s'est-il passé? insista-t-elle. Raconte-moi.

Il savait qu'elle ne le laisserait pas en paix tant qu'il ne se serait pas exécuté, de sorte qu'il lui décrivit du mieux qu'il put ce qui s'était passé. Le bruit sourd semblait se rapprocher pendant qu'il parlait, et la paume de sa main droite se mit à le picoter. Il la frotta sans y penser.

— C'est absolument affreux, déclara Ce'Nedra, quand il eut fini. Tu n'as pas eu peur?

— Pas vraiment, tempéra Garion en se grattouillant toujours la paume de la main. J'étais tellement abruti, la plupart du temps, par les choses qu'ils m'avaient fait boire que j'aurais été bien incapable d'éprouver quoi que ce soit.

— C'est vraiment toi qui as tué Maas, juste comme ça? demanda-t-elle en claquant les doigts.

— Ça ne s'est pas passé tout à fait comme ça, tenta-t-il d'expliquer. Ce n'est pas si simple.

— Je savais bien que tu étais un sorcier, dit-elle. Je te l'ai dit le jour où nous étions à la piscine, tu te souviens.

— Mais je ne veux pas être sorcier, protesta-t-il. Je n'ai jamais demandé à l'être.

— Je n'ai pas demandé à être princesse non plus.

— Ce n'est pas la même chose. Etre un roi ou une princesse, c'est être ce qu'on est. Etre un sorcier, ça a un rapport avec ce qu'on fait.

— Je ne vois pas la différence, objecta-t-elle d'un ton obstiné.

— Je peux amener des choses à se produire, précisa-t-il. Des choses terribles, la plupart du temps.

— Et alors ? riposta-t-elle, exaspérante. Moi aussi, je peux déclencher des choses horribles. Ou du moins, je pouvais, à Tol Honeth. Un mot de moi aurait pu envoyer un serviteur au poteau de torture, ou au billot. Je ne l'ai jamais prononcé, évidemment, mais j'aurais pu. Le pouvoir, c'est le pouvoir, Garion. Le résultat est le même. Tu n'es pas obligé de faire du mal aux gens si tu ne veux pas.

— Mais c'est pourtant ce qui arrive de temps en temps, sans que j'en aie envie.

La palpitation devenait obsédante, maintenant, presque comme un mal de tête assourdi.

— Eh bien, il faut que tu apprennes à contrôler ton pouvoir.

— J'ai l'impression d'entendre parler tante Pol.

— Elle essaie seulement de t'aider, déclara la princesse. Elle n'arrête pas d'essayer de te faire faire de ton plein gré ce que tu seras bien obligé de faire, en fin de compte. Combien de gens vas-tu transformer en torches humaines avant de finir par accepter ce qu'elle te dit ?

— Ça, ce n'était pas nécessaire, rétorqua Garion, piqué au vif.

— Oh ! si, assura-t-elle. Je crois que si. Tu as de la chance que je ne sois pas ta tante. Je ne supporterais pas tes caprices comme elle.

— Vous ne comprenez rien, marmonna Garion d'un ton sinistre.

— Je comprends bien mieux que toi, Garion. Tu sais quel est ton problème ? Tu ne veux pas grandir. Tu voudrais rester un petit garçon jusqu'à la fin de tes jours. Mais ce n'est pas possible. Personne ne peut empêcher le passage du temps. Quel que soit ton pouvoir, que tu sois un empereur ou un sorcier, tu ne peux pas empêcher les années de filer. Il y a longtemps que je m'en suis rendu compte, mais enfin, c'est sûrement que je suis beaucoup plus intelligente que toi.

Puis, sans un mot d'explication, elle se dressa sur la pointe des pieds et lui déposa un léger baiser en plein sur les lèvres. Garion s'empourpra et baissa la tête, tout embarrassé.

— Dis-moi, poursuivit Ce'Nedra en jouant avec la manche de sa tunique. La reine Salmissra était-elle aussi belle qu'on le dit ?

— C'était la plus belle femme que j'ai jamais vue de ma vie, répondit Garion sans réfléchir.

La princesse inspira brutalement.

— Je te *déteste*! s'écria-t-elle entre ses dents serrées.

Puis elle fit volte-face et partit en courant, tout éplorée, à la recherche de tante Pol.

Garion la suivit des yeux, perplexe, puis se détourna pour regarder rêveusement la rivière et les cendres qui dérivaient, emportées par le courant. Le picotement dans sa paume devenait vraiment intolérable et il se gratta le fond de la main, enfonçant férocement ses ongles dans sa chair.

— *Tu vas te faire mal et c'est tout,* dit sa voix intérieure.

— Ça me gratte. Je ne peux pas le supporter.

— *Arrête de faire l'enfant.*

— Mais d'où ça vient?

— *Tu veux dire que tu n'as vraiment pas compris? Tu as davantage à apprendre que je ne pensais. Prends ton amulette dans la main droite.*

— Pour quoi faire?

— *Fais ce que je te dis, c'est tout, Garion.*

Garion fouilla sous sa tunique et mit sa paume brûlante sur son pendentif. Le contact entre sa main et l'amulette palpitante lui fit l'impression d'approcher la perfection, un peu comme une clef rentrant dans la serrure pour laquelle elle a été faite, mais en plus ample. Le picotement devint la vague impérieuse qui lui était maintenant familière, et la palpitation sembla éveiller un écho vide dans ses oreilles.

— *Pas trop fort,* fit la voix intérieure, comme pour le mettre en garde. *Tu n'essaies pas d'assécher la rivière, tu sais.*

— Que se passe-t-il? Mais qu'est-ce que c'est, à la fin?

— *Belgarath tente de nous retrouver.*

— Grand-père? Où est-il?

— *Un peu de patience.*

Garion avait l'impression que la palpitation devenait de plus en plus forte, et bientôt son corps tout entier se mit à frémir à chaque pulsation. Il plongea le regard par-dessus le bastingage, dans l'espoir d'apercevoir quelque chose dans la brume, mais la cendre qui se posait à la surface de la rivière boueuse, si légère qu'elle la recouvrait sans s'y engloutir, empêchait d'y voir à plus de vingt pas. On n'apercevait même pas la cité, et la pluie sèche donnait presque l'impression d'étouffer les cris et les gémissements qui s'élevaient des rues invisibles. On ne distinguait à vrai dire que le lent passage du courant contre la coque.

C'est alors que quelque chose se mit à bouger, loin sur la rivière. Quelque chose de pas très gros, qui semblait n'être, au départ, qu'une silhouette sombre dérivant, fantômatique et silencieuse, au gré du courant.

La palpitation devint encore plus forte. Puis l'ombre se rapprocha, et Garion commença à distinguer la forme d'une petite barque. Une rame entra dans l'eau, lui arrachant un petit clapotement. L'homme qui était aux avirons se tourna pour regarder par-dessus son épaule. Garion reconnut Silk. Son visage était couvert de cendre grise, et des ruisselets de sueur lui sillonnaient les joues.

Sire Loup était assis à l'arrière de la petite embarcation, emmitouflé dans sa cape dont il avait relevé le capuchon.

— *Bienvenue à toi, Belgarath,* dit la voix sèche.

— *Qui est-ce?* La voix de sire Loup paraissait surprise, dans l'esprit de Garion. *C'est toi, Belgarion?*

— *Pas tout à fait,* répondit la voix. *Pas encore, en tout cas, mais nous y arriverons.*

— *Je me demandais qui pouvait causer tout ce bruit.*

— *Il a parfois tendance à en faire un peu trop. Mais il finira par s'y mettre.*

L'un des matelots réunis autour de Barak, à la poupe, poussa un beuglement et ils se retournèrent tous pour regarder la barque qui venait lentement vers eux.

Tante Pol remonta des profondeurs de la coque et s'approcha du bastingage.

— Vous n'êtes pas en avance, dit-elle.

— Nous avons été retardés, répondit le vieil homme par-dessus le vide qui diminuait à chaque coup de rame.

Il repoussa sa capuche et secoua la cendre impalpable qui recouvrait sa cape. Puis Garion vit que le vieil homme avait le bras retenu par une ficelle sale, sur la poitrine.

— Qu'est-ce que tu t'es fait au bras? demanda tante Pol.

— Je préfère ne pas en parler.

Sire Loup avait la joue marquée d'une vilaine balafre

qui se perdait dans sa courte barbe blanche, et ses yeux semblaient briller d'une prodigieuse contrariété.

Le visage couvert de cendres du petit homme qui, d'un coup de rame, amena habilement la barque le long du vaisseau de Greldik dans un choc insignifiant, arborait un sourire incroyablement rusé.

— Je n'imagine pas pouvoir arriver à vous convaincre de fermer votre bec? lâcha sire Loup d'un ton peu amène.

— Comment pouvez-vous penser que j'oserais dire quoi que ce soit, puissant sorcier? riposta Silk, d'un ton moqueur, en ouvrant tout grand ses petits yeux de fouine dans une superbe démonstration de fausse ingénuité.

— Aidez-moi plutôt à monter à bord, rétorqua sire Loup d'un ton hargneux.

Tout son comportement était celui d'un homme qui a été victime d'une insulte mortelle.

— A vos ordres, vénérable Belgarath, s'empressa Silk, en faisant des efforts visibles pour ne pas éclater de rire.

Il aida tant bien que mal le vieil homme à passer par-dessus le bastingage du bateau.

— Ne nous éternisons pas ici, déclara sire Loup, laconique, au capitaine Greldik venu l'accueillir.

— Par où voulez-vous aller, vénérable Ancien? s'enquit prudemment Greldik, apparemment peu désireux d'aggraver l'humeur du vieil homme.

Sire Loup lui jeta un regard féroce.

— Vers l'aval ou vers l'amont? précisa Greldik d'un ton conciliant.

— Vers l'amont, évidemment, cracha sire Loup.

— Comment vouliez-vous que je le sache? demanda Greldik, en prenant tante Pol à témoin.

Puis il se détourna et commença à aboyer des ordres à ses hommes.

L'expression de tante Pol était un mélange complexe de soulagement et de curiosité.

— Je suis sûre que tu vas avoir une histoire fascinante à nous raconter, père, insinua-t-elle comme les matelots commençaient à relever les lourdes ancres. J'ai hâte de l'entendre.

— Je me passerai avantageusement de tes sarcasmes, Pol, déclara sire Loup. J'ai eu une dure journée. Essaie de ne pas me rendre les choses encore plus pénibles, si tu peux.

C'en fut trop pour Silk. A ces mots, le petit homme, qui était en train d'escalader le bastingage, s'écroula, en proie à un fou rire incontrôlable. Il s'effondra sur le pont en hurlant de rire.

Sire Loup observa son compagnon hilare avec l'expression du plus profond courroux, tandis que les marins de Greldik se mettaient aux avirons et ramenaient le navire dans le sens du courant paresseux.

— Qu'est-ce que tu t'es fait au bras, père? demanda tante Pol avec un regard acéré, et d'un ton qui indiquait clairement qu'elle n'entendait pas se faire mener en bateau un instant de plus.

— Je me le suis cassé, répondit platement sire Loup.

— Comment as-tu fait ça?

— Un stupide accident, Pol. Le genre de choses qui arrivent de temps en temps.

— Fais-moi voir ça.

— Oui, tout de suite. Vous ne pourriez pas arrêter un peu, gronda-t-il, en stigmatisant du regard Silk toujours hilare, et dire aux matelots où nous allons?

— Et où allons-nous, père? s'informa tante Pol. Tu as retrouvé la piste de Zedar?

— Il est passé en Cthol Murgos. Ctuchik l'attendait.

— Et l'Orbe?

— Elle est entre les mains de Ctuchik, maintenant.

— Penses-tu que nous allons réussir à l'intercepter avant qu'il n'arrive à Rak Cthol?

— J'en doute. De toute façon, il faut d'abord que nous allions au Val.

— Au Val? Mais enfin, père, ça n'a pas de sens.

— Notre Maître nous appelle, Pol. Il veut que nous allions au Val, et c'est là que nous irons.

— Et l'Orbe, alors?

— C'est Ctuchik qui l'a, et je sais où le retrouver. Il n'ira pas loin. Pour l'instant, nous partons pour le Val.

— Très bien, père, conclut-elle d'un ton implacable. Ne t'excite pas. Tu t'es battu ou quoi? demanda-t-elle d'un ton inquiétant, en le regardant sous le nez.

— Non, je ne me suis pas battu, répondit-il d'un air écœuré.

— Que s'est-il passé, alors ?
— Un arbre m'est tombé dessus.
— Hein ?
— Tu as bien entendu.

Et tandis que le vieil homme leur avouait, bien à contrecœur, ses exploits, arrachant un nouvel accès d'hilarité à Silk, à l'avant du bateau où Greldik et Barak tenaient la barre, le tambour se mit à battre sur un rythme lent. Alors les matelots plongèrent leurs avirons en cadence dans les eaux huileuses, et le vaisseau commença à remonter le courant, accompagné des éclats de rire de Silk, qui striaient l'air chargé de cendres.

Ici s'achève le Livre Deux de *La Belgariade*.
Le Livre Trois, *Le Gambit du magicien*,

voit la quête de l'Orbe se poursuivre,
face à des pouvoirs plus terrifiants encore,
à travers des terres toujours plus étranges,
et Garion commencer à maîtriser
le pouvoir indicible de sa voix intérieure.

Achevé d'imprimer sur les presses de

BUSSIÈRE

GROUPE CPI

à Saint-Amand-Montrond (Cher)
en avril 2008

POCKET - 12, avenue d'Italie - 75627 Paris Cedex 13

— N° d'imp. : 80551. —
Dépôt légal : novembre 1990.
Suite du premier tirage : avril 2008.

Imprimé en France